U0953989

阅读探究真相

天王鼎

仲生鹏 著

九州出版社
JIUZHOUPRESS

图书在版编目（CIP）数据

天王鼎/仲生鹏著．—北京：九州出版社，2010.7

ISBN 978-7-5108-0522-6

Ⅰ．①天…　Ⅱ．①仲…　Ⅲ．①长篇小说—中国—当代
Ⅳ．①I247.5

中国版本图书馆 CIP 数据核字（2010）第 096809 号

天王鼎

作　　者	仲生鹏　著
出版发行	九州出版社
出 版 人	徐尚定
地　　址	北京市西城区阜外大街甲 35 号（100037）
发行电话	（010）68992190/2/3/5/6
网　　址	www.jiuzhoupress.com
电子信箱	jiuzhou@jiuzhoupress.com
印　　刷	北京画中画印刷有限公司
开　　本	710 毫米 ×1000 毫米　16 开
印　　张	18.5
字　　数	313 千字
版　　次	2010 年 7 月第 1 版
印　　次	2010 年 7 月第 1 次印刷
书　　号	ISBN 978-7-5108-0522-6
定　　价	28.00 元

目 录

01　南辕北辙

三千年前的一个春日，中原大地黍麦新绿，蛰虫初鸣。入夜后，新月在天边偶然露了一下脸，就悄然不见了。田野里一片死寂黑沉，一如纣王统治下的社会现实。

突然，空中出现了一道光亮，令群星也为之黯淡。光亮越来越强，逐渐照出了树木的影子，照出了宫宇的轮廓，大路仿佛也铺上了一层银亮的白霜，犹如黎明提前降临了。

犬吠声惊醒了劳碌的农夫，惊醒了垂死的奴隶，也惊醒了醉梦中的贵族，他们仰望长空，心中涌出的是同一个念头：变天了！

一颗灼亮的彗星赫然横亘在天空中。它的慧核正对着日出的方向，长长的彗尾扫过北斗，在晴朗的白天，人们甚至可以凭肉眼辨认出它的影子。恰在此时，象征战争的太岁和代表祸乱的荧惑也双双出现在了南方的地平线上，与这颗彗星相映生辉。满天流光溢彩，景象壮丽无比，又诡异莫名。

谣言像野火一样向四方延烧，一直烧到朝歌的鹿台上，照亮了纣王那张令臣民们不寒而栗的脸。在他冷峻的注视下，披头散发的鬼面巫师做法完毕，从火堆中小心翼翼地挑出了一片龟甲，呈现在了大王的案前。只见龟甲中央出现了一条长长的裂纹，可是到了末梢，却突然分叉成了三股，像一只扭曲的怪鸟爪，准备攫人而食。

纣王的瞳孔猛然收缩。战争！这是大战将至的征兆。纣王对战争并不陌生，在世人眼中，他是一个神与兽的混合体，既能发明炮烙这样惨无人道的酷刑，又有格杀猛兽的个人英雄壮举。但是真正让诸侯们闻风丧胆的，却是麾下那支精锐的青铜军团——“九夷之师”。但是，这一次针对的会是谁呢？

彗星既然朝向东方，那就意味着将有重大的事变在东方发生。对商王朝来说，西方的周国虽然羽翼渐丰，但盘踞在今天山东半岛的东夷人更令人放心不下。商朝在建国以后曾经五次迁都，黄河的频繁改道固然是主因，但东夷人的步步进逼也不容忽略。在纣王的眼中，剽悍凶蛮的东夷人是近在咫尺的豺狼，而崇文尚礼的周人更像远方牧场上一群温顺的绵羊。于是，他轻松而又轻率地做出了决定。黄钺挥舞，大纛飘飞，“九夷之师”像出柙的猛虎，横渡黄河，翻越岱宗，向着大海的方向长驱而去。

千里之外的渭水之滨，神秘的彗星引发了同样的骚动。不过，庙堂上可没有出现群巫乱舞的景象。自从先王在羑里发明了六十四卦之后，鬼神已经从周人的心灵中淡出。但是，当太史将卦辞呈现在武王面前时，他依然吓了一大跳，既而眼跳肉颤，浮想联翩。

卦辞上分明只有一个字：震。“震”等同于“动”，有三重意涵：其一代表了地震、雷电、交媾、诞生等自然和生殖现象；其二指东方，这种巧合就很有点耐人寻味了；如果这也算不了什么，那么，它的第三层意思，就不能不让人怦然心动了。

帝出乎于震！换句话说，这颗彗星就是改朝换代的天命！

自成汤开基以来，商朝雄踞大河南北，立国超过了六百年，如今虽不复当年之盛况，但其宗法制度之完善、商业贸易之繁荣、冶炼技能之精良依然远超四方部族。更重要的是，在上古时期，中国人刚走出蒙昧状态，神话在现实政治中依然扮演着主宰的角色。在先民的心目中，商王就是太阳神之子，反商就是大逆不道，连偷想一下都要遭雷劈。因此，尽管天下三分周人已据其二，但终文王一世，始终不敢与商王朝展开最后的较量。

天道既明，人事可为。于是，和纣王一样，周武王做出了一个完全相同的决定：东征。不过，他的矛头却对准了殷都朝歌。面对信心不足的臣子和首鼠两端的属国，周武王宣称：当年成汤讨伐夏桀的时候，有金、木、水、火、土五大行星在夜空中缀成一串。因此，这颗彗星的出现也代表了诛灭暴君、鼎新革故、与民更始的天意。

周军出发了。一路上，队伍像滚雪球一样急剧膨胀。孟津誓师之后，安阳就近在眼前了。直到此时，纣王才意识到自己铸成了大错。但远水解不了近渴，“九夷之师”根本无法及时调回。牧野一战，周军粉碎了敌人的垂死顽抗，也将纣王逼上了自焚的绝路。

商朝灭亡了，朝歌化为了一片废墟，那个东征在外的强大军团怎么样了呢？谁也不知道，它就像是一缕水汽，在历史的荒漠中蒸发得无影无踪了。

“先生，真的发现了石锚，水下还有一大片呢！”破旧的渔船还没有靠上岸，韩奇就兴奋地大喊大叫起来。

山东成山角。初夏时节，海上的雾气很大，吞没了岛礁滩涂，连朝阳也变成了混沌中的一个模糊光点。雾气弥漫了天地，也蒙上了容光斗的眼睛，让人看不清楚他究竟是喜还是悲。

“先别下船，把它们送回原处，沉下去吧！”

望着弟子诧异的眼神，容光斗喟然长叹了一声，透出一股莫名的悲凉。

“获麟于乱世，真是生不逢时！”

他的感慨让韩奇更加迷惑不解了：十八年前，这位曾在“五四”运动中呼风唤雨的反封建健将，今天怎么又吊起了孔家店的书袋子？何况，这次考古虽然在成山角发现了一个商朝五色祭坛，可以推测出远古此地曾经举行过一次隆重的航海仪式，但是水上水下折腾了两个多月，打捞上来的不过是几个农家磨盘一样的石锚。上面虽然有刀刻斧凿的痕迹，但除了中间一个光滑的圆孔有点奇特之外，既没有文字，也没有纹饰，又算得上是哪门子的宝贝呢？

但是，韩奇虽然年少，毕竟与导师相处日久，联想当下之时局，也颇能体味容光斗的心境。

“鸦片战争”之后，中国人终于明白了“天下一家”这个词的真实涵义，那就是以天下之大，从此再也没有一家一户能关起门来过太平日子。即使你想当缩头乌龟，人家也可以鼓风扬帆，万里而来，一脚踢破大门，给你送上一份却之不恭的厚礼：玫瑰一样娇艳的罂粟、礼花一样绚烂的炮火、勤快赛过传令兵的传教士，外加一叠取其精华的割地条约、多多益善的战争赔款、地老天荒的租借合同。不过，洋风摧折之下，中央帝国固然礼崩乐坏，一种新气象也乘势冲破了腐土厚枷，始而细弱，终于沛然。随着实证主义的引入，二十世纪前三十年，中国考古学迎来了第一个黄金时代。我们自己的学者发现了周口店北京猿人化石，揭开了安阳甲骨文的秘密，判定了夏都平阳的准确位置。于是，号称五千年的东方古国，它的前三千年终于走出了神话的迷雾，变得越来越清晰；那些只留下名字的远古英雄们，他们的面孔也生动鲜活了起来，仿佛一伸手就可以触摸到。

但具有讽刺意义的是，如果以乱世为背景，每一项石破天惊的发现，竟然都变成了浩劫交响乐的序曲：敦煌壁画重见天日没几天，就惨遭了毁容剥皮的厄运；甲骨文刚从中医的药罐子里逃过一劫，又上了伦敦文物拍卖会的名单；当陕西的盗墓贼还拿着洛阳铲寻觅秦陵的墓道口时，河北的军阀已经用现代的TNT将清东陵的地宫门炸开了。而最令人痛心的一幕出现在了某个深夜，在一次混乱不堪的搬运中，三个不起眼的木箱子不知去向。事后人们才知道，那里面装的竟然是北京猿人的头盖骨化石！

当然，容光斗和韩奇眼下还来不及为之痛心。因为，一场不可避免的大战已经迫在眉睫了。今年春天，华北局势骤然紧张，敌人的铁蹄越过了长城，古都已经兵临城下。

“这些石锚真的是商朝的吗?”韩奇明知故问道。他实在累坏了，不想再浪费力气把它们送回去。不过，他的那点小心思，容光斗一眼就看穿了。

“你看一看石锚的表面，是不是有一层黑色的矿物结膜？那是锰铁化合物。我们可以根据结膜的厚度，推算出石锚沉入水中的年代。”

韩奇依言仔细观察了一会儿，就一句话也说不出口了。他正要跳上渔船，叫雇来的渔民重新把石锚运回去时，容光斗自己却又不忍心了。

“好了，你就把它们卸在岸上算了。下次再来，也许还可以当个路标呢！今天收拾一下，明天一早我们就回北平去吧。”

回北平？韩奇以为自己听错了。眼下黑云压城，从平津南下的火车已经一票难求，回去岂不是自投罗网？何况，容光斗可不是斗升小民，在这个同仇敌忾的血火时代，作为一名享受公众敬仰的社会精英，他究竟是留在沦陷区还是撤往大后方，在亿万国人心中，已经上升到了大忠大奸的高度。

“昨天，我们不是接到了一封加急的军邮吗？是您的小舅子发来的，说师母已经平安回到湖南老家了，下个月就临盆了。他本人也接到了上峰命令，马上要开拔去上海，很可能要大打了。”

“没错，北平比上海更危险，十之八九守不住，但我们一定要赶回去。”容光斗笑了起来。和所有成熟的男人一样，他的笑容有一分含蓄，二分清淡，更有七分坚持。

“所谓‘天意’就是民心。百年来，中国外战无一不败，眼下依然国困民贫，但人心已经唤起。一旦开战，即使杀得尸山血海，总要打到敌人彻底投降为止。当此大变，你我文不能运筹，武不能扛枪，与其逃到内地坐耗钱粮，不如做一些关乎民族未来的事情。”

几天后，容光斗和韩奇回到了京师大学。作为中国现代人文精神的发源地，这里已经人去楼空，而隆隆的炮声也日近一日。敌军进城的前夜，心乱如麻的韩奇又一次找到了容光斗，发现后者正忙着整理行装。

“我们又要出发了，不过不是南下，而是北上！”摇曳的烛光下，容光斗的脸色无比凝重。

此行的目的说出来很简单，就是寻找那个传说中的商朝军团！

韩奇呆住了，惊惧喜忧一起涌上了心头，说不清哪一种更强烈。史学界谁不知道，商军东征和老子出关、徐福东渡、建文地遁并列为中国古代四大失踪迷案。可是，历史上与之相关的史料寥寥无几，连写一篇论文——不，写一部幻想小说的素材也凑不够。

“史料是读出来的，贵在有心人。”容光斗简单的一句话，就透出了心中的自信。他当然知道，关于那个强大“九夷之师”，现存的史籍中只有蛛丝马迹可寻，但绝非无稽之谈。非但如此，他还有把握确定：在商朝灭亡之后，这个军团既没有回师企图复辟，也没有被周军消灭掉，甚至在相当长的一段时间，它一直是周王朝东方的大敌。

“你知道，山东俗称‘齐鲁大地’，因为在春秋时期，山东以泰山为界，北归齐国，南属鲁国。齐国是两代周王的国师——中国第一位‘武圣人’姜尚的封地，而鲁国更是一代名相周公姬旦的采邑。很明显，需要这两位权倾天下的开国元勋联手对付的敌人，绝不可能是泛泛之辈。”

韩奇的眼睛立即放光了。一部《史记》，哪个学史的人不背得滚瓜烂熟？可如此醒目的战略部署，竟然视而不见。老师果然不愧是大家，一眼就看穿了寥寥文字背后深藏的玄机。不过马上他又摇头了，因为这三方两军之间似乎并没有发生激烈的对抗。几十年之后，齐国就蚕食了整个山东半岛，并没有遇到太大的阻力。

“为什么那么顺利？因为没有了对手；对手上哪里去了，出海远航了；远航去了什么地方呢？你猜一下。”

搁在以前，韩奇最受不了的就是老师这种三段式的循循善诱，似乎自己还是个未进学的学童，而不是京师大学即将出炉的最年轻的硕士。同样，如果这番对话发生在半年之前，韩奇也一定会认为老师脑子里的某根筋错乱了，可是回想起成山角发现的种种奇异迹象，他就不能不认真思索这个答案了。

与今天人们印象大不相同的是，在远古时代，中国人对海洋其实并不陌生。河姆渡的一条古船将东方航海史推到了八千年前，湖南城头山发现了世界上最早的木桨和船舵，而商人更是一个兼跨海陆的强盛部族。早在汤之前，首领相土就征服了环渤海地区，与中原的诸夏分庭抗礼，《诗经》中也留下了“相土烈烈，名截海外”的诗句。凭借着强盛的国力和先进的技术，每当春季的信风吹起时，商人就扬帆南下，纵横七海，一举成为了称霸东亚的贸易之王。余风所及，直到千载之后的闽越人、百济人和琉球人，仍然保留着“尚白”的传统。

那么，商朝军团究竟去哪里了呢？韩奇看着容光斗那张热切的脸，脑海中突然电光一闪，不禁脱口而出：

“美洲。”

容光斗缓缓颔首，目光突然变得炯炯如火。不知道从何时开始，中国史学界对美洲印第安人产生了浓厚的兴趣。究其原因，印第安人是亚洲之外唯一具有鲜明东方特征的黄色人种，而他们任人宰割的悲惨命运，自然也勾起了国人“同是天涯沦落人”之叹。近代以来的考古挖掘表明，早在万年之前的美洲还是个杳无人烟的大陆。显然，印第安人是个外来户。因此，“印第安人究竟从何处来”一直是全球历史学家百谈不厌又莫衷一是的大悬案。

大约一百年前，清末维新运动领袖康有为流亡美洲，对印第安人进行了走马观花式的考察。他吃惊地发现，印第安人的农事、围猎、祭祀、婚丧仪式，竟然与中国殷商文化有着极大的相似之处。而印第安人见到了来自万里之遥的中国人，激动欢欣也形之于色，仿佛见到了暌违已久的亲戚。于是，康有为认为：印第安人来自中国。这个结论显得武断又肤浅，就像他本人的政治改革蓝图一样，仅仅停留在纸面上供人赏玩而已。

不过，康有为的观点并非一无是处。二十世纪以来，在美洲墨西哥的一些古代遗址中，陆续出土了一批年代久远的青铜器，上面可以清晰地看到铸有类似古汉字的铭文。显然，印第安文明与中华文明之间确实存在着千丝万缕的联系。于是，学术界提出了“一脉相承”和“一母双胎”之说。更有人大胆断言：商朝灭亡后，那个传说中的“九夷之师”眼见复国无望后，毅然东渡太平洋来到了美洲大陆，今天的印第安人就是他们的直系后裔。

至此，韩奇才知道容光斗早就注意到了印第安人来源的争议，并做了大量的准备工作。不过，就算“九夷之师”是一只猛虎，毕竟没有插上双翅，不可能轻易飞越半个地球。

容光斗拿出了一张涂满各色标注的半旧海图，随着他的手指的移动，韩奇的眼中依次出现了如下地名：山东半岛、济州岛、对马岛、库页岛、堪察加半岛、阿留申群岛、美洲西海岸。

“在上古时期，一种文明要成功移植到另一个大陆去，绝不可能一蹴而就。我认为，商军在东渡的过程中，很可能像迦太基人一样步步为营，建立了一系列中转站。”容光斗沉吟道，“根据洋流的分布，从山东半岛出发，有三条海路可以走。走中路，顺风一天一夜就可以抵达九州岛，不过之后万里之内几乎是一片汪洋；走南路，出巴士海峡后就是南太平洋，海上常年刮的是东风，没有动力的古代船队不可能逆流长驱；最后就是北路了，这条路虽然看上去很冷僻，但登陆点不是半岛就是物产丰富的大海岛，间距也不过一两千海里，补给休整都很方便。更重要的是，在整个航行途中，船队一直是缘岸航行，可以避开大洋上风暴的袭击。”

韩奇现在对老师的佩服程度，即使到不了五体投地的地步，至少也要做几十个俯卧撑了。不过，考古和打仗一样，即使知己知彼，要想百战百胜，也必须找到一个突破口。

“我们怎么开始呢?”他的潜台词是，我们总不能也顺着这条路走一遭吧?

对此，容光斗也胸有成竹。原来，他从残缺不全的古本《竹书》中发现，周昭王时期，塞北的鬼方国曾向天子进贡了铜矢。古籍中所谓的“鬼方国”有两个：一个在雁门关外，商王武丁的妻子妇好曾将它驱逐到河套一带；另一个则在肃慎以东，大致分布在今天的黑龙江下游和库页岛北部。容光斗断定为后者，因为该国“近天极，多地火，昼不明，夜不晦”，可以推断出具有两个鲜明的地理特征：一是纬度靠近北极圈，所以有极昼和极夜现象；二是遍布活火山，有丰富的地热资源。综观整个东北亚地区，只有西伯利亚的堪察加半岛才能同时满足这两个条件，而半岛中部的克柳切夫火山更是远东最大的活火山。此外，“以铜为礼”正是商族而不是周族的习俗。

把几个要点综合起来，这个鬼方国很有可能就是商朝军团东渡过程中的一个跳板。虽然证据确凿无疑，逻辑严丝合缝，但这个猜想依然太过大胆。不过看到老师眼中燃烧的火焰，韩奇浑身的血也骤然上涌。没错，只要在堪察加半岛找到商文化的遗迹，哪怕是半只铸有云纹的鼎耳，一块刻有徽符的残刀，就可以说是取得了颠覆性的大发现，足以令世人——不，令西方同行们刮目相看。

现在，韩奇心中只剩最后一个疑惑了。容光斗就像是看穿了他心思一样，马上就掀开了谜底。

“为了顺利进入东北亚的荒野，我们必须利用这场战争造成的混乱，这就是我坚持要回到北平的唯一原因。”

韩奇听了，心中茅塞顿开。没错，在当前的政治格局下，要想前往遥远陌生的堪察加半岛，唯一的渠道就是从东北出发去海参崴，然后想方设法获得进入苏联远东地区的通行证。可是自从“九一八”事变后，东北沦亡于敌手，与中原的日常联系完全被切断，更别说学术交流了。现在，敌人正在大举南下，关内关外一片混乱，进入东北反而不是一件多大的难事了。

不过，这一切必须在敌人控制北平之前完成。否则，凭容光斗在东方考古界的名声，一旦被汉奸们盯上了，那可就弄巧成拙了。

师徒二人立即动身了。为避免被人认出，他们丢掉了一切身份证明，化装成收集山货的商贩。一路上，虽然碰到了一些麻烦，还是顺利到达了绥芬河。到了这里，容光斗才知道出境依然是一件难于上青天的事。原来，为避免日军寻衅开战，苏联已经封锁了边境。两人一停就是两个多月，始终一筹莫展。正要打退堂鼓的时候，容光斗无意打听到城外太平岭夹皮沟有一伙土匪在活动。头领名叫“八巧哥”，虽然干着杀人越货的勾当，但几年前也参加过义勇军。日军清剿过几次，始终不能得手，就抛出了招安的老套子。“八巧哥”也不是岳武穆转世，顺水推舟接受了伪职，依旧过上了逍遥的日子。

于是，容光斗做出了一个惊人之举。他带着韩奇上了太平岭，没走多远，便被伏路的小贼截住了。当“八巧哥”听说拿来一个国立大学教授时，小眼顿时瞪成了龙眼。不过，听了容光斗一番慷慨陈词后，却又嘿嘿冷笑了，说老子天不管，地不收，龙江两岸度春秋。什么国家兴亡，民族大义，全都是扯犊子！

容光斗不懂江湖规矩，毕竟也看过《水浒传》，知道混迹绿林的日子看上去舒心，怕的是将来没下梢。眼见软求无效，干脆单刀直入了。

“眼下日军虽然猖狂，终有覆灭的一天。那时候天下一统，四海一清，新政府算起了旧账，你就想金盆洗手，下山做个平头老百姓，恐怕也成了奢望。到时候我们给你说句好话，未必不能保下一条命来。”

“八巧哥”想不到这个白面书生竟然反客为主，倒有点踌躇了。他也不是没见过世面，知道读书人的话虚多实少，但此人气度不凡，信用等级或许高一些。作为一个乱世枭雄，他懂得多方押宝的好处。不过，他提出了一个要求，那就是和容光斗拜把子。没想到的是，容光斗竟慨然答应了，烧纸发誓磕头不算，还一口喝干了鸡血酒。待在贼窝里，韩奇固然感到别扭，但很快就发现，真正受折磨的却是主人。刚开始听容光斗讲个豪侠典故还挺新鲜，没想到境界越拔越高，竟然鼓动众人效法马占山将军反戈一击。到后来，山上山下的人一见到教授那张恬静亲切的脸，就像患了低血糖一样心慌腿软。

好在七天之后，终于下起了白毛大雪。夜半时分，容韩二人跟着一个猎户出身的喽啰潜入了莽莽林海中。这一走就是十多天，期间的艰苦一言难尽。最危险的一次，敌人的巡逻队就在三人藏身的灌木丛边走过，差点就踩在了头上。穿越边境后，容光斗和韩奇又徒步在山野中跋涉了好几天，才到达了海参崴。

此地原为华人开埠，码头更是鱼龙混杂的地方，凭借“八巧哥”的关系，两人得到了必要的救济，拿到了可以乱真的身份证明。在港口被冰封之前，容光斗和韩奇终于爬上了一艘前往堪察加半岛的运煤船。

从地图上看，堪察加半岛犹如一把深入太平洋的大镰刀。离岸还有一天的海程，就看到大股的烟尘从地平线上升起。显然，这里的火山运动十分活跃。

运煤船靠岸的间隙，两人溜上了岸，一头扎进了楚克奇人聚居的木棚中。楚克奇人属于通古斯人的北支，体壮脸扁，额宽须黄，而容韩二人眉清目秀，是典型的南国子民，但追溯起来，几十万年前大家还是亲戚，所以只要把头发搅乱，蓄起胡子，反穿皮衣，等高纬度的阳光把皮肤灼伤，在外人眼中就没有什么区别。

和许多历史学家不同，容光斗其实更擅长与活人打交道，更懂得如何融入一个陌生的环境。很快，当地人就喜欢上了绣着鸳鸯的大红手帕，以及能让人打喷嚏的鼻烟壶等小玩意儿。找到了落脚处后，师徒二人立即开始学习楚克奇人的语言和生活技能。半年以后，当漫长的冬天结束时，他们的打扮和身手已经和两个猎人没什么不同了。

按照计划，两人要从半岛最南端开始，对堪察加半岛进行了地毯式的考察。

在想象中，这个靠近北极圈的半岛一定是个不折不扣的冰窟，身临其境才发现大为不然。这里山高谷深，气候潮润，不时可以看到温泉与寒水并流、火山与冰川对峙的奇景。由于地旷人稀，物产丰饶，堪察加半岛是猎人的天堂。鸟雀不知避人，兽群傍路而行，獾是活动的油罐，狍子是常温的肉库，而春季里满溪跳跃的大马哈鱼，更为两人提供了充足的蛋白质。

但是，天性活泼的韩奇很快就发现，堪察加半岛是一座真正的地狱。随着时间的推移，新鲜感和被捕的担心逐渐褪去了，只剩下抓心挠肝的孤独感。每天睁开眼睛，眼中除了清冷的阳光、灰白的岩石、暗蓝的河流，就是无边无际的白桦林，仿佛行进在一个冷色调的长卷中；走在腐叶层层的林中，除了脚步声和鸟鸣声，几乎听不到任何一点声息，又像钻进了一部循环播放的默片。一开始，韩奇最怕碰到人，到后来，偶遇一只直立行走的大棕熊，竟也感到莫名的亲切。

日子一天天过去了，将近十个年头，容光斗和韩奇蹒跚而行，从怒涛咆哮的鄂霍次克海走到了极光闪耀的卡拉加地峡。外面的世界究竟怎样了，他们一点儿也不知道；“鬼方国”在哪里，他们也不知道，只知道自己形容枯槁，行为诡异，几乎和鬼没有什么区别了。到后来，连大脑的语言功能也退化了，瞪着眼梗着脖子半天也憋不出一个字来，痛苦程度堪比便秘。

不过，心灵的孤寂倒是其次，真正让人失望的是：他们没有找到任何商文化的痕迹！

容光斗的脸色越来越不好，一股沉重的气息笼罩在两人头顶。但是，韩奇知道现在是咬牙坚持的时候，因为伟大的成功和令人扼腕的失败往往只有一线之隔。也许明天，不，甚至迈出的下一步就可能从烂叶中踢出一个黄金王冠来。

费了如此大的心血，当然不可能一点收获也没有。从半岛各处发掘出的遗物证实，早在四五千年前，这里曾是古人活动的场所，不过他们还没脱离石器时代。但让人惊奇的是，容韩二人经常在同行身上看到漂亮的铜饰品，从年代上看新旧不一。一开始，容光斗并没有把这当一回事，后来见多了，就留心打听产地。原来，它们均产自半岛东部的一条山脉。

显然，容光斗有点心神不宁了，韩奇也预感到了某种不妙的兆头。两人心意相通，立即起身出发了。这一带的地势异常险恶，喷泉遍地，毒气弥漫，几乎无路可走。终于有一天，在火山喷发的间歇，容光斗和韩奇爬上了一个荒凉的山坡，找到了一连串人类开凿的原始洞窟。在山脊上一个废弃的岩穴里，两人找到了一些含铜量很高的金属器具。从年代上看，它们的历史非常久远，但是，从工艺的角度看，容光斗一眼就看出来了：它们绝不是经过人工冶炼的产品！

在火山余焰的映照下，容光斗的脸色在青白和血红中交错，他俯身拣起了一件铜器，凝视良久，突然苦笑一声，泪水夺眶而出。就在那一瞬间，他终于明白了：这种的“铜器”不是人工合成的，而是火山喷发时从带出的天然金属混合物！

原来，这就是鬼方国向周天子进贡的“铜矢”的由来。

一切全错了！错得太离谱了。容光斗多年的心血就这样付诸东流了。在大自然的恶作剧面前，人类巧妙的构思和精密的推理显得是那样的可笑！

两人谁也不说话，也不想动一动，就这样在火山的灰烬里枯坐了一夜。韩奇的头脑中迷迷糊糊的，也不知是梦是醒。东方的晨曦一点点亮了起来，容光斗缓缓地站了起来。突然，他的身子向前一倾，“哇”地吐出了一口鲜血。韩奇大惊失色，扑上前扶住了他。容光斗苦笑着摇摇头，示意自己没什么事，可是他冰凉颤抖的双手却说明了一切。

两人黯然踏上了归途。一个月以后，终于又站到了半岛南端的大海边。搭上了过往的船只，容韩二人才知道，世界大战已经在一年前就结束了。

艰苦的北方之行失败了。韩奇对自己的老师并没有失望，因为容光斗的另一个预言已经实现了。不过，庆祝胜利的爆竹碎屑还没有清理干净，内战的硝烟又隐约可闻了。安下心来做学问，对中国知识分子来说，依旧是个遥不可及的梦。

容光斗见到了齐膝高的儿子，但他再也见不到自己的妻子了，她死在了敌机对衡阳的轰炸中。韩奇拿到了自己的学位，但他现在竟有点害怕校园里宁静的气氛了。半年之后，师徒两人又一次结伴出发了。这一次的目的地不是冰封的西伯利亚，而是葱郁的亚美利亚。既然不能从商朝军团的起点找到线索，为何不到终点去看一看呢？

容光斗原本家产殷实，但经过如此一番折腾，已经一贫如洗了。他跑遍了各个衙门，不但一无所获，还被人家当怪物看待。韩奇的腿跟着导师机械地走，可他的耳朵并没有闲着，听街上人传言，连从日本收回的定远舰的大铁锚也被海军部的官员盗卖给了铁匠铺，心想如果商朝船队真的存在，在这个乌烟瘴气的时代，恐怕也免不了进木柴厂的结局。

最后，倒是容光斗的小舅子发了善心，送来一百两黄金做盘缠。不过，当年那个淞沪战场上浴血冲杀的少校营长，现在却蜕变成了喝兵血的少将旅长。容光斗深以为耻，准备原物奉还。韩奇劝他不要太死心眼。别忘了，人家当年本是吃喝不愁的地主少爷，正是在你的劝说下投考了黄埔。一晃二十年下来，手上难说清白，但抗战中也曾出力杀敌，辛劳不可一笔抹杀。况且世风日下，官场如墨，他怎能独善其身？那些黄金虽然来路不正，但归根到底是民脂民膏，视之为粪土似乎不恭。再说了，我们在东北连土匪都肯攀交情，又何必对亲人如此苛责呢？

又一个春天到来了。容光斗和韩奇从上海出发，横渡太平洋后在巴拿马弃舟登岸，然后跋山涉水，穿越了数个国家，一直走到了尤卡坦半岛。将近两年时间，两人一直在森林中游荡。现在，沼泽取代了冰原、蚊子取代了饿狼、疟疾取代了冻疮，成了新的三大敌人。沿着加勒比海的西岸前进一段时间后，两人就注意到了一个有趣的景象：绵延百里的海岸线上，长满了密密麻麻的树木。

在热带雨林中，空气中的水分几乎达到饱和状态，当地人夸口说拍一下手就能下一阵小雨，所以万木欣荣并无奇特之处。但是，这些植物越接近海洋就越有疯长的趋势，仿佛海水中有一种神奇的魔力。许多大树干脆扎根在沙滩上，每当潮水上涨时，树冠就在波涛中舞之蹈之。韩奇跳下印第安人的小舟，双手捧起一口水，只喝了一口，就皱眉吐了出来。

水竟然是咸的！容光斗叫他上来，说自己曾读过一个欧洲旅行家的游记，里面提到过这种场景。不过，那是“万河之王”亚马逊河的入海口，周围上百公里内都是淡水。可中美洲狭长崎岖，这一路走来，连条堪比汉水的中等河流也没有见到。

除了这个插曲，考察工作进行得很顺利。但随着旅程结束，容光斗的脑海中却浮现了大团疑云。

印第安人的文明史究竟有多长？在荒芜的丛林里，两人瞻仰了一个又一个雄伟壮丽的石头宫殿，这就是人们津津乐道的“美洲金字塔”。随便从中找一块石头，重量都在半吨以上。很显然，这是人类早期奴隶制社会的遗存，与古埃及的金字塔、古巴比伦的空中花园、古希腊的宙斯神庙、中国夏朝的钧台和商朝的鹿台一样，是“大石文明”的标志性建筑。

但是，走出让人叹为观止的恢宏大殿，映入眼帘的却是印第安人低矮的茅房泥屋。无论从哪个角度看，你都无法想象，一个连车轮都没有发明的民族，竟然完成了结构如此复杂、计算如此精准、作业量如此浩繁的世界奇迹。在发掘了不同文化期的地层后，容光斗得出了另一个让人吃惊的结论：在印第安诸部中，文明程度最高的一支当属玛雅人。可是玛雅文明最兴旺的时期是公元八世纪——也就是到了中国的盛唐时期，玛雅人才摆脱了蒙昧阶段，迈进了文明的门槛。可是不过几百年，这个文明又急速败落了。一个姗姗来迟的早衰儿，为何要建造如此堂皇的宫殿？换句话说，它们的主人究竟是谁？

印第安文明的规模究竟有多大？仅从遗址的广场面积来看，它的首都是一个不亚于长安和罗马的大都会。而在农耕时代，要养活如此众多不事稼穑的城市人口，玛雅人的总数至少应在千万以上。但是，此种类型的文明一般都诞生在面积较大、形状完整、土壤肥沃的冲积平原上，例如尼罗河三角洲、两河流域和华北平原，而中美洲地窄土薄，这些城市人究竟靠什么来存活呢？

而最让人不可思议的，却是玛雅人在天文领域的惊世成就。

玛雅人的太阳历精确到了令人咋舌的地步，累计一千年的误差竟然不超过一天，即使与今天通用的公历相比也不遑多让；玛雅人和中国人一样，是天象的忠实记录者，曾经详细观测过上千颗恒星；玛雅人不仅知道天狼星会变色，还知道它有一颗伴星；玛雅人知道金星的公转周期为584天，还知道金星和月亮一样有上下弦之分，而这一切绝对不是肉眼能够观测到的。

但是，容光斗和韩奇走村串巷，足迹踏遍了玛雅人聚集区，却没有找到一件勉强算得上的天文仪器。事实上，全世界已经进入电力时代了，玛雅人还没有几何和逻辑的概念，他们的文字仍然处于以画示意的阶段，他们的历史还在民间艺人的口中含混不清。

对比昔日的辉煌和今天的沦落，容光斗和韩奇在啧啧惊叹、咄咄称怪之余，难免心有戚戚。百年以来，中国固然国运衰微、山河破碎、民生凋敝，但好歹还保住了一线文化命脉，而玛雅文明却像一根萝卜被殖民者连根拔起。十六世纪，西班牙人侵入美洲后，一个名叫兰达的随军主教发现，玛雅人记载的上古毁灭浩劫不止一次，据此推算出的人类历史竟然远达万年以上，这与《创世纪》中的内容大相径庭。于是，在极度的蔑视和莫名的妒忌中，他命令士兵将玛雅人历代相传的图书付之一炬，又把唯一能读写文字的知识阶层——祭司当做魔鬼的化身烧死在柱子上。残存的玛雅人逃入了丛林，成为了全球化最早的牺牲品。

离开美洲后，容光斗想顺道考察一下太平洋上的群岛，了解一下海洋民族的历史和风俗，这是中国史学的天然弱项。太平洋上的岛群可分为三部分：密克罗尼西亚群岛在西，美拉尼西亚群岛在南，而分布最广、岛屿最多、人口最多的是东面的波利尼西亚群岛，它南达智利，北贯赤道，跨度超过上万公里。

容光斗和韩奇像游鱼一样在群岛中穿梭，日子过得悠闲又轻松。一天傍晚，他们又登上了一个无人小岛，在海滩上生了一堆火，然后坐下来吃饭。

“我发现了一个奇怪的地方。”容光斗对着冉冉升起的火苗沉思良久，突然冒出了一句。韩奇听了，也放下了正在串烤的香蕉。

“人类学家们说，波利尼西亚人是距今三千年前从美洲迁移过来的。但是，美洲是一个没有远古人类生活的大陆，从理论上讲，亚洲人、欧洲人甚至非洲人都有可能漂洋过海，在此落地生根，开花散叶。美洲的腹地是如此广阔，到目前为止，还没有听到为争夺霸权而爆发大规模战争的记载。那么，为什么波利尼西亚人要向外迁移呢？要知道，除非陆地条件太过恶劣，古人一般人不愿到海上讨生活的。而且，他们似乎是在一夜之间离开了美洲大陆，在不到一代人的时间就遍布整个东太平洋，是不是太神速了一点？”

“这会不会又和宗教有关系？”韩奇说道，“我听过一个波利尼西亚人的神话，说他们是神的臣民，是奉上天的诏谕到海上来的。”

科学解释不了的现象，还可以扯一扯外星人；而历史一旦和神话挂上钩，就等于无解了。不久，两人来到了菲尼克斯群岛——中文翻译为“凤凰群岛”。这一片岛屿虽然位于整个太平洋的中心，但大部分岛屿不但没有标注在海图上，甚至连名字也没有。在这里，容光斗雇了一个名叫诺木的年轻人土人充当向导。诺木是个独木舟好手，还懂一点马来语，而容光斗的父亲是前清驻南洋的外交官，他本人也出生在新加坡，双方沟通起来比较容易。更重要的是，罗马教廷的触角也伸到了这个不毛之地，与原生拜物教发生了激烈冲突。容韩二人是无神论者，干的又是掘尸刨坟这种活见鬼的勾当，自然不想沾惹是非，更不想被椰子树后射出的冷箭穿个窟窿。

热情和温度有关，而幸福感却和纬度高低成反比，所以，诺木是个快乐又单纯的人，为人和他的体格一样靠得住。虽然不知道这两个异乡人寻找石雕、木刻和泥罐干什么用，还是忠实地完成了自己的工作。

一月二十九日，是农历鼠年的大年初一。容韩二人来到了群岛南端的一个荒岛上，这个小岛的在土语中的意思是“苔藓生长的地方”。虽然远在天涯，诸物欠缺，大家依然喝了点木薯酒贺节。除夕下了一夜的雨，早上起来，空气十分清新，但空中浓云密布，风力也很大。于是，容光斗决定绕岛一周后就返回。

小船刚划过小岛南端，前面空阔的海面上，云层突然裂开了一道缝隙，一道金色的阳光照射下来，把远处的海面照得雪亮。容韩二人几乎同时看见：地平线上影影绰绰出现了一座岛屿。片刻后，浮云稍微散开了一点，大家看得更清楚了，那是一座中央突起的岛屿。令人不敢相信的是，它的顶部折射出一片青绿的光芒，就像一块翡翠嵌在了上面。一转眼，云层又遮住了阳光，眼前一片灰白色的迷蒙，不知是天，是海，还是云。

“那是什么地方?”容光斗和韩奇同时叫了起来。根据掌握的资料，苔藓岛已经是波利尼西亚群岛的尽头了。

没有回答。两人回头望去，看到的是一张因恐惧而变形的脸。

02　盛名之下

诺木像一尊石雕一样呆立在船尾，眼皮上翻，手足颤抖，神情露出极度的恐慌，仿佛一瞬间被魔鬼摄去了魂魄。手中的单桨已经掉进了水里，他却浑然不觉。

容光斗和韩奇对视了一眼，都大惑不解。容光斗以为他中邪了，想走过去拍他一下，诺木却一头扎入了海水，没命地向着岸上游去。韩奇操起船桨，一边呼喊着他的名字，一边划水追赶。晨风很大，吹得独木舟几度打横，等两人登上了岸，却发现诺木已经钻到一片林子去了。

等两人找到他时，发现他半卧半跪地瘫软在草地上，嘴里发出奇怪的声音。容光斗小心地接近了他，过了片刻，起身向韩奇摆了摆手，表示不碍事。

三人很快就离开了苔藓岛。唯一的不同是，来的时候划船的人是诺木，现在变成了韩奇和容光斗轮流操桨。当天晚上，草草地吃了点食物后，容光斗和韩奇一左一右夹坐在诺木身边，想知道究竟是什么东西把他吓成了这个样子。

“神灵的预言，神灵的预言……”诺木像个留声机一样重复了一遍又一遍。在篝火的映照下，他原本矮壮的身体已经瑟缩成了一个圆球。

容光斗开口了，两人用马来语交谈了起来。韩奇听得不大明白，不过看容光斗脸色的变化，就知道事态非同寻常。夜深了，诺木已经躺到草铺上去了，容光斗还坐在火堆边发怔。

“诺木说，根据祖先千百年流传下来的说法，那个翡翠岛是个鬼岛。平常谁也看不见，可一旦现形就会有大难降临。明天一早，我们要一起去极乐岛。诺木说那里有一个神庙，他要把这件事报告给庙中的长老。如果运气好，长老开了恩，还能做一场消灾祈福的法事呢!”

可想而知，这一晚三个人都没有睡好。不知怎么回事，韩奇竟然做了一个奇怪的梦，梦中自己又坐在了堪察加半岛的火山灰中，而容光斗却不知去向，这真不是个好兆头。

天一亮，三人又上路了。一路上，容光斗继续和诺木交谈，韩奇知道他想打探有关神庙的详细情况。三天之后，极乐岛就遥遥在望了。还没到码头，就望见了椰林掩映中的那个神庙。让人称奇的是，它不但是全岛最高的建筑，竟然还是用巨大的石头垒起来的，这在珊瑚礁岛群中可谓罕见。

在神庙的大厅里，诺木匍匐在一个头戴草冠腰束布裙的巫师前，讲了一大堆话。巫师一言不发地听着，脸上的表情越来越严肃。不一会儿，陆续进来了几位老人。看模样，他们应该就是诺木所说的长老了。众人围成一圈坐了下来，同样也是一言不发。不过，他们严厉的目光却不时扫过容韩二人身上。

诺木终于讲完了，他爬起来就呆呆立在一旁。长老们打破了沉默，开始用土语进行交谈。他们一开始似乎有分歧，但最终达成了一致。于是，诺木被带到了神庙后面一个并不显眼的屋子前。不过，它的门前却有四个手执长矛头戴羽冠的卫兵。显然，这是重要人物的居所或宗教圣物的供奉之处。

诺木手指着两个中国人，对着长老们说个不停。韩奇明白他在请求让两人也进去，但遭到了断然拒绝。这时，容光斗突然做了一个奇怪的动作。他双脚合拢，脊梁绷紧，躯干前倾，双手合拢，十指相对，做出了一个似圆非圆、似尖非尖的形状，还上下摇动不已。

长老们的眼睛顿时瞪大了，他们没说什么话，连脸上的表情也没有什么变化，可是韩奇却感觉到，原来弥漫着的敌意突然间消散了。

韩奇还没弄清楚导师为何要学天桥杂耍艺人玩了一手“仙猴献桃”，就被容光斗拉入了一片黑暗中。等目光逐渐适应环境之后，他才发现自己置身于一间狭长的屋子中，四壁一扇窗户也没有。墙壁上挂着几盏鬼火般的油灯，灯芯是用草捻，灯油是鱼油，不但发出的光很弱，还有一股呛人的味道。

屋子尽头放着一张石桌，圣物就被供奉在上面。一刹那，韩奇和容光斗同时停止了呼吸。

它竟然是一件四足方鼎！

两人跟在诺木的身后，默默走向它，然后弯下腰身，轮流伸手去抚摩。就在触手的瞬间，韩奇真想掐一下胳膊，以确定自己从前晚的那个恶梦中清醒了过来。

在仅有的几秒钟里，两人瞪大眼睛，尽可能把方鼎的每一个细部都刻进自己的脑子。它有中国北方人家烧火的炉子大小，表面已经结了一层又一层的绿锈，显然年代久远，但饕餮俨然，云纹古朴。韩奇的手指顺着熟悉的回字形花纹盘旋而下，停留在了一个地方，即使闭上眼睛——不，即使刺瞎了眼睛，他也知道那是一只玄鸟的造型！

手指继续向下，韩奇的心突然不跳了，因为他清楚地摸到了两个汉字：天王！

很快，三个招灾惹祸的扫帚星垂首走出了神庙。厚重的大门在身后轰然关闭，谁也不知道下次开启会是什么时候。回到住处后，诺木依然忧心忡忡，但似乎已经不那么恐慌了。看来，宗教即使不是精神鸦片，也能起到镇静剂的作用。容光斗看上去也很平静，唯有韩奇激动得像一个被抽打的陀螺，一刻也停不下来，仅仅因为有外人在场，他才能勉强闭上了自己的嘴巴，却忘记了诺木根本就听不懂汉语。

等屋子里只剩下师徒二人时，满腹话语就像决堤的河水一样滔滔奔涌。容光斗和韩奇的看法完全一致：这绝对是一件中国古鼎！而且，几乎可以百分之百地断定，这是一件商朝王室专用的宫廷宝鼎！“玄鸟生商，受命于天”。铸有这个神圣徽号的器物，只有地位显赫的王室成员才可以享用，臣子是万万不敢僭越的。而按照古籍中的记载，商朝大军出外征战时，军队的最高统帅十之八九就是世子！

现在的问题是：它怎么会在这里？接下来的几天里，两人四处打听这尊鼎的来历，结果却让人失望透顶。所有人的说法都是一个模子里出来的：这件鼎自古以来就供奉在庙里，是天神用来镇压翡翠岛上妖魔的法器。

但这并没有浇灭韩奇心头的激情，一想起这个荒远的太平洋岛屿上竟然供有中国商朝青铜鼎这一事实，就不由得浑身发烫。他的头脑中浮现出千奇百怪的念头，但仔细推敲，没有一条合乎逻辑。与之相比，容光斗就完全不同了，他似乎并不怎么兴奋，甚至有点怅然失落，时常一个坐在那里呆呆出神，也不知在想什么。

当然，韩奇并没有忘记请教导师，他究竟是怎么打动长老们的。容光斗告诉他，在远古时代，太阳是自然界唯一的能量之源。进入了文明社会之后，火就取得了与之对等的地位。世界各地原生的神，或多或少都与之有关。最典型的例子，就是距今四千年前，在亚欧非三大洲广泛流传着救世主——光明之神弥赛亚——中国人称之为弥勒佛的传说，犹太教、基督教、祆教和佛教的起源无不受之影响。时至今日，崇火的仪式还残留在南方的傩舞和北方草原的萨满教仪式中。

"我想碰碰运气，就摆了一个火焰的形状，没想到竟成功了。显然长老们也认为：一个信奉光明的人，一定是个好人。"

容光斗说完，想想自己那副滑稽样子，也忍不住好笑。韩奇却又一次哑口无言了，看来，与导师相比，自己需要学习的地方还真不少。

既然天王鼎和翡翠岛之间存在着神秘联系，要想揭开它的底细，就必须亲自到翡翠岛上走一趟。但多风的春季到来了，海面上风急云低，浪涛汹涌，当地人的小舟根本出不了海。更糟的是，韩奇在中美洲染上的疟疾又发作了，身体寒热交战，呓语连连。极乐岛上别说奎宁了，连一盒风油精也没有。容光斗心急如焚，一俟天气好转，就用小船将韩奇送到了群岛的首府凤凰岛，那是唯一能与外界通航的港口。

在太平洋战争中，凤凰岛附近爆发了一场惨烈的登陆战，之后又成了美军的后勤中转站，各类军品堆积如山。现在，码头上依然一片繁忙，美国人正忙着将剩余物资运往中国打内战。没费几句口舌，容光斗就轻松地拿到了特效药，还为韩奇预订了一个回国的舱位，而他自己却坚持留了下来。

"你还没有结婚。"面对韩奇有气无力的反对，容光斗一句话就把他压下去了，"献身学术固然崇高，但人伦亦不可废。何况，万一我此去有什么不测，儿子以后就全靠你了。"

韩奇看着导师清隽的面容，眼泪快要下来了。可还没来得及表决心，容光斗又给他提出了一个简直让人无法容忍的要求：今生今世，不可撰写任何与商朝军团有关的论文。

"老师这个忠告，看上去很不近人情，甚至断了你的学术前程。但是，人情反复，世事难料。说到底，我还是怕你吃亏啊！"

韩奇艰难地点了一下头，心头酸涩过后，一个奇怪的念头突然涌了上来：即使自己体健如牛，双亲不在，妻出子壮，像和尚一样无牵无系，容光斗也会硬找出一个理由打发自己滚回去。

显然，导师的奇怪变化就发生在看到宝鼎之后。他究竟想到了什么？为什么要隐瞒自己情同手足的弟子？那个虚幻如蓬莱的翡翠岛，难道真的是个鬼岛吗？容光斗急于和韩奇分手，仅仅是出于爱护他，不愿意两人都身蹈险地吗？韩奇不敢再想下去了，换一个人，甚至会提出这样的质疑：容光斗为什么要自行割断与文明世界的最后一丝联系，隐身在这个大荒之外的蕞尔小岛？

几天后的一个傍晚，病体奄奄的韩奇和杀气腾腾的重炮坦克一起被送上了登陆舰的甲板。从那儿向下望去，在夕阳的残照中，容光斗颀长的影子拖在沙滩上，像一棵为果实所累的椰子树，又像一个硕大无朋的问号。韩奇就这样一直望着他，泪水簌簌而落。可是一直等到船开了，容光斗却始终背向轮船，背向故国的方向，仿佛已经预感到了：这就是师徒之间的永别！

一甲子之后，紫禁城又迎来了一个黄昏。

西单繁华的步行街上人潮初起，卢筝从商场侧门的货运电梯中走了出来，马上就眯起了双眼。在阴暗的地下监控室待了一天，傍晚的阳光依然有点晃眼，但真正让人目眩的，却是前面报亭旁一个瞧着他笑个不停的姑娘。

“又被我逮着了吧？看你还能逃到哪里去！”话音未落，她就一下子跳到了卢筝的面前，鼻尖几乎碰到了他的下巴，唬得卢筝慌忙一闪，像只被小鸟追杀的螳螂。

“小妹妹，我已经说了一百遍了：这里是商场，不是商朝的古战场；而我呢，只是一个小小的中控技术员，两天三班倒，喂饱自己这张嘴还不易，哪有工夫管你爷爷的闲事？再说了，也不是我昧心咒老人家，以他的高寿，就算活成了人精，接回来端屎端尿伺候着，也是个有天没日头的累赘事，干吗非要给自己弄个祖宗供着？”

卢筝觉得这番话已经够入情入理了，可是，不晓得对方的耳朵失聪还是智商太低，竟然不能体察他的苦衷和好意。

“我没有弄错，我要找的人就是你。”她的眼睛一眨不眨地盯着他。瞳仁黑亮，睫毛浓密，像个玩具娃娃，或者望着心爱玩具的娃娃。

卢筝最吃不消这种装天真扮可爱的眼神了。他皱眉撇嘴，却又无可奈何。这个名叫容妤的女孩子已经纠缠了他半个多月，不管说好话还是瞪眼睛，人家就是油盐不进。连同事小王都怪卢筝不懂得怜香惜玉，要是换了他，凭那丫头一个眼风，连人带魂儿都被勾走了，别说去那个叫什么“波利尼西亚”的小国，就是天天吃玻璃渣子也愿意！

不过，今天的卢筝有备而来，因为他找到了一个绝佳的借口，足以斩断天下一切货真价实或子虚乌有的情丝。

“我马上要结婚了。”这句话里包含着三层意思：其一，我即将入洞房，没时间和你斗嘴玩虚的；其二，连江湖上的朋友们都知道“坏人好事，犹如杀人父母”，你再逼我，难保我不会狗急跳墙；其三，如果你总是这样粘人，我一个破落户倒也无所谓，你清清白白的姑娘家，难道就不怕旁人嚼舌头？

“真的吗？——别哄人了！我已经知道你为什么不敢见人，整天缩在这个老鼠洞里了！”容妤似乎不怎么相信。果然，她看到卢筝的脸色变了变，于是又重重地加上了一句：“既然我已经看上了——盯上你了，你想跑也跑不了！”

撂下了这句话，她就轻袅袅地走了。卢筝待在原地，望着容妤背影消失，心里说不出什么滋味。半晌，才想起来自己出来匆忙，将皮包落在了监控室，那里面装着一大沓订金。他今晚和顾雅莉约好了，一起去看婚宴的举办场地。——千真万确，卢筝现在的身份是个准新郎官。

卢筝没精打采地回到了监控室，看到小王幸灾乐祸的笑脸，突然明白了过来。“是你给她通风报信的？真是家贼难防啊！”他的拳头还没沾到衣边，小王就大声呼痛，说下次再也不敢了。卢筝笑了一声，饶了他，然后拿了包匆匆消失了。

婚期定在了今年的五一，现在万事俱备，连最让人揪心的房子也装修一新了。这一切当然不是卢筝的能耐，而是沾了未来老丈人的光。作为商场中最有实权的采购部经理，老顾同志之所以看上了卢筝，还不如说是看上了他的家庭。——千万不要误会，卢筝的父母可不是什么高官富户，仅仅是因为他们已过世多年了。在习惯于挑肥拣瘦货比三家的老顾眼中，这样的小伙子做女婿最好了，既可以全心全意为自己送终，娇气惯了的女儿也免了当小媳妇的委屈。

下班的时候，正是地铁运营的高峰。卢筝像只勇敢的冲锋舟一头扎进了人海，到了建国门站，又像潜艇一样在喧嚣的泡沫中浮了出来。可紧赶慢赶，最终还是晚到了一步。

顾雅莉已经下了商务楼，先把私家车开到了道边。卢筝刚上了车，屁股还没有落实，车就箭一般窜出去了。不用看女友的脸色，卢筝就知道今天没什么好果子吃了。果然，这一晚她和卢筝闹了数不清的别扭。卢筝虽然是个倒插门的女婿，但也知道婚礼对一个家庭社交的重要性——尤其是对顾家这样有一定根基的老北京来说，更是马虎不得的。可是，只要他一张口，无论婚宴的酒类还是请柬的格式，都被顾雅莉毫不客气地驳回了。当事人——未来当家男人的难堪不说，连陪在一边的前厅经理都想开溜了。好不容易一切都敲定了，两人将要分手时，顾雅莉突然冒出来了一句：

“我听人说，最近老有一个女孩子来找你，还是美院的学生，人长得忒漂亮，你不会脚踏两只船吧？”

这句话一钻进耳朵里，卢筝的第一反应就是：小王是个双重间谍。可转念一想，又有点吃不准了，因为卢容二人会面都在大庭广众之下，通风报信的人也许不止一个，自己想赖也赖不掉。再说了，老顾的家底众人心中有数，宝贝女儿又是名牌大学的硕士，现供职于外资企业，保不定有人妒忌卢筝的桃花运，正想着取而代之呢！念及此，卢筝立即赌咒发誓，说那个女孩子认错了人。对于他的表态，顾雅莉虽然不大相信，但也并不真的认为是什么威胁。

“算了算了，我就这么一说。——凭你那条件，我就不信能找到比我更强的！”对于这桩父亲一手包办的婚姻，她说不上满意，也谈不上遗憾，就像对卢筝这个人，她说不上喜欢，可也确实找不出厌憎的地方。以前，当她还是个少女的时候，自然也是众多男生追逐的目标，可她却心仪的却是那种成熟潇洒的男人。别说，还真找到了一个，就是大学时代的英文讲师。可是，自从那个白马王子赶着出国潮去了白人的国度后，就像黄鹤一样杳无音讯。眼看青春蹉跎过了，网上关于剩女的可怕传说又令她失去了独身一辈子的勇气，开始对父亲的介入半推半就了，答应找个顺眼的就嫁出去算了。

未婚妻的话听起来未免伤人，可卢筝只是笑了笑，因为“吃人家的嘴短”是个放之四海皆准的硬道理。更何况，顾雅莉说的全是实情。卢筝没有什么专长，更没有过硬的文凭，现在社会上博士成筐，硕士论斗，本科生遍地走，专科生不如狗，能在商场中找到一份稳定的工作已经不错了，连带着又讨了个典型的白领做老婆，那可真是天上掉烤全羊的美事，如果还不感恩戴德就太没良心了！

于是，卢筝很快就忘记了今天发生的种种不快。这两年来，他的记性确实越来越差了，这当然不全是坏事。世界上没有免费的午餐，当然更没有白捡的新娘。一个男人如果想享受闺阃之乐，就得没记性、没棱角、没脾气，不是吗？

与已经领会缩骨功精髓的卢筝不同，容妤一转过身，脸色就像北京的春日一样阴晴不定。果不其然，卢筝这家伙心中隐藏着不可告人的秘密。可反过来，她说的那句话也纯粹是在试探对方，因为她根本不知道像卢筝这样一个曾经风光无限的角色，为什么甘愿像只鼹鼠一样整天待在阴暗的地洞里，就像她不知道自己本来过得好好的，为什么会摊上这么一件天大的难事一样。

这一切的一切，说来竟然与中国现代史上的一件大事有关。自从容光斗失踪之后，几十年来，总有各色人物向韩奇求证当年的详情，可得到的永远只是淡淡的一句："我什么也记不得了。"时间一长，这个失踪者连同他追寻了一生的失踪军团一样，全都封存在了发黄的书页中。但是，时间进入公元后的第三个千年，世局大变，风水轮转，舞台的聚光灯又一次照到了中国人身上。他们在对河山大翻大修之余，对整理国故也表现出了浓烈的兴趣。于是，一大批早就分档归类的古今人物纷纷咸鱼翻身，容光斗的大名也再一次传扬于众口。

当然，与声势浩大的夏商周断代工程相比，寻找容光斗的下落——也许说遗骨更准确一些——根本就不值一提。但即使如此，也绝不是一件容易办到的事，至少这个姓容的女孩子就脱不了干系。容妤对考古一窍不通，更害怕看见死人，连必修的人体解析都要翘课，这次却无处可逃，因为容光斗就是她的祖父。在大众看来，作为三代单传的后人，这个任务天经地义该落在她的肩上，尽管作为遗腹子，她连亲生父亲也没有见过一面！

不过，她的寻亲活动虽然动静很大，却应了一句老话："说到钱，便没缘。"容光斗是一代先贤，韩奇老教授也是学界耆老，可不知为什么，申请报告就是批不下来。没了官方的资金支持，只好寻求社会赞助了。但这个项目虽然看起来像个金苹果一样诱人，实际上却是个黑咕隆咚的无底洞。容光斗已失踪了数十年，活着的可能性几乎为零，"千金买马骨"毕竟是春秋战国的风雅事，现代的普罗大众还欣赏不来。

大半年过去了，容妤正感到绝望的时候，事情却发生了戏剧性的转折。一天，容妤突然接到了一个电话，对方是个年轻男子，语调很柔和，但内容却很惊人，劈头一句就要独家赞助这个项目，金额多少都不成问题。容妤虽然喜欢做春梦，可不是那种容易上钩的弱智少女，先满口称谢，记下尊姓大名和联系方式后，立即通过电话查询台和网络辨明真伪。不看不知道，一看吓一跳，这个电话竟然真的来自卫氏航运集团总部，而打电话的年轻人就是现任掌舵人唯一的弟弟！

稍微了解一点中国近代工商史的人都知道，卫家原籍宁波，明末以承办漕运起家，经过有清一代，到民国已经是江浙一带屈指可数的富商了。新中国成立前，卫氏宗族大部播迁于台港南洋，但嫡系这一支却坚决留了下来，还为突破贸易封锁立下了大功。不过，这家人一向深居简出，即使到了今天，也绝少抛头露面，所以外界对其内部情况知之甚少。更为奇怪的是，这个家族几百年来只从事一种产业，那就是内河航运，似乎不知道大航海的时代已经过去了，连中国人现在都站在了载人航天的门槛上。

但即便如此，卫氏集团依然实力雄劲，如果能从它身上拔下一根毫毛，就足够编织一条阿拉丁神毯上天入地漂洋过海了。一旦打探清楚后，容妤立即前往赴约。让她完全没有预料到——或者和她幻想的完全一样，主客之间的谈话顺畅得像溜冰一样，一杯咖啡还没有喝完，容妤就没什么可说的了，因为对方等于赠给了她一张空白支票，还不需要任何利益回报。

“希望你能替我保守一个小小的秘密，那就是这次赞助纯粹是我个人的行为，动用的也是私人款项，和哥哥一点关系没有。”

卫家二公子——卫宗渊微笑着，就像孩子背着大人干了一件坏事一样开心。看到对方眼角回荡的波纹，容妤的眼睛也亮了起来。女孩子不管是不是淑女，都喜欢彬彬有礼的绅士，更喜欢那种能量巨大又带点神秘气息的男人，而这两者在这个年轻人身上实现了完美的交集。

“真是阎王好见，小鬼难缠啊！”走出高如城楼的总部大门，容妤不觉感慨万千。为了拉赞助，她已经跑过不少企业，记不起看了多少次白眼和邪眼。不过，她马上就为这个比喻而大感后悔，因为如果卫宗渊算是阎王的话，那地狱里的牛头马面也能参加健美大赛了。

不过，唯一让她心里犯嘀咕的是，对方提出了一个“小小的”要求，那就是不但他本人也要参加这次活动，而且一定要邀请到一个人——三年前发现铁门关遗址的青年探险家卢筝。平心说，这个要求不算过分。千金之子，坐不垂堂。这次远行毕竟不是游山玩水，有一个经验丰富的行家做保镖自然再好不过。此外，对方的言辞虽然很委婉，但容好还是听出了弦外之音：这是拿到支票的必要条件。

片刻的兴奋过后，容好开始犯愁了：人海茫茫，上哪里去找卢筝呢？容好转而求助于老通家韩奇，可是考古学家的长处在于挖掘死人，对于一个活人的行踪实在无从把握。倒是韩奇的一个学生出了主意，说与其漫无边际地撒大网，倒不如守株待兔。要知道，卢筝的父亲卢青城去世后，就葬在了西山墓园中。他又查了《中国现代文学家年鉴》，找到了那位著名诗人的生卒日期，而下周四刚好是他十周年的忌日。作为家中的独子，卢筝届时一定会现身的。

一语点醒梦中人。和所有的文艺生一样，容好平时画画之余，也喜欢涂抹几行字，所以对卢青城的名字并不陌生。这个以擅写爱情诗而开创了“倾城派”的诗人，在上世纪七八十年代曾经名噪一时。当然，也有很多老资格的评论家责备他无病呻吟，不适合蓬勃向上的时代主旋律。不过这话现在再也没有人说了，因为诗人的时代早就过去了，卢青城也在一个春夜里黯然死去，这倒省却了被大众遗忘的痛苦。

这一天，容好格外细心打扮了自己，一身素净外，还用白绢把头发扎了起来。认识她的人都感到蹊跷，因为这个小姑娘的明冶和麻辣在街坊都是出了名的。七岁时，就曾亲手剁下一只鸡头，血淋淋地扔到隔壁曹书记家的灶台上，把他那醋坛子老婆吓晕了过去。这样一朵扎手的刺玫瑰，竟然冒充我见犹怜的含羞草，大家都吐舌偷笑了。——也许，她是受了仿生学的启发，以便更容易地接近猎物？

容好来到了墓园，很快就找到了卢青城的墓地。上红下白的石碑上，主人深邃的目光注视着她，让她颇不自在，于是闪到了一边，紧盯每一个前来祭拜的人。和想象中完全不一样，今天没有什么公开的纪念仪式，但自晨至昏，祭奠者倒也细水长流，尤以中老年人居多，这倒让她的辨认工作容易了许多。

可即使如此，她也好几次差点认错了人，因为有一个大学生模样的人下跪后号啕大哭；又有一个头发像鸟巢的青年男子一边发狂大笑，一边使劲扇自己的耳光。管理人员及时制止后，容好才知道前者挨了女友的窝心脚，后者是个喝多了的无名乐人。天色渐暗，容好的心情也一点点沉了下去，但在墓园关闭前的半小时，卢筝终于出现在了墓地，不过，她几乎惊讶得不敢相信自己的眼睛。

这个人就是卢筝？这个人竟然就是卢青城的儿子？

说起卢筝，那可是个同龄人中颇有传奇色彩的人物。且不说后来的经历了，单说二十多年前，声名鹊起的浪漫诗人卢青城公然抨击教育体制，还拒绝将儿子送进小学，非要言传身教，自学成才，就引起了社会的轩然大波。他究竟培养出的是一个新甘罗还是小仲永，成了众人关注的焦点，并随着父子的漂流足迹而荡起一波波争议。儿子长大之后，出格程度不让其父，直到铁门关探险之后才销声匿迹。

来者不白不黑，不矮不胖，容貌既不狰狞也不猥琐，但是，他的一举一动显得魂不守舍，就像是被抽掉了脊梁——不，像一条被打断了脊梁的狗。比之前面那两位还不如，因为他们虽然当众出丑弄乖，起码还有几分活气。

一刹那的心慌和失望之余，容妤希望自己再认错一次，但理智告诉自己，千真万确，这个人不是冒牌货，因为花篮的缎带上明明白白写着“不肖子”三个字。如今这年头，即使冒充诗人都不会捞到什么好处，弄不好还会被人骂神经病，何况冒充诗人的儿子呢！

放下花篮后，静立了片刻后，卢筝就迅速离去了。容妤悄悄尾随着他，经过一番辗转后，最后来到了西单的一家商场，看他消失在了后门的员工专用入口，才停下了脚步。她来到了一层的化妆品柜台前，一边装做挑口红，一边和售货员聊了起来。果然，那个小伙子名叫卢筝，至于他是谁的儿子，大姐茫然摇头表示不清楚，不过她知道他马上就要成为谁的女婿了。

以后的情节就不赘述了，容妤给卢筝戴了一顶又一顶高帽子，但对方就像当年那个土匪“八巧哥”一样无动于衷。不过，她才不会眼睁睁看着一大堆钞票就这样不翼而飞呢！于是，双方的拉锯战就此展开，虽然没有分出胜负，容妤对自己的对手却越来越了解，甚至包括他那盛气凌人的未婚妻。当然，容妤也明白己方的致命弱点：没有一张足够打动对方的牌。

隔日，容妤又去看望韩奇老先生。以资历而论，韩奇教授可谓是今天中国史学界的泰山北斗，但主流的各大学派似乎不太把他当一回事。这听起来让人惊异，但是，如果你得知老先生在长达半个世纪的教研生涯中竟然没有发表过一篇正式论文，不知又该做何感想呢？

但无论别人如何口讥腹诽，韩奇毕竟是半儒半侠的传奇英雄容光斗唯一的弟子，也是京师大学这棵老树上仅存的几朵早梅之一。也许是从师日浅，未能得到老师的真传，反正自从海滩一别后，韩奇的一生就迅速从绚烂归于平淡。但也幸好如此，几十年来他清静自守，没有卷入任何学术或非学术的风波，也算应了福祸相倚的古训了。

在医院的单人病房里，无儿无女的韩奇见到了容妤，满脸的皱纹都少了一大半，而陪护在侧的蔡东风的那双白眼也翻成了青眼。

“看你拿什么来谢我？要不是我神机妙算，你连卢筝的影子也捕不到呢!”

容妤虽然佩服蔡东风的心思敏捷，却不喜欢他那副自命清高的样子，故意撇了撇嘴，露出了不以为然的神色。

“找是找到了。不过，那个卢筝呀，我看就是个浪得虚名的凡夫俗子而已，哪里能比得上志大才高的师兄你呢?”

这句话分不清是褒扬还是讥诮，可是蔡东风听了却像吃了摇头丸一样兴奋。不过，容妤的下一句话，就让他刚刚涌起的得意立马退了潮。

“可惜了，卫宗渊要找的人是他，而不是你。看来，一个人要想扬名立万，也得有几件拿得出手的真货，光会读书耍嘴皮子是不行的。”

蔡东风的眉毛耷拉了下来，这个前湖北省文科状元最恨别人说自己眼高手低了。于是，他骂卢卫二人都是天生的怪物，一个该去却死活不去，一个不该去却硬要去，就像冰炭两不相容，真把他们撮合在一起，搞不定会闹出什么祸事呢!

蔡东风的妒忌心在隐隐作祟，希望两个臆想中的情敌同归于尽。可听在容妤耳中，却联想起了中和反应。也许，卢筝和卫宗渊见面倾心交谈一番，什么问题都烟消云散了。眼见日子一天天过去，总该给人家一个答复吧。于是，容妤又一次去见了卫宗渊，委婉地说卢筝怕是请不来了。这个结果，卫宗渊自然颇为失望，但似乎也早预料到了。不过，他对卢筝落魄的现状倒不怎么关心，反而对婚礼的细节很感兴趣，尤其是新娘的年龄、容貌和家庭背景。看到容妤奇怪的眼神，卫宗渊笑了起来。

“没关系，他虽然口气很硬，事情还有回旋的余地。我有一句话，烦请容小姐转告给他，但千万不要说是我说的。”

容妤牢牢记住了那句话，不明白是什么意思，但也知道成败就在此一举，所以手心着实捏了一把汗。让她意外的是，这一次卢筝竟然没有像往常东躲西藏。

“容小姐，因为你是个涉世不深的女孩子，有些话我不愿意点透，但现在实在不能不说了。要想让一个人替自己卖命，总要付出一点代价。对一个男人来说，有诱惑力的东西不外是钱权色三样。从小到大，我对钱就没有概念，左手来右手去，否则也不会沦落到今天这步田地；权也不用提了，如果你们容家有靠山有背景——或者说，只要韩老先生说的话有人愿意听，容光斗的遗骨早就找回来了，即使找不到也会想着法子变出来，轮不到我这样的小角色充大牌上场！至于——至于最后那一样，你知道，我虽然不是个正人君子，可胆子不大，何况你也不会——”

他的话还没有说完，就被容妤冷冷地打断了：“不要说了！没错，不管做什么事情总要付出代价。所以，这也是我最后一次找你，去不去自己拿主意。你可听清楚了：如果你跟我走，不管能不能找到祖父的下落，我最后一定会把铁——门——汉——简——交给你。”

为了表达清楚，那四个字从她嘴里说出来，都像壁虎一样拖了条长尾巴。可是卢筝一听，却像踩了尾巴的老虎一样跳了起来，一把就抓住了她的手。容妤猝不及防，疼得尖叫连声，可是卢筝浑然不觉，情急之下，她狠命踩了他一脚，才将自己解救了出来。

“你怎么这么粗鲁呢？”说完这一句，她的眼圈都红了。

“铁门汉简在哪里？快告诉我！”卢筝毫不理会她的抱怨，几乎吼叫了起来。可是容妤才不怕吓唬呢，她故意仰起头来，目光盯着低空中飞舞的燕子，不再搭理他了。容家养着一条脾气很坏的大狗，还是条公狗，所以她从小就知道如何修理暴跳如雷的异性。等卢筝发作够了，她才歪着头看着他，慢悠悠地回答道：

“第一，我根本就不知道‘铁门汉简’是什么玩意；第二，我也不知道你为什么把它当性命宝贝看待；第三，我连它在谁的手里也不知道——即使知道了也不会告诉你！但是，我可以向你保证：只要你答应出去走一趟，我一定会亲手将它奉上的。”

对方既然已经开出了条件，卢筝就要考虑如何回盘。根据过去打交道的经验，卢筝知道这个女孩子心眼忒多，不过却断定她这次不是在耍滑使诈，因为“铁门汉简”这四个字绝对不是一个只会调朱匀粉、舞丹弄青、画影绘形的小丫头所能杜撰出来的。

卢筝低头思忖的时候，容妤也在观察着他的神情变化，她第一次发现这个人的眼睛透出的幽深，居然和墓碑上的那个人完全一样。看来，他真是卢青城的儿子。直到这时，她才突然感到有点后怕，如果最后交不出什么汉简，他会不会一怒之下掐死自己？

“好的，我们成交了！”卢筝没有杀价，一锤定音了。

容妤笑了，她长出了一口气，觉得自己的运气很不错。随即，女性天生的同情心又开始起作用了，她突然觉得这个被自己变相绑架的人有点可怜。

“那你——你结婚的事怎么办呢？”

果然，卢筝的眼神里露出了犹疑，不过也就是一两秒钟的事，随即说那是自己的私事，犯不着别人操心。很快，卢筝就跑回了监控室，匆匆收拾好个人物品，又写了一个长假申请给工程部长老谭，感谢他的举荐之德——卢筝能战胜一干对手，老谭这个古道热肠的月老居功至伟，封好后让小王转交。——如果老谭批驳下来的话，就替自己代办一应辞退手续。小王惊讶得合不上嘴巴，卢筝没时间解释，拍拍他的肩膀说好好干，我的位置就让给你了。

卢筝在宽大的真皮沙发上枯坐了大半个小时，前台小姐已经偷瞄了他一百次了，才看到顾雅莉一脸不快地从内间走了出来。现在是工作时间，说私房话不方便，于是，两人来到了楼下的茶室。还没等顾雅莉发问，卢筝的一句话就让她惊呆了。

“我们的婚礼要推迟了。”

“出了什么事情？”直到现在，顾雅莉才发现未婚夫脸上有着自己从未见过的严峻，连声调也变了，似乎夹杂了风雷之音。

“没什么，我必须先处理一下自己的私事，可能这几个月不在北京。”卢筝虽然决心已定，但不敢看她的眼睛。

“你要去哪里？去干什么？我有知道的权利。”她固执地追问道，语调和以前一样干硬。但不知为什么，以前那种优越感突然动摇了。

“我必须去一趟海外——你不要误会，不是留学，我也不是那块料。”在这之前，卢筝已经从商场员工的窃窃私语中摸清了她的过去，也明白自己被选中的原因。

“为什么不回答我的问题？我明白了，一定有什么大事一直瞒着我！”顾雅莉说完后，心里才微觉一丝歉意。半年来，她始终沉湎在自己的伤心史里，从未正眼看过卢筝，甚至想都没想过这个人也可能拥有一个故事，那里面一样有缠绵悱恻，一样有天崩地裂。

直到此时，顾雅莉才一点点回想起了未婚夫的些许奇异之处，例如，他在大冷的冬天也用凉水冲澡，这个习惯在北京人里可真少见；只要不是陪自己逛街，他走起路来就像风一样；对了，卢筝还有一个破旧的登山包，绣着一只被闪电击中的雄鹰，那是国内著名的探险协会——凌云社的图徽。

顾雅莉的性情难说温柔体贴，但心思之绵密却绝不在容妤之下。很显然，今天发生的这件事，和那个总来找卢筝的小姑娘脱不了干系。也许，是卢筝以前做过什么混账事，被人家抓住了把柄？

“你放心，我回来后一定会娶你的，今年五一不行，但是十一一定可以完婚。”卢筝不知道顷刻之间她已经浮想如云，为了让她相信自己的真心，恨不能切腹表白了。

“算了，既然你什么也不想对我说，那你就自己看着办吧。我不会撒娇卖痴，更不会委曲求全。你说十一回来娶我，还不知道我肯不肯等到那一天呢！”顾雅莉说完，心中凄苦无比，泪水夺眶而出。

03 乌合之众

如果一个熟人突然间言行反常，究其原因，无外乎是以下三点：第一，他（她）受到了强烈的精神刺激，最典型的就是坠入情网或被踢了出来，当然也不排除吃错了药、中了足球彩票的可能性；第二，他（她）是个善于伪装的人，像一头披着羊皮的狼，平日温顺和善，时机一到就龇牙咧嘴了；第三，他（她）正处于某个生理阶段或命运关口，导致内分泌失调，情绪无法自控，比如怀孕期和更年期的女性，以及刚下台的官员和结婚前的新人。

作为一个绝佳的样本，这三点竟然在卢筝的身上全部得以体现，特别是第二点，因为他的逃婚举动和报纸上登载的骗钱又骗色的流氓行径没什么两样。不过，他很快就发现，当天行为反常的人并不止自己一个。

一旦明白了卢筝是铁了心要远行以后，顾雅莉的态度就突然转了一百八十度，不哭反笑了。她先是取笑卢筝，说他不已是个中学生了，竟然会被一个小姑娘轻易拐走，也不知道人家给他灌了什么迷魂汤。继而自嘲心比天高，当初谁也看不在眼里，现在竟然赔钱陪房都嫁不出去了！到后来，她笑得更加肆无忌惮了，几乎喘不过气来。不过在午夜的酒吧里，这种场景实在太寻常了。为了防止她做出什么不雅的举动，卢筝一时像保姆，一时像保镖。不过，在手忙脚乱之余，他也不是一点收获没有。比如，他发现自己的未婚妻其实是个颇有情趣的女人，她不但熟悉多种音乐的旋律，还喜欢引吭高歌，舞技也堪称娴熟。到最后，她终于累得半步也挪不动了，这才伏在卢筝肩头，说出了一个天大的秘密：她在大学时代就是文艺队的台柱子。当然，那已经是十年前的旧事了。

卢筝将她半搀半抱弄到了一个僻静的角落，想歇口气就走人，没想到一转眼的工夫，顾雅莉又喝上了红酒，一杯接一杯像没关严的水龙头。面对卢筝的劝阻，她说反正今天是周末，放纵一下身心又能怎样？再说，爱人走了，清醒一刻就等于多遭一刻的罪，干脆醉死在这里算了！

卢筝也没想她说的“爱人”究竟是谁，心头一股热流涌起，一把从顾雅莉手中夺下酒杯，掷在地上摔得粉碎。

“我们明天就去登记好吗?”

自从三年前大醉一场后，卢筝一直滴酒不沾，今晚要客串司机，当然没有开戒，却没想到说了句大昏话，因为明天是公休日，政府机关不开门。顾雅莉听了，不点头也不摇头，只是睁大眼睛痴痴地看着他，口里依然吃吃笑个没完，似乎从没见过比他更好笑的男人了。原来，她真的喝醉了。

卢筝叹了口气，带着她出门了。外面冷风一吹，顾雅莉全身就没了筋骨，绵软得像一根面条。上车开出不到一分钟，卢筝又掉头朝另一个方向开，还用手机给顾经理打了个电话，说今晚自己和莉莉参加朋友聚会，大家玩得很开心，这里寄宿方便，就不送她回家去了。他的谎话自然骗不过洞明世事的老丈人，不过却正中对方的下怀。顾经理在单位就以独断专行而闻名，在家当然不会是个开明的父亲，但眼下女儿的婚事已经板上钉钉，所差的只是一纸婚书而已，和未婚夫在一起过夜算不了什么。更重要的是，他为这个掌上明珠的终身大事操碎了心，现在唯一担心的就是她可能看不上卢筝。所以，两人多一些肌肤相亲的机会，对婚姻的巩固有百利而无一害。

终于到了自己的新居，卢筝将顾雅莉抱上了床，替她脱掉了外套鞋袜，盖好了被子，自己也像烂泥一样瘫倒在沙发上。今天发生的事情，彻底打破了他两年来的幻想。顾雅莉会等自己归来吗？今后，自己还能重过这种平静的生活吗？卢筝没有想出个子丑寅卯来，不知不觉中也沉睡了过去。

……莲花开了，婷婷在水之中央，仿佛一千年前就等在那里。惠风起了，在青苹之末，吹开罗裳，也将兰舟送到了落英缤纷的彼岸。火山醒了，岩浆汹涌如少年的热血，水波轻颤是处子的心跳。宇宙爆炸了，断线的纸鹞飞上了天堂，在太阳的中心焚成灰烬，轻悠悠地洒向人间。于是，在征服的狂喜和初经人道的痛苦中，他和她疯狂地结合在了一起……

卢筝骤然醒了过来，那张天下最美的脸也在一刹那消失了。每次做梦到这里就结束了，似乎她从未真正从自己身边离开。不过，这次惊破他春梦的不是闹钟，而是悄无声息的晨光。它从东方的地平线升起，落在西墙上新剪的大红喜字上，灼灼如跳跃的火焰。卢筝心虚之下，竟然不敢再向它望上一眼。

同样，朝霞也涂抹在了那个仍在恬睡的女人面颊上，让她眉眼慵饧，双唇潮润，连体态也仿佛婀娜饱满起来。

和顾经理想象的完全不一样，卢筝昨晚不想送顾雅莉回家的原因简单到了极点：他不想让顾经理看到女儿的醉态，更不想让老丈人知道婚期发生了突变。可是现在，他的心中却涌起了一股难以抑制的冲动。他来到床边，凝视着未婚妻的面庞。未明的光线，未褪的残妆，未醒的残醉，三者交织在一起，让她成熟的胴体散发出无限诱惑的气息。卢筝俯下身，轻轻吻了她一下，顾雅莉一定感觉到了，因为她发出了一声很轻的呻吟，眼睛依旧没有睁开，双臂却伸出来紧紧地抱住了他的脖子。卢筝的心剧烈地跳了起来，因为在这之前，她还从没对自己做过如此亲昵的动作。可是，当他正要回应她的激情时，却听到她的口中喃喃地吐出了一个名字。

虽然卢筝没有听清楚，却百分之一千地肯定她叫的不是自己。一心等着抱孙子的顾经理绝对想不到，这一晚，这对准夫妻不但没有同床，还各自做了个货真价实的“异梦”。

卢筝的动作僵住了。作为一个男人，他感到了深深的羞辱，但最后只轻轻叹了一口气。事实上，从顾经理急于将女儿打折处理的举动中，他就知道其中一定有令人难以启齿的事实。不过，如果老顾同志知道卢筝也不是白纸一张的话，不知道会作何感想?

卢筝将顾雅莉的双臂重新放进了被子，掖好了被角，就起身到厨房做了两份早餐。在熬粥的间隙，他写了一封信。不过，那些字句颠三倒四，即使自己重读一遍也不知所云。没办法，他连父亲的半点文采也没有继承到，何况此刻头脑中又乱成了一团麻。沮丧之下，卢筝把那两页纸揉成了一团，随手丢进了垃圾桶。

出门前，卢筝在顾雅莉的枕上留了张字条，告诉她干净内衣就叠放在旁边，一伸手就够到了，房间的钥匙在桌子上，吃早饭前放入微波炉加热三分钟，如果头还疼的话多喝热水多休息，千万不可着凉。这点小殷勤是每个男人该做的，可是与以前的卢筝相比，已经是天大的进步了。

昨天分手时，容好告诉卢筝该去哪里找她，可是，卢筝却背道而驰，坐上了开往南郊的地铁。一路上，他思绪起伏。看来，是祸躲不过，这次是非去不可了。不过，与其受制于人，不如自己解决问题。试想一下，自己不用伺候那个无事生非的阔少，左手携回容光斗的遗骨，右手拿回铁门汉简，是件多么有面子的事！当然，漂洋过海总要一笔钱来当路费的。难道，就没有一个朋友肯帮自己吗？

想到这里，他不禁苦笑了起来。说卢筝没有朋友，道上的人都会笑掉大牙的。那时候的卢筝，像普洒甘霖的救星，点石成金的仙人，开仓放粮的好汉，坐地放歌高谈，开宴胡吃海喝，结账前引后合。可宿醉醒来，自己还剩下什么呢？不过一身酒气和满地狼藉，还有背后那双泪光莹莹的眼眸而已。

卢筝的心顿时一揪，他赶紧转念避开伤心事，左思右想，似乎只有这一个兄弟还能指望上。一想到袁振威，卢筝心头就一阵温暖。袁振威的父亲是当年轰动一时的长漂勇士，与卢青城算是意气之交，他消失在虎跳峡的漩涡后，卢青城不远千里跑到云南去祭拜，顺便带回了朋友那失学的儿子。于是，卢筝有了一个异姓弟弟，也有了第一个崇拜者。三年前，卢筝黯然离去时，还将自己亲手创建的凌云社留给了他。

出了永定门，卢筝在一片新区里下了车。这里本是一片麦田，如今成了新兴的休闲游乐中心，是户外运动人士的大本营，也曾是卢筝的老巢，不过那已经是三年前的旧话了。一千多个日子，未必能消磨掉一个人的意志，但要改变一片洼地已经绰绰有余了。于是，蜿蜒的田埂辟为笔直大道，芦苇摇曳的鱼塘翻修成了游泳池，连起伏的蛙鸣也被凄厉的枪声取代了。原来，那个亏损的国有农场早就不养猪了，改为私人承包后，不知从哪里弄来了一群飞禽走兽，以供起了童心或杀心的市民过瘾。

卢筝的眼睛不用看路，双脚就自然而然来到了“凌云社”这三个势如奔马的草书大字下，看着络绎进出的客人，停满的车位，以及新装的霓虹广告和自助提款机，就知道自己了解的情况没有错，袁振威确实将生意经营得红红火火。卢筝匆匆而来，可真到了地方却犹疑了起来。不过，就在他徘徊的当口，已经有人看见他了。

“你这个家伙，到底藏到哪里去了？真把我想死了！”袁振威冲了下来，一番热烈的拥抱后，他的双手还掐着卢筝的肩胛，连声音都有点哽咽了。

卢筝也一样激动，久别重逢的场景就该是这样的。没错，这里才是卢筝真正的家，他的人虽然不在了，可是魂儿一天也没有离开。

果然，一踏入凌云社，卢筝就成了众人瞩目的焦点。——不过，除了袁振威，卢筝没有见到一张熟悉的面孔。也许是他的名头太盛，酒吧的招待员泼翻了咖啡不算，几个正打保龄球的会员也呆住了，连手中的球掉下来也浑然不觉，差点砸坏了自己的脚。凌云社新招的管理干部对这个老前辈更是敬畏有加，握手的时候都不敢正眼看他。可等卢筝一转身，一双双眼睛就齐刷刷地盯在了他的脊背上，似乎那是一个活动的靶心。

“你胖多了，真有点大老板的模样了！”房门关上后，卢筝才感觉自在多了，他拍着袁振威的肚皮开起了玩笑。

“你难道不是吗？”袁振威躲开了，笑着反问了一句，随即感慨万千，“那时候，我们都瘦得像猴子，你还记得吗？我们有一次断了顿，半夜里饿得睡不着觉，去地里偷挖了农民的土豆来烧，早上起来照镜子，一个个全长了小胡子。”

“没错，大清早人家正好上门来查问，当下就抓了个正着，害得我们在村民大会上做检讨。最后，不但没有赔钱，村里人还倒送了我们几袋面粉和一推车萝卜。”卢筝的眼睛也湿润了。

回忆了一番令人唏嘘的往事，卢筝问征地后的乡亲们搬到哪里去了，袁振威不知道，突然想起了什么，声音也变得轻悄悄的，似乎外面有人在窃听。

“最近一段时间，很多人来打听你的下落，大部分是新闻记者，也有几个老朋友，我说你正在筹划一件神秘的大事，所以不能对外公布。说实话，只要你平安就好，管别人说什么呢？”

什么人来找自己？卢筝不知道，也没有兴趣去问，但是袁振威的话里却透出了一个信息：似乎有什么麻烦找上了自己。还没等他深问，袁振威鉴貌辨色，知道他无事不登三宝殿，先关切地说了一句：

“卢哥，我们不是外人，有什么话只管吩咐好了。”

见他如此客气，卢筝更加张不开口了。两人从小就以兄弟相称，只是，以前的“大哥”换成了今天的“卢哥”而已。其实，被时间改变了的岂止是一个称呼？在袁振威的眼中，那个一半是烈焰一半是寒霜的卢筝已经不见了，取而代之的是一个七分沉郁三分沧桑的平凡男人；而他自己呢，也早不是卢筝记忆中的跟屁虫和下脚料了，商海的沉浮，早把他磨炼得刀枪不入。今天，卢筝来得如此突然——不，换一个角度讲，又是如此必然，显然是意有所求。袁振威知道卢筝这个人心气高、手脚大、面子薄，与其绕弯子，不如自己挑明了算了。

“是不是手头一时紧了？没说的，咱们之间还有什么客气的？你看，这个数够不够?”袁振威做了个手势，竖起的五根手指头代表了某个数量级的钞票，下压的掌心则隐含了一句潜台词：在凌云社，一切都在我的掌控之下。

卢筝听了连连摇头说：“你完全误会了我的来意。我有了一份全职工作，也快要成家了。不过，在送喜糖之前，我还要重操一次旧业。希望你能帮我组织一支探险队，去南太平洋寻找容光斗的下落。”

袁振威的笑容不变，眼神却有点游移不定了。谁不知道，卢筝天生就是穷神投胎，花在他身上的钱，就像泼在沙子里的水一样，连个印子也留不下来。可是，袁振威又无法断然拒绝他的要求。除了私人情谊，卢筝一直是凌云社的镇山之宝。没有他的名气做招牌，自己也走不到今天。当然，现在他的名声完全变成了一柄双刃剑，甚至成了凌云社的负资产，让人不知道该怎样处理才好。以袁振威消息之灵通，已经注意到一场大风波正在暗中酝酿，大家都避之唯恐不及。可作为当事人，卢筝居然还像个没事人一样，真是咄咄怪事!

平心而论，袁振威能有今天绝不是坐享其成。当初这里还是一片菜地的时候，凌云社也曾热闹非凡，是各色狂热人物的聚散地，可入不敷出的财务状况，让它的生存始终命悬一线，尤其是核心人物卢筝的突然离去，更差点关门大吉。多亏了袁振威提出了转型战略，才将一个朝生暮死的业余俱乐部变成了一个赢利丰厚的经营实体。现在，凌云社的业务蒸蒸日上，会员不断扩大，不但购买了房产，获得了银行的贷款，甚至有了自己的杂志和网站。当然，这个过程也无可避免地引发了一些争议，有人就指责他以公司化为幌子，乘机侵占股权，剪除创业元老，最后把一个理想主义者的渊薮变成了个人的私产。

袁振威的沉吟，让卢筝明白自己空跑了一趟。他虽然是凌云社的开山人，现在还是挂名的主席，但不是登记在册的股东，自然没有分红的权利和发号施令的资格。尽管当初为了维系生存，他曾把自己的全部家产都投了进去，甚至当掉了父亲遗留下来的珍贵手稿。

卢筝起身告辞了，他知道自己今天来得真不巧。因为刚才上楼的时候，他就已经注意到社里正在大搞装修，连挂在会议室里的老照片也取了下来，那上面当然少不了自己的光辉形象。袁振威挽留不住，说中午一起吃顿饭也好，可是卢筝一口拒绝了。看着他尴尬的表情，卢筝倒有点过意不去了，握了一下袁振威的手，说今后我们还是朋友，不过不再是患难与共的兄弟了。

初春时节，北京的沙尘暴又起了。卢筝走进了茫茫的风沙中，视野中一片迷蒙，头脑中一团混沌，如同自己的前途。

回到了租住的陋室中，卢筝开始收拾家当，容好已经和他说好了，以后为了联系方便，让他搬到海淀去和韩老爷子的学生蔡东风住在一起。本来一分钟就搞定的事，他却拖延好久，那个鸡肋一样的登山包，本来和自己一点关系也没有了，可是看到那双刀一样犀利的翅膀，又不忍心丢掉，最后草草塞进了行李箱的底部。正要出门时，老谭不知怎么找上门来了。

“啧啧，地上这么脏，也不动手拾掇一下，莉莉要是来了，非狠狠剋你一顿不行！”卢筝说她从没来过，“哦，那也是你的不对了，人家架子大，你就姿态低一点，多请几次嘛！要不是我看你小伙子人还不错，好事还能轮到你头上呀？就说那个谁谁吧，是冯局长的小儿子，死乞白赖追了半年，莉莉就是不睬他！”卢筝说那家伙是个瘾君子，满手的针眼，一张脸白得像杰克逊，嫁给他不等于天天搂着白骨精睡觉？老谭说，你小子看上去倒也人模狗样的，可口袋空空的帅哥北京满大街都是，不稀罕你一个。

“你干吗发神经把工作也辞了，莉莉也知道了——还同意了？不可能吧，我出门的时候碰到了老顾，他还笑呵呵请我以后多栽培你呢！年轻人做事就是欠思量，谈恋爱的时候谁不疯魔？结了婚你就知道，女人再能干，也不能吃软饭。归根到底，人是不能不工作的呀！”

卢筝这辈子还没见过比老谭更婆婆妈妈的男人了，下班忘关了一盏灯，他数落你能从爱迪生发明灯泡开始。借钱是男人之间常有的事，本地人往往豪爽地一拍胸脯，咱俩谁分谁呀，全包在我身上。之后就发挥忘我的精神了，你厚着脸皮催一下，那原因就多了去了，什么房市打雷股市下雨了，宏观经济晴转多云了，总之连老天爷也与你做对，还有什么法子呢？而老谭呢，人家借一千块钱，他哎呀尖叫一声，仿佛国库被劫了，然后念起了紧箍咒，直到你承认自己的世界观有问题，才从皮夹子里抠抠搜搜点出三百元，还让你当场写下借条。你根本不用担心忘记还钱，因为发工资那一天，他早就等在出纳那里了。

他一来，卢筝的头疼可想而知。等天色变暗了，老谭眼见劝解无效，着急赶回家给老婆孩子做晚饭了，卢筝这才发现除了唾沫星子之外，人家还留下了一个牛皮信封，里面放了五千元钱。卢筝以前手中拨万论千不在话下，现在却感激得要掉眼泪。这趟出洋的差事看起来风光，实际上自己扮演的角色和旧社会给地主抬轿打伞催租放账的狗腿子没什么两样，但即便如此，零花钱总不能伸手向卫大少爷要吧。

卢筝终于拨通了容妤的电话，告诉她自己已经处理完了手头的事，正在等候她的差遣。容妤夸他真是个一诺千金的大丈夫，卢筝听了很受用，不过，得知新家的位置后，他却感到大不舒服了。

“北京这么大，就不能换个地方吗?”

容妤奇怪了，说雁湖可是京师大学风景最美的地方，你又不是个俗人，怎么会不喜欢呢? 再说了，这可是韩老爷子亲自安排的，我们怎么能拂了他老人家的一片心意呢? 卢筝听了无话可说。于是，两人又一次见面了。

“我那一脚没有踩坏你吧?”容妤看他换了双运动鞋，随口问了一句。就像男人不穿裙子一样，女画家也没有穿高跟鞋的，不过那天容妤还要去见卫宗渊，特地破例了一次。

“当然没有。我的手像老虎钳子，把你夹疼了吧?”卢筝随即注意到她手腕上的一片红印，自己的脸先烧了起来。

“那倒是，回家让妈妈看见了，盘问了半天，还以为我——以为我被狗咬了呢!”容妤说完，突然想起了什么，“扑哧”一声笑了。

“你那天说的一席话很有意思，不过，我想了一晚也没有想明白，我只说了‘铁门汉简’四个字，你就乖乖缴械投降了。那么，它究竟会给你带来钱、权、色中的哪一样呢?”

卢筝的脸色阴了下来，说实话，他一点也不喜欢和这个刀刀见骨的小姑娘打交道。容妤见他神色不豫，嘻嘻笑了一声，也不再说什么了，很快将卢筝带进了雁湖北区的一片老式平房里。在这个大破大立的时代，它之所以能够幸存下来，不是自身有什么文物价值需要保护，而仅仅因为老居民还没有死绝，产权单位不想惹麻烦，更不愿意掏巨额的动迁费，宁愿再等上几年，让自然规律来解决这个难题。

至此，卢筝才知道，他的栖身之处竟然是韩奇教授原来的家。在被送入医院以前，老先生曾经在这里住了几十年。不过在受宠若惊之余，最让卢筝感到庆幸的一点，却是它虽然像前主人一样朽而不垂，倒还不至于漏风透雨。

在卢筝到来之前，容妤已经把床铺收拾停当了。被褥虽然不是新的，但拆洗得很干净，还散发出一种清爽的气息。天黑了，卢筝躺在床上难以入眠。昨日之日，他还沉醉在“洞房一夜春风起，遥忆美人湘江水”的绮丽迷离中，可是今日之日，却过上了寄宿生活。更让他恼怒又奇怪的是，半夜不时有猫从门洞钻了进来，似乎它们才是真正的主人，赶都赶不走。

韩奇老先生最近的病情不大稳定，蔡东风经常在医院陪护。卢筝一个人独居，无聊之余，就整日在校园里袖手遨游，无所不至。对于一个很早就走上人生岔道的年轻人来说，大学显然是个奇怪又值得琢磨的地方，就像眼前这一泓湖水，虽然看上去平静如镜，波澜不惊，其实底下暗流涌动，鱼龙隐现。

这天，蔡东风回来了一趟，好像没发现屋子多一个人，坐在那里自顾自地看书。卢筝见惯了没礼貌的人，他交的狐朋狗友也个个缺乏家教，不过，将自己完全视为空气的人还是第一次看见。

“你每天看书有什么用？不如到琉璃厂倒腾点文物，兴许早发财了。”卢筝充满恶意地说了一句。蔡东风听了脸色一寒，瞪了他半天，才文绉绉地憋出了一句“前车之覆，后车之鉴”，卢筝听后捂着被子笑了半夜，倒免去了失眠的痛苦。

可是，听说蔡东风是韩老先生指定的探险队的一员，他就不笑了，当听说容妤也要去的时候，连哭都没有泪了。

这可不行，要赶紧劝她打消这个念头。在校门外的一棵老槐树下，卢筝踱来踱去，口中念念有词，编排着将要讲给容妤听的话。突然，他的面前扬起了一道尘土，一辆敞篷越野车在旁人的惊叫中，向着他直扑过来。

卢筝脸色微变，身子却像吓呆了一样纹丝不动。果然，对方开始急刹车，一阵刺耳的尖叫声响过之后，这辆老破车在离卢筝不过一米的地方戛然而止。车还没有停好，一个包着红头巾的阔腰大汉就跳了下来，在冲起的灰尘中大踏步走来，像腾云驾雾的天蓬元帅猪刚鬣。卢筝尴尬地躲开了他拥抱的双臂，心想我可不认识你。

“你难道忘了吗？我是胡自雄啊！”大汉摘下了墨镜，大声叫嚷起来。

“胡自雄？真的是你！”卢筝打量了半天，猛然醒悟过来，当胸就给他一拳，嘴里脱口而出：“你怎么变成花蝴蝶了？”

“不，应该是‘你怎么不当墙头草了’？”这句话说完，两个人哈哈大笑起来。

没错，卢筝第一次见到胡自雄的时候，他正骑在一堵墙上。那时卢筝的年龄并不大，胡自雄自然更小了，但也早就过了翻墙揭瓦的童年。而且，他们邂逅的地点既不在皇城狭长的胡同里，也不在江南水乡低矮的茅舍下，而是在玉门关通向阳关的一段古道上。胡自雄之所以赖在墙上不敢下来，是认定有一群狼在跟踪他。

这是当地一条有名的旅游路线，一路上黄草白沙连天涯。步行期间，颇能发人思古之幽情。这种地方，怎么会有狼群？更何况还是在大白天呢！

当然，这纯粹只是他自己脑子里的臆想而已。在卢筝眼里，他骑的并不是什么墙，而是一个半坍的烽火台，而围在下面狂吠不止的也不是野狼，而是附近军马场里的几只狼狗。

卢筝一声呼叱就替他解了围。当胡自雄从墙上爬下来时，声音里都有点哭腔了。原来，他漫游的起因仅仅因为高考失败，被父母责骂了几句就羞怒出走。卢筝安慰了这个落第胖书生几句，然后就塞点钱打发他回家了。在收拾行装时，卢筝发现他的包里竟然全是肉夹馍和油馓子，一打听，才知道他的父亲是个屠夫，母亲是个厨娘，从小吃下水长大的。但即便如此，卢筝却丝毫没有瞧不起他的意思，只是可惜了“自雄”这个好名字。

当然，卢筝很快就把这场偶遇忘到了九霄云外。不过几年以后，“胡自雄”这三个字却像二踢脚一样蹿上了半天空。

胡自雄之所以出名，并不是因为他一刀从猪肚子里挑出了传国玉玺，而是因为一笔糊涂账。回家后没几天，胡自雄受不了父亲的拳头，又跑了出来，干过各色营生，居然吃喝不愁。也该他时来运转，一个电视剧组要去南疆拍片，胡自雄也以剧务打杂的身份同行，兼演一个盗马贼。一天下午，刚拍完“绿洲幽会”这一段，摄影师就跑到了沙丘后面去出恭，胡自雄手痒偷空摆弄了一会儿相机，等到导演剪接胶片时，发现镜头上居然出现了一只模糊的猫科动物的形象。一传扬开来，有人断定它是一只已经灭绝半个世纪的新疆虎，也有人说不过是一只金猫。正如我们所料，学者们一旦争论起来，焦点就离真相越来越远了。当然，也有知情人爆料，说那不过是女主人公向心上人求欢时，随手丢弃在胡杨树墩上的一件条纹背心而已。

卢筝高兴之余，问胡自雄来北京干什么。胡自雄说来救你呀。看到卢筝莫名其妙的神情，胡自雄说你又不是鸵鸟，天都塌了还想蒙在被子里吗？一边说，一边从车上拿下了一卷报纸，最上面的几张还油迹斑斑的，似乎包过鸡爪酱肘子之类。卢筝一份份看下去，越看越心惊肉跳。其中，最客气的一篇题目是《“青年俊杰”还是文物贩子?》，全文如下：

我们曾在三年前报道了轰动一时的铁门关探险，得到了广大读者的热情关注。但是近来，记者从有关部门证实了一个令人吃惊的消息：三年过去了，卢筝竟然没有将在铁门关发掘的汉简上交！读者如果有印象的话，应该记得当初接受记者采访时，卢筝亲口说自己挖掘出了一批汉简，还信誓旦旦地表示清理完毕后就一条不少地上交国家。

那么，究竟是什么原因使卢筝食言而肥？更重要的是，那批汉简现在究竟在哪里？是仍然保存在卢筝自己手中，还是当初压根儿就没有找到汉简？或者如社会上的某些传言，已经被倒卖给了境外的走私分子？而让人感到蹊跷的是，自从铁门关探险之后，卢筝就从社会公众的视线中消失了，至今不肯露面。

莫非有什么难言之隐？莫非有什么不可告人的秘密？根据国家文物法规，祖先创造的文化遗产归全体人民共有，谁第一个发现绝不意味着就拥有了占有权和支配权。众所周知，卢筝出身于一个不平凡的家庭，但这不是他可以逃脱道德拷问和法律追究的护身符。我们希望他尽快说明真相，不要因为一时贪念而辱没了先父的一世清名。

卢筝呆了半天，突然笑了起来，最后连眼泪都出来了。回想起这段时间发生的一幕幕场景，没错，我真是个蠢蛋，全世界的人都知道了，偏偏自己还蒙在了鼓里！同时，他也明白了为什么蔡东风视自己为覆车，而袁振威干脆把自己当做了挡道的顽石。原来，人家不光要抹掉自己在凌云社的残留影响力，还要避免遭受池鱼之殃，所谓“想死我了”还不如说“我想你最好死了”。

胡自雄问卢筝杵在这里干什么，卢筝心乱如麻中，草草说明了原委。胡自雄大喜，说自己也要一起去，卢筝尚未来得及表态，容妤恰巧就到了。

“哇呀，我说嘛，怪不得你神魂颠倒的，原来是掉到美人怀里了！”胡自雄一看就来了劲，口中嚷个不停，卢筝狠命捏了一把他的胳膊，才闭上了嘴巴。

容好似乎没注意到他们两人在嘀咕什么，卢筝向她介绍了胡自雄，还大肆渲染了一番朋友的身份，似乎下届影帝非他莫属。胡自雄听了不以为过，反而恬然自得。容好满面含笑着向胡自雄问好后，目光在他右耳那个金灿灿的圆环上停留了几秒，随即转向了卢筝。

卢筝干咳两声，开始了酝酿已久的发言。但那一堆车轱辘话，翻来覆去无外乎就是：寻找容光斗的任务既然已经由自己承担下来了，她只需要在家里安心等结果就是了。而且，此行的风险很大，路上也不好走，带着一个女孩子会很不方便的。

“那你干脆当我是个男孩子好了！”容好突然说了一句，眼圈已经红了，“我会游泳，练过跆拳道，接受过医护培训，还懂两门外语，实在不行，我可以把头发剪短！”说到最后，她连声音都有点哽咽了。

卢筝哑口无言了，胡自雄本来在一旁呆看着，这时忍不住跳出来趟浑水了，说容好去也好，几个大男人天天扎在一起，容易上火，何况还有一大堆啰唣事，如洗衣做饭清扫了，谁都不屑去干，可总得有个人承担呀！

“你一定会做饭吧？放心，你只管掌勺，我来给你当下手，淘米洗菜挑筋剔骨的粗活都包了！”

容好鼻子一哼，小嘴一撇，不吱声了。胡自雄误会了她的意思，猛夸她外秀中慧，可比自己那只会削面的亲娘强多了。这个奇怪的类比让容好十分不悦，但她不想分散火力，反而赞了胡自雄一句：

“你看起来倒也通情达理，毕竟是大明星，比死心眼的电工强多了！”

“唉，说白了吧，不怕人笑话，我就是个吃货，一旦饿上劲来，就是嘴上不同意，肚皮也会投降的！”胡自雄一边说一边晃动起了粗壮的身体。

眼见他不但不帮自己，还跟容好套上了近乎，卢筝又一次体味到了什么叫做众叛亲离，只好叹气认命了。胡自雄载着大家一起去兜风，但不过一刻钟，那辆跑气又漏油的越野车就被交警扣下了。不过，容好的情绪丝毫也没有受到影响。天晚了，她自掏腰包请两人吃了快餐，还说一起去迪厅发泄一下。胡自雄当然举双手欢迎，可是卢筝没心情，借口自己明天要去拜会卫宗渊，今晚还是早点休息为好。果然，容好神情一荡，跳舞的话头也就此打住了。

“你说，他是个什么样的人？”这次探险活动，卢筝虽然是名义上的头，可也知道实际上谁说了算。资本的力量究竟有多大，他在凌云社已经领教过了。

“是个——很漂亮的男人。”容妤咬着嘴唇沉吟了片刻，才说出了这么一句。

“漂亮？哪有这样形容一个男人的？”卢筝先是愕然，随即笑出声来。

“你不信自己去看嘛!”容妤嘟起了嘴，显然不大高兴。

第二天早上，卢筝依约来到了西城区一座安静的四合院前。它的外观看上去不怎么富丽，但穿过了垂花门，转过照壁后，才发现里面别有洞天。卢筝对建筑没有什么鉴赏能力，倒是角落里有一块半人高的巨石，红漆着“泰山石敢当”五个大字，下面镌刻一个手执宝剑的神将和八行诗，其中两句“折冲道路三叉口，埋没泥涂百战身”，有点触动心怀。

卫宗渊已经站在白石铺就的甬道上迎候了。从见到的第一眼起，卢筝就想容妤说得没错，这确实是个很漂亮的男人，甚至除了“漂亮”之外找不到第二个词可以形容。卫宗渊目光明亮，鼻梁挺拔，身材修长，是个标准的美男子。为什么容妤不说他“英俊”呢？卢筝终于发现了：卫宗渊的嘴唇太丰满了，甚至有一种女性化的圆润。当然，这也使他看上去比实际年龄小了好几岁。

“卫先生一直就住在北京吗？”寒暄两句后，卢筝打量起了庭院。正房高大敞亮，厢房整齐干净，院落中间摆放着一个大金鱼缸，四周栽种了石榴和海棠。这种规制的老宅子，放在了过去，要有品级的官员才能享用，到了今天，也不是暴发户想买就能买下的。

“不，我从小在故乡扬州长大，现在常住上海，偶尔才来京看望一下哥哥。卢先生以前去过扬州吗？那里的芍药花是天下最美的。”

“只去过一次。瘦西湖的景色非常美，尤其是下雪的时候。”卢筝答了一句，突然岔开了话题，问卫宗渊在集团负责什么业务，平日都有些什么爱好。

“我是个百无一用的废人，从小到大，什么都是哥哥包办了。为了打发时间，经常坐在游艇上顺水漂流，看看云看看天，不知不觉就混了一天。不过，我胆子实在太小，只敢在湖泊港汊中穿来穿去，从不敢出江口。这次多亏了您，才让我有机会见识一下真正的大风大浪。”卫宗渊过分的谦抑中，透出了一种气派。

为寻求刺激而闯荡远洋，这就是他赞助容妤的原因吗？卢筝没有问，也不大关心，只是明确了一个事实：这个人和自己一样，与容光斗毫无瓜葛。

两人在堂屋中略坐了片刻，卢筝发现房间虽然宽大，但陈设非常简单，似乎不比自己那个新窝强多少。卫宗渊提议到花园里走一走，从游廊穿过月亮门，是一个大花园。里面花香飘溢，竹树环合，藤萝披拂，当然更少不了大片的芍药，虽然夏天还没有到，但花蕾已经结成，正在微风中摇曳。

赏花的时候，卫宗渊已经叫人在石桌上摆开了午宴，全是口味恬淡的淮扬菜，外加一道清汤和点心，佐餐酒是竹叶青。两人吃吃喝喝，说说笑笑。卫宗渊是个最好的听众，话不多而理解能力超群，你刚说上半句，他就知道下面什么意思了，但即使如此，也绝不轻易打断别人话头。

在这个红尘远隔的桃源中，面对这样一位浊世翩翩佳公子，卢筝终于放下心了。看来，还是自己多虑了。这次探险，卫宗渊的目的很单纯，而自己的处境也远没有想象的那么糟糕。

喝茶的间隙，卢筝看到了南边的亭子上有“翰墨茗香”几个字，就信步走去。果然，转过一个照壁，就是一间窗明几净的书房了。满架的图书之外，就是各色玉器和古董了，但落在卢筝眼中的，却是书桌上摊开的一套《中国汉简辞录》。

显然，卫宗渊刚才一直在读这些书。不过，他并没有匆忙上前把书收起来，也没有顾左右而言他以引开客人的注意力，而是直截了当地说：

“卢先生看到这本书，一定以为我在研究那批铁门汉简的下落?”未等卢筝回答，他又接着说道，“不瞒您说，报纸上的消息我也看到了。我还了解到了一个内幕，那就是铁门汉简已经上了一家国际文物交易所的名单，估计年内可能正式拍卖。所以，为了替您讨回清白，我想委托海外的亲友查一下它究竟落到了谁的手中，如有可能就花重金赎回。在写信之前，我想先了解一下汉简的有关知识，免得说外行话被人笑话。”

“假如汉简真的是被我卖掉的呢?”对于他的热心和慷慨，卢筝却并不肯轻易领情，而是感到万分懊悔：那天晚上，自己和蔡东风开玩笑时说什么不好，偏要劝人家倒卖文物，那不等于逃犯往自己脸上贴通缉令吗?

“绝对不会！汉简绝对不是你卖掉的。我很了解你，即使全天下的人都这么说，我也不会相信。”卫宗渊的双眼盯着卢筝，语气坚定异常，好像在叙述一件自己亲眼看到的事情。

卢筝终于被感动了。对方和自己素昧平生，却如此信任自己，这次探险不出死力报答，真是有点愧对良心了。抛开这些烦心事，卢筝看到案子上摆了很多手工制作的航船模型，墙上贴了许多海图，就恭维主人像裘千丈一样水上功夫了得。卫宗渊一听笑了起来，说你不要误会，我对航海其实一窍不通。不过，我生来就喜欢水，喜欢那种灵动透明的感觉。

“我常想：在我死后，如果要在海洋和陆地之间选择葬身之处，我一定会选择前者。卢先生您呢？”

听了他的话，卢筝的思绪不知怎么又飘到容光斗的下落来，想起容妤这个可怜又可恨的小姑娘硬要跟着去涉险犯难，卢筝不觉脱口而出：

“人死万事空，该忘记的就一定要忘记。昔者已矣，来者可追，葬身碧海和埋骨黄土又有什么区别呢？”

他没注意到，卫宗渊的眼中突然浮现了一丝猩红，但不过一秒钟，又恢复了温和淡定，连夸卢筝通达放任，能看破生死情缘，让人佩服得五体投地。

听了这似乎意有所指又无迹可寻的话，卢筝口中唯唯，心中却升起了一丝疑云：这个卫宗渊恐怕未必像看上去那样，只是一个头脑简单的富家哥儿。你看，他已年近三十，既无妻子，也没有女朋友，像个隐士一样过着离群索居的生活，这是不是很不寻常——很不正常？

但不管怎样，卢筝现在总算弄明白了这支探险队伍的成分：容妤是御林军——因为她是容光斗的嫡系“亲”兵，卫宗渊是热心的志愿军，而蔡东风是个配军，卢筝是强征来的壮丁，而胡自雄干脆是个投错了门庭的流寇！

天哪，就凭一群乌合之众，竟然要干这等大事！

04　大学之道

和高雅的人在一起，要小心被人家取笑；和聪明人在一起，要小心被人家愚弄。所以，作为一个典型的无学之辈，卢筝来到了雁湖这个天下读书人心中的圣地，就像一头闯进瓷器店的莽牛，要时刻警惕自己的言行，以免惊破了太多的白日梦，吓坏了太多的自恋狂。

不过，谁也不会想到，卢筝在这里交上的第一个朋友，不是食堂的插队高手，也不是水房的夜半歌手，竟然是贵为文史联谊会秘书长的潘书纲，也是韩奇教授早年的学生。不过，人家可比老师风光多了，不但享受着“食有鱼，出有车”的待遇，还可以参与一些重大项目的审批工作。但是，你不能因此苛责他不肯为寻找祖师爷的下落出力，他既然愿屈尊折节与卢筝这样的破落户结交，至少说明是个很有胸怀的人。

“小卢，你究竟是怎么找到铁门关的？”秘书长笑吟吟地问道。

这是个人人好奇的问题，因为谁都知道弱水那变幻无常的特性。那条季节性河流从祁连山发源，东折西弯一番，流入戈壁荒漠后，就像土行孙一样隐入地表，又像维吾尔族小姑娘的辫子一样散发成若干股。千百年来，人们只知道在弱水的尽头有一个红柳密布的大泽，大泽的北岸伫立着一座雄伟的军镇，它像利刃一样割断了匈奴与羌人之间的联系，一度还成为西域都护的驻节之地。

“跟着狼群一直走到头。”卢筝只说了这么一句，然后看了一眼对方的反应，又加上了一句，“我说的是真的。”

与如沐春风的潘秘书长相比，蔡东风就越看越让人讨厌了，尤其是他莫名其妙的傲气。卢筝虽然是“褪毛的凤凰不如鸡”，好歹还有旧日的荣光可以返照一下，可是对方不过是个还在读博的助教，在名人如云的雁湖连条泥鳅也不是，凭什么在自己面前装蒜呢？

这天，按照晚辈应有的礼节，卢筝来到了医院向韩老先生请安。不过，老先生似乎更关心他的近况，让卢筝在感动之余又有点不耐烦。之后，话题自然集中在了卢青城的自杀上。

“真没想到，他会亲手结束自己的生命！”韩奇用拐杖敲着长椅，突然长叹了一声。

卢筝听了，心下却大不以为然。父亲的死固然是个悲剧，但作为一个“语不惊人死不休”的诗人，如果和普通人一样老死在床榻之上，那未免太平淡了。卢筝属于那种脑后长反骨的人，从小就不服从父亲的管教，长大后更说不上孝顺，只是血浓于水，不能在外人面前说不敬的话。

“哀之大莫过于心死！”韩奇连说了几遍，到最后就不出声了。卢筝奇怪了，定睛一看，才发现老夫子已经睡着了。

可想而知，天天和这色人物混在一起，卢筝心里有多憋闷。到后来，他甚至希望多看几眼容妤，和她再过几招，尽管多半还是自己吃亏。不过在此期间，卢筝的健身计划却有条不紊地展开了。几年的安逸生活，先不论素质如何，起码体重是有点过了，别人不说，光是容妤的眼神就让人受不了。

“你可是我们大家的主心骨呀！”这个小姑娘年纪不大，说出来的话却总是半真半假，让人不知如何领会才是。

不过，胡自雄却是个自来熟，来了才两天，他就以借被子为由去了容家一次。

“好一个俊俏的小美女呀，可惜和我们一点关系也没有！”他的感慨立即遭到了卢筝的反驳，说一点关系也没有才好呢，越漂亮的女人越靠不住。

“为什么？”胡自雄反问道。女人的品行是否和漂亮程度成反比，他不知道，但肯定越丑的女人脾气越坏，就像自己的母亲。

“因为越漂亮的女人，可选择的机会也就越多。你也不是个瞎子，容妤对谁有好感，难道还看不出来吗？人家郎财女貌，是天造地设的一双，我们吃什么干醋呢？”卢筝很费劲地说完，突然奇怪了，自己是个戴罪之身，可是胡自雄正在风光头上，可选择的机会也很多，为什么偏要掺和进来呢？

“我也是待业之身呀！”胡自雄双手一摊，做出一副很无奈也很无所谓的样子。原来，他在一次采访中多嘴泄露了女主角是出资人二奶的隐情，已经被剧组一脚踢了出来。

“这样也好，我正缺个帮手。不过，我要先给你讲清楚：途中的费用全来自卫氏二公子卫宗渊的私人赞助，如果能找到容光斗的下落，还有一笔额外的悬赏奖金。拿到钱后，你不要再像以前那样混日子了，去学点手艺，弄张证书什么的，找一份稳定的工作。年轻的时候，怎样风流快活都不为过，可我现在才知道：作为一个男人，第一要务不是治国平天下，而是养家糊口。”

听了卢筝的话，胡自雄半天也回不过神来。原来，这才是真实的卢筝，一个和自己想象中完全不一样的卢筝。

过了一天，韩奇教授感觉状态不错，有重要的话对大家讲。几个年轻人如约而至，在这个春雨霏霏之夜，老先生终于开了金口，第一次向外人详细讲述了几十年前发生在天涯海角的那个悲情故事。也不知道过了多长时间，他断断续续终于说完了，可情绪依然激动不已，容好更是哭得梨花带雨，唯有蔡东风面无表情，像个刚出土的陶俑。

韩奇昏花的老眼向着大家逐一望去，那意思再明白不过了：寻找容光斗的下落只是第一步，他的夙愿，是找到那个失踪的商朝军团！

“我会全力以赴的。”卫宗渊连眼皮都不眨一下，就做出了郑重承诺。对于这个转世的孟尝君，大家除了感激之外，实在没什么好说的。当然也有一两个心地龌龊的人会想，如果他慷慨解囊的目的仅仅是为了讨得一个平民丫头容好的欢心，那付出的成本未免太昂贵了一点。

“我也会尽力而为的。”卢筝也顺着说了一句。不过，在未成文的民间常用语词典里，“尽力而为”大多数情况下等同于可做可不做。没办法，卢筝既不忍心拂了这个行将就木的老人的心愿，也不想让自己在脱去手铐后，再扛上一副沉重的枷锁。

今天的卢筝确实圆滑多了，全身每一个毛孔都散发出一股玩世不恭的气息。可正因为如此，他才不会被激情冲昏了头脑，以至于看不出其中的蹊跷之处。当下，自己在公众心目中的形象，几乎和百年前发现了敦煌藏经洞的王道士有得一比。可是，一个声名狼藉之人，人家为什么还要强拉入伙呢？韩老和弟子们是读圣贤书长大的，不会不明白“不以言举人，不以人废言”的道理。所以，卢筝很清楚自己在这支队伍中扮演的角色：不是容好所说的顶梁柱，也不完全是卫大公子的私人保镖，而是一只猴子——一只专门替人火中取栗的猴子。必须要有人监督在旁，时刻提防它偷食胜利果实。否则的话，寻找容光斗的下落只派自己一个人就够了——顶多再加上一个胡自雄，何必要这般兴师动众呢？

现在，该轮到蔡东风表态了。按照常理，作为容光斗的再传弟子，寻找祖师爷的遗骨是一件责无旁贷的光荣义务，也是自己在学界崭露头角的绝佳机会。何况，与破财卖命的卫卢二人相比，他的角色只是一个专业顾问，此行不管千难万险，只需做一回动口不动手的君子。可万没想到的是，蔡东风一张口就向自己的恩师猛泼了一瓢冷水。

“我认为，寻找失踪的商朝军团没有任何意义！根据最先进的遗传基因分析技术，人类学家已经得出了结论：印第安人虽然与中国人一样是黄种人，而且他们的祖先确实来自亚洲，但两者之间并没有直接的血缘关系。这是一个常识，无可辩驳的科学常识！”

韩奇的脸色一下子发灰了。众人惊骇之下，现场一片寂静，连一声斥责也发不出来。为了避免再刺激老人家，卢筝赶忙打了几句圆场，让这次聚会草草收场了。

“如果你不愿意，为什么还要掺和进来呢？”一出门，容妤就大声质问道。

“不管你们怎么想，我说的都是实话。韩老师已经老了——包括他掌握的知识。可是，我不能自己骗自己，此行必将以失败而告终！”蔡东风像个算命先生一样铁口直断。不过在伙伴们看来，此行的成败姑且不论，有一点倒可以百分之一万地肯定，那就是他休想成为容光斗的孙女婿。

等大家情绪稍微平静了一点，卫宗渊要送众人回去，因为他的坐骑是一辆加长轿车，足以容纳半个步兵班。可是，他的好意没有得到应有的褒奖，除了容妤，其他人都敬谢不敏，蔡东风更是铁青着脸跨上自己的独龙车——自行车先走了。于是，容妤只好违心声称自己更“愿意”和剩下的两位男士一起打车回家。没错，至少从人身安全的角度看，一个女孩子这么做是对的。

胡自雄太胖了，所以当仁不让地坐在了前排副驾驶的位置上。一路上，容妤望着车窗外阑珊的灯火，一点声息也没有。邻座的卢筝疑心她睡着了，偷眼望去，见她双目紧闭，睫毛低垂，鼻翼微抽，脸上又添了几道新的泪痕。卢筝一惊之后，心下一阵恻然，甚至有某种似曾相识的感觉。

容妤要下车了，卢筝第一次表现出了绅士风度，不但殷勤地替她打开车门，还说楼道太黑了，要陪她一起上去。容妤没说什么，胡自雄却暗中拉了他一把，抢着说夜深了，动静太大会惊动邻居的。于是，容妤一个人上去了，卢筝像一只被捏住脖子的鸭子，昂着头倾听她的脚步声消失。直到顶楼一扇窗户的灯光熄灭了，胡自雄才说了一句：

“容妤的妈妈可严厉了！我第一次上门，就被当贼一样对待。你不知道，街坊邻居说，二十年来，除了抄电表的，还没有一个男人踏进过容家的大门。”

卢筝听了很惊讶，也感到遗憾，因为这个女儿刁钻的性子，证明了容妈妈教育的彻底失败。当晚，卢筝一直在想这件事情，至于中国人和印第安人是不是亲戚，他不想知道，也漠不关心，就像地球和太阳究竟谁绕着谁转，对一只正准备交尾的雄蟋蟀来说没什么区别。不过，他不得不承认的一点是：蔡东风真是个人物，起码比自己有胆色多了。看来，在这个除了评级、分房和打饭外都讲究温良恭谨让的地方，性情中人并没有像理想主义一样绝迹呀！

可是，这一丝好感就像下在瓦上的夜霜，不过一宿，太阳一照就荡然无存了。

第二天上午，卢筝去了一趟黄庄，刚进北门就一头撞见了潘书纲。秘书长大人看着卢筝手中新买的一叠地图，笑吟吟地问道：“什么时候启程呀？我一定会抽时间去送你的。”

卢筝连说了几声“不敢当”，这才告诉他，远行的日期还没有定下来。也不知道哪根神经出了毛病，他又不由自主地多说了一句：自己只是个俯首听命的小角色，还没有资格参加决策。

潘书纲是何等样人，立即听出了卢筝的弦外之音，于是凑上前安慰他，这确实有点大材小用了，不过，能忍才是大丈夫，自己当年也是这么挺过来的，现在不一样要风得风，要雨得雨吗？当然，如果卢筝对谁不满意，或者有什么不方便说的话，也可以对他讲，他会转告韩老师的。

于是，他要留一个电话以保持联系，可是，卢筝不巧没带手机，更没有随身带笔的习惯，而潘书纲包中的笔记本也成了手提电脑的另一种称呼。对于这个高科技带来的小麻烦，两人竟然一时找不出解决的办法。卢筝张眼四望，想找个路人借支笔，却看到蔡东风一身仙风道骨飘然而来，于是叫住了他。

蔡东风没有让他失望，不过，他掏笔的动作却让人想起了西部片里的牛仔拔枪。潘书纲似乎对这个隔代的师弟颇为忌惮，报上号码就迅速离去了。卢筝向蔡东风道了谢，然后小心地接过笔，将电话号码记在了地图边沿的空白上。可是，对方收回物产后，却冷冷地附赠了一句：“我劝你以后少和他来往。”

“为什么？”卢筝看着潘书纲还没有消失的背影，一把无名火烧了起来。他虽然是个临时寄居的外来户，也知道雁湖不是关鸟的笼子。在这个最崇尚自由的地方，居然有人要剥夺自己的交际权，这还得了？

“不为什么，我这么说纯粹是为了你好。”蔡东风坚持道。卢筝听了，怒极反笑了，“我又不是三岁小孩，别人对我好，就掏出心窝肠子来给人家看？你那师兄是什么货色，我一清二楚。不过，就算他是条老狐狸，你也不过是只嘴硬的鸭子罢了！真是条好汉子，就天南海北闯一番，别躲在先辈的光环下混饭吃！——还有韩老爷子，几十年了，他除了翻来覆去念叨那些老黄历外，又为容光斗做了些什么？老一辈总喜欢说什么‘希望就寄托在你们年轻人的身上了’。那他们自己呢？一大把年纪都活到狗身上去了？——对了，容妤那个小丫头也跑不掉，她不知道施展了什么妖术，就把你迷得昏了头，竟然和卫大少爷争起了花头？也不先摸摸自己口袋里有几个钢镚儿！”

卢筝一股脑将自己积郁的怒火发泄了出来，不但言辞恶毒无比，还连带着将对方的天地君亲师一并捎带上了。基于以往对蔡东风的了解，他想对方一定会反唇相讥的，所以话一出口就做好了吵架甚至决斗的准备。可是没想到的是，蔡东风不知道是理亏，还是被他的一阵邪火烧懵了，半天居然说不出一句话来。而且，他的眼睛也不看天了，而是改为看地，最后只说了一句：

“我不会和你斗嘴的。你是个局外人，有些事情暂时不清楚，以后就会弄明白的。”

蔡东风万没想到，这句话正捅到了卢筝的痛处。“是吗？”卢筝相信自己发出的这一声讥笑，即使几里外清华园的人也能听见。

“局外人？我就让你们尝试一下盲人骑瞎马是什么滋味！”说完，他双手一阵撕扯，不过几秒钟，手中崭新的地图就变成了一堆碎片。卢筝将它们向风中一抛，然后撇下目瞪口呆的蔡东风扬长而去。反正对探险活动来说，这种大而化之的行政地图也派不上什么用场。

卢筝回到了住处，一脚就把院门踢开了，将正在逗猫的胡自雄吓了一跳。卢筝才说了一半，胡自雄就破口大骂，说自己早晚要砸烂那个大菜瓜。卢筝听了很解气，到后来却有点担心了，因为胡自雄天天和三教九流打交道，难免沾上了一股子江湖气，喜欢用拳头来解决问题。在这方面，卢筝自己也好不到哪里去，但说到底，诗人的儿子毕竟和屠夫的儿子有所不同。

“算了算了，我不过说说罢了，何必和他一般见识呢！——真奇怪，这屋里怎么总有猫？”

胡自雄说自己向邻居打听过了，原来，韩奇老来寂寞，靠喂养流浪猫打发时间。卢筝说韩老这辈子尽干这种养痈遗患的傻事，猫是奸臣，培养不出感情来，突然想到了袁振威，就打住不说了。

很快，卢筝就发现逞一时之快会带来无穷后患。先是管卫生的人找上门来，要他在罚款50元和打扫一幢楼的厕所之间做出选择。随后，是看院子的人找了上来，因为卢筝那一脚虽然不能和黄飞鸿的无影脚相比，但四合院的大门却像个出轨的男人一样无法复原。

当然，卢筝在自认晦气之后，把这一切都算到了蔡东风的头上。

天知道，卢筝没有忽悠潘书纲，他之所以能找到湮没在漫漫黄沙中的铁门关，就是跟着狼群的足迹走的。当然，一定有人要问，狼群又不是羊群，怎么会乖乖听你的话呢？这个秘密，卢筝当然不能轻易告诉别人，将来走投无路的时候，还要凭这一手到马戏团混饭吃呢！

可是，卢筝发现韩奇师徒之间的关系，或者说文化人之间的恩怨情仇，似乎比弱水河还要紊乱微妙。不过，有了胡自雄这个包打听，情况就完全不同了。将零碎的信息拼接在一起，果然，这个潘书纲真不简单。几十年来，不管潮流顺逆，他都是名副其实的弄潮儿，一旦机会合适，就要跳到浪头上干一场。从大鸣大放到大破大立，与他飞黄腾达相对应的，是老先生们向下弯曲的脊梁，是百年道统的荡然无存，是民间对口沫横飞的“理论家”和笔杆子的深恶痛绝。

不过，到了风平浪静的时候，历史终于喘过气来，要和作践它的人算总账了。于是，潘书纲当仁不让地列入了需要清除的害虫之列。此时，他终于想起了还有一位恩重如山的老师。——当初，潘书纲家境贫寒，时常饥一顿饱一顿的，韩奇见这个学生聪明伶俐，除了悉心点拨外，还给予生活上的接济。不过，这并不妨碍潘书纲在大字报上骂他“收买青年”和“假仁假义”。

起初，对于这个忘恩负义的学生，韩奇并不想施之以援手，后来经不住求告，又发扬了一回可贵又可笑的恕道精神，再加上潘书纲确实没有触犯刑典的确证——用笔杀人容易多了，也优雅多了，只有傻瓜才用暴力呢！于是，韩奇给审查小组出具了一份证明，又经过了一番反复，最后勉强过了关，给了潘书纲一条出路或者咸鱼翻身的机会。

不久，经济大潮席卷而来，潘书纲又一次抖擞上阵。从办培训班起家，到投资三产，开文化公司，不过十年间，他又成了校园里一个炙手可热的红人。当然，也有人指责他乱圈钱，拉关系网，变相出卖学位甚至操纵学术会议，败坏了雁湖的清誉。

有了这个沉痛教训，韩奇再收弟子的时候就显得疑神疑鬼了。和一代名将戚继光招兵一样，太听话的、反应太快的甚至眼神太活泛的统统不在考虑之列。于是，古怪如夜枭的蔡东风就入了他的法眼。韩奇可能真不是一位学术大师，但他绝对是一个良师，一生教过学生无数，光带过的研究生就不下百人，可是真正列入门墙之下——换句话说，还肯自认为是他学生的，也就仅仅三人而已，而其中一个已经不会说话了。——韩奇的第一个弟子，是容光斗唯一的儿子——容妤的父亲，早在二十年前，他前往青海巴颜喀拉山，寻找《山海经》中记载的西王母的遗址，不幸突遇雪崩而罹难了。

得知这一切，卢筝惊讶之余又不大相信，因为从表面上看，潘书纲似乎没有什么翻江倒海的能耐。可是，惹不起的人往往也是躲不起的。卢筝不想见潘书纲，潘书纲自己倒找上门来了。

“昨晚，我正在出席宴会，手机响了，一看来电号码不熟悉，以为是谁打错了，就没有接。你知道，我的电话号码是保密的，不是信得过的人从来不给。后来一想，才知道很可能是你打的。我以为你有什么急事，反正距离又不远，所以一早就过来了。”

究竟是巧合还是自编的假话？卢筝无从判断，更不好意思说那个电话号码已经随着地图一起飞上了天，只好含混着对他的不请自来表达了欢迎，然后努力回想昨天晚上究竟有什么事情要找潘书纲。别说，竟然真的找到了。

“我听人说，这次寻找容光斗的报告一直批不下来，全是你暗中作梗，究竟是不是真的？”

卢筝出其不意地将了对方一军，可是，潘书纲听了居然面不改色，既不驳斥也不撇清，反而反问了一句：

“一定是蔡东风告诉你的，对吗？”见到卢筝连连摇头，他把手一摆，“你不用替他隐瞒了，说实话，我也能理解他为什么要出此下策，还不是为了得到老师从未发表的珍贵手稿？”

卢筝这才真正震惊了，没想到，慈悲为怀的韩老先生竟然还留了这么一招厉害的撒手锏。古往今来，中国的文人都有那么一股子矫情，有什么话，既然生前不敢说、不好说或不屑说，那就干脆带到棺材里去算了，何必要在身后惹出无数风波呢？

“你不用这么盯着我。放心，我现在连女人都不缺，才不会要那些文稿来装点门面呢！”潘书纲先给卢筝吃了一个定心丸，然后又倒了一肚子苦水，说容光斗这个人，别看网上把他抬到了泰山北斗的地位，其实学界内部对他争议很大，有人说他一开始拥护新文化运动，后来又退到复古的守旧道路上去了，显然是个投机派；有人揭发他在解放前和美国人打过交道，地点就在援蒋武器的一个海外中转站，认定他在内战中扮演了一个不清不白的角色；甚至有人从尘封的旧档案中翻出了一份材料，说上世纪四十年代末，牡丹江军分区在清剿太平岭的土匪窝时，缴获了一封容光斗的亲笔手书，虽然不是什么委任状路线图，但一个堂堂大学教授，竟然和所谓“第三路挺进军总司令”拜把子做兄弟，恐怕也脱不了敌特的嫌疑。

看到卢筝忍俊不禁的样子，潘书纲有点不高兴了。

“你别笑！人家真是这么说的。所以，事情落到现在这个结果，我也无可奈何。但即使如此，我还是深感内疚，总想做点事以弥补老师的恩德于万一。可是，老人家心里既然有了芥蒂，而师弟呢，更视我为与他抢遗产的敌人。想来想去，也只有你能理解我的苦衷。”

随后，潘书纲又主动谈起了自己的旧案，出乎卢筝意外的事，他既没有文过饰非，也没有推脱责任，而是做了一个触及灵魂的忏悔。于是，卢筝听过的那些传闻一一得以验证，某些情节甚至可以用“骇人听闻”来形容。按照常理，一个人愿意把自己难以启齿的丑事也向你曝光，那就意味着一件事：他把你当做自己人了。

“没错，我做过太多对不起老师的事情，可天地良心，我从来也没有想过要害他！”说到这里，潘书纲几乎要落泪了。

此情此景，卢筝也不能不表示一下，刚说了句“人孰无过”，自己先变得面红耳赤。真荒唐，一个被人抓了现行的盗墓贼，哪有资格去宽恕一个历史上的风流人物呢？

也许是因为卢筝的表现还算安分守己，容妤对他的态度稍微好了一点，还时常从家里带点小菜和点心之类的慰劳品。对于这种笼络人心的小恩小惠，卢筝根本不放在眼里。相比之下，胡自雄的眼窝子就太浅了。

“真不敢相信，你看起来壮得像头牦牛，却长了一根穿山甲的舌头！”

胡自雄翻了翻眼皮，说谁敢和你比呀，不但不用吃嗟来之食，连老婆都是自己送上门的。卢筝一听连忙叫他打住。

“再过一会儿，你嫂子可就要来了，刚才那句话，可千万不许让她听到。我已经告诉她了，你是我最好的兄弟，她是个有心人，一定会给你很多好处的。”

就像心灵感应一样，卢筝的话音刚落，就有人敲门了。胡自雄跳起来冲了过去，门还没拉开，一声“嫂子”就亲亲热热地叫出了口。顿时，门里门外的两个人同时愣住了，胡自雄耷拉着脑袋回来了，原来，来的人是容妤。

她是来给大家送蚊帐的。今年春天，北京的气候有点反常，往年到了三月，草色才开始返青，可今年刚过立春，气温就骤然升高，几乎在一夜之间，大道边绿树成荫，园林中百花盛开，不但蜂蝶飞舞，连湖里蛰伏了一冬的蚊子也活跃了起来。大家都说是沙尘暴闹的，可一些知古的老人却说这叫做“春行夏令”，就像一个少年人，虽然血气方刚，青春勃发，但肤浅毛躁，反而应了“欲速则不达”这句话，受点蹭蹬折辱是在所难免的。不过也不必太忧心，等到夏至之后，火头过去了，自然阴阳和谐，百无忌讳了。

胡自雄看到自己得到的蚊帐不是新的，心态有点不平衡了，嘟囔了一句，被容妤听到了。

“你一个单身汉，有吃有住就不错了，怎么好跟拖家带口的比呢？——如果伺候得不好，有人知道了会拉长脸给我看的！”

卢筝听了只好傻笑，心想胡自雄认错了人，又不是我平白占你便宜，干吗无缘无故地寒碜人呢？恰在此时，顾雅莉也来了。

虽然没穿一身大红，她看上去也像个新娘子的样子，不但妆相亮丽，衣饰入时，连眉眼之间也洋溢出丝丝喜色。果然，她不是空手来的，而且谁也没有落下，包括不在场的卫蔡二人。见她态度如此亲切，出手如此大方，不但胡自雄喜笑颜开，连卢筝都有点受宠若惊了。

顾雅莉一来，容妤就悄然退到一边，神情微妙地注视着她的一举一动。顾雅莉唤她“小妹妹”，容妤不喜欢，说自己早就不是扎羊角辫的丫头片子了，再说，胡自雄比我大不了多少，你为什么不叫他“小弟弟”

呢？顾雅莉含笑着说他们才是好兄弟，是“肝胆相照”的暴露狂，而我们是心心相印的好姐妹，才不愿意跟臭男人搅和在一起呢！卢筝以前可从没见过她这么会说话。

坐不多久，顾雅莉问卢筝下午是否有事，卢筝会意，于是两人就起身了。礼节性地挽留后，胡自雄遗憾地说一定是屋子狭小，让她感到不舒服，顾雅莉却回答道：“还是人多一点好，大家互相照看着，我就放心了。”

她一边说一边把手袋递给了卢筝，后者的手臂也顺势揽住了她的腰身，动作默契而自然，就像以前练过一样。直到他们的背影消失，容妤才轻蔑地哼了一声，转过身来，看见胡自雄正在喜滋滋地摆弄一把最新款式的多功能瑞士军刀，于是随手从桌上拿起一本书，重重地敲了一下他的头。

“看什么？连口水都流出来啦！记着，想修炼成飞天大侠，就别像卢筝一样半途而废，还娶了个半老徐娘，真不知道有什么可羡慕的？——对了，我可要提醒你，没看清楚就别瞎叫唤，今天可不是第一次了！”

可是，胡自雄不是卢筝，吃了人家的嘴一点也不软，反而笑嘻嘻地回了一句：“妒忌了不是？成熟的女人，就是比黄毛丫头有味道！”

卢筝和顾雅莉参加了一场校园音乐会，又打了一会儿网球，最后坐在湖边的一张长椅上休息。融融的春光照在身上，卢筝感到自己快要化掉了。何况，顾雅莉还告诉他，为了支持他的事业，她决定将自己工作以来积攒的私房钱拿出一半。——说实话，数额还真不小。卢筝这才得知，未婚妻的薪水比自己要高出六七倍，不觉凭空涌起了一丝妒忌。

“你爸爸知道我的事了吗？”这正是卢筝最关心也是最担心的事。

“他当然知道了，这件事现在还能瞒过谁？不过你放心好了，我们可不相信那些报纸上的鬼话。”

卢筝听了，感激地握住了她的手。过了片刻，顾雅莉抽出手来，问他这几天过得怎么样，卢筝回答说很好，可是她不相信。

“人分为两种，有的人喜欢像动物一样到处游荡，而有的人却喜欢像植物一样落地生根，一辈子也不挪个窝儿。你就像一头猎豹，要奔跑，要跳跃，要撕咬，可是不咸不淡地关在这种地方，时间太久了会生病的。”

卢筝听了很高兴，这可是她第一次夸奖自己。不过，就在这个快乐的时刻，他却看见了一个最讨厌的人。当然，既然看见了，也不能假装不认识。

蔡东风似乎全然忘记了那天的不快，心不在焉地恭维了顾雅莉几句，每一句话都硬邦邦得像上年没卖掉的宫式月饼。等他走后，顾雅莉很不高兴地说这个人真古怪。卢筝说这已经很难得了，他讲了几个蔡东风追求容好的段子，自己先笑了起来，可是顾雅莉并不笑。

“我看，他们两人都不会当真的，因为聪明的男人根本不找聪明的女人，反过来也一样。倒是你，要小心一点。你可别误会，我没有骂你是个笨蛋，但在某些方面，你和孩子一样天真。”

看到卢筝的表情，她笑着用手轻拍了一下脸颊，似乎在批评自己多嘴多舌。

“好了好了，算我开玩笑的。我看人都很准——除了自己，希望这一次是个例外吧！”

时间过得飞快，等卢筝回到住处后，已到了深夜，让他稍感意外的是，胡自雄不在屋里。桌子上留了张字条，上面一行像蟑螂在夜行军：“我去看通宵电影，今晚不回来了。房子腾出来了，希望蚊子不要骚扰新人的春梦！”显然，这小子还是不学好。下面一行则秀气如小蚂蚁，连语气也是羞答答的：“卢大哥，请提醒大姐一声，化了浓妆的时候，尽量不要笑，尤其不要开怀大笑，否则一不小心，眼角的鱼尾纹就全露出来了。容好。”

磨牙斗嘴的间隙，远行的准备工作已经紧锣密鼓地开始了。长长的采购清单摆在了众人面前，不过，有了卫氏集团这座高入云霄的靠山，它看上去和一张普通的电费通知单没什么两样。按照分工，卢筝和胡自雄准备野外活动的各种装备，蔡东风携带考古工具——其中当然少不了一把令人魂飞魄散的洛阳铲，容好负责采购一路所需的日常消耗品，包括食品、药品和化妆品，而卫宗渊最亏了，不但荷包要大出血，还要把自己最心爱的宝贝也献出来。

“我有一艘游艇，停在太湖的水上基地，我去把它开回来。太平洋上的小岛很多，游艇总比独木舟安全一点，住着也舒适多了。”

没错，即使到了二十一世纪，波利尼西亚依然是个遥远陌生的国度，与中国之间没有直飞航线。不过，为了携带这个大家伙，只能先搭船到夏威夷，然后转乘前往悉尼的海轮，中途在凤凰港登陆上岸。可是，卫宗渊一回南方之后就没回音了。容好与他联系了几次，都说正忙着改造游艇，很快就好了。可是日复一日，眼看就过了春分，仍然无法确定启程的日子。于是，一种微妙的情绪开始在众人间弥漫。

“与其干耗着，我不如先回家结婚算了！”卢筝第一个受不了等待的煎熬。其实，他并不急于享受鱼水之欢，只是不愿意把天大的希望寄托在一个富家公子毫无来由的善心上。

“那你回去呀，我就不信你敢？”容妤睁大了眼睛。以前卢筝最怕她这个样子了，可这一次却没有退缩：“贵人多忘事。也许，他对你——对你这个项目感兴趣只是一时冲动，过后就后悔了，干脆躲了起来，让我们自生自灭。”

“他才不是那样的人呢！倒是你自己的好兄弟不是个东西。——胡自雄你别跳脚，我骂的可不是你，而是那个袁振威。”

“他怎么了？”一听到“袁振威”这三个字，卢筝不由气短。

“我还没见过这样不要脸的笑面虎，你前脚一走，他后脚就把你卖了。这一个星期，凌云社花大钱在好几家媒体上买下了版面，除了谴责声明外，还拿掉了你的头衔，宣称与你断绝一切关系，就差指着鼻子骂你是探险界的败类了！”

“没有你说的那么严重吧？”卢筝竭力否认道，其实这些情况他早就知道了。而且，袁振威也并不像容妤说得那么绝情，至少在踢出窝心一脚之前，先给卢筝打了一剂预防针，说明了不得已的苦衷。

“怎么不是？当初你怎么提携他的，可现在他又是怎么对待你的？别的不说了，你又不是个傻瓜，怎么不算一算这几年来，他利用你的名头赚了多少钱？”

以往出于各种原因，容妤总是竭力当面贬低卢筝，可这次倒真高估了他，因为卢筝一向与数字尤其是财务数字绝缘，根本不知道自己值多少钱，对肖像权和名誉权更是一头雾水。

见卢筝不说话了，容妤却没有像以往那样，半深不浅地点一下就完了，而是像熨斗一样，连边边角角也不放过。不知为什么，她今天的行为可真够反常的，甚至有点歇斯底里。

“还有你的未婚妻，以前对你冷若冰霜，现在又甜得蜜里调油，你可知道为什么吗？”

“那当然，她是个面冷心热的人，可不像你，为了达到目的不择手段。”卢筝说完心里一动，因为他知道容妤接下来要说什么了。

"没错，我为了达到目的，什么都能干出来！可是，你也不要自己骗自己了。她以前根本就没把你放在眼里，甚至懒得去打听一下你的真实身份和家庭背景。现在好了，虽然你处境不妙，但不论香臭，总是一个名人了，走到哪里都能吸引一大圈人。她是你的未婚妻，既沾了你的光，万一你出了事，就一拍两散，不必承担任何后果。这样光赚不赔的买卖，她怎么会放过呢？"

"胡说八道！"卢筝终于生气了。容妤骂袁振威多少还能挂上边，可顾雅莉尽管也有爱慕虚荣的一面，却绝不是一个见风使舵的坏女人。而且，两人一直没去登记是卢筝自己的主意，名义是回来后再风风光光大办一场，实际上他对此行的凶险心中有数，不想误了人家一生。

"我不跟你说了，咱们走着瞧吧！"别看容妤平日厉害，可真见卢筝脖子上的青筋都跳了起来，她就不敢再开口了。

幸好，这次争吵不过是茶杯中的风暴。清明过后不久，卫宗渊就回来了，那艘让人牵肠挂肚的游艇也运到了天津新港码头。一个大晴天，他开车载着同伴们一起来到了锚地。果然，几个人一下子就惊呆了，半天连一句话也说不出来。

在今天的中国，拥有私人游艇是亿万富翁的标志，何况这是一条让人艳羡的豪华游轮。羊脂一样洁白的船体，海豚脊背一样流畅的舷线，加上全球卫星定位系统，自动驾驶系统，可转换为餐厅或会议室的客房，人造大理石台面的厨房，一体成型的浴室和电动马桶，甚至连液晶电视、高档音响和健身器也搬了上来。

"我知道容小姐也要同行，所以特地从客房隔出了一个单间。"卫宗渊真是体贴入微，天生一个好丈夫的模子，只是不知道这种好运气会落到哪个女人的头上。

奇怪的是，除了容妤向他含笑致谢之外，其他三个人大眼瞪小眼，始终默不作声。

从第一眼起，卢筝就暗叫一声惭愧，因为游艇确实经过了一番脱胎换骨的大改造。为了安全起见，舰头还装上了锋利的冲角，万一遇到了海盗，跑不脱时可以与对方拼个刺刀见红。此外，应卢筝的要求，游艇还在甲板上树立了两个帆架。在太平洋的荒岛上，油料怕是难以保障的，在万不得已的情况下，只能期望它像列子一样御风而行了。

既然诸事妥当，那卢筝的眉头为什么还拧成一个大疙瘩呢？

原来，这条游艇本是全封闭结构，现在为了扩大生活空间，在上部又新增了许多设施，还打入一排钢钉来加以固定。这样一来，乘员的起居倒是大大方便了，可整个游艇的重心却陡然升高，总体结构反而变得不紧凑了。换句话说，如果原来的游艇是一只优雅的白天鹅，现在却变成了一只长腿鹭鸶。

这一点，连外行蔡东风也看出来了。卫宗渊不是精通航海吗，怎么会选择这样有悖常理的装配设计呢？

胡自雄终于忍不住了，说这种改造纯粹是画蛇添足，反不如初。听了这直率的评价，原本一脸喜色的卫宗渊大为惶惑，让卢筝倒有点不好意思了。毕竟，卫宗渊是这次活动的赞助人，虽然不是永不犯错的国王，但起码也该受到臣民礼节性的尊重。于是，他打了圆场，安慰卫宗渊说不过是一点小毛病，我们可以花几天修正一下。

但是，卢筝并没有得到这点时间。当天半夜时分，卫宗渊突然敲门叫醒了卢筝。

“一个朋友刚刚给我打来电话，说铁门汉简很快就要拍卖了。现在，文物保护部门正在考虑对你提起公诉。所以，我们得赶紧出发了。再不走，一旦惹上了官司，你的护照要被收回，这次探险活动就要泡汤了。”

这个消息从哪里来的？是否确实？卢筝不知道，但显而易见，以卫家几代人深编广织的关系网，得到这种内幕消息太正常不过了。

“也好，干脆公事公办吧。”卢筝一脸好汉做事好汉当的慨然，实际心下已一片冰凉。身陷囹圄的结果，他早就预料到了。三年了，铁门汉简就像达摩克利斯剑一样高悬在心头，让他寝食难安，现在一了百了，倒也是种解脱。

“一日官司百日打。我们先找到容光斗的下落，回来再慢慢澄清也不迟。——就算你真有错，也可以将功补过嘛！如果你粘在这里走不了，我们怎么给容小姐一个交代呢？”卫宗渊对卢筝坐以待毙的态度很不以为然，似乎还有点责怪他不顾全大局。

听了这番话，卢筝突然想起了容妤在那个雨夜流泪的模样，不觉心一软，点了点头。

05 江海一麾

一个探险家应该是个什么样子呢？

按照我们的想象，首先，他应该穿一身牛仔衣，戴遮阳帽和墨镜，嚼口香糖，留一部浓密的络腮胡子——如果是女士的话，就扎上丝质头巾，每一寸裸露的肌肤都涂上油光鉴人的防晒霜。乘他钻进睡袋小憩的时候，我们翻翻行李里都有些什么：一支枪，——从理论上讲，除了野兽之外，劫匪和没开化的土著人也会威胁他的性命，尽管在这个全球化的时代，前者已不满足于买路钱了，而是炒起了楼盘，后者也不猎人头了——当然也没去开人力资源公司，而是忙着申报世界非物质文化遗产；一个打火机和一包香烟——绝大多数森林火灾由此而起；一台高性能数码相机——除了实现天人合一的心愿外，运气好的话，还能证明大脚野人和尼斯湖怪确实存在。此外，还要一部卫星电话，一副高倍望远镜，一个平底煎锅，一个放大镜，一把折叠式工兵铲，一双厚底靴，几打袜子和内裤，外加五加仑的纯净水和十磅的高热量食品。这样一来，尽管你负重如牛，步履如龟，也可以登高山，下碧海，度戈壁，穿丛林了。

可是，你见过叼着指南针迁徙的大雁吗？你见过穿着救生衣潜水的鱼鹰吗？你见过系着安全绳攀岩的猴子吗？你见过背着氧气瓶朝山的信徒吗？

当伙伴们一个接一个出现在面前时，卢筝不禁张大了眼睛。蔡东风果然名不虚传，看他两袖清风的洒脱样，卢筝差点忍不住问他是否带了擦屁股的手纸；卫宗渊穿了一套新款运动服，不过那个齐人高的行李箱简直就是个活动的衣柜，似乎此行不是参加以命相搏的探险，而是出席一次轻歌曼舞的派对；唯一让卢筝看着顺眼的是胡自雄，不过，他的老毛病又犯了，光看那个鼓鼓囊囊的背包，就能猜出里面夹带了什么私货。最后，当容妤像个精灵一样突然冒出来时，卢筝几乎要笑出声来了。

“我的大小姐，我们不是去海边写生，画板就不用带了。”

“反正又不重，我从小就背惯了的。”她当然一口回绝了，这段时间正是实习期，学校规定可以出去游山玩水，但回来还要交作业的。

“不错不错，翻过来还可以当切菜的案板。”胡自雄不知是讽刺，还是确有此意，但亵渎艺术的罪名算是一辈子洗刷不掉了。万一让凡·高那个疯子听到了，恐怕那只带金环的耳朵难逃被割掉的厄运了。

既然已决心出走，就得争分夺秒才行。眼见游艇被顺利吊装到远洋公司的货轮上，卢筝终于松了一口气。不过，计划之外的事情还是接二连三地发生了。而最让人惊讶的一件，不是卢筝被公安部门逮捕了，而是容妤带来了一条狗。

这是一条嘴脸丑陋、毛色芜杂的棕黑色大狗，而且，它叫什么名字不好，偏偏叫“黑旋风”。卢筝坚决反对接纳这个新成员，可是，当他得知卫宗渊已经办齐了出关所需的一切手续时，只好无奈叹气了。看来，这次远行名义上是伤感的寻亲之旅，实质上却极有可能演化为一次浪漫的相亲之旅。想到这一点，鸳梦成空的卢筝不禁牙根发痒，胃中泛酸，不过一想到蔡东风，心态立即平和了许多，因为不管后者愿不愿意，意中人的证婚人看来是当定了。

不过，那条狗可不懂人类如此复杂的关系，而是把大家一律当成了包子。蔡东风是个没滋没味的菜包子，卫宗渊出身尊贵，在包子中的地位相当于天津本地的特产“狗不理”，所以“黑旋风”对自己的大恩人不感冒也就可以理解了。让人好笑的倒是卢筝成了一个香喷喷的肉包子，它围着他转了一圈又一圈，肚子里发出了一连串的咕噜声，尾巴也摇得像风中的芦苇。卢筝很得意，说“狗眼看人低”这句话也有不确的时候，容妤明白那是在挖苦自己，叫他不要臭美了，天下的狗遇见同类时都是这副德性。

由于以前受过惊吓，胡自雄最怕狗了。当他看到喷着白沫的“黑旋风”时，神情惊恐无异于见到李逵本人举着大斧向自己奔来。狗鼻子才嗅到脚面，他就下意识地用双手捂住了要害部位，嘴里还嘀咕了一句。狗是没脸没皮的奴才，不懂得维护自己的尊严，可是它的主人却眼明耳尖，虽然没听清楚，但也知道胡自雄说的绝不是好话。

“你再说一遍！”

“我说，我说，——不过，这条狗真的是你养的吗？”

“没错，它就是本姑娘养的狗！”

“对了！我刚才也是这么说的呀，只不过把‘狗’字前移了三位罢了。”

胡自雄说得一本正经，卢筝几乎要笑倒在地了。容妤一想就明白了，当下满脸飞红，低声骂了句下流，就牵着狗走了。

卢筝看到这一幕很高兴，因为她终于也吃了一回瘪。可是他很快就不高兴了，因为在出发前的最后一夜，他希望能和顾雅莉单独待在一起。事实上，她今天也从北京赶来了，入住在码头附近的一家宾馆里。将伙伴们一一安顿进各自的舱位后，卢筝迅速从那些含义暧昧的眼光中消失了。可是，等他刚下了船，就一头撞见了阴魂不散的潘书纲。

“既然你要走，我就不得不告诉你一件事情了。”

卢筝心想你的狐狸尾巴终于露出来了，于是用不耐烦的语气请他有话快讲，自己还有正经事要办呢！可是，潘书纲说的却不是韩教授的文稿，而是卢筝自己惹下来的麻烦。

“你难道不感到奇怪吗？铁门关探险已经是一件旧事了，三年来谁也不闻不问，可偏偏就在你去南太平洋寻找容光斗下落的这个节骨眼上，突然被媒体曝了光，是不是太巧合了？”

这句话正击中了卢筝的心病。这一段时间来，尽管他努力说服自己不要去想，可是一个巨大的问号始终在心中挥之不去：容妤是怎么知道铁门汉简的？铁门汉简是怎么落在她手里的？如果不在她手中，那么，是谁在幕后指使她来要挟自己？

“你的意思是：有人在暗中捣鬼？”

“没错，这次行动隐藏着一个阴谋，一个表面上是针对你，其实是针对老师的阴谋。”潘书纲回答得斩钉截铁。

然后，他向卢筝充分展示了自己的逻辑推理才能。虽然其中的道道太多，习惯于直线思维的卢筝听了头大，不过最后也弄明白了，因为潘书纲的意思归结起来就是一句话：在同行的几个人当中，有一个人——至少有一个人包藏祸心。他的目的暂时不得而知，不过，能够和境外走私集团牵上线的人，一定大有来头。而且，他竟然能抛出铁门汉简这样的珍贵文物来当诱饵，胃口更是大得让人咋舌。

“你说的是蔡东风？”卢筝迟疑着说出了一句。这段时间，他已经知道容妤之所以能找到自己，完全是蔡东风支了一手棋。随即又摇头了，果然，潘书纲也不这么认为。

“虽然我和师弟的关系不好，但也不能不说句公道话：蔡东风虽然性情乖僻，可毕竟是个书生，这样的大买卖，不要说做，就是想也想不出来。总之，你自己要多加小心。另外，千万不要把这些疑点告诉老师，他身体不好，能不能拖过今年都不好说。”

可是，卢筝既然已经知道了自己的队伍中有内奸，怎么能不先下手为强呢？

潘书纲走了，卢筝独自徘徊了大半个钟头，最后终于决定因公废私，暂时先把儿女情长放到一边了。在电话里劝慰了顾雅莉好一会儿后，他叫了一辆出租车直奔北京。一路上，看着高速公路两边闪烁的路灯，卢筝突然心头一惊，几乎要从座位上跳了起来。因为，他终于想到了一件东西，与之相比，铁门汉简不过是一堆烂竹片而已。

天王鼎！

卢筝凝神静气，像拉网一样将自己已经掌握的信息全部过滤了一遍。到目前为止，知道天王鼎存在的人，除了容光斗和韩奇之外，也就探险队中的五个人而已。如果真有人对天王鼎产生了觊觎之心，却不知道它究竟藏在哪个角落，那么最好的办法就是跟踪探险队，甚至混在一起。当初，自己不也是循着同样的思路找到铁门关的吗？

卢筝想到这里，浑身的热气顿时变成了冷汗。铁门汉简不见了，至少还有机会澄清——尽管卢筝知道自己永远也不会利用那个机会，宁愿闷头坐一辈子大牢。可是，如果由于自己的不慎而导致天王鼎落到了国际走私集团的手中，那可真是罪不容诛了！

凌晨时分，卢筝赶到了北京。在医院门口费了一番口舌后，终于获准走进了病房，叫醒了正在沉睡的韩奇教授。

“韩老，我差点忘了向您请教一件大事：如果此行一切顺利，我们有机会重见天王鼎，是不是要不惜一切代价将它带回来？”

卢筝的话只是一个引子，因为答案不言自明。可是，韩奇听了后却脸色发白，呼吸急促，似乎几十年前的热带病又复发了，嘴里还发出一大堆含混不清的词语。卢筝侧耳倾听，可是一个字也听不清。最后，韩奇终于恢复了清醒，才说了一句：

“我没有意见，你们自行决定吧。”

卢筝听了很失望，不仅是对这个回答，更是对老先生明哲保身但求无过的处世态度。韩奇当然不是个看风头、要滑头、骑墙头的人，否则也不至于落寞终身了。可是，这么多年来，每到一个关键的时刻，他似乎总是选择了离开——如果“逃避”这个词太过苛责的话。

那么，韩奇怕的究竟是什么呢？

“如果我们带不走它，而它又有可能被走私分子劫走，那该怎么办呢？”卢筝无奈之下，只好又逼进了一步。

“毁掉它。”

“什么？——为什么？”卢筝以为自己听错了。要知道，文物就像是人质一样，即使落到了穷凶极恶的歹徒手中，也要以安全无虞为宗旨，更何况是天王鼎这样的绝世珍品。这一点，韩奇应该比谁都清楚。

“在土人的传说中，天王鼎是上天降下的圣物。但实际上，它却是个不祥之物，如果离开了神庙，会带来意想不到的可怕后果。”

卢筝一听就大摇其头了，这也能算是一个理由？按照民间的说法，挖古坟是要断子绝孙的。韩奇确实一生也没有子嗣，但那另有一段让人不忍回顾的往事，他自己也一向看得开。怎么到了垂暮之年，反而在乎起那些野语村言了呢？

卢筝白跑了一趟，心里很是懊悔。等他返回码头时，天已经蒙蒙亮了。独守一夜空房的顾雅莉看见了他，满腹的幽怨顿时化成了伤感。

“你一定要活着回来，我等着你！”

卢筝抚摩着她的头发，倾听着她的呜咽，心中也是愁绪绵绵，可是说出口的却是一句让自己听了也心头发冷的话：

“千万不要勉强自己。”

顾雅莉不知道，卢筝也曾经和自己一样，品尝过等待某个人的滋味。那是一种从绝望到希望，再重回绝望的无休止轮回。有时候，你真恨自己竟然是一个人，而不是一碟变凉了的黄花菜！

汽笛声响，巨大的货轮缓缓离开了码头。

近岸的黄水不断泛绿，最后变为一片无边无际的蔚蓝。卢筝站在船尾的甲板上，低头看着水波在阳光下跳跃着点点金光，心绪也有点飘忽不定。此岸已经远去，彼岸又在何方？

“你快看，好多好多海鸥呀，它们为什么一直追着我们的船飞？”一个欢快的声音叫了起来。卢筝根本不用回头，就知道那是谁。因为在这艘货轮上，只有容好一个女性。

“船在海上航行，就像一个活动的小岛。不管什么鸟，总有飞倦的时候，很需要这样一个歇脚的地方。”卫宗渊的回答听起来很合乎情理。也许，他自己就想做这样一个岛，或者一棵梧桐树，让心中徘徊的那只凤凰落下后就再也不想飞走。

良辰佳日，正当春游春从；碧海青天，最宜吐露心扉。所以，当这对众人眼里的金童玉女联袂出现在卢筝面前时，他一点也不感到惊奇。同样，由于有了游艇改造的前例，他对卫宗渊喜欢纸上谈兵的习惯也一点不惊奇了。

卢筝忍不住笑了一声，卫容二人才发现在这朗朗白日下，竟然还有一个不识相的灯泡亮在这里。于是，容妤讪讪地问他笑什么，卢筝回答道：

“船在行驶的时候，就像一只巨大的勺子，把海水搅动了起来，水下的浮游生物和小鱼小虾全随着浪花漂上来了，海鸥当然不会错过这个不劳而获的机会。所以，在海鸥眼里，我们不过是它的工具而已。——就像我是你的工具一样。”

容妤不说话了，情绪也迅速低落了下去，因为，卢筝和顾雅莉在船头执手相看无语凝噎的那一幕，已经落在了她的眼里，心中难免愧疚。何况，卢筝现在已经上了贼船，想跑也跑不掉了，就让他嘴上过过干瘾吧。卫宗渊可就不一样了，连忙说道：

“是我孤陋寡闻，让卢先生见笑了。——没想到，您不但敢孤身闯荡大漠，连海上的事情也一清二楚。”

卢筝好不容易占了一次上风，怎会见好就收，说大家都是年轻人，直呼其名就好了，有闲心的话也可以起个绰号，自己保证来者不拒。卫宗渊连连说好，说自己其实也不想这么拘束，只是从小家教如此。我年龄最大，你们就叫我“大卫”好了。卢筝夸这个名字好，不但叫起来十分响亮，还洋味十足，符合当前双语化的教学潮流。容妤知道他话中带刺，插口说不要管当前了，你看看身后是什么。卢筝一转身，就吓了一跳，因为“黑旋风”就一直蹲在自己身后，还讨好地伸出了大舌头，口水拖了老长，像一条没有拧干的抹布。

卢筝厌恶地瞪了它一眼，可是，“黑旋风”却不识趣地跟在了屁股后面。一转弯，眼见出了容卫二人的视线，卢筝就狠狠踢了它一脚。“黑旋风”呜呜叫了几声，低头趴在地上，很委屈地看着他。

卢筝有点内疚，可也没有停下脚步。他来到了船舷边，看到胡自雄正在那里忙着钓鱼。蔡东风一上来就晕船了，一直躲在洗手间里给海龙王交租子。

看着一根曲别针捏的鱼钩和一块午餐肉充当的鱼饵，卢筝取笑胡自雄的一相情愿，近海污染严重，怎么会有鱼上钩呢？恰在此时，胡自雄一声大叫，钓竿一甩，一条牙鲆就在甲板上乱蹦乱跳了。卢筝觉得可怜，上前解下了鱼钩，正准备将它放生，突然想起了什么，回头叫了一声。“黑旋风”似乎早就在等这个信号，立即从暗处跑了出来，几口就将尺把长的一条鱼吞进了嘴里，连骨头也嚼得吱嘎出声。

“长这么大，我还是第一次见到狗吃鱼。”胡自雄感到很惊奇。事实上，不但海鸟、棕熊、花豹和蜥蜴吃鱼，南美丛林中有一种大毒蜘蛛也是捕鱼高手，它将丝线垂到水中，一旦有鱼群经过就能发觉，攻击起来一捉一个准。

“黑旋风”吃完鱼后满地撒欢，在卢胡二人的腿中间钻来钻去，胡自雄大着胆子摸了摸它的鬃毛，那狗竟也温柔地舔了舔他的手。卢筝本来一脸笑意，这时突然变了，说了一句：

“你难道从中看不出什么问题吗？”

胡自雄说那还用说吗？狗是有情有义的忠臣，谁对它好，心里明镜似的，可比白眼狼袁振威强多了。可是，卢筝得出的结论却有点奇异：

“第一，狗是社会性的动物，它误以为我是这个队伍的首领，所以才会围着我讨好；第二，这条狗长期营养不良，尤其缺乏肉食，所以才会像馋猫一样饥不择食。”

“你的意思是：容好对它不好？”胡自雄简直不敢相信自己的耳朵，瞧她平常对“黑旋风”的亲热态度，就差睡觉时也枕着了。

“那是你自己说的，可不是我的意思。”卢筝说完这一句，就转身走了。望着他的背影消失，胡自雄才回过神来，一字一顿地对自己说：

“我也看出了一个问题：容好是不是个虐待狂还不好说，但卢筝这家伙绝对是个神经病！”

一夜无话。货轮驶出了渤海后，航速渐渐加快，第二天黎明，就到达了釜山港。由于停留的时间很短，大家决定不下船了。

现在，连一直没露面的蔡东风也像惊蛰后的刺猬，从窝里钻出来透透气了。他凭栏一眺，落在眼里除了樯桅如林，艨艟连城，还有晨风中猎猎作响的万国旗，突然问了一句：

“你知道历史上有几个中国吗？”

正在欣赏海上日出的卢筝环顾左右，不见一个人影，才确信蔡东风问的是自己。心想我既不是无知学童，也不是台湾同胞，干吗要接受这样的考验？过了片刻，才意识到这个问句的时态是过去式。

不过不用他回答，蔡东风自己就代劳了。

“至少有十来个。千年以来，朝鲜曾自称‘小中华’；南宋时期的段氏大理，虽然偏居云南，有一段时间也号称‘大中国’；安南国自称‘华夏’，将南征的明军称为‘北虏’；最可笑的是幕府时代的日本，一条不长的山脉也叫‘中国山脉’，甚至仿照周代的华夷之辨，把北海道的虾夷人称为‘北狄’，把琉球人叫‘南蛮’，东边没有外族，干脆江户一带的居民当做‘东夷’对待。”

“那西边呢？”

“当然就是隔海相望的中国了！不过还算口下留情，没有把我们叫‘西戎’而叫‘西土’。还有一句口号叫‘神州自神州，西土自西土’，甚至把旅居日本的唐人也列入了夷狄之列。”

同样是探险家，但与玄奘和伯希和相比，卢筝在典籍经义方面是个不值一提的半吊子，可自幼耳濡目染，也略通一点文史。不过长了这么大，还是头一回听说自己生活在西天极乐世界，可见出国一趟，确实有助于增广见闻。

“其实，一部二十四史，不过是真实历史的皮毛而已。民间的演义，更是意淫的杰作，什么薛仁贵征东了，诸葛亮七擒孟获，穆桂英大破天门阵了，从不管人家是怎么想的。你只记着华容道放生的恩德，人家可能更忘不了断须割袍的羞辱。”蔡东风开始借题发挥了。

卢筝听得颇有趣味，忍不住也附和了一句：

“没错，我原来的上司老谭，家里收藏了很多盆景，天天挂在嘴上，说什么一石可崎岖成山了，一水可蜿蜒成江了，就是死活不让外人看。但是，盆景山水再怎么精巧，毕竟不是真山真水。就拿北京的四合院说起吧，一样的布局格式，一样的天棚鱼缸石榴树，但是，大卫住的那个四合院，和我们住的那个四合院，能是一回事吗？”

蔡东风不明白，待弄清楚此“大卫”不是西洋的雕塑而是某个东方女生心中的偶像，而那个女生还跟自己多少有点瓜葛，立刻露出了鄙夷不屑的神态。

“有钱人就是烧的。高楼大厦不住，非要钻到胡同里装清高，干吗不上深山老林子里去呢？”

不过，这副君子固穷的酸相，卢筝从小在父亲座上客的脸上看多了。

“有钱人也未必都是俗人，大文人也未必都是穷光蛋。你不在的时候，我闲来无事，就乱翻韩老收藏的书看，发现历史上大多数文人其实日子过得都不错。蔡京秦桧这样的权相就不说了，苏东坡没事干了也琢磨菜谱，白居易居然蓄妓，而文天祥家里干脆养着一支歌舞乐队。”

蔡东风不想听了，径直拂袖而去。不过这一次，卢筝倒没有为他的失礼而气恼。更没想到的是，经过了这一番牛唇不对马嘴的谈话，卢筝终于发现，这个人其实最好打交道了，身上那股酸气也介于香醋和黄酒之间，虽不能令人沉醉，至少不反胃。

又过了几天，货轮就进入了真正的汪洋大海。海水呈现出一种森然的碧蓝，万顷波涛之中，四周环望，不见一片陆地，船只像一片孤叶浮沉于波峰浪谷间。由于没有任何参照物，有时候真让人担心船是不是还在走。

从上船后的第二天开始，卢筝一大早就起床围着船舷慢跑，容妤好奇地问他是否一身精力无处发泄？卢筝回答说当过海员的都知道，在船上天天躺着不动，严重的话会得肌肉萎缩症，当即将她吓坏了。于是，从第三天开始，卢筝的慢跑队伍就迅速拉长，到最后，连那条狗也加入了。

“蔡老师为什么没来？”卫宗渊跑得气喘吁吁，还不忘问候一下自己的情敌。在这条船上，他和容妤享受着船长待遇的单间，其他三个人则与普通船员住在一起。

“他当然不用来，因为他的肌肉已经萎缩到骨头里了。”胡自雄说完，立即引起了一阵笑声。

“没错，他的今天就是我们的明天。”卢筝也大喊了一句。其实，他慢跑的目的很单纯，就是为了减肥。有野外工作经验的人都知道，体型比体能更重要，就像一个孔武有力的士兵在各项考核中占优，阅兵时更显得威风凛凛，实际战场生存几率不一定就比瘦小的同伴大。

在旷野里，要像麋鹿一样轻捷；在丛林中，要像猴子一样矫健；在山坡上，要像山羊一样机敏。但是，这个最基本的条件，现在这支探险队中还没有一人能够达标。

但是，五个人却有着各自的专长和爱好。尤其是容妤，她出现在甲板时，会吸引这个雄性王国中的每一束目光；当她搭起画板写生时，从水手到船长，谁都会有事没事过来瞅上两眼，然后评点一番。

和卢筝预想的不一样，容妤的专业是西洋油画而不是国画。今天天色晴好，风静海平，群鸥翔集，她又开始了涂涂抹抹。几个伙伴围着欣赏，卫宗渊照例夸好，说她的画风属于印象派。什么是印象派？其他人当然不明白，也不敢接口。可是，卢筝这个从不知校门朝哪个方向开的不学无术之徒，竟然也大着胆子染指艺术了。

“古典画派是画什么像什么，印象派是画什么不像什么。比如这只海鸥，在人们眼中的形象非常俊美，可在你的笔下，却变成了一个卑鄙的偷鱼贼，尤其是那双恐怖的大眼睛，看上去简直比整张脸还要大。”

容妤对这个门外汉嗤之以鼻，但又要维护自己淑女的形象，不好当众发飙，只好耐心解释说：十九世纪以前，西方油画都是写实主义，几乎和照相机的功能没什么区别。从莫奈开始，特别强调景物在自己心中的意象，也就是所谓“主观眼中的客观”。

“比如就说你吧，我一闭上眼睛，想起来的既不是满天飞的青年探险家，也不是大卖场里胸佩工号的小职员，而是一个在父亲墓前悄悄掉泪的大孩子。”

卢筝“咦”了一声，满脸惊奇地问她是怎么知道的，当时正值黄昏，墓园中静悄悄的可没有一个人影子。容妤不小心说漏了嘴，窘在那里不知道如何转圜，卫宗渊出来解围了。

“容小姐，假如你给我画像，会突出哪一部分呢？”

“当然是嘴唇了，还要叼上一朵花——芍药花，你最喜欢的。”容妤还在沉吟，胡自雄抢先插了一句。与视金钱如粪土的蔡东风不同，出身社会底层的他对富家子弟怀有一种天然的敌视。

见他把自己的金主形容成旧上海的交际花或不男不女的人妖，卢筝连忙拍手说：太好了，太有禅意了，大卫，你是我见过的最有涵养的人，不管什么时候，都像拈花微笑的佛祖。卫宗渊是个聪明人，立即明白了他的好意，也跟着笑了笑，不再说什么了。

“那我呢？”容妤也粉脸含羞地问了一句。从小到大，她每天起来第一件事就是照镜子，可从不知道自己在别人心目中究竟是何等形象，现在终于忍不住了。

卢筝没想到她竟然也有腼腆的时候，不禁心头一动。对于容妤，说他心里一点不气恼，连鬼也不信，但要说恨到什么程度，却谈不上；就像对顾雅莉，关心保护那是绝不打折扣的，可要说爱得死去活来，连自己也说不出口。

卫宗渊笑而不语，那意思似乎是“倾国倾城”不敢说，但要让这条船翻了一点问题也没有。卢筝见容妤的目光转向自己，正要说你嘴唇太薄，鼻子太小，眼睛太圆，唯有眉毛长，睫毛长，头发长，可以去做洗发水广告了。万没想到，就像心灵感应一样，胡自雄竟然抢先把他的心里话说了出来，不过稍微有一点点不同。

“你去推销生发剂一定会大获成功的！”

含羞草一听，顿时变成了霹雳花。她从椅子上蹦了起来，拿起蘸着颜料的画笔就要往胡自雄脸上抹去。后者早有防备，那句话还没说完，一只脚就已经迈了出去。

胡自雄一边跑一边笑着求饶，容妤不依不饶地追下了甲板。于是，一次高雅的海上艺术沙龙就此破局。

上流社会的生活固然让人羡慕，但每天端个架子过日子，任谁也受不了。没过几天，五个人就原形毕露了，为了打发时间，开始扎堆儿打扑克玩电游。卫宗渊牌技极佳，但总被当做地主围殴，也有招架不住的时候。一次洗牌的间隙，他小心翼翼地询问是否可以试一试桥牌，见同伴们个个皱眉，就不再提了。

除此之外，船上的生活就琐碎得不值得一提了。一天，远处海面上出现了一条座头鲸，众人惊喜眺望了半天，蔡东风说喷出的水汽就是古代所谓的“蜃楼”，又说鲸可能是龙的一个别称。这个话题引起了一阵热议，几个人互相争辩龙的真身，无外乎鳄鱼、肥猪、长蛇、旋风甚至彩虹等等。到后来，鲸群不时出现，也就见惯不怪了，除非哪只发神经的蓝鲸妄图吞下这条货船，谁也不会再多看它们一眼。

卢筝希望伙伴们过一种有规律的生活，可是应者寥寥，看来看去，倒觉得那条狗是可造之材。于是，他每天遛狗玩，表现好就喂肉吃，反正远洋货轮上最不缺的就是这个。

一天下午，天气又转晴了。大块的云团被风吹散，像海水中漂浮的冰山。阳光照在海面上，海水一片湛蓝。船上的乘员们纷纷走了出来，在甲板上漫步，享受这难得的春光。

眼见自己的宠物成了别人的小跟班，容妤心中多少有点妒忌，说你这样惯坏了它，回去以后，我可没有钱天天买肉给它吃。卢筝说没关系，你送给我好了，我有一口吃的它也有一口。容妤说你想得倒美，它可是我爸爸生前从青海带回来的一只藏獒的后代，将来还要出席我的婚礼呢！

听了这话，卢筝怕又触动她的伤心事，一边赔笑着道歉，一边赶忙把手中拿的半条火鸡腿丢了出去。

“好了，好了，算我自讨没趣，以后再也不敢碰大小姐的东西了！”

火鸡腿在空中划出了一道优美的弧线，飞出了船舷之外。“黑旋风”毕竟只是条狗，不懂得人间悲欢，以为卢筝扬手的意思是让它去捡，于是前腿一攒，后腿猛蹬，像一道黑色闪电一样飞蹿了出去，在众人的惊呼声中，从甲板上消失不见了。

卢筝马上跟着冲了过去，趴到围栏上向下看，只见“黑旋风”像个陀螺一样旋转着坠落，片刻之后，海面上溅起入一星白色水花。卢筝大喊一声，叫惊惶无措的容妤去叫人，自己脱掉外套鞋子，从围栏上扯下一只救生圈，顺着舱外的悬梯爬了下去。将近海面时，他调整了一下角度，一跃跳入了大海。

海水十分冰凉，卢筝打了一个激灵后，抹掉脸上的水珠，才发现了“黑旋风”就在不远处载浮载沉。卢筝放下了心，因为坠海最怕的是被漩涡卷入了船底，漂在水上只要发现及时，就没有什么危险，何况狗天生还会凫水。于是，他双臂划动了几下，就来到“黑旋风”的身边，伸出一只手，牢牢捉住了狗脖子上的项圈，拖着它向轮船的方向游去。

卢筝下水的当口，甲板上自然乱成一团。可谁也没有想到，听到容妤的呼救后，第一个做出反应的竟然不是那些久经风浪的水手，也不是豪放的胡自雄，而是大家眼中养尊处优的卫宗渊。他一跳上救生艇，也不等其他人下来，就招呼上面赶紧放绳索。救生艇入水后，卫宗渊动作娴熟地启动了马达，小船在水上轻盈地转了一个半圈，就径直向卢筝和“黑旋风”驶去。

很快，卫宗渊就靠近了卢筝，他小心放慢了救生艇的速度，调转船头，侧过右舷，稳稳地停在了卢筝的面前。卢筝一手抓住了船板，一手将那条落水狗拖了上去。然后，在卫宗渊的帮助下，自己也爬上了救生艇。

救生艇又发动了，向着货船的方向开去。卢筝怕“黑旋风”再出意外，就用绳子把它捆在了船舱中。还没等他打好结，突然卫宗渊发出了一声惊叫，似乎看到了什么可怕的景象。卢筝还没来得及抬头，整个人已经腾空而起，在空中翻了几个筋斗，重重跌落在几丈外的水中。

水花一闪，卢筝又一次冒出了头。可没等他弄明白究竟是怎么一回事，就感觉右腿一沉，身体被一股强大的力量重新拽入水下。卢筝在昏暗的海水中睁开了眼睛，只看到前面隐隐出现了一排白色的齿轮，而自己的裤脚已经卷了进去。一两秒钟后，他才意识到那不是一台巨型碎纸机，而是一头长着尖利牙齿的大鲨鱼！

眼看鲨鱼就要把自己拉到鬼门关里去了，卢筝情急之下，一把抽出了自己的皮带，一脚踢掉了松开的外裤，然后狠命一蹬。三个动作一气呵成，转瞬之间，他已经翻身游出了水面。

眼前，是一个又一个青黑色的三角形翼状物在水中游弋。卢筝悚然心惊：青鲨！是的，这正是活跃在太平洋广阔海域的大青鲨，鲨类中最可怕也最凶残的一种。很多年来，由于受到好莱坞电影和恐怖小说的误导，普通人总以为大白鲨是海洋中的食人魔鬼。其实，大白鲨所杀死的人类总数还不及堂兄青鲨的零头。后者不但嗜杀，还对哺乳动物有着特殊的喜好，甚至主动深入到淡水河中袭击麻痹大意的钓鱼客。

现在，三角形的鱼鳍像开花一样布满了海面，又像一只浩浩荡荡的舰队正在开赴战场。粗略估计，这群青鲨少说也在百头以上。原来，四月恰好是北半球的春汛期。大地开冻，溪流涨水，海洋中数以亿计的金枪鱼、鳕鱼和鳜鱼也开始了洄游，这正是鲨鱼猎食的好季节。

卢筝看救生艇就在距离自己不过十米的地方，但救生艇上没有任何武器，甚至连一把吓唬人的信号枪也没有。现在，卫宗渊不但不敢冒险过来救卢筝，连他也陷入了自身难保的境地。与体长六七米、重达四五吨的成年青鲨相比，救生艇简直就是一个大号的玩具。此时，救生艇已经熄火打横，不断有青鲨从艇边穿过，发出咚咚的响声，好像随时都有可能倾覆。卫宗渊神情倒还镇定，但面对险境，一时也不知道该怎么办。卢筝见此情景，一咬牙，向着相反的方向游去。

可是，就在他一转身的时候，刚才那条吞吃了长裤的青鲨也转过了庞大的身躯。双方离得如此之近，卢筝可以清楚地看到那怪异的尖状头部、呆滞的眼睛和狰狞的牙齿。这是一副梦魇时才能看到的景象，从小到大，死神还从未如此贴近过。

卢筝没有企图游遁。在水下，想和青鲨拼速度是最愚蠢不过的行为，只能让自己死得更快更惨。于是，他瞪大了眼睛，屏住了呼吸，一任身体在水中缓慢下沉。不过，卢筝手中的动作可没有停止。他卸下了皮带扣，按下开关，只听“咔”的一声，折叠在内的锋刃铮然弹出，原本方方正正的皮带扣竟然变成了一把菱形的短匕首。

电光火石之间，青鲨已经冲来了。就在它张开大口啮人的一刹那，卢筝突然在水中来了一记后滚翻，躲过了这凌厉的一击，然后双手握刀，向上猛刺而出。鲨鱼一击扑空，已经收不住姿势，锋利的刀刃插入它的颚下，在柔软的腹部拉开了一道长长的口子。一腔鲜血随之喷涌而出，染红了周围一大片水面。

大青鲨在血水中绝望地翻滚，不断有内脏从伤口中抖落了出来。显然，它的死期已经到了。卢筝一击得手，马上准备逃命。他奋臂向着轮船的方向游去，但还是太晚了！

要知道，鲨鱼对血液有着与生俱来的敏感，十几海里外的一只海豹破了皮，鲨鱼也能嗅出来，何况这个近在眼前的宴席呢。果然，他还没有游出几米，周围就有数条青鲨呈放射状向他迅猛扑来。

看来这次是在劫难逃了。卢筝手中虽然还握着匕首，但想要故伎重演，却几乎没有什么可能。何况，刚才那一击看似轻巧，其实是何等侥幸，又是何等损耗精力。

这时，卢筝在水面上突然扎了一个猛子，向着昏暗的水底潜去。一阵水波动荡后，再也看不见他的踪影。

血腥弥漫的水上，大群的青鲨激动而又盲目地游荡着。但是，什么也没有找到。卢筝就像是突然从地球上消失了一样。不过，海面并没有恢复平静，反而掀起了新的喧嚣。原来，鲨鱼是一种极其凶残的动物，即使在食物充足的情况下，也会主动袭击体弱受伤的同类。何况，眼前这条大青鲨已经没气了。

不过，自相残杀的好戏没演多久，货船上的水手们在救起卫宗渊和“黑旋风”后，已经驾驶着另一条火力强大的救生艇赶了上来。但是一切都晚了，等他们将鲨群驱赶四散后，海水中除了一条半浮半沉的死鲨残尸，什么也没有了。

看来，卢筝要和诸葛孔明一样，享受出师未捷身先死的赞美和叹息了。不过，很快就有人注意到了一个骇人的现象，那就是死去的大青鲨竟然诈尸了！没错，它的一双圆眼依旧翻白，满口大牙也失去了力道，但腹部却一鼓一鼓的，背上还新添了几个小孔，似乎有什么活物在里面扭动。水手们立即靠上前去，用铁钩子掀起了肚皮，才发现一片血肉狼藉中，竟然还藏着一个大活人！

卢筝居然没有死！原来，他眼见无路可逃，干脆一横心钻到了手下败将的肚皮里。鲨鱼虽然没有鱼鳔，但它的内腔存有一些空气，而卢筝也不是良善之辈，既然进了门，免不了用匕首扎几个天窗来透气，所以才能坚持这么久而没有被憋死。

半个小时之后，卢筝终于躺在了甲板上。容妤第一个扑到他的面前，可是只看了一眼，就“哎呀”一声，双手掩面逃到一边去了。看着同伴们关切的目光和七嘴八舌的问候，卢筝生气极了，恨不能跳起来扇他们每人一记耳光，可是苦于全身没有一丝力气，嘴巴灌满了腻腻的鱼肝油，嗓子像夹住七寸的蛇一样吐不出信子。他用拳头捶打胸腔，咳了半晌，才对这群混蛋男人们喊了一句：

“各位大爷，活祖宗，求求你们了，就不能弄件衣裳给我盖上吗？”

原来，经过了一番激烈的水下搏杀，尤其是鱼腹内尖刺的拉扯，他身上的衣服已经破碎成条状，和一丝不挂几乎没什么不同了。

06 口蜜腹剑

卢筝看上去遍体鳞伤，一检查全是皮肉伤，不过这并不妨碍大伙儿一拥而上，将他抬进了卫宗渊的单间。随即，卢筝就发现自己成了一个需要照顾关爱的病号，等待各色人马排队前来安慰观瞻。

卫宗渊忙前忙后，不但将自己的安乐窝捐献了出来，还关照货轮上的厨师每天给卢筝开小灶。不过，卢筝还是看出他有点儿郁郁寡欢。根据这些天来的了解，他知道卫宗渊这个人天性敏感内向，甚至有点藏头露尾，但绝非小气之人，不会为自己鸠占鹊巢而不快，一定是那天想大出一回风头却没有成功，以至于连自己也成了被拯救的对象，于是出言安慰道：

“不要过分自责了！你出去走一圈，亲耳听一听，我保证满船的人都在夸你勇敢。没有你，我和‘黑旋风’至少要丢下一个喂鲨鱼。”卢筝说的不全是实情，至少货轮上经验丰富的老海员就对卫宗渊的唐突行为不以为然，因为坠海的事情虽不常见，但远洋货轮上自有一套规范的应急程序，逞一时之勇只能添乱。

“惭愧，惭愧，我真是不知道天高地厚，让大家见笑了。”卫宗渊说了这一句，额头上竟然流出汗来。见他还是这样耿耿于怀，卢筝终于忍不住了。

“探险虽然崇尚团队精神，但遇到意料之外的险情，首先第一条是保证自己的安全，然后才能顾及落难的队友。这不是自私，而是前人用鲜血换来的一条铁律。人家总说我能化险为夷，有如天助，其实，我哪有什么上天入地的本领呀，不过多一点逃命的经验罢了！”

卫宗渊的脸又红了一下。卢筝知道这句话正触动了他心中的病灶，既然人家已经觉悟了，就该适时打住了。何况，卫宗渊的举动说到底是为了救自己，这份情还是要记到账上的。

卫宗渊前脚一走，蔡东风后脚就来了，这可真出人意料，卢筝甚至有点感激涕零了。不过，蔡东风并不是来问安的，一张口就要给他做媒，而且推介的对象竟然是自己的妹妹。卢筝一惊之下，忍不住哈哈大笑起来，觉得蔡东风的脑子一定灌了水。

“你怎么了？你又不是没见过我的未婚妻？你也看出来了，她对我多温顺体贴，要不是容妤那个丫头横插一杠子，我现在已经去海南度蜜月了呢！”

蔡东风听了笑而不答，卢筝见状，心头一动，“难道，——你的意思是，我配不上她？”

蔡东风更是连连摇头，见卢筝催问，才说了一句，“正因为我见过你的未婚妻，所以，我觉得你们并不合适。——你千万不要以为，我是要嫁妹妹才和你套近乎的。说实话，妹妹能不能看上你还不知道呢？”

随即，他就自顾自地谈起了妹妹，卢筝没法打断，只好姑妄听之。不愧出身于雁湖，蔡东风口才极好，做个媒婆实在是太屈才了。原来，蔡东风的妹妹在地坛附近的一家医院做护士，至于她的相貌脾性，卢筝没有兴趣去问，只听芳名叫蔡南风，不禁暗笑不已，心想这兄妹连父母四个，凑在一起正好打一桌麻将。

蔡东风见他态度很不端正，好像早就预料到了这个结果，所以并不怎么失望，反而信心满怀地说了一句：

“我把话先放在这里，你好好想一想，不要马上拒绝，好歹回京后见一面，就知道我说的没有一句假话。——别这么看我，我虽然像牛粪蛋子一样不招人喜欢，可是我妹妹却是娇滴滴的一朵鲜花，追的人多了去了。”

“既然如此，那你为什么一定盯上了我？”

“因为你这个人有仁有勇又有智，颇有春秋战国时代‘士’的气质，我很欣赏，妹妹也最喜欢这样的人了。”蔡东风的潜台词是：为了一条狗都肯跳海的人，现在可真不好找了。

卢筝听了他的恭维话，既受用又有点愧不敢当，想起了往事，决心乘这股子热乎劲向他道歉，说自己当初骂他完全是因为心头积郁太重，所以口不择言，希望你不要见怪。他满以为自己的态度够诚恳的了，可是对方并不接受。

“你骂得对，就像一巴掌打醒了梦中人。你不知道，我刚上大学的时候，那才真是年少轻狂，以为一支笔就能横扫千军，中国不发达，只是没人请我做总理。可是等到毕业的时候，却一丝豪情也没有了，反而视社会为畏途，宁愿躲在象牙塔里过一辈子。满口什么‘清风不用一钱买，书香缥缈值千金’，似乎很高蹈很玄妙，不过是掩饰内心怯懦的遁词而已。现在猛然睁眼一看，发现周围的人全是一样的，连思维方式也如出一辙，才觉得心里发慌。要知道，动物种群在没有竞争的情况下会退化，何况一个学术机构呢?”

这些曲里拐弯的道道，卢筝弄不明白，但至少知道蔡东风和范进一样，不会报复胡屠夫扇他的那一巴掌，于是放下心来，顺口提起了韩奇教授的手稿。不过话一出口，自己多少有点后悔了。

“韩老的高徒，就剩下你们两个了。所以，你看潘书纲不顺眼，也是情有可原的。”

卢筝以为蔡东风会断然否认，没想到，他却一口应承了。

“没错，我就是看他不顺眼，偏要和他争个高低。大家都说文人相轻，也许是吧，但我知道，手稿绝对不能落到他手里去。老师被他迫害了半辈子，现在人都快不行了，还要敲骨吸髓，拿老师一辈子的心血去做自己晋身的阶梯，是不是太没天理了?”

“韩老留下来的那些从未发表过的文稿，真的那么有价值吗?”

蔡东风说不知道，虽然经常跟老师顶牛，但在我心中，他才是真正的一代宗师，不是我这个水平所能窥测的。卢筝接口说你是他的弟子，当然要维护老师的尊严了。蔡东风笑了笑，不再说什么了。

等到容妤来换药时，卢筝已经把房间收拾得一尘不染，连唯一一把椅子也擦得光亮照人。听到敲门声后，卢筝第十遍检查了一下裤子的拉链，以防再次出丑。没想到的是，门一打开，先冲进来投怀送抱的竟然是“黑旋风”，卢筝几乎被它扑倒在地。

容妤笑吟吟地落座后，照例先夸了一通，说自己没有看错人，你果然身手不凡。卢筝鉴貌辨色，确信她没有讥诮之意，就说全托你的福，让我过上了猫一样的生活。容妤不明白，卢筝只好解释道：

“上有一个好捉弄的主子，下有一条听话的乖狗，难道和加菲猫不一样吗？——不过，‘黑旋风’可比我这个大活人金贵多了。你不知道，下水的那一刻，我还在庆幸自己跑得快，保住了面子，没让你一脚给踢下来!”

容妤说我才没有那么狠毒呢，如果你畏缩不前，我不过哭两声罢了，你以后就得替它看门守户了。两人笑了一回，容妤给他测体温拆绷带涂新药，一边问卢筝感觉如何，晚上睡觉是否还痛得厉害？卢筝回答说没事，毕竟没有伤到骨头，可是女孩子轻柔的手指触碰肌肤的时候，他竟然冒出了一股股热汗。没办法，自从那天在甲板上客串了一回人体模特后，他觉得在容妤面前一点隐私也保不住了。

“好了，不用那么不好意思！上救护课的时候，老师就说了，眼中只有病人，可不分男人女人。”容妤发觉了，似乎也有点尴尬。

之后，卢筝一边逗弄“黑旋风”，一边和容妤闲谈。两人以前斗嘴像打套拳一样花团锦簇，现在才聊了几句，就没什么话头了。不过，容妤的手可没闲着，很快就削了个苹果递给他。卢筝接在了手中，发现苹果上刀痕累累宛如碑刻，心想她以后千万不要去做官，否则土地神也要被搜刮成饿鬼了。

“你为什么不说话了？”

“我还想问你，为什么也不说话了？”卢筝也反问了一句，突然有点奇怪了。

自从上船以来，每个人都视容卫二人为一对儿，可是近来才发现，情况并非如此。对于容妤，卫宗渊固然是持之以恒的殷勤关怀，但就连情场菜鸟也知道，爱情是排他的，断然容不得别人分享。但在同行的其他三个男人中，除了心如死水的卢筝，蔡东风整天挖空心思找机会和容妤搭讪，而胡自雄更是一天跑到人家闺房好几次，虽然卢筝更愿意相信他真的是为了满足口腹之欲，因为探险队携带的全部食品包括“黑旋风”的狗食全在她的管控之下。

“大卫刚才在这里，还夸你心灵手巧，连绷带也打得像蝴蝶结一样。”

“真的吗？”容妤的眼睛果然变亮了。她是个天生聪明的女孩，早就知道男女感情的精妙所在。对普通人来说，爱情就像花心里的蜜汁，你先要靠七分艳色吸引追求者的目光，再用两分香味诱惑对方，最后才能享受那一分的销魂。可是对艺术家来说，爱情却像面包里的盐，一顿没有都会感到淡然无味。不过，踏进学院没几天，她就明白了，所谓的“大胆前卫”不过是男生企图占女生便宜的借口，而“为艺术献身”则是某些“大师”请你当模特儿兼情人的另一种说法。她喜欢被人关注，也不排斥和英俊帅气的男生玩点擦边球似的情感小游戏，但心里却始终清楚分寸所在。别的不说，万一有什么不好的风声吹到妈妈的耳朵里去，那可真要了她老人家的命了！

“恐怕未必吧！我看他的眼光可高了，聊天的时候，说起流行的一部电视剧，他还认识那个女主角呢！我这样一个丑小鸭，人家怎么会放在心上呢？”

容好嘴上这么说，可谁都能看出来，她是个喜欢采取主动的人。也不知哪一天，她就无师自通明白了一个事实：想要走出这个贫寒之家，不能把希望寄托在某个早晨，王子骑马从门前的小巷经过。真要是碰到了理想的金龟婿，哪怕对方把头缩进了硬壳，也要拿锥子撬出来！可是，你要是由此就得出结论：她是一个纯粹的现代拜金女，那可就大错特错了。因为容好还有一条原则，那就是到了紧要关头，一定要把话讲清楚，让对方死心塌地跟着自己走。之前对待卢筝是这样，现在同样适用于卫宗渊。

真是天赐良机，眼下一个竞争对手也没有，大家还要朝夕相处好几个月，大可表现得矜持高傲一点，耐心等待卫宗渊举白旗。不过，尽管形势乐观，容好还是感到有点儿不对头。不过这也不奇怪，因为在这艘货轮上，昏了头的大有人在。

容好带了一包东西给卢筝，打开一看，净是什么补血冲剂了，壮骨粉了，蜂王浆了。卢筝不大喜欢甜食，也不相信保健品，但心里还是很高兴。不过，容好出门前随口说了一句，却让他兴味阑珊，心头泛酸。

“慢慢吃吧，每天量不要太多，不够再来拿。——你如果吃不完的话，剩下的就留给大卫吧。我看，那天他也吓得够呛。”

让卢筝生气又奇怪的是，他的好兄弟胡自雄不但姗姗来迟，而且对卢筝的伤情毫不关心，一进门看到满桌的吃食，就大叫了一声。

“好家伙，新媳妇还没过门，先把嫁妆搬来了！”

胡自雄有理由不高兴，因为容好对食品控制非常严格，尤其是零食。胡自雄上船一个星期，早就啃光了最后一只蹄膀，软磨硬泡一番后，才得到了一盒威化巧克力。

“看你这副咋咋呼呼的模样，又发生什么事情了？”卢筝皱眉打断了他的抱怨。

“咦，你的那把刀呢？”胡自雄开始在舱房中翻腾，卢筝说在衣柜下面的抽屉里，然后纠正道：“那可不是刀，更不是匕首，现在不是一言不合就拔刀相向的古代了，我们又不是少数民族，身带刀具四处游走，不是给自己惹麻烦吗？”

胡自雄将它拿在手中，掂了两下，似乎有些瞧不上眼，“就这样一块破铁，能有什么用？你还像个宝贝一样藏着掖着。”

卢筝真有点火了，这小子今天怎么了？尽说些莫名其妙的话。饶是别人倒也罢了，胡自雄好歹也有一些野外生活经验，应该知道人的生存能力太弱了，连一只野兔都不如，节省体力就是成功之本，扛枪拽炮只能累死自己。

准确地说，这是一块内藏弹簧利刃的钢片。从外观上看，它和普通的皮带扣几乎没有任何区别，可仔细一琢磨，里面的名堂就多了，除了做防身武器之外，它还是一个简易的测量仪器，中间有圆孔，边缘刻有长度和角度。当然，如果需要的话，也可以临时充当凿子、螺丝刀和钳子，甚至罐头刀和酒瓶起子。五年前，在云南高黎贡山搜寻“飞虎队”失事飞机下落时，卢筝在丛林中被奇毒无比的大红蜘蛛咬了一口，差点当场丧命，就是拿它当手术刀剜肉放血，才勉强支撑到县医院的。

胡自雄又自顾自把玩了一会儿，才转过身来说了一句：

“不叫的狗会咬人，不放光的刀会放血；书读多了，连肚子里的蛔虫也懂宿命论了。我也不点破，你自己好好想一想吧。总之，你这个人的能耐没的说，但看人的水平嘛，简直和学龄前的孩子有得一比！”

胡自雄扬长而去，丢下了钢片，也丢下了一头雾水的卢筝。

听他话里有话，似乎不像是空穴来风。于是，卢筝躺在了床上，仔细回想近来发生的事情，可是什么异常迹象也没有找到，就昏然睡去了。他做了一个噩梦，在梦中，“她”又出现了，卢筝正感到无限欢喜，突然，“她”的容貌一变，竟然变成了容妤，还用一把寒光闪闪的匕首插向了卢筝的胸膛。卢筝拼命躲开，却寸步难移，只能眼睁睁看着鲜血从自己的心口喷出，听到了一阵清脆如铃的笑声……

在大汗淋漓中，卢筝坐了起来，那笑声似乎还在耳边回荡，似乎“她”并没有走远。“她”究竟在哪里？卢筝第一千次问自己，可是一次也找不到答案。明亮的月光从窗口照了进来，洒在了身上，弥漫着一种销魂蚀骨的凄清。卢筝坐在床上纹丝不动，如同塑了金身的泥胎神佛，又像霜雪覆盖的一堆石头。

既然无法入睡，不如出去散散心。卢筝悄悄开了房门，来到了舱面上。夜半时分，甲板上空无一人。头顶，是亘古的星座，一升一落如轮值；舷外，是沸腾的海水，一起一伏如叹息；耳边，是尖利的风声，一鼓一荡如风箱。

残月渐渐发白，红日喷薄而出，新的一天开始了。甲板上又多了几个人影，卢筝见到了卫宗渊，这是探险队中唯一将晨跑坚持下来的人。卢筝挥手向他打了个招呼，一回头就见到了容妤，她看上去似乎很快乐。

“早起的鸟儿有虫子吃，可是起得太早就要喂蚊子了，你还嫌自己身上的包不够多吗？”

“你不如说，早起的人有遛狗的优先权。”卢筝笑着从她手中接过了缰绳，“好了，‘黑旋风’交给我了，还有好几条哈巴狗，只有靠你自己去调教了。”

容妤听了，鼻子眼里“嗤”了一声，说不尽的轻蔑之意，也不知是对卢筝，还是对自己的追求者。卢筝因为昨晚容妤贸然闯进了自己的梦中，还成了“她”的化身，神志多少有点恍惚惘然，又见卫宗渊正向这个方向跑来，连速度也放慢了，似有邀请容妤一起跑步之意，于是借口自己要补个回笼觉，不能奉陪了。可是，容妤只向卫宗渊打了个招呼，并没挪动脚步，也不肯让卢筝走，还说今天难得是个万里无云的晴天，要好好欣赏一下日出。

卢筝只好趴在围栏上，看着东方那个鸡蛋黄变成了白炽灯。非但如此，她还吟诵起了诗歌，而要命的是，那竟然是卢青城的《精卫》：

飞越苍茫的波涛
雷电焚烧　霞雾缭绕
鸠山的草木在狂风中招摇
不死的海魂
呼唤少女的名字
在飞天之前　在补天之后

上世纪七八十年代，朦胧诗曾经风靡全国，对于先天不足后天失调的一代人来说，朦胧诗篇幅短、没标点、不押韵、意涵芜杂甚至不讲究词句通顺的特征实在太适合自己了。当然，真正的痴迷者就另当别论了。

柔和的朝阳下，容妤亮汪汪的眼中荡漾着喜悦，脸颊也笼罩了一层粉红的光晕，似乎沉湎在某种情绪中不能自拔。

“我想，你父亲一定是个至情至性之人。”

卢筝呆看了几秒钟，偏过了头去，一句话也答不出来。文人笔下总是一往情深、海枯石烂、地久天长，可在现实生活中却往往心猿意马，暗香浮动。容妤为卢青城的诗句所感染，可如果她知道自己仰慕的对象竟然在两年之内换了三个情人，不知又该作何感想？官太太享受了尊荣逢迎，富太太抓住了钱袋，可是诗人的妻子呢？不但与名利沾不上边，甚至连自己的丈夫也保不住。

谁都可以感觉到，卢筝身上有股罕见的清教徒气质。在目睹了母亲郁郁一生的命运后，他发誓绝不像父亲一样攀枝折柳，对不起心爱的女人。可是，他爱的女人是否也对他忠贞如一，可就难说了。

但即使如此，卢筝也不能当着别人的面诋毁父亲，毕竟伦理不可违，毕竟家丑不外扬，毕竟父亲对唯一的儿子还是疼爱有加甚至骄纵无度的，否则卢筝不会有一段天马行空的浪荡生涯，当然也不会在今天翻了一个又一个筋斗。

两天后，货轮到达夏威夷。上岸后，大家都有点不会走道了。卫宗渊不是第一次来这个著名的旅游胜地，少不了要带同伴们参观珍珠港，欣赏草裙舞，在海滩夕阳下喝点鸡尾酒，然后转乘另一条集装箱货轮南下。

狭小的空间增进彼此之间的感情。大半个月的相处，让五个出身迥异的年轻人建立起了密切的关系。当然，要说这是一个铁打的团队也没人信。而卢筝干脆患上了斯德哥尔摩综合征，除了偶尔关心能不能拿回铁门汉简之外，对容妤一点埋怨也没有了。

唯一的例外是胡自雄，他虽然吃人家的喝人家的，却对卫宗渊的一举一动看不上眼，——不，是紧盯着卫宗渊的一举一动，似乎他身上藏着一枚定时炸弹。

再次踏上了海路，情况就发生了很大不同。大海似乎觉得这些年轻人太轻佻太嚣张，决定给他们一点颜色看看。一出港后，七八级大风刮起，连绵的涌浪就像无边的长刀阵一样滚滚袭来，万吨巨轮像跳舞的斑马一样左右蹁跹，又像醉汉一样前仰后合，好像随时都有倾覆的危险。整整一个星期，几个人都缠绵于床榻之间，徘徊于厕所内外，个个变成了病猫死鱼。幸好容妤想得周到，带了很多葡萄糖注射液，才勉强维持了最基本的营养。

好不容易熬过了这一关，大海稍微平息了一点怒气，每个人的脸面看上去也添了点暖色。卢筝强迫同伴们每天至少吃掉二两米饭和等量的蔬菜肉食，但除了胡自雄，谁也无法达标，但好歹都能正常站立行走了。

暮春时节，太平洋的天空阴晴不定，一时阳光灿烂，大海平静如镜，微波不兴；一时间又阴霾密布，波浪翻涌，连海水也变成一种令人惊骇的灰色。不过，即使在晴好的日子里，空气也十分阴冷，每个人都加上了外套。雾一起，海面就变成一片白茫茫，风吹过，雾气就化作雨丝打在身上，一阵冰冷。

一天，几个人难得有机会在甲板上聚在一起。胡自雄一边搓着双手，不时跳一下脚，一边提出了疑问：

“我们的船一直在向南开，很快就要接近赤道了，为什么天气还这么冷呢？”

蔡东风解释说，我们现在正处在太平洋寒流带上。每年冬天，有一股从南方极地发源的冷水沿着美洲西海岸北上，形成了著名的秘鲁寒流。这股寒流一直冲到赤道附近，由于受地形和风向的影响，会转向西方，横流过整个太平洋。

“这还不算什么，在赤道上的加拉帕格斯群岛，还生活着从南极迁徙来的企鹅呢！”

“那为什么前几天那么暖和呢？”胡自雄还是不信，或者说，他不甘心在好学生面前认输。

“你还记得吗？我们从日本横滨出港后，看到的海水并不是碧蓝，而是靛青色，一开始还以为是受到了工业污染，其实不对，那是台湾‘黑潮’带来的大量浮游生物造成的。”

蔡东风看来确实学识渊博，为了这次探险，也像备考一样做了精心准备。为了让胡自雄心服口服，还掏出笔来，在手心画了一张草图。

“海流就像大洋中的河流，是能量交换的一种主要方式，你不要小看它，光是黑潮的径流量就超过了一千条长江，而且速度很快，可以一夜之间把木船推到上百海里以外。”

“三千年前，商朝军团的船队是不是也搭上了黑潮这趟顺路车？”

容妤不失时机地插了一句，蔡东风听后立马就闭嘴了。在他看来，有关商朝军团的传说纯属“怪力乱神”的范畴，不值得任何一个现代学术精英为之浪费时间和精力。不过，一直在旁边静听的卫宗渊却忍不住接上了口。

“风向不是唯一影响航行的因素。我经常驾船在太湖和长江中巡游，发现河水和湖水的流向是由地势高差决定的，而在海洋中就无所谓高低了，除了日月引力诱发的潮汐，海水总是从温度高的区域流向温度低的区域。太平洋上盛行东风，所以大家都说商朝军团不可能逆风前往美洲，但水流的方向并不一定支持这个结论。”

虽然卫宗渊心有灵犀，体会芳意，硬要把一个谈天的话题往商朝军团上扯，容妤听了还是不满意，因为他口中那个“结论”的原创者就是自己的爷爷容光斗。她展眼一望，将企图置身于外的卢筝也拉了进来。

“你也发表一下高见呀！”

“老蔡有学识，大卫有经验，我也来一个大胆的假设：商朝军团走的可能并不是一条直线，而是一个反‘之’字形。从山东半岛起航后，在黄海上受到东北信风的影响，航向会转向南方偏西，如果不出意外的话，船队能够一直航行到台湾以东或菲律宾以北。在这个区域，会遇到强大的黑潮，将他们推向东北方的大洋中。”

看来，虽然不肯接受韩奇教授的重托，但那群失踪的老祖宗在卢筝的心中还是多少留下了一点影子。

“你说得太好了！我想商朝军团运气好的话，完全可能在很短的时间内穿过太平洋，在美洲建立一个新的太阳王国。”容妤听了拍手笑道，直夸卢筝聪明过人，不像卫蔡二人隔靴搔痒，说不到点子上。

“这可不是我的意思。”卢筝惊愕之下，苦笑着反驳道。其实，他没说完的话是：考虑到淡水和补给因素，即使满天神佛都站在了商人一边，也只能保佑寥寥几条木船抵达美洲。经过这一番折磨，冲上沙滩的也不再是一群雄赳赳的青铜武士，而是一堆会喘气的木乃伊，土著人轻而易举就可以杀死或俘虏他们。

气象学界有一个著名的理论，叫做蝴蝶效应，一只南美的蝴蝶扇动翅膀，可能在纽约引发一场暴雨，以此来说明影响大气流动的不确定因素实在太多了。实际上，这个理论也一样适用于人类文明。一个伟大王国的诞生或解体，往往是因为一个微不足道的意外事件。七千年前，干旱迫使羌族的一个姜姓部落离开了青海湖周围的草原，进入渭水流域，从此开创了伟大的华夏农耕文明；两千年前，一个戴罪出征的东汉将军把匈奴人驱赶到了阿尔泰山以西，从而引发了亚欧大陆多米诺骨牌一样的连锁震荡，最终导致了西罗马帝国的灭亡；八百年前，入秋后的一场台风让忽必烈的无敌舰队樯倾楫摧，从而挽救了日本；四百年前，北方持续的寒冷导致了大饥荒，流民纷纷起事，最终推翻了大明王朝。

“奇怪，放着千万条路不走，商朝军团为什么一定要向着东方的大洋航行呢？”胡自雄还在一边愣神。众人一听都笑了起来，说这可是老蔡的强项，不过千万不要讲得太复杂，前几天的涌浪已经够让大家头晕脑涨的了。

蔡东风说商朝灭亡后，横亘在山东半岛的齐、鲁两大诸侯国步步紧逼，让商朝军团没有了战略回旋空间，为了生存，向东方的海上寻找出路几乎是唯一的选择。同时，商人有着悠久的海外贸易传统，他们掌握了当时世界上最先进的造船技术和航海技能。商人崇拜太阳神，商王还自认是太阳神之子。太阳从东方升起，东方在甲骨文的卜辞中通常代表着吉祥和运气。

“所以，在如此重大行动之前必须进行的占卜活动中，巫师们将神谕解释为到日出的方向去寻找一片乐土，这是完全可以理解的。”

几天以后，茫茫大海上隐约出现了一个海岛，四周的海水也由湛蓝变成了碧绿，最后化成了一片水晶般的透明。显然，波利尼西亚首府凤凰岛就要到了。

海岛越来越近，景物也渐渐鲜明了起来，红绿掩映，像一顶漂浮的花冠；环礁横亘，像一条遗落的玉带；泻湖半圆，像一只含珠泣月的蚌壳。之前，大家早就对它憧憬了好久，也在网上收集下载了很多图片，但真到了眼前，才感觉所谓世外桃源，恐怕也不过如此而已。与之相比，青岛是个卖烧烤的鱼市，三亚是个治皮肤病的疗养所，而游人如织的夏威夷简直就是一个欢场。

货轮进港的时候，每个人都趴在栏杆上，享受这即将步入天堂的快感。容妤说那是一弯新月，在青天碧海中沉浮；卢筝说它像盆景一样具体而微，又仿佛虚幻而不存在，就像老谭的收藏，不但不能亵玩，连远观也不行；卫宗渊遍游了长江上下，见识过不少奇石古洞，说洞庭君山可以与之一比；蔡东风抬杠说这里平平坦坦的，除了一个尖顶教堂，根本就没有一座山。大家还没有责备他胶柱鼓瑟，胡自雄又跳出来大煞风景了，竟然说它是一条蚕！

面对同伴们笑骂，胡自雄很不服气，说小岛远看是一个黑点，然后逐渐放大，最后变成了绿色椰林掩映下的雪白沙滩，难道不像一条蚕的成长过程吗？

货轮终于靠岸了。众人踏上了陆地，才发现凤凰岛果然是一个仙境，让凡人简直没法涉足。除了一个简易码头，岛上一条柏油公路也没有，到处是尖利的珊瑚礁碎石和粉末状的海沙，没走几步就叫苦连天，不是崴了脚，就是鞋子开了口。

看着游艇从轮船上徐徐卸下来，卢筝突然想起了一件事。

“哎呀，这艘游艇还没有名字呢！容妤，你来为它起一个吧，要好听又好记的。”说到这里，看到脚下活蹦乱跳的那条狗，赶紧又加上了一句，“——千万不要再用梁山好汉的绰号了，像‘浪里白条’什么的就请免了吧！”

听了他的话，每个人的目光都转向容妤。她是容光斗的唯一血脉，也是一堆光棍中的花骨朵儿，由她来为游艇命名是再自然不过的一件事了。

“我想叫它‘雪浪’号，你们觉得怎么样？”容妤咬着嘴唇想了几秒钟，就脱口而出。几个人听了轰然叫好，没错，这确实是一个典雅又响亮的名字。雪白的舰首劈开浪花，在碧蓝的大海上扬帆前进，那是一幅多么引人入胜的场景。

但是卢筝一转身，却发现卫宗渊站在不远处，似乎并没有附和别人的意思，脸色的神情还有些不自然。

卫宗渊才是游艇真正的主人，但卢筝知道他绝不会因为未征求自己的意见而不悦。

“大卫，你没什么忌讳吧？”卢筝关切地问了一句。西方人在新船的下水仪式上，要特地请一位淑女站在舰首撞碎香槟酒，我们中国男人对女人可就爱护多了，才不肯让她们干这种力气活呢。在沿海的很多地方，渔民不让女人上甲板。卫宗渊是个喜欢新潮玩意儿的现代人，但卫家毕竟是个老气横秋的大家族，是不是还残留着一些上不得纸面的封建家规，可就难说了。

卫宗渊一听连连摇头说哪里哪里，我一向尊重女性，何况很多海神比如观音菩萨和妈祖都是女性，容小姐命名的船只，一定会给我们带来福气的。

于是，卢筝架起了一个梯子，爬到了游艇的船头位置，他从腰间取下了那片曾杀死鲨鱼的钢片，上下打量，正要寻找一处可以刻字的地方，突然又叫了起来：

“哦，这艘游艇本来是有名字的！让我看一看，没错，是‘晓风’号！”

这两个字原本是用铜丝嵌上去的，不知为什么后来又磨平了，还涂上了新漆。如果不是贴近了看，还真发现不了。

“这个名字也蛮好听的呀！既然已经有了名字，大卫你为什么不早说呢？我们还叫它‘晓风’号算了！”容妤听了，多少有点扫兴。

“不用了，那是个很早以前的名字，如果不是小卢发现的话，连我自己也快要忘了，还是就叫‘雪浪’吧！”卫宗渊听了连连摆手，坚持要卢筝改成新名。

卢筝不再说什么了，他开始在“晓风”的位置上刻下“雪浪”两个字。正要完成最后一笔的时候，却突然愣住了，因为他分明看到了，那个“风”字中间还有一道若有若无的横杠。原来，这艘游艇以前的名字不叫“晓风”号，而是“晓凤”号！

晓凤是谁？谁也不知道，但根据常识，这分明是个女子的昵称。既然游艇原来有一个女性化的名字，卫宗渊当然不会介意由容妤来为它重新命名。可是，为什么卢筝见到了这个名字，却像遭到了电轰雷击，僵在那里一动不动了。

“你怎么了？字到底写没写好啊？”胡自雄等得有点不耐烦了，见卢筝慢慢从梯子上退下来，端详了一下他的脸，又大嚷大叫了起来：

“咦，你喝醉了吗？脸红得像个猴屁股似的！刻两个字需要花费这么大力气吗？看把你累的。下次有事，还是我上吧。”

卢筝摇了摇头，想笑一下却笑不出来。容妤和蔡东风看着他，也感到很是诧异。卫宗渊显然已经明白了一切，他缓步走到了同伴们面前，用一种低沉的口气对他们说：

“‘晓凤’是我未婚妻的名字，这艘游艇原本是我作为结婚礼物送给她的。”

蔡东风一听“嘿”了一声，语气中充满了鄙夷和嘲讽，卢筝和胡自雄也面面相觑，不知道该说什么好，而容妤更是刹那间就满脸涨红。原来，卫宗渊是有妻室的！尽管事实上他说的是“未婚妻”。在几十年前的保守年代，那一纸证书不啻一道禁果开吃令，可在现代男女眼中，它已经变异成了饭票、遮羞布、采购单或财产公证书。既然如此，他在自己身上下如此大的血本，到底是何居心？

但是，还未等众人做出任何反应来，卫宗渊的下一句话就让现场彻底平静了。

“她已经走了，就在一年以前。”

原来如此！每个人的惊讶、恼怒、疑惑、窃喜在刹那间全变成了深浅不一的同情。因为在中国民间的俗语中，人们通常把死亡隐晦地称为“走了”。

容妤在一怒一喜一叹之后，几乎要落泪了，而卢筝也感到了豁然开朗。于是，关于卫宗渊的所有疑问都变得合情又合理了。你看，他痛失爱侣之后，自然选择了一人独居；之后，为了排遣痛苦，他决定远游海外，恰好容妤在寻找赞助商，于是一拍即合；为了避免触物思人，在改造游艇的时候，他又将未婚妻的名字从船头抹去。

想到这里，回忆起第一次见到卫宗渊的情景，卢筝终于明白了，为什么他的眼神中总透出那么一股子忧郁，就像雪天的阳光。同时，卢筝也暗中大大松了一口气。看来，刚才纯粹是自己多心了，天下之大，叫“晓凤”这个名字的女子实在是太多了，怎会碰得那么巧？

07 饮食男女

正当卢筝在游艇上爬上爬下的时候，码头上已经聚集了一大群当地人，盯着来客的一举一动。从高处望去，卢筝恍然觉得自己变成了一轮光芒四射的太阳，正在接受普罗大众的瞻仰和膜拜。说卢筝狂妄自大那实在是冤枉了人，因为这些神交已久的乡亲们个个都长了一张胖乎乎的圆脸，又被赤道上空肆虐的紫外线灼烤成了赤棕色，而且无论男女，头上都戴着一个花环，乍一看，难道不像一堆向日葵吗？

在边疆时，胡自雄不但客串过臭名昭著的盗马贼，还扮演过一些救苦救难的慈悲角色，所以一见此情景，以为轮到活佛光降的场次了。于是，他拿下遮阳帽和墨镜，摆了一个摸头赐福的姿势，可是对方既好奇又不敢靠近。显而易见，这是一群与外界接触不多的人，改革开放前的中国人也是如此腼腆。于是，胡自雄干脆跳了下来，想来个深入群众，可是人家一见他伸过来的手就纷纷闪避，这可真让人诧异了。

“看来，不是人家认生，而是我们身上出了什么问题。”冷眼旁观的蔡东风一语道破了玄机。

于是，五个人从头到脚仔细打量了一番，除了容妤那身露脐装和涂了指甲油的脚趾有些扎眼之外，似乎并没什么有伤风化的地方。

正在胡乱猜疑的时候，一辆车吱嘎一声停在了近旁。从车上先下来了一个卷发蓝睛高鼻的欧美人，身穿佩有衔称的白色制服，看模样似乎是个官员，之后又钻出了一个身着短袖的清瘦精干的亚洲人，径直向他们走了过来。

不知来者何意，容妤先是“哈罗”一声，算是打了个招呼，官员问他们从哪里来，容妤刚报上国籍，那个亚洲人就突然冒出了一连串的汉语。原来，这位姓穆的先生竟然是中国驻波利尼西亚大使馆的临时代办，陪同他一起来的是该国海关卫生检疫部门的官员。大家正感到受宠若惊，穆先生自己也惊讶不已。

“你们必须先测量一下体温，在确定没有发烧之前，千万不要与当地人接触。”

原来，探险队还在海上游荡的时候，国内爆发了非典疫情，引发世界关注，这里也不例外。一测之下，别人都很正常，只有蔡东风的体温像铁索横江一样停在了三十七度半。官员眉头紧皱嘴里嘟囔，拿笔在本子上记了些什么。卫宗渊见了，赶紧解释说这根本不碍事，我们出发的时候国内还风平浪静呢！何况一个多月来，大家一直住在货船上，想和外人接触也没有办法，怎么会给贵国带来隐患呢？

穆先生交涉了半天，加上蔡东风体征良好，既不咳嗽也不打喷嚏，官员终于回心转意，让他们办理了入关的手续。不过，他还是要求探险队实行自我隔离，七天之内不能乱走动。事情办妥之后，游艇在锚地找到了一个不错的位置，穆先生就载着五人去岛上唯一的一家宾馆。一路上，他告诉几个年轻人，说自己来波利尼西亚五年了，除了曾帮助一位患病的海员转运归国之外，还没有哪一位同胞造访过这个被遗忘的角落。一个多月前，他接到了驻澳大利亚大使馆转发的一份函件，说国内有一支探险队将要启程来波利尼西亚，但除了人员名单，什么细节也没有。于是，他天天和机场联系，可是没想到你们竟然从海上冒出来了。

卢筝一边听穆先生说话，一边看着眼前这条由珊瑚砂铺就的大道。它横贯全岛东西，长约十来公里，宽度不过十米，一路上不要说红绿灯了，连个交通警也看不见。现在，落日就悬挂在道路尽头的上方，正慢慢坠入大海。余晖照耀之下，大道反射出一片炫目的银亮，像一泓秋水，又像一条通向天国的玉桥。可是如此祥和美妙的景象，却让卢筝不知怎么想起了一个著名的刺客来。据说，当年聂政刺杀韩槐的时候，因为怒气上冲，天空竟然出现了白虹贯日的奇景。想到这里，他赶紧收敛了心神。全怪胡自雄这小子，自从那夜他说了一番莫名其妙的话后，卢筝就有点疑神疑鬼了，哪怕看到一顶红帽子也能联想到血光之灾。

随即，卢筝又打量起了道边一排排当地人的房屋来。它们全由木头和茅草搭建而成，外观呈三角形，但屋檐低得离谱，像中国传统园林中的亭子被人拦腰砍了一刀。不但如此，它们的门窗也很小，有的甚至连门窗也没有，全靠几根柱子支撑着，大人进出都要弓着身子。

和所有热带的居民一样，波利尼西亚人的服饰也很有特色，一条五颜六色拼接的长布从头裹到了脚面，简约脱俗的风格与印度恒河边的苦行僧有得一比，也符合环保的时代潮流。此外，他们都不穿鞋子，像赤脚大仙一样逍遥自在，无拘无束。

“您来了这么久了，能给我们推荐一下好吃的特产吗?”胡自雄一开口就直奔主题。

“海鲜水里捞，水果树上摘，想吃什么就吃什么，可别太贪嘴了。”穆先生说完后，不觉微笑了起来，显然对此深有感触。

容妤问为什么海关官员不是当地人，穆先生回答说波利尼西亚原本是英国的殖民地，现在依然保留在英联邦之中，和旧中国一样，名义上是独立国家，实际上外交国防民生依然掌控在一些看得见看不见的人手中。

不过几分钟，宾馆就到了。这是一幢双层混凝土建筑，除了零星的游客，平常基本处于空置状态。卫宗渊一出手就包下了上面一层，每人一个带空调的单间外，还有一个宽大的公共厨房可供烹饪聚会，连“黑旋风”也得到了一个舒服的窝。安顿好之后，穆先生离去前又反复叮嘱了众人一番。于是，整整一个星期，五人都像远古的囚徒一样画地为牢，足不出户。

不过，他们的脚被束缚住了，耳朵和眼睛却并没有闲着。原来，波利尼西亚人和中国商朝人一样崇拜太阳，国旗的图案正是一轮海水中升起的金色朝阳。每年春秋两季，大群的海鸟要在阿拉斯加和澳洲之间往来迁徙，波利尼西亚是必经之地，鸟粪储量异常丰富。由于鸟粪中富含磷酸盐，是制作化肥的原料，所以鸟粪出口一度是该国主要的经济支柱。

岛上淡水稀少，但要命的是电力十分缺乏。平常停电倒也罢了，午夜梦回之时，发现房间的空调停止运转了，温度迅速上升到了摄氏四十几度，一身汗水在暗夜中涔涔而下，让人想一想都觉得皮肤发粘。别人犹可，容妤最受不了了，只好在临睡前先接下满满一浴池清水，等到热得受不了时可以用来冲凉。不过，与娇生惯养的中国年轻一代相比，连姓氏也没有的波利尼西亚人就乐天多了，还喜欢跳一种名叫“卡瑞娜”的舞蹈，犹如中国人都会哼两句《茉莉花》。

七天过去了，蔡东风的体温依然故我，而海关官员再也没有出现。于是，自我限制就解除了，开始了自由活动。大家要做的第一件事，当然是寻找容光斗留下的线索了。按照卢筝的建议，五人分为两组，一组去查阅官方档案、陈年报纸、旅游杂记，另一组在民间撒网，搜集野语村言，道听途说。根据专业特长，卢筝将自己和容妤、蔡东风划入第一组，卫宗渊和胡自雄在第二组。

可是胡自雄死活不干，说自己一句外语也不会，怎么去跟人交流？

“你既然连说都不会，怎么能去阅读资料呢？”卢筝反问道。话虽这么说，他心里却明镜似的，胡自雄这家伙当演员闹不出噱头，可语言天分之高，没有一个人能相提并论。来北京不过几天，一口京片子就说得惟妙惟肖。他之所以不肯去，不过是对卫宗渊心有芥蒂罢了。于是，卢筝只好和卫宗渊做了对调，让两个情敌待在一起了。

果然，不过几天时间，胡自雄连打鼾也带上热带风情的调子了。作为一种还没有发展到书面文字的初级语言，波利尼西亚语音节简单，意涵也不复杂深奥。就像阿拉伯语言中有很多关于骆驼的词汇，波利尼西亚人的生活与海洋、鱼、天气密不可分，除此之外也就是些花花草草了。不过即使如此，两人走遍了海岛的每一个角落，在餐馆、超市和网吧逗留了好久，也没打听到什么有价值的故事。

卫宗渊虽然在自己出资组建的探险队中没啥威信，但与各种公私机构打交道却显得轻车熟路。经过一番融通后，岛上唯一的图书馆向中国人开放了。不过，作为一个有着悠久文明的民族，波利尼西亚人究竟从哪里来，谁也说不清道不明。如果这也情有可原的话，但官方审定的历史书第一页却从麦哲伦环球航行开始，这就未免让人叹息了。

与野路子出身的卢胡二人相比，容妤和卫宗渊都接受了完整的教育，蔡东风更是其中翘楚，对资料进行检索归纳纯粹是小菜一碟。不过，三人翻阅了好几天，连二战美国老兵的回忆录也翻烂了，不但没有读到“容光斗”这三个字的近似音，甚至连一个中国人的记录也没有找到。

于是，大家又转而查询容光斗失踪那一年发生的事情，不过记载也是寥寥，无非是一次大风暴，一些边远小岛上发生了宗教冲突而已。这种司空见惯的天灾人祸，在波利尼西亚几乎无年无之，直到今天。

分头碰壁之后，五人又不得不聚在一起，认真回忆起了韩奇老先生讲过的每一句话，以求发现新的线索。于是，“极乐岛”这三个字适时跳了出来，给大家带来了新的希望。可是在岛上一打听，当地人压根儿就没有听说过这个名字，更别提那个神秘的石屋了。卫宗渊买了一大沓地图，挨个查了一遍，果然不出卢筝所料，不要说找不到极乐岛，很多小岛根本就没有标注。

那么，挨个岛去找一趟怎么样？这句话说出口之后，你一定会先把自己吓死，因为大家到了现在才知道，波利尼西亚虽然国小不到一个崇明岛，人少不足半个宣武区，可是管辖的海域面积竟然有十个南中国海大！事到如今，大家才暗暗佩服卫宗渊的先见之明。原以为他非要携带那条游艇，纯粹是为了炫耀自己那昂贵的爱好，现在才知道，以后的路可真全靠它了。

当然，在枯燥琐碎的工作之余，生活并没有停止脚步。尤其是胡自雄，他就像进了蟠桃园的孙猴子一样，满眼放光，满嘴满腹都塞满了东西。果然，穆代办说得没有错，这里简直和伊甸园一样，什么都俯拾皆是，水果有芒果、香蕉、荔枝、木瓜、椰子，花色繁多；海鲜则是鱼、虾、贝、蟹，样样俱全，而且价钱低廉，几乎和白送一样。

“天哪，我可真受不了了！”胡自雄欢天喜地地叫道，他的伙伴们也个个乐得合不上口。

没错，他们很快就真的受不了了。

原来，波利尼西亚偏处海隅，除了树上的果实、水中的海产和空中的飞鸟之外，几乎什么也不出产。当地人的主食就是香蕉，一顿少说也要吃四五串，所以无论男女老幼，个个身宽体胖，血压高涨。为了弥补维生素，往前推二十年前，他们甚至还习惯于吃生鱼。这里没有新鲜蔬菜，没有葱蒜姜椒，没有酱油香醋，总而言之，没有适合中国人味蕾的一切。超市里倒有大米面粉和冷冻的牛羊鸡肉，也出售咖喱色拉蛋黄酱之类的调味品，不过全是按照西方人甚至印度人的口味来的，还经常缺货。

探险活动开局不利，既然不能速战速决，只能从长计议了。如此一来，吃饭就成了头等大事，连高温和潮湿也要退后一步了。终于有一天，当携带的那批方便食品全部吃得点渣不剩之后，有人坐不住要开第一炮了。

容妤亲自下厨了。一个小时过去了，又一个小时过去了，在众人的翘首期盼中，色香俱佳的五道菜一个汤终于端上了桌子。众人忙不迭地下筷了，也许是太饿了，个个只动手不出声。卫宗渊一向口味精细惯了的，又最讲究斯文，环视了一圈，见没人有祷告或念《开斋经》的意思，才慢慢夹了一口牛肉爆洋葱，塞进了口中。突然间，他五官扭曲，白眼上翻，“哇”的一口吐了出来，还一连打了好几个喷嚏。容妤本来就惴惴不安，眼见在同伴面前丢了面子，哭了起来，跑回自己的房间去了。

四个男人丢下了筷子，面面相觑。卫宗渊想要去道歉兼安慰一番，卢筝说不必了，她在家也许做过饭，像炒个鸡蛋什么的，但掌勺毕竟不是件容易的事。女人不是天生伺候男人的，但一定要学会做饭，否则将来吃亏的就是自己的孩子。总而言之，她现在接受点教训没什么坏处。

“全怪我，不该那么失态。”听卢筝讲了一番齐家的大道理，卫宗渊还是懊悔连连。

“她已经尽力了。何况，你再有钱，也不能包机从北京给我们送满汉全席吧？”蔡东风不失时机地刺了卫宗渊一句，可是他自己却不肯再下筷子去碰那几道菜。

胡自雄见了赶紧打圆场，说大家不必丧气了，天下好厨子全是男人，不信我们四个就解决不了肚皮的问题。何况，容妤做的菜之所以难吃，关键还在于没有什么好佐料。

第二天，大家一起出发，学习老祖宗神农收集可食用的植物。可看来看去，尽管满眼青翠葱茏，但热带植物的树叶大多有毒，味道又苦又涩，根本就不能入菜。

卢筝对饮食从不挑剔，以前在野外断粮的时候，他甚至生吃过蚂蚱和野鼠，可总不能要求这些小娇娃小白脸们也过茹毛饮血的日子吧！不过，谁也没有想到的是，众人眼中的累赘蔡东风竟然成了一根救命稻草。和大多数雁湖学子一样，他喜欢看课外杂书，无论诗词歌赋，官稗野史，医巫占卜，全都一一涉猎，知道杨贵妃喜欢的龙涎香其实是鲸的排泄物，而苏东坡曾煮青蒿水来治脚气，而早在郑和下西洋之前，中国人就解决了海上长途航行易患败血症的难题。

于是，蔡东风弄来了一罐头黄豆，倒在盆子中用水泡了半天，然后放到太阳底下暴晒了一下午，蒙上一层厚布放到了第二天一早，竟然发出了一盆又长又鲜的豆芽！

之后，小小的黄豆继续给大家带来惊喜，因为蔡东风决心当一回豆腐西施。本地诸物欠缺，但海盐取之不尽，很容易就收集到了粗盐自解后的卤水。将黄豆浸泡一夜，打成浆状，过滤几遍，加热后放入石膏粉，眼见豆浆开始凝固，才小心压上了一块砖头。

蔡东风一夜没有睡觉，胡自雄好奇心重，就陪他一起待在厨房里。见他过一会儿就翻看一下，就说你干吗那么紧张，又不是参加高考，蔡东风笑了一下，说我才不怕考试呢，问题是卤水有毒性，调配不当会出事的。

“你知道吗？白毛女的爹爹杨白劳就是喝盐卤自杀的。”

天终于亮了，蔡东风拿掉了砖头，小心揭开了纱布，用小勺子舀下一片放进了嘴里，然后感慨万端地说了一句：

“秋白同志说得一点也没有错，中国豆腐确实是天下第一！”

于是，从第二天开始，大家就吃上了麻辣豆腐、清蒸豆腐、炒豆干，当然少不了营养丰富的豆腐炖鱼头汤。不过，掌勺的人却换成了胡自雄。

开饭的时候，卫宗渊呷了一口鱼汤，啧啧赞叹了两句，然后奇怪地问容妤上哪里去了，正忙着给众人盛饭的胡自雄三分无奈七分得意地回答道：

“老蔡跟我说过一句古话，哦，对了，是‘君子远庖厨’！可是，既然淑女不肯下厨房，我们堂堂男子汉，只好委屈自己了。”

“没错，你是个君子，而且还是个墙上君子！”人还未见，容妤的声音就先到了。她今天来晚了，不过却是有意为之。

胡自雄冲着卢筝直瞪眼，因为只有他一个人知道自己的根底。卢筝没法分辩，由于在船上疗伤的缘故，他和容妤单独待在一起的时间确实不少，虽然自己口风很紧，也不可能对过去的经历不露一星半点。不过，天地良心，他真的没有提起胡自雄当年的糗事，只隐约记得好像跟蔡东风说过。为了赎罪，卢筝只好说今天的碗我来洗，可是容妤才不肯领这份情呢！

“算了算了，你不要当面充好人了，还是我来吧！——对了，你不是说过吗，女人都要学会做饭的。我只想问你一句：不知结婚以后，尊夫人顾雅莉愿不愿意下厨房呢？”

卢筝惊得手中的筷子都掉了，一眼扫过去，蔡东风和卫宗渊都快把脸埋到饭碟里了。看来，给她捎话的人还不止一个。这个小丫头，真是鬼灵精怪，把四个大男人都拿捏在手掌心里了。

但是，豆腐勉强还可以替代青菜，可热辣辣的咖喱味道可就太冲了，大热天还容易长疖子，容妤最怕这点了。于是，又一个艰巨的任务落到了蔡东风的身上，他整天倒骑在椅子上摇啊摇，两眼发直，口中喃喃不停，像只花猫在给老鼠念经。可是，去哪里找五香粉呢？岛上虽然植物繁茂，但大多为乔木，几乎没有可提取香料的灌木。

容妤本来就心中有愧，见他为了大家的胃口都有点魔怔了，心下实在不忍，就悄悄拿了一瓶冰镇可乐放在他面前。可是，蔡东风竟然像中了邪一样死死盯着它不放，最后大喊了起来：

“没错，就用它了！”

大家都知道可口可乐是碳酸饮料，可是它的配方中至少包括了甘草、桂皮、橘叶和香草等草药。于是，在他的强力推荐下，胡自雄试着用可乐做了一盘香酥鸡块。端上桌后，众人一尝之下，竟然交口称赏。更让人惊喜的是，可乐不但去除了肉类的腥味，糖分在加热凝结后，还能充当上好的调色剂。

不过，岛上的基础设施太简陋了，连肉食也不能保证天天都有。现在快到台风季节了，一天停两三次电是家常便饭。冰箱中的冻肉每天像打摆子一样，从零下二十度到零上四十度来回几遍，很快就变质发臭了。不过，做咸肉就更简单了。每次买来几大坨肉，切成长条用粗盐一层层裹起来就好了。容妤虽然下不了厨房，可卢箏夸她手巧倒不是谀辞，眼看端午节将近，她竟然别出心裁，将咸肉剁碎后和大米一起裹进了棕榈树叶子，用线仔细绑好后，上笼蒸出了咸肉粽子。

事情发展到了这个地步，在探险队员们绿光莹莹的眼中，天下无物不可吃。以至于到了后来，在海边游泳嬉戏后，要顺手捞几把海带和裙带菜回来，切成丝后，拌一道凉菜开胃；在沙滩漫步时，无意中发现几棵高大的面包树，果实的淀粉含量很高，还有一点酸甜味，正好摘回去炸薯条当宵夜。

对于伙伴们踊跃当食神的热情，卢箏觉得好笑又可怜，因为此行的目的并不是将中餐发扬光大的。每天，他都顶着酷日在岛上游逛，倒也颇有收获。比如，他发现波利尼西亚人喜欢雕刻，一木一石，都是好材料，连椰壳也不放过。图案除了司空见惯的日月、海水和鱼类之外，还对山峰情有独钟，尤其喜欢雕刻那种像太湖石一样嶙峋中空的山岩。卢箏买了几件，回去琢磨了一晚上，也弄不明白它的原型究竟是什么，因为这种典型的卡斯特地貌，太平洋群岛上几乎闻所未闻。随后一打听，才知道这种雕刻习俗，是从他们的祖先一代代传下来的，就像中国人喜欢画龙这种自然界根本不存在的物种一样。

为了方便出行，卫宗渊租了一台车。端午节前一天，卢箏要去码头巡察一下游艇的安全，容妤正巧要给穆先生送点自制的粽子，两人顺路，就一起出发了。在路上，容妤看到了五光十色的水果摊，又有点嘴馋了，忘记了一个星期前贪吃荔枝流鼻血的教训，要去买点槟榔尝尝。卢箏吓唬她吃槟榔会上瘾，牙齿会变形，你的一张巧嘴也会变成血盆大口，看谁敢娶你？容妤哀求说只吃一次，不会那么惨吧？

卢筝停车后，容妤在摊前挑来拣去的时候，卢筝突然想起了一个探险队的成员，随口问了一句：

"'黑旋风'哪里去了？我好像有一段时间没看见它了。"

容妤听了，不知怎地变得扭捏了起来，似乎这是一个多么让人难以启齿的话题。卢筝不明白，又追问了一次。这下她可真是恼羞成怒了：

"你是真不知道还是假不知道呀？它是头畜生，哪里快活就去哪里，能像你一样规矩吗？"

卢筝还没有反应过来，突然平地一股劲风吹来，把容妤的裙子掀了起来。随即，伴随着一阵粗鲁的笑声和尖利的口哨声，一群当地小伙子驾驶着摩托车从他们身边呼啸而过。驰出几十米后，他们停了下来回头张望，领头的是一个一头卷毛一口板牙的大个子，一边笑一边还向卢容二人比划着不雅的手势。

显然，对方不是在飙车，而是有意调戏。容妤气得跳脚，要开车撞死这群小流氓。卢筝满口答应，上车正要踩下油门的时候，他突然明白了过来。

"不用说了，我知道'黑旋风'去哪里了。"

听到了引擎的轰鸣，那群野小子早就逃得无影无踪了。容妤恨恨不已，说要是在北京的胡同里，非要让他们脑袋瓜子开瓢不可。卢筝知道她是个报复欲强烈的人，于是安慰说什么"爱美之心，人皆有之"，老实说，人家的眼光还不错。如此劝解一番，她才逐渐气平了下来。

次日一早，穆先生打来电话，邀请探险队一起贺节。来到了这个只有一人留守的使馆，穆先生关切地问他们过得怎么样，众人正为自己的丰衣足食而得意，于是七嘴八舌地将各项发明创造细述了一遍，穆先生听完笑了半天。随即，大家一起动手包饺子。和面的和面，剁肉的剁肉，一片热闹中，容妤突然看到了两棵准备用来做馅的大白菜，又叫又跳像见了亲人一样。这还不够，穆先生说饺子馅里放点韭菜味道会更鲜美，叫她去后面摘一把来。

他的话音刚落，五人就一拥而出，来到了一个四方的小院落中。这里简直就是个聚宝盆，一个个钢架上，整齐摆放着一盆盆绿意盎然的新鲜蔬菜，萝卜，辣椒，甘蓝，香菜，葱蒜一应俱全。原来，当年首任大使来到波利尼西亚时，岛上不但没有超市，连淡水也要靠老天赏赐。经过了一代又一代的悉心拓植，终于像燕子垒巢一样，建成了这个小花园，甚至实现了滴水浇灌和无土栽培。

一起吃饺子的时候，穆先生夸容妤昨天送的粽子很精巧，容妤向他控诉了岛上飙车党的恶行。穆先生笑着说那很正常，年轻人精力充沛无处发泄，总喜欢做些引人注目的事。根据他这几年的观察，波利尼西亚是一个宁静和平的国度，民风善良淳朴，作奸犯科的事极少发生。

“哦，我差点忘记提醒你们了，岛的西边尽头有一片流沙区，就像红军长征中走过的大草地一样，人一陷进去就出不来了，你们可要多加小心。”

饭后坐在一起品茶闲谈，作为探险队名义上的带头人，卫宗渊依次向代办介绍了自己的四个同伴。果然不出所料，经他一渲染，穆先生深感三生有幸，竟然在这个犄角旮旯与新徐霞客、女罗丹、少年司马迁和史泰龙二世相会。不过，在大赞了一番后生可畏之后，似乎对卫家自己的陈芝麻烂谷子更感兴趣，尤其是抗战中破家纾难的故事，尽管那些壮怀激烈的情节，现在已经少有人提起了。

对于探险队眼下的困难，穆先生也是爱莫能助。不过，他说你们这样大海捞针似的瞎跑乱撞不是办法，最好先找一个向导。随即，他像想起了什么似的，翻开了电话簿。

“今年参加波利尼西亚国庆活动时，我碰到了一个民间舞蹈团的姑娘，她对中国文化很感兴趣，也认识不少汉字，在当地人中可真太少见了。”

原来，按照中国有关部门的政策，每年会免费培养一批来自第三世界国家的留学生。作为建交国，波利尼西亚当然也分到了几个名额。于是，这个名叫塔拉特娜——因为舞跳得好，朋友们干脆叫她“卡瑞娜”——的姑娘也递交了申请，正在等待国内有关部门的批复。

第二天，容妤与卡瑞娜取得了联系。于是，一颗晶亮光洁的琥珀就在众人眼前出现了。虽然从外观上很容易混淆，但从严格意义上讲，波利尼西亚人属于黄色人种，而南太平洋其他群岛的居民却属于棕色人种。容妤原以为自己的眼睛已经够惊艳的了，可是与人家一比，才知道什么叫做大眼瞪小眼。卡瑞娜不但五官俊秀，肌肤细腻，而且与同胞相比，她的身材可谓苗条，跳起舞来更是婀娜多姿。不过，对于这种节奏鲜明的丛林舞蹈，容妤只跟着她跳了一半就主动放弃了，说摇摆幅度太大了，对心肺不好。

卡瑞娜的正经职业是西餐厅的侍者，她对中国感兴趣，究其原因据说和一个亲戚有关。不过，她虽然对方块字情有独钟，却依旧停留在看图识字的阶段，更不要说分清楚平仄了。由于这段时间是旅游淡季，餐厅放长假，所以双方很快就谈定了，聘请她担任导游、翻译兼语言老师。

卡瑞娜谈不上有多敬业，但好玩又爱笑，是个典型的自来熟，大家都很喜欢她。她走到哪里，都会带来一阵好闻的香气。几个人私下探究了一番，结论是热带水果吃多了，体味也会发生变化。不过没几天，众人就发现，她似乎喜欢上了蔡东风。这不奇怪，因为丰满的女性往往喜欢单薄的男子，据说会勾起潜藏的母性。不过，蔡东风本人似乎并不欣赏这种情调，说我只是一个匆匆过客，可不是闻到了母狗的尿味就发情的“黑旋风”。

认识不久，卡瑞娜就请探险队成员到家里去做客。她不是本岛人，家乡离凤凰岛很远，坐船也要花好几天时间。大家如约前往，弓身钻进了租来的小木屋里，才发现里面别有洞天。原来，为了避免阳光的暴晒和海风的侵蚀，波利尼西亚人把屋顶盖得很低，却在屋里掘地三尺，挖出了一个类似地窖或防空洞的深坑，既节省了建筑材料，又凉爽干净。

当地人的家庭陈设很简单，起居也随意，甚至大人小孩都没有固定的铺位。地面正中间用石块垒一个火塘，就是一大家子人的社交中心。而卡瑞娜虽然不是房间的主人，却费心思进行了精心装修，不但拿塑胶板分出了好几个隔间，甚至还有一个小小的化妆室。容妤一来，两人就钻到了一个隐秘的蚊帐中，叽叽咕咕笑声不断，丢下四个男人坐在那里无聊地东张西望。

不过，要说到做饭，卡瑞娜可就比容妤强太多了。今天的午餐虽然样数不多，但味道都不错，除了传统的煎蛋饼、烤香蕉和大米饭外，主菜是用茅草包起来熏烤的黑鱼。等到火候到了，从炉中拿出后，扑灭了草皮上跳跃的火苗，不等揭开，一股香味就透了出来。热气散尽后，几条皮焦肉嫩的鲜鱼就等着食客们大快朵颐了。

卢筝一向在饮食方面马马虎虎，可是看到了烧鱼，却突然愣神了，甚至忘记了下筷子。等他回过神来，就只剩下鱼尾上残留的一点碎屑了。

万没想到的是，众人一出门，竟然又碰到了那群飙车党，——或者说，人家早就盯上他们了。领头的大板牙叫着卡瑞娜的名字，她不理睬，却把一个剥好的柚子塞到了蔡东风的手中。这个含义明显的信号果然激怒了大板牙，立即大声咒骂了起来。卡瑞娜虽然不像容妤那么刁钻，也是个泼辣的女子，当即对骂了回去。不过，波利尼西亚人骂人的词汇很贫乏，哪有中国人繁复刻毒，翻来覆去就是一句。大家将卡瑞娜劝回家后，飙车党没了由头，又见对方人多，尤其是胡自雄双臂抱胸一副人猿泰山的模样，就悻悻然离去了。众人上了车，卢筝叮嘱大家以后要小心些，我们人生地不熟，最好不要单独行动。

第二天，卢筝、卫宗渊和胡自雄一起去码头检查游艇。果然，不过一个月，它的底部已经结了厚厚的一层贝壳，需要立即清除，否则不但影响航速，严重的话船体也会被腐蚀。三个人在烈日下忙了一天，还没有干完。当晚，卢筝让胡自雄和卫宗渊先回去，自己留下来清洗甲板。第二天直到日上三竿，卢筝左等右等也不见卫胡二人来，只好一人干了。等他刮掉最后一个贝壳，看看天还没有黑，正要解开缆绳准备测试一下游艇的各项指标时，卫宗渊急匆匆来到了码头，告诉了他一个惊人的消息。

原来，昨天上午，蔡东风去市场采购时，又碰到了大板牙和他的同伙，刚下车就被对方围住了。面对百般挑衅，蔡东风坚守着中国知识分子的风骨，冷冷地昂起头来了个不理不睬。这种态度让对方彻底疯狂了，几个人将他按倒在地，拳打脚踢一顿后扬长而去。

头破血流的蔡东风挣扎着爬了起来，勉强把车开回了宾馆。容妤慌忙带他去了医院，一番检查之后，除了肋骨骨折外，全身还有多处软组织挫伤。等到卡瑞娜来了，一问原委，才知道那个大板牙一直在追求她，可是总吃白眼，于是迁怒于远道而来的中国人。

等卫宗渊和胡自雄回来后，一文一武两个解决方案立即摆上了桌面。卫宗渊竭力劝说伙伴们不要冲动，我们应该打电话给穆先生，请他出面和警察局交涉，相信一定会给我们一个交代。眼看一起争风吃醋的斗殴上升成了国际纠纷，容妤说不太好，还是私下解决吧。胡自雄因为天天和蔡东风琢磨着如何让嘴巴过瘾，早就形成了一条食物链，眼看自己的搭档吃了亏，连肺都气炸了，恨不得立即把对方揍个半死，哪里还能忍耐片刻？

容妤见状，对胡自雄使了一个眼色，两人一起出去了。不过一个时辰，垂头丧气的“黑旋风”就被揪回来了。

今天一早，卫宗渊起床后，发现容妤、胡自雄和“黑旋风”都不见了，连车也被开走了。知道这一男一女一狗一车凑在一起绝对没好事，就赶紧雇了一辆脚踏车，四处去寻找。可是全岛从东到西兜了好几个来回，也不见他们的踪影。午后，卫宗渊看到了一个奇怪的现象，街上的人们都在大呼小叫，还有许多人一脸兴奋地丢下摊子往西面跑，似乎那里发生了什么新鲜刺激的事，于是就跟着一起去了。

一路来到了海岛的西南角，眼看前面就是穆先生特意提醒大家要小心的流沙禁区，卫宗渊心一沉，连叫糟了糟了。果然，这里已经聚集了黑压压的一片人，卫宗渊好不容易挤到了前头，探出脑袋一看，当即吓了一大跳。

如镜子一样平整的流沙中，有三五辆摩托车在载浮载沉，但显然已铁定列入海龙王的新藏品名单了。旁边的椰子树上，有人在疾声呼救。卫宗渊仔细一看，发现大板牙也赫然在上。不过，他已经一脸惊惶，全身颤抖，屁股光溜了，而手下的骑士也个个衣不遮体，似乎遭到了什么利器的细剐狂削。但是，他们自己不敢下树，而围观的人也不敢靠近，因为树下的草地上，一条半人高的大黑狗正在龇牙咆哮呢！

卫宗渊正在发愣，突然有人拍了一下他的肩膀，一转身原来是胡自雄。胡自雄一声唿哨，“黑旋风”闻声也跑了过来。卫宗渊跟着胡自雄出了林，上了车，发现容妤已经在里面了，笑得双眼都成了弯月。

“这群蠢蛋，该知道丢人现眼是什么滋味了吧！”

他们究竟是怎么安排下圈套，又用什么计策把飙车党引到这里来的，卫宗渊来不及问，只问伤到人了没有。胡自雄说当然没有，我们是守法的人，又不是街头痞子，不过“黑旋风”今天倒真的开了一次“洋荤”。

码头上，卢筝听卫宗渊复述一遍后，知道没出人命，也大大松了一口气。两人一起回到了住处，蔡东风还躺在床上呻吟，而容妤和胡自雄却装得像没事人一样。按照以往的了解，卫宗渊以为卢筝一定会猛尅他们一顿，可卢筝却没说什么过分的话，因为将心比心，如果自己处于当时的场景下，难保不会做出更出格的勾当。不过，要想让他夸奖两人义薄云天，那也休想。

“我们伤了一个，对方伤了五个，连头儿的裤衩也脱了，人家不会善罢甘休的！”

他的话音未落，外面就起了一阵喧哗。从窗口向外望去，只见几十号人围在了宾馆门前，手操木棒草棍石块不一而足。仔细一看，大板牙也在其中。不过，他这次没站在最前头，因为被“黑旋风”咬掉了一块腿肉，站立不稳，加上坐骑没了，失去了锐气。

胡自雄一见，又跳起来要和对方见个真章。卢筝太了解他了，一把就按住了，说好虎架不住群狼。何况，你看起来生猛，真要动起手来，也是个外强中干的糠萝卜。

“你们安安静静地待在房间里，谁也不许乱动，我一个人出去。”

卢筝回到自己的房间里鼓捣了片刻，出来后已是一身劲装打扮，连护膝都套上了。不过，让人惊奇的是，他并没有杀下楼学赵子龙来个七进七出，而是上了顶楼的平台。

同伴们不解其意，只好耐心等待事态的发展。起初，听得楼下一片嘈杂，然后逐渐安静了下来。大约一刻钟左右，突然人群发出了一阵惊恐的叫喊，似乎楼塌了或有人跳楼自杀了，随即一阵散乱奔跑的脚步声，最后万籁俱静。

容妤早就偷偷掀开窗帘看了无数次，可不明白究竟发生了什么。眼见楼下一片白地，连一个影子也不见了，而卢筝也施施然地走了下来。

吃晚饭时，胡自雄忍不住问卢筝今天唱的是哪一出，卢筝头也不抬地说是“空城计”。人家真要是冲上来了，我们只好从阳台跳下去逃命了。

08　十字路口

第二天一早，卡瑞娜来了，满脸惊骇之相，连大眼睛也比以前扩充了整整一圈，似乎自己服务的对象不是一支探险队，而是一团杀人蜂或一群超级赛亚人。据卡瑞娜说，一大早满街的人都在议论，说昨天中国人大闹了海岛，还有鼻子有眼地细述了每一个场景：先是一个黑胖的大汉大吼一声，摩托车就像长了腿一样冲入了流沙；随后，一个少女口中念念有词，纤指一点，害群之马的大板牙就被吊上了树；而最让人咋舌的一幕却发生在黄昏的宾馆楼顶上：面对一群红了眼的市井流氓，一个高个子的年轻人旁若无人地要了一套功夫，他左引右旋，前俯后仰，观众正感到眼花缭乱又心烦意乱的时候，他突然一张口，喷出了一团大火，还作势要抛向人群，吓得众人作了鸟兽散。

原来，波利尼西亚没有博大精深的本土文化，娱乐领域全是舶来品的滥觞，而露天电影更是陪伴男女老少消磨了无数的炎日苦夜，其中自然少不了精彩刺激的中国功夫片。经过了多年的熏陶，黄皮肤单眼皮黑头发的人飞檐走壁、隔空取物、剑光杀人的形象早已深入人心，如今亲眼目睹了神奇，怎能不群情耸动呢？

卢筝解释说他只是表演了一套“八段锦”而已，在北京各大公园的晨练队伍中，随便拉出一个退休老头，都能当自己的师傅。至于喷火的噱头，也不过是一个简单的小魔术。昨天情急之下，突然看见了桌子上为蔡东风疗伤的药品，就拿一张面巾纸浸透了碘酒藏在袖子里，乘人眼错不见的时候，用打火机点燃了，然后把含在口中的一口酒精喷了出去，手中自然就出现了一个熊熊燃烧的大火球。不过，这个把戏拿捏一定要精准，否则自己倒可能像过火焰山的孙猴子一样烧得须眉全无。

总而言之，凤凰岛的居民是有点少见多怪。不过，卢筝得意的时间并不长，因为紧跟着卡瑞娜性感臀部进门的，是一个接一个麻烦。

先是一个逃学的孩子要拜师学法术，轰走后久违的海关官员又来了。

他说你们的狗咬了人，如果携带了狂犬病毒的话，全岛的人畜就遭殃了，所以必须对它实行无痛苦死刑。容妤一听脸都白了，卫宗渊据理力争，说我国出境的检疫文书上已经写得清清楚楚了，这条狗没有任何毛病。不过，官员把文件看了半天，从纸质到墨色，挑了一大堆瑕疵。卫宗渊明白了，说没关系，我们可以立即申请补打疫苗。于是，在交了一百美元的注射费用后，官员就离去了，让他们等电话通知。不过令人遗憾的是，直到探险队离开本岛，“黑旋风”也没有等到挨针的那一天。

卢筝太乐观了，飙车党虽然吃了大亏，但依旧不肯罢手。不过，让人意想不到又哑然失笑的是，他们派出的代表——或者说央求的对象更准确——竟然是卡瑞娜。原来，当地人收入不高又失业严重，摩托车几乎是那几个小子的全部家当。于是，卫宗渊又当了一回散财童子，照摩托车原价七折计算后，给付了一笔钱，算是为这场冲突划下了一个句号。

卫宗渊没有想到，他的慷慨又一次印证了居民们关于中国人的概念，那就是在经典的功夫片中，正派英雄总是先被反派大恶人陷害欺侮，然后绝地反击，出奇制胜，在对手告饶投降后又慈悲为怀，示之以德，最后皆大欢喜。

总之，经过了一番风波，探险队在岛上享受的待遇，大概和西天路上的唐僧师徒差不多了。

“受人尊敬的感觉真好。”卫宗渊虽然在伙伴们眼中有点萎靡消沉，但大局观极佳，立即把它上升到了事关国家形象民族尊严的高度。

“让人害怕的感觉棒极了！”胡自雄却更笃信实力原则。当地男人十之八九是风里去浪里来的渔民，体质健壮如海豹。与之相比，胡自雄原本觉得自己硕大的胸大肌像个道具一样华而不实，现在可自信多了。

“被人紧盯的滋味真难受！”容妤不在乎谁看不起谁，也不介意当一回小魔女，真正让她讨厌或者喜欢的是，现在无论走到哪里，都会成为众人瞩目的中心。

“算了吧，我看被人惦记的滋味更可怕！开了这个口子，人家会把我们当肥羊，天天盘算着咬一口呢！”卢筝对伙伴们惹是生非的行径颇为头疼，也对卫宗渊大手大脚，什么都靠钱摆平的处事方式很不以为然。

可是这一切荣耀和担心都与蔡东风无关，作为探险队中唯一的受害者，他正在卧床休养。不过，有了卡瑞娜的悉心照顾，他也品尝到了受人抚慰是什么滋味。

中国文化人有意淫的传统，流毒至今，蔡东风心中也纠结了浓厚的“三绝”情结，那就是“绝艳惊才”、“绝世独立”和“绝代佳人”。不过，明眼人都可以看出，这个“三绝”不过是老学究们痴想了千年的“三有”的变种而已。但封建时代寒窗十载，一旦侥幸蟾宫折桂，倒也有五子登科的盼头，可如今这世道，纵横捭阖没本钱撑腰不行，连空手套白狼也需要过人胆色和膂力，挤不进圈子又怕脏了手的白面书生只有站在一边干瞪眼的份。于是，“书中自有黄金屋”变成了“绝无此地”，“书中自有千钟粟”实际上“绝无此物”，而“书中自有颜如玉”干脆意味着“绝无此人”。

蔡东风像暴露在空气中的发面一样外硬内软，花发的春朝，月圆的秋夜，甚至眼前飘过的一丝柳絮一片细雪，都能勾起他心中无来由的愁思。不过，令人可笑又可叹的是，在感情上，如果说卢筝是个心如死水的绝缘体，胡自雄是个没人放电的超导体，卫宗渊是个暧昧的半导体，而他自己呢，竟然成了一个专替人牵线搭桥的开关。

细细追溯起来，蔡东风充当爱情掮客的历史要从高中开始。不过，爱上他的可不是同桌女生或邻家女孩，而是新华书店俏丽的开票员。蔡东风是这里的常客，几番眉眼相对后，竟然擦出了火花，几乎把书店烧成一片白地。小镇民风古朴，又喜欢传播隐私，这幕奇情一上演，立即掀起了轩然大波。别人不说了，书店那个失意的运货司机就几次三番要撞死这个情敌。不过，谁也没料到的是，蔡东风能顶住父母的雷劈火烧，却挡不住祖坟上冒青烟。高考录取通知书送达的那天，全镇爆竹齐鸣。忙乱了一个多月，出发赴京的前一天，她才托人来给蔡东风带个口信，说自知不能高攀，只希望能私下再见一面，痛快哭一场，以后就丢开各走各的路了。蔡东风迟疑了很久，说父母盯得紧无法赴约。这倒不全是撒谎，因为他现在是下凡的文曲星，走到哪里都光芒四射，找个幽会的角落可真不容易。大学第一个寒假回家后，蔡东风才偷空去看她，却没有见到，听人说她和司机一起跑到了武汉的汉正街上摆摊贩货去了。蔡东风听后唏嘘了几声，心底既有摆脱枷锁的轻快，又有落红入泥的怜惜。

一如所料，蔡东风在京师大学里如鱼得水，大笔如椽利口如刀，招来了不少异性的青睐。不过，每一段情缘的结局，无不是为人作嫁。蔡东风先是追逐众人垂涎的文学系校花，甚至请人家光临了几趟寝室，可一来二去，她却看上了上铺那质朴的山东小伙；之后，蔡东风又喜欢上了本系低几级的可爱师妹，好不容易克服了代沟，却被比自己还年长的辅导员横刀夺爱；读研时，蔡东风终于现实了一些，但是那个喜欢静静听他神侃的清秀助教，为了留京最终还是嫁给了一位离异的归国教授。

不久前，蔡东风回了一趟武汉，在代表韩老先生出席荆楚文物出国巡展的典礼时，竟然意外地又遇到了自己的初恋情人。不过，前新华书店的开票员现在可不是博物馆的售票员，而是巡展的合作方。原来，经过这些年的磨砺摔打，她已经从风吹雨打的路边搬进了寒暑分明的店面，又住进了四季恒温的写字间，现在竟然盖起了自己的大楼，连她的老公也有了玩收藏的闲情逸致，那双习惯操纵方向盘的粗手茧掌也学会了咂摸宋瓷的纹理。面对蔡东风的惭愧和局促，女强人倒是通达得多，既没说“无情多是读书郎”这样的气话，也没说“感谢生活，让我学会了坚强”之类的屁话，而是请他去自家新开的海鲜馆吃了一顿酒饭。分别时，还送了一台当时很稀罕的手提电脑。

如果世界上有两件事是冰炭不容的，那一定是圣洁的爱情和腌臜的生意，但实际上两者却有一个最大的共同点，那就是谁都幻想着一次成功，但结果却大多是屡战屡败，欲罢不能。眼下，蔡东风又有了亲近芳泽的好机会。何况，照顾病号本来就是容妤的职责。不过，当她看到卡瑞娜的身影后，就称心又识趣地躲了起来。

卡瑞娜按照当地人的传统治疗方法，将各色不知名目的绿叶采摘了下来，捣碎后捏成一团，然后涂抹在了蔡东风的皮肤上，把他变成了一个散发着腐烂气息的绿毛怪。

蔡东风不高兴，强调自己没有病，可卡瑞娜并不这么认为，恨不能把他当婴儿一般裹着抱着，那双栗色的大眼睛也柔和得像王水一样，要融化人世间一切铮铮傲骨和铁石心肠。蔡东风是过来人，立即明白了其中包含的凶险，赶忙逃到卢筝的房间里搭窝来了，怎么赶也赶不走。

“跟她说清楚不就行了吗？犯得着这样东躲西藏吗？”只一个晚上，卢筝就被蔡东风的长吁短叹折腾得不轻。

“那种话，你说得出口吗？”蔡东风瞪眼反驳道。

卢筝设身处地想了一想，也觉得此事不好办，换了自己，恐怕也一样难以启齿。何况，卡瑞娜是个外国姑娘，中文里那些隐晦曲折的表达，什么“我们之间有缘无分”了，“我觉得自己配不上你”了，她根本就理解不了。

不过，卢筝还是有点替蔡东风感到惋惜。

“好女人不是哪里都能碰到的。卡瑞娜人漂亮，心地又善良，而且性格活泼外向，和你刚好互补，干吗要对人家拒之千里呢？何况，你就算接受了，也未必要留在这个岛上当一辈子化外移民。穆先生不是说了吗，卡瑞娜已经通过了入学测试，只要申请批复下来，说不定将来也是雁湖的一分子呢！”

蔡东风听了大为摇头，说我不是不喜欢卡瑞娜，也没有那么多的现实顾忌，而是觉得自己长这么大了，还是一介书生，太多的事没有去做，太多的理想没有实现，怕这场飞来的艳遇打乱了人生规划，将来误人又误己。

人生还能规划？卢筝这辈子还没听过比这更可笑的话，不过见蔡东风心意已定，也就不再说合了。

“要不这样吧，我们以答谢为名办一场宴会，把气氛搞得隆重热闹一些，让卡瑞娜享受一番众星捧月的滋味。然后，你再抽空把她叫出去，请她另择高枝好了。女人都在乎面子，尽管心里多么不快乐，也不会怨恨你一辈子的。”

这边罗密欧对朱丽叶没什么感觉，而在那厢，梁山伯和祝英台还在猜谜呢！

自从得知卫宗渊有一段伤心情史后，容妤的同情心立即压倒了一切。黄金婿易得，痴情人难觅。在这个翻脸如翻书的时代，这样忠贞的男人简直是凤毛麟角。不过，她试探了好几次，始终不得要领，于是单刀直入了。

“大卫，你的恋人究竟长什么样子？是不是非常美？”这句话中一半出于好奇心，因为她真的想知道；而另一半呢，则是在提醒卫宗渊：昨日落花已无踪，莫辜负了眼前春色。

卫宗渊一怔，眼睛突然变得精光四溢，连秀气的嘴唇也从椭圆变成了菱形。他凝神想了片刻，就天马行空地高谈阔论了起来。——不，从一匹八竿子也打不着的马说了起来。

“我看过一个古代故事，说有一个善于相马的人，他太专注于马匹内在的精气神了，反而对它的外形、年龄、颜色甚至公母都不在意，所以闹了不少笑话，可是经他手挑中的，无一不是千里良驹。同样，如果爱上了一个人，我的心中只会记挂着她的悲欢忧乐，天天琢磨着她的一颦一笑，至于她的身材是高挑还是娇小，容貌是丰艳还是清秀，声音是绵软还是清脆，我反而一点概念也没有了。”

卫宗渊一通话如云山雾罩，让容妤更难以琢磨了，于是，她又小心翼翼地提了一个很实际的问题：

“你们感情这么好，相处时间一定不短了，你就没有一张她的照片吗？哪怕是用手机即兴拍的。”

“没有，我们根本没有在一起合过影，也没有那个必要。和她在一起的时候，我们每天都沉醉在甜梦中，一时飞翔在彩虹之上，一时又坠落在深渊中。我恨不能一夜醒来就满头白雪，而她却最怕岁月催人老了，所以无论家里家外，都不容许留下任何记录和痕迹，仿佛如此一来，青春就永远不会逝去一样。”

说到这里，卫宗渊仿佛回到了那些幸福美满的日子，笑意布满了脸上的每一个毛孔。现在，他是如此开心，如此健谈，仿佛变了一个人。

容妤却越听越寒心，趁他编写抒情诗的时候，悄悄溜了出去。看来，那个女人已经在卫宗渊的心中生了根，永远也不能抹去了。而更重要的是，虽然没有一点具体的描述，可是从卫宗渊的口中，可以想见他的意中人简直就是神仙中人，现在即使死了，也阴魂不散，将卫宗渊紧紧攥在手心。看来，那个完美的猎龟计划要彻底泡汤了。

容妤在得失取舍之间摇摆不定，她并不知道，走到十字路口的并不止一个小女子，还包括一个国家。

波利尼西亚虽然不是通衢要道，但地处国际日期变更线和赤道交汇处，是世界上唯一一个横跨南北东西四个半球的国家。随着国际形势的最新变化，它也像根墙头草一样，在中国大陆和台湾岛之间来回摇摆，准备待价而沽。在凤凰岛上，卢筝就无意中撞见了几个来自对岸的农垦技术员，虽然双方还客气地聊了几句，但各自心头的滋味是说不出口的。

凤凰岛的大道是笔直的，可政客们的思维方式并不是一条直线。这天，卫宗渊又去了一趟大使馆，回来后脸色凝重，穆先生告诉他，两国关系可能近期要生变，要探险队早做去留决定。

于是，众人的眼睛就齐刷刷盯在了卢筝的身上。不过，他却浑不在意，竟然说我们的当务之急是办一次宴会，把卡瑞娜的情给还了。

“老蔡再这样半推不就下去，可能会引来大麻烦。我以前在贵州旅行的时候，正碰上当地人庆祝一个节日，村子外的树林中，有一群姑娘和小伙子们在对歌。我当时刚刚二十出头，不懂事又爱出风头，和一个爱笑的女孩子搭了腔，还傻乎乎地接过了人家亲手绣织的香包。后面的事就不好意思说了，总之，如果不是一个懂汉语的干部出来解围，我当晚可能就成了苗寨的女婿。”

其他人听了没什么反应，只有容妤啧啧了两声，说真没想到，你原来还演过这么一出呀？卢筝眨了眨眼，笑着说我现在才知道后悔了，听说苗家妹子很能干，上得山下得田，男人可就在家享清福了。如果当初留了下来，别的不敢说，现在儿女一定有半打了。我就让他们一个学诗，只许写古体诗不许写现代诗；一个学画，只许用焦墨不许用油彩；一个当厨师，只许放盐不许放鸡精；一个当演员，只许演丑角不许演正角。哪个敢不听老子的话，就拿大毛竹板子打屁股。众人听了大哗，说你这不是拐弯抹角来埋汰我们吗？

闹了一通，正经事还得办。几个人一起动手，做了满满一桌子菜。蔡东风看了很满意，但看到卢筝的杰作——用甲鱼炖鸡的著名湘菜“霸王别姬”，却多少有点伤怀。容妤看出来了，埋怨卢筝说你平常当甩手掌柜，谁也不会计较，怎么一下厨就烧出这样一道辛辣的菜来，那不是惹人上火吗？

卢筝还没有回答，胡自雄就接上了。

“我看，这次探险八成是没什么指望了。今天这顿饭，既是绝情宴，也算是散伙饭。你们都回国去吧，我可要留下来，就在凤凰岛开个中餐馆，保管生意兴隆，财源广进。”

卢筝正要骂他是猪八戒，稍微遇到一点挫折就想开溜。这时候，卡瑞娜已经欣然来了。众人像捧凤凰一样迎进了门，容妤还送给了她一个精巧的胸针。

六个人围在一起吃饭，要搁在往常，不知道该有多热闹。可是今天，每个人的嘴巴都像生了锈，硬扯出来的话题也个个乏味。卢筝的眼睛始终盯着卡瑞娜那双拿筷子的手，还主动请她品尝一下鸡翅的味道。

“太好吃了，这种又麻又辣的味道，和小时候爷爷给我烧过的一样。”

卡瑞娜正在赞叹欢喜的时候，卢筝冷不防问了一句话，让伙伴们全都惊呆了。

“卡瑞娜，请问你爷爷的名字是不是叫诺木？”

“不是。”她一听就摇头了。众人的心还没落下去呢，可是，她的下一句话却让一屋子的人全跳了起来。

“我的爷爷的爸爸叫诺木。”

万没想到，探险队踏破铁鞋无觅处，竟然在无意之中，找到了当年给容光斗当过向导的后人！

“你的曾祖父——不，是爷爷的爸爸现在还活着吗?”卢筝用手势制止了伙伴们的欢呼，也尽量压抑住了心头的起伏。

卡瑞娜不明白他们为什么这么激动，有点茫然无措了。她回答说自己出生时，诺木就已经死了十多年了。

“你有没有见过我爷爷，那个中国人?”容妤激动得脑子都有点糊涂了。诺木的年龄比容光斗还要小，如果他都早就去世了，容光斗要还能活到今天那可真是成了人精了。

你爷爷?中国人?我见过?卡瑞娜被容妤问得一愣一愣的，等卢筝解释了一番，才知道事情的来龙去脉。这下，该轮到卡瑞娜惊异了，因为她从小到大，从未听说中国人来过自己的家乡。她对中文感兴趣，只是因为家中的正屋中悬挂着一些不知来历的神符，上面的图案很神秘也很有优美。长大以后，了解了一些世界知识，才知道原来那是中文条幅！

“我爷爷还活着，就居住在老家。也许，他小时候曾经见过你的爷爷，也能告诉你们更多的信息。”

“他老人家住在哪里?你听说过一个叫‘极乐岛’的地方吗?”卢筝又追问了一句。六十年前，当容光斗送走韩奇后，他一定不会待在凤凰岛，最有可能去的两个地方，一个当然是极乐岛了，另一个则是诺木的家乡。作为一个有经验的大行家，要想解开翡翠岛的迷雾，一定先要熟悉所处的环境。容光斗没有别的熟人，只能先落脚于此。但无论他去了哪里，按照已掌握的资料来判断，这两个海岛的距离一定不会很远。

卡瑞娜回答说，自己的家人世世代代居住在凤凰岛南方千里之外的一个叫“海葵岛”的小岛上。但是，她从未听说过附近海域中有“极乐岛”这个名字，也没见过什么卫兵把守的禁地。而且，她一出生就受洗了，自己的亲朋好友、邻居同事也全是上帝的子民，那些垂死老人口中含混不清的拜物教，早就从人们的精神世界中剔除了。

虽然卡瑞娜无法透露更多的线索，但每个人都高兴得手舞足蹈。门虽然没有打开，但光亮已经照进来了。那么，卢筝事先是怎么发现玄机的呢?原来，上次去卡瑞娜家中做客时，他就很惊奇地发现，卡瑞娜做鱼的方式竟然是典型的盐渍鱼的做法，而穆先生也曾经对他们讲过，当地人以前习惯吃生鱼，很多家庭主妇连红烧鱼都不会做。现在谁都明白了，盐渍鱼是湖南的名菜，而容光斗就是一个再正牌不过的湖湘子弟！

至于容妤和卡瑞娜两人都正当妙龄，为什么会岔开一辈呢？那也很简单，因为居住在热带地区的人性成熟要早，当地人又盛行早婚，当然辈分排下来要吃亏。

在大喜过望之下，蔡东风依然没有忘记今天自己才是主角，于是拉着卡瑞娜出去了。静悄悄的过了大半个时辰，却只见蔡东风自己一个人回来了。他的神色看不出激动，只是略微有点发白，容妤眼尖，发现他的脸颊上添了一片红。

“她抽你了?”

见蔡东风摇摇头，她又追问了一句：

“她亲你了?”

蔡东风一听连头都不摇了，直着眼径自回房间去了。剩下的四个人在客厅里胡乱猜疑了一通，也没弄出个子丑寅卯来。正在这时，突然蔡东风又出来了，没看众人一眼，只丢下了一张纸。

“上面是海葵岛的位置和航行线路，还有她爷爷的姓名和住址。她很伤心，说不想再见我们了，让我们自己去找。”

卢筝低头接过了那张纸，心里颇感惭愧，因为自己这么做，虽然是为了团队的利益，但毕竟也利用了人家的感情。与海图一比对，卫宗渊很轻松就确定了海葵岛的经纬坐标。大家商量了一下，决定事不宜迟，马上就启程。

当天下午，在凤凰港明镜一样的泻湖中，“雪浪”号开始了改头换面后的处女航。它像一只轻盈的白天鹅，在水面上往来翩跹，吸引了岸上无数人的目光。试航结束后，各种仪表数据显示游艇的状态良好，可以放心大胆地远航了。

但在出发之前，还有大大小小的很多琐碎事要处理，尤其是物资要一次性备足，其中必然包括了成袋的黄豆和绿豆，还有穆先生赠送的几筐新鲜蔬菜。而油料呢，只要不危及安全，一定要尽可能多带，因为大家已经打听清楚了，此去一路上多是杳无人烟的荒岛，不要奢望道边会冒出一个加油站来。

第二天天一亮，卢筝上了游艇，解开了缆绳，顺手扯着“黑旋风”的耳朵，把它也拽了上来。一只白色的母犬恋恋不舍地在不远处吠叫着，可就是不敢靠上前来。

“我们拆散了一对鸳鸯，”卢筝刚说了一句，旁边的容妤就使劲捏了一下他的手臂。卢筝转身看去，只见码头对面的酒吧拐角处，蔡东风和卡瑞娜正面对面站在一起，不知说些什么。

等蔡东风最后一个踏上了甲板，“雪浪”号立即逃一样地开拔了。浪花飞溅中，岛上的景物迅速后退变小，细软的沙滩，婆娑的树影，起伏的木屋，连同多情的姑娘和无果的爱情，很快都被抛在了脑后。

夏日的晴空中没有一丝云霓，海水一色青碧，像不含杂质的蓝田玉，面对着圆弧一样弯曲的地平线，“雪浪”号像一柄新开刃的利剑劈波斩浪。正午时分，突然从北方吹来了一阵劲风，置于艇尾的测风仪快速转动了起来。正在瞭望的卢筝看了一眼，马上高声呼喊了起来：“升——帆——了——”听到了他的叫声，驾驶舱的卫宗渊立即关上了发动机，胡自雄也从底舱的设备间爬了上来，三个人一起来到了甲板上，合力拉动了帆索。随即，两面白帆在游艇上徐徐升起，惊走了桅杆上歇脚的海鸥。风更大了，帆吃足了力，推动着游艇飞速前进。卢筝站在船尾，观察着风向的变化，只见滚滚的海水在脚下流过，最终汇入了一片苍茫。

两个小时以后，“雪浪”号已经驰出了几十海里。风势渐弱了，大家又收回了帆，重新启动了发动机。由于刚才的风向有点偏西，游艇又向东南方向开了半个小时，才回到了正常航线上。

天色暗了下来，“雪浪”号要寻找夜宿锚地。在晚霞的映照下，它缓缓靠上了一个珊瑚岛的码头。事实证明，卫宗渊虽然在深宅大院长大，缺乏诸多生活常识，但他的驾船技术可不是吹的，看到他干净利落地避开了水下的礁石，连一向对他心存芥蒂的胡自雄也不禁叫起好来。

码头上已经停泊了几条渔船，而小岛没有居民，连椰子树也没有几棵，几乎是一片光秃秃的岩石。但是，为了安全起见，卢筝和胡自雄还是上去巡察了一番。吃晚饭的时候，卢筝向伙伴们重申了一遍艇上纪律，除了严禁烟火外，还要执行晚间值班制度。不过，由于驾船辛苦，卫宗渊和容妤一样获得了豁免。

今天是在外的第一天，卢筝主动值了第一班。今天正当农历月末，日落后，海面上就变得混沌一团。因为酷热难当，卢筝下水游了一会儿，上船后才发现，在舱内蒙头大睡了一天的蔡东风也露面了，正坐在船头透气。卢筝因为最近探险工作有了突破，所以心情极好，愿意和心情极糟的人聊天。

“我们真的不合适。”叹了半天气，蔡东风才突然冒出了一句。

“合适不合适，只有自己知道，不必自责了。”卢筝安慰了一句，紧接着，又半开玩笑似地说了一句，“恐怕，你还是对容妤有所幻想吧？”

蔡东风摇了摇头，苦笑了几声说，我算是看明白了，这个小丫头，心思可比卡瑞娜活络多了，你想抓住她，她就跑得远远的；你不管她，她倒会靠近了好好琢磨你一番。我以前喜欢她的天真无邪，现在才知道，斗心眼一点意思也没有，心就淡了下来。

“不过，在我看来，卫宗渊也未必有戏。”

“为什么呢？”卢筝听了心头一跳，连声调也有点变了。蔡东风的看法，他也心有所感，但是，他却希望通过别人的嘴把理由说出来，似乎如此一来，才真正具有说服力。

“容妤是个爽利人，心强命又硬，碰上卫大少爷那种不阴不阳，不哼不哈的风格，最终是不会有什么结果的。”

卢筝点了点头，半真半假地说：“看来，你们两个是空跑一趟了！不过现在还来得及，明天我就对大家敞开来说，然后把你们三个动机不纯的痴男怨女全送回凤凰岛，我和胡自雄驾着‘雪浪’号去寻找容光斗的下落。”

蔡东风又笑了，不过，这次却笑得很暧昧。说我和胡自雄闲来无事，简单统计了一下，自上船之后，容妤除去睡觉、吃饭和写生外，剩下的时间里，至少有三分之一是和你单独在一起的。你们两个在一起说的话，比她和我们三个人说的加在一起还要多。

蔡东风这句话，一下子就把卢筝心中的鬼给逼了出来。

“老蔡，你可不能乱扯呀！你看，我现在都一个蔫瓜样了，还能再开出新花来？”

随即，卢筝又要老调重弹，说你不是不知道，我可是快拖家带口的人了。可是，他刚提了个话头，就被蔡东风不耐烦地打断了。

“又来了又来了！你看你这个人，比我还小半岁，怎么变得和祥林嫂一样唠叨了？天天说要结婚了要结婚了，唯恐别人不知道，恨不得脸上刻上两行字——‘小心新郎，一碰即碎’，让女人避得远远的。——你知道吗？从心理学的角度讲，一个人总是义正词严地强调某件事不可动摇，恰恰暴露了他内心的不自信。”

卢筝被他说中了心事，嘴上却不肯承认，他抬起手来，“啪”的一声打死了落在胳膊上的一只花脚蚊子。

“算了算了，我们几个月来一直漂在海上，整天你看我我看你的，神经都有点不正常了！”

在赤道地区，夜晚总是显得很短，不过六七个小时，东方又露白了。此时，大家才惊奇地发现旁边的几条渔船上都坐满了人，从神色和装束上看，应该是附近岛屿的居民而不是游客。不过，他们的样子既不像赴宴又不像赶集，连锅碗瓢盆也带上了。

“他们为什么要搬家呢？”卢筝感到有点奇怪，因为这段时间还不到台风期，不应该出现逃难的人流。

胡自雄自告奋勇过去问了一下，回来说他们确实是搬家的。原来，由于全球温室效应，海平面近年来上升加快，太平洋上的众多小岛逐渐消失在波涛之中。更为严重的是，海水温度的上升，会导致珊瑚虫大量死亡。对于像波利尼西亚这样的海岛国家来说，这简直就是灭顶之灾，因为如果珊瑚礁停止了生长，那就等于宣判了这个国家的死刑。

这天上午，几个人一直在谈论这件事。除了容妤发了几句充分体现妇人之仁的同情话外，其他人都抱持着“黄鹤楼中看翻船”的悠然，唯有蔡东风深以为忧。

“《史记》记载，智伯决汾河水来灌晋阳城的时候，得意之极，说了一句话，‘吾乃今知水可以亡人国也！’没想到，竟然应在了这里。”

他的话立即遭到了同伴们的取笑，说读书人就是这样，一千年后的事，谁知道会怎么样，何必现在瞎操心呢？

“宋朝的东京汴梁就是一千年前的纽约。不过，它现在已经沉睡在开封市地下几十米处了。一木凋零，可知春秋荣枯；一城兴废，关乎国族命运，岂能不察？”

蔡东风一板起学者的面孔，容妤和胡自雄深感无趣，借故退场了，只剩下卢筝来敷衍他。两人谈起了几千年来气候的循环往复，卢筝学问不深，也没有多少专业知识，只是从小科幻作品看多了，知道一点皮毛，他怀疑南太平洋复活节岛上的巨大石像就是某个消失的远古文明的遗存。而蔡东风坚信地球上发生温室效应不止一次，海明威见过的那个死在乞力马扎罗山雪线之上的豹子，一定就是那个温暖时代的产物，否则除非它脑子坏掉了，跑到这么高的地方来干什么？

“表面上看，我们人类已经征服了世界，现在正在向太空进军。其实，从发育文明的根本条件看，我们还是受制于大自然，是一种像晨露一样脆弱的物种。再坠落一颗大流星，再发一次大洪水，再来一次火山大爆发，或者太阳系发生一次大磁暴，我们会立即被打回石器时代。”

两人闲聊得很高兴，他们当时并不知道，一个重大的机缘，就在这笑谈之间，懵懂之中，不经意地被错过了。

哥伦布曾说，他之所以能够发现美洲，不过是懂得如何把一个鸡蛋立起来而已。现在，鸡蛋已经放在了这些中国年轻人的手中了，可是，他们反复摩挲摆弄，热度都快要把小鸡仔孵出来了，就是不肯磕下这最后一手。

之后几天，探险队乘坐着“雪浪”号，途径了一个又一个海岛，渐渐没有了最初的新鲜感。没错，即使是个神仙，如果在蓬莱三岛住上几百年，恐怕也会感到寂寞的。

在这种情况下，容妤开始发挥自己独特的作用了。每到一处，她总是尽可能为大家安排不重样的饮食，有时候还组织一些文体活动让众人参加，如踢毽子拔河游泳唱歌等等，以免大家神经麻痹，肌体发霉。这天，“雪浪”号又抵达了一个无人小岛。上岸后，见四野无人，大家决定放松一下，在茂密的椰子林中搭起了帐篷。可是等到肚皮咕咕叫了，午饭还没有端上来。原来，是容妤临时起意，要搞一次野外生存训练，大家只能在岛上寻找食物解决肚子问题。虽然嘴上叫苦连天，可是众人理解她的苦心，同时也不认为这是件多难的事情。很快，燃烧的火堆上就烤上了龙虾、海蟹、鳕鱼和海龟蛋，饮料当然是又甜又浓的椰子汁。胡自雄竟然还捉住了一只信天翁，听说这种鸟的味道太难吃了，跟马粪纸一样，就忙不迭地放生了。

填饱肚子后，众人在微风吹拂中，纷纷进入了梦乡。午休之后醒来，就开始漫无边际地聊天了。一个被万人谈滥了的话题又提出来了：在野外探险时，如果只许选一件物品，那会是什么？答案当然连猴子也知道：绳子。

“绳子是捕猎的理想工具，把它结成一个活扣，放在动物足迹出没的洞口，可以捕捉到野兔和田鼠，甚至可以编个小网挂在树枝间，让松鸡自投罗网。此外，晚上睡觉时，为了免遭野兽的攻击，你还可以用它把自己固定到离地很高的树干上。”卢筝对此最有心得。

“跳绳可以减肥。”容妤对绳子的了解也就仅此而已。与之相比，蔡东风的见识就让人有点匪夷所思了。

“可以结绳记事——有什么好笑的？要知道，在远古时代，这就是时髦的娱乐，和现代年轻人在网上冲浪一样。”

“如果用来上吊自杀的话，成功率一定很高，而且一下子就失去了神志，不怎么痛苦。”胡自雄想了半天，竟说出了这样一番话来。

众人听了自然大骂晦气。卫宗渊和往常一样，不参与任何讨论和争议，只是一脸微笑如看破红尘的仙人。显然，对于绳子究竟有什么用途，他一定也有自己独特的看法。

以后的日子，他们就这样走走停停。遇到好风就乘风破浪，遇到无风就开足马力。在第九天的中午，“雪浪”号终于到达了海葵岛。

09 假凤虚凰

海葵岛很小，探险队根据卡瑞娜提供的地址，很轻易就找到了她的爷爷也就是诺木的儿子。事实上，他还是现存的唯一见过容光斗的土著居民。不过，他的头脑中可没有什么考古学家的概念，而是把容光斗当做了一个无所不晓的先知或无所不能的神人。

但是，众人与这个耳背眼花的老人交谈起来非常吃力，因为他口齿不清，还对探险队的来访抱有莫名的警惕甚至敌意。为了表明来意，卫宗渊出示了刊登容光斗照片的民国时代老报纸，蔡东风拿出了卡瑞娜的亲笔手书，可还是无法打消他的疑虑。

“看来只有靠你了。”卢筝跑了出来，将容妤拉了过来，面授了一番机宜。

容妤点了点头，轻手蹑脚地走了进去，模样要多乖巧就有多乖巧。卫宗渊刚向主人介绍了她的身份，容妤就耸起了肩膀，抽抽搭搭地哭了起来。先是点点滴滴，犹如海棠泣露；随即淋淋漓漓，仿佛梨花带雨；最后竟然变成了呜哩哇啦，似乎凄风苦雨中的一朵虞美人。当下，老人的防线就崩溃了。

原来，一切正如卢筝所料，容光斗在离开凤凰岛之后，确实来到了海葵岛，住在了诺木家里。对主人的儿子来说，这意味着圣诞老人的光临。尤其是荣光斗的口袋，简直就是个百宝箱，总能翻出让人欢喜的新玩意儿。而对当地的居民来说，容光斗却是个不折不扣的活菩萨，除给大家分发治疗疟疾的药品外，还喜欢四处采摘草叶熬药，告诉人们要给果木剪枝才能获得好收成，甚至教给了渔民一种新的结网方法。除了传授这些立竿见影的技术外，他也没忘了移风易俗，比如，劝说岛民不要吃喝拉撒都在木屋里，孩子进入青春期要分开居住，甚至提议长老们开办一所学校，不管教什么都行。

在此期间，容光斗也独自外出了几趟，似乎在寻找什么东西。诺木显然对尊客佩服得五体投地，到处宣扬说容光斗是来自遥远国度的法师，具备镇妖驱邪的神力，他来这里的目的，就是要缉拿盘踞在翡翠岛上的妖魔鬼怪。大约两个月后的一天，容光斗叫上了诺木一起乘船远行，可是几天之后，却只剩下诺木自己一人空身回来了。

“您是否听说过一个名叫‘极乐岛’的海岛？”这是眼下卢筝最关心的问题，至于容光斗如何将伟大的国际主义精神发扬到天涯海角，他的孙女和徒孙蔡东风是点滴也不会遗漏的，因为那是写家谱和博士论文的好素材，旁人就犯不着为之歌功颂德了。

“它已经不存在了。”老人抽了抽嘴角，似乎又恢复到了半昏睡的状态。众人耐心等待了半晌，他才没精打采地睁开了眼睛，说极乐岛早就已经改名为“圣子岛”了。

圣子岛?! 众人听了这个名字，个个兴奋难言，因为这一路上，他们已经把海图翻烂了，对每一个有人居住的岛屿都了然在心，自然不会忽略这个名字，因为它不但是这一带最大的岛屿，还是一个教区中心。

原来，几十年前，经过了激烈的斗争，岛上的拜物教逐渐式微，不但居民纷纷改换了门庭，岛屿变更了名字，连那个石屋也大破大立，改建成了一个尖顶拱门的新教堂。怪不得现在的人对此一无所知呢！

那么，容光斗究竟去了哪里？对于这个问题，老人倒是毫无保留地和盘托出。原来，诺木在弥留之际，把那天发生的事情告诉自己的儿子：在容光斗的劝说下，诺木终于鼓足勇气答应陪他再去寻找一下翡翠岛。可是这一次，在距离苔藓岛还有半天的时候，天色突然大变，南方的天际线上竟然升起了一片粉红色，还像染了疹子一样不断扩展，这诡异的景象又一次骇得诺木全身瘫软，再也不敢向前一步了。于是，容光斗就与他分手，独自一人驾船前往，从此没有了音讯。

“诺木有没有跟您说过，岛上的石屋里还供奉着一件青铜鼎，不知道它的下落怎么样了？”卢筝嘴上这么说，实际心中却不抱任何希望。要知道，从古到今的宗教战争都是异常残酷的，尤其对于异己的偶像和圣物，更是要踩扁砸烂化为齑粉才甘心。

老人摇了摇头，说自己当时年纪还小，很多事情没有印象。只是听长辈们私下聊起过，当年石屋易手的时候，里面空空荡荡的什么也没有。

探险队在海葵岛上停留了一天，就立即开往了圣子岛。韩老先生梦牵神萦的际遇，加上戴冠的长老，佩刀的护卫，烟火缭绕的祭台，早就在众人心中勾画出了一幅奇异的景象。可真到了一看，才发现圣子岛不过是个简易版的凤凰岛而已，不但没有飞机场，码头也不过是个天然的石台。但即使如此，现代文明也在这里留下了足迹，一条柏油路横穿全岛，摩托车和小货车穿梭在堆积如山的木瓜、香蕉和椰子中。绕开了航道上大大小小的木船，“雪浪”号好不容易才找到了一个僻静安全的锚地。

为了游艇的安全，也为了避免乱播种子，大家将“黑旋风”拴在了甲板上。上岸后，没走几分钟就来到了教堂的大门口。恰好今天是礼拜日，教堂大门敞开着，男女老幼纷纷攘攘，正好混进去观瞻一番。不过，几个中国人的突然出现，就像非洲黑人来到了爱斯基摩人的村落，必然要引起街市的轰动，反而不利于隐蔽行动。

更倒霉的是，等五人好不容易挤出了人群，在门口又遭到了牧师的拒绝，理由说出来很简单：教堂毕竟不是公园，买张票就能随便进出。大家正感到沮丧的时候，胡自雄突然指着卢筝和容妤说，这两位是一对虔诚的新婚夫妇，发愿要在教堂举行正式的婚礼，听说圣子岛是人间净土，所以不远万里从中国飞越重洋而来，希望教士先生能够玉成其事。

“我是伴郎，那个戴眼镜的是新娘的哥哥，夹皮包的那个呢？哦，是婚礼策划公司的代表，也是我们的出纳。”

胡自雄的话一出口，四个同伴中至少有三个被钉在了地上寸步难移。卢筝的眼中突然冒起了一股狼烟，容妤的脸却在刹那间卷起了一阵红沙。牧师眉开眼笑了，因为按照教义，婚礼也是皈依的一种方式。何况，教堂也需要经营来维生呀！

卢筝还没从头晕眼花中摆脱出来，就被同伴们簇拥进了大门。从规模上讲，这个教堂肯定排不进全球前一万名，但里面的设施却一应俱全。在牧师的引导下，众人走马观花逛遍了每一个房间，看到了圆形的穹顶，彩色的壁画，四方的钟塔，受洗室和老式的管风琴，当然更少不了带麦克风的布道台和阶梯状的听众席。

摸了摸新刷的粉白墙壁，看了看脚下嘎吱作响的木质地板，卢筝找不到石屋的任何痕迹。

在会客室里，胡自雄已经跷起二郎腿，和牧师商谈起了婚礼的程序、陈设和费用等细节。双方很快就谈妥了，还将好日子定在了下周星期天。于是，卫宗渊只好又一次打开了皮包，送上了花花绿绿的钞票作为定金。之后，牧师亲自将五人送出了门。一路上，他除了对新郎新娘大肆恭维外，还说自己以前从未主持过如此豪华的庆典，深感荣幸之至，一定要动员岛上的全部信众前来参加。为了让客人更感亲切，牧师还主动提议届时在大门口挂上一排红灯笼。显然，他对中国的了解也就仅此而已。

一转入僻静的小巷，卢筝立即像恶虎一样扑了过去，要扭断胡自雄的脖子。胡自雄自知跑不脱，索性顺势倒在了地上，求爷爷告奶奶说我也是万般无奈才出此下策的，好端端的谁愿意扯这种没边没沿的谎呢？

“我还想说我是新郎呢，可人家能信吗？老蔡刚断了情丝，大卫也没续弦的心，反正你是个准新郎，把这个名头安在你身上也不算太离谱——”说到这里，见卢筝手上的力道更重了，胡自雄干脆反咬了起来，“你也别跟我来横的！反正戏就这么排了，你要是真不肯往下演，我立马回头跟牧师说‘不好意思，我们把新娘弄错了’，婚礼延期举办，先把新郎留在岛上当人质。等我们回中国一趟，把顾大嫂——哦，不——顾大姐给您寄过来就妥了。”

蔡东风也笑着在旁边劝解了半天，卢筝才稍微平了一点气。直到此时，众人才惊异又庆幸地发现，容妤竟然没有发火，还咯咯笑得直不起腰来了。

“我早就说过了，等自己结婚的时候，‘黑旋风’也要上喜宴的，既然胡子原意当伴郎，我真想看看你和一条狗并排进食的样子！”

胡自雄在伙伴中拥有最多的绰号，有时候，他的待遇和甘地一样，被尊称为“圣雄”；有时候，他又成了日本动画片《机器猫》中那个弱智又懒惰的小学生“大雄”；可在大多数时候，朋友们还是觉得他当个土匪比较合适。别说，这还真抬举了他，因为容光斗当年的结拜兄弟“八巧哥”就是个货真价实的东北胡子。

众人见她如此通情达理，全都松了一口气，胡自雄更是感恩戴德，说只要她高兴，哪怕拿墨汁在自己脸上画个乌龟也没什么。直到此时，卢筝才注意到，卫宗渊虽然脸上笑容可掬，但内心似乎并不平静。想说点宽心释疑的话，又怕弄巧成拙。转念一想，胡自雄之所以推出自己，看似乱点鸳鸯谱，实际上另有奥妙。同行的四个男人全是单身，只有卢筝身份已定，客串一回新郎官，谁也不会当真。何况，追求容妤的机会一直就掌握在卫宗渊手中，现在连潜在的对手蔡东风也知难而退了，他却不肯一锤定音，整天一副未亡人的悲惨嘴脸，又怎能怨别人置喙呢？

放开了这一节，大家先来到一家小吃店，一边吃饭一边商量如何充分利用这几天的时间，把天王鼎的下落查清楚。谈论来讨论去，依然没有什么头绪，最后决定先在教堂的左近找个落脚处，然后再见机行事。

圣子岛既然以神灵命名，当然也就缺少人间必要的生活设施，甚至连水电也不通，更别期望现代娱乐了。在这个潮湿闷热的夜晚，五个人围着一盏油灯坐了半宿，谁也没有什么睡意。可是，卢筝还嫌不够，竟然点燃了一堆蒿草，把大家心中烦躁的火星逗弄得乱飞乱溅。面对伙伴们的责难，他只用一句话就堵回去了：

“没热死人，倒差点被你们吵死了！不知道吧？这是一种能驱蚊的草，谁要是得了登革热，一窝子的人都要倒霉的！”

说来也怪，也许是湿度降低的原因，在燃烧的草堆边睡觉，感觉上倒没那么遭罪了。之后三天，大家以筹备婚礼为借口，一次次进入了教堂。到最后，连地上有多少个老鼠洞也数清楚了，可还是没发现什么端倪。

在这种情况下，探险队成员的意见也出现了分歧。不过，谁也没想到，第一个站出来说话的竟然是卫宗渊。

“根据韩老的说法，当初离开苔藓岛后，他们三人一路向北，划船走了四五天的时间，就到了极乐岛。以‘雪浪’号的速度，可以肯定，苔藓岛就在圣子岛南面不过一两天的航程内。所以，我相信就是蒙上眼睛，摸也能摸到苔藓岛。”

卫宗渊提议离开圣子岛。事实上，从踏上这个岛的第一步起，他就不怎么喜欢。

“别找那么多借口了！你要是受不了，就自个儿回游艇去吧！反正它是你的财产，想泡澡就泡澡，想吃冰激凌就伸手往冰柜拿，想看电影就按一下遥控器。我们是穷鬼投胎，活该吃糠咽菜，抗热耐潮，身子骨可没那么娇贵！”胡自雄神情不屑，自以为猜中了他的心思。

卫宗渊一听，差点背过气去。他霍然站了起来，脱下外衣“啪”的一声摔在地上，叫胡自雄出去单挑。同伴们第一次见他发火，个个都惊呆了。一片劝解声中，容妤说你们一个有口无心，一个有心无胆，不过是一丘之貉罢了，有什么可争的？再说了，好逸恶劳是人之常情，又有什么见不得人了？如果不是为了那个该死的铜疙瘩，我第一个跑回游艇去，谁愿意天天待在这个桑拿房里？

见两人还悻悻然不肯罢休，卢筝说你们不要乱闹了，老蔡昨天画了一张教堂的平面图，我们一起琢磨了一夜。嘿，还真找到了一点门道，大家一起来看一下。卫胡二人还是气呼呼的，可是，只看了一眼，他们就大气也不出了。

所有人的目光全落在了一个地方——钟塔。

“教堂是个半圆建筑，可原来的石屋却是长条形的，属于前殿后坛结构。我有一个假设：当初在改建的时候，人们为了节省材料，一定拆掉了前殿的围墙和屋顶，用卸下的巨石将后坛垒成了一个塔楼。”

为了说服同伴，蔡东风还举出了中世纪著名的索菲亚大教堂在君士坦丁堡陷落后的命运作为旁证。这个例子以大喻小，不成体统，可伙伴们还是一个劲点头称是。

星期四一早，卢筝和容妤又来到了教堂。在牧师出现的前一秒钟，容妤迅速靠近了卢筝，还挽住了他的手臂，做出一副小鸟依人状。牧师微笑着问今天有什么可效劳的，容妤说婚礼是女人一生最美的一刻，每一个细节都不能忽略。钟楼是全岛的制高点，也是一个绝佳的景点，我们需要先试几个镜头。于是，牧师带着他们来到了钟塔，顺着螺旋上升的木制阶梯走了上去。容妤和牧师在交谈，卢筝则悄悄落在了后面。乘人不见，他弯下腰来从兜中拿出小锤子，敲了敲脚下的木板，传来了“通通”的回声。果然，台阶下是一片中空。

架好摄像机后，卢容二人在钟塔上摆出了各种姿势，当然不乏勾肩搂腰相偎相依的亲昵动作，奇怪的是，两人竟然毫无羞涩僵硬地完成了。之后，还一起拉起绳子，敲了敲那口响亮的大钟，才心满意足地告辞了出来。

走了一段路，容妤依然显得很兴奋，问卢筝今天有何感想，卢筝已经从刚才升腾的虚火和伪造的激情中彻底冷静了下来，回答说自己什么也没想，更不敢往下想。没错，现在这出戏越演越出格，快要超出自己所能控制的范围了。

“举行婚礼的时候，夫妻双方都要手按《圣经》，说出对配偶忠诚一世的誓言，我和你什么也不是，怎么说得出口？”其实，卢筝真正说不出口的是：按照正规仪式，在交换戒指后，新郎还要深情地吻一下新娘。众目睽睽之下，那可是玩不了障眼法的。如果那一幕真的发生了，当事人什么感觉就不说了，恐怕现场三位男嘉宾的肠子都要酸蚀出大洞了。

“那又怎样？谁当真了？我只觉得好玩。”容妤轻快地说了一句，飞起一脚，将一个石子踢得远远的。

回到住处后，卢筝躺在草席上，望着棚顶发了半天呆，若有所悟地说了一句："我终于明白了，绳子其实还有一个用途：拉动撞木将大钟敲响，从而宣布一个男人自由的结束。"

这一个白天显得格外漫长。等到夜幕降临后，卢筝和胡自雄携带了凿锤斧钎等工具，悄悄出了门，在漆黑的街道上穿行。这是个无月的夜晚，圣子岛上一片死寂，连一声犬吠也听不到，就像回到了盘古之前。卢筝已经打听清楚了，牧师晚上并不住在教堂内，也没安排人守夜。来到教堂外，从一棵棕榈树后观察了一阵，确认没什么动静，卢筝示意胡自雄先隐藏起来，自己伏在地上，四肢并用，像一只壁虎慢慢向前爬去。

穿过了教堂边的开阔地，卢筝直起身之后，紧贴着墙壁往上看。这面墙壁有十来米高，表面光滑完整，少有凹坑，看起来无路可上。卢筝从背包中拿出了一捆绳子，比量了一下角度，然后纵身将它用力掷出。"咔嗒"一声轻响，绳端的三角钩稳稳地挂住了一个百叶窗的铁制支架上。卢筝屏息听了一下，四周虫鸣断续，夜风和缓，没有惊醒任何人畜。于是，他双手紧握绳子，双脚交替蹬踩，慢慢攀援而上。

一两分钟后，卢筝就站到了教堂倾斜的屋脊上。他从口袋中拿出打火机，连续打了三次，这是表明成功的信号。很快，胡自雄也来到了他的身边。百叶窗的大小能容一人进出，而下面恰好是一排排听众席。卢筝先钻了进去，轻轻跳到了最近也是最高的那排椅子上。然后，两人一路小跑，迅速穿过了大堂，直奔后面的钟塔。

在台阶上敲击了几下，根据回声的清浊，卢筝很快就选定了一个目标。将四角的铁钉全部撬起后，这条长两米宽两尺的木板就松动了。卢胡二人将它轻轻拿到一边，下面露出了一个黑洞，随即，一股浓重的霉味扑鼻而来。

卢筝把绳子缠在了腰间，第一个缒了下去。一边下落，一边凝神四顾，可除了无边的黑暗，什么也看不到。卢筝忍不住开始胡思乱想了，其中最令人惊悚的一个念头是：会不会有什么不明生物正在暗中窥视着自己？

幸好什么也没有发生，缒下五六米后，卢筝的双脚就踩到了坚实的大地。他小心伸出手去，触到一片坚硬冰凉的硬物，那是墙壁，而且是石头做的！卢筝转身背靠着它，然后掏出手电筒，按下了开关。一道光亮像闪电划破了黑暗，四周的一切顿时暴露无遗。

果然，这就是石屋祭坛的所在，地面和四壁全由巨大的石板建成，墙上还依稀可见烟火熏烧的黑色痕迹，不知是昔日香火还是劫后焚火所致，或者二者兼有。看来，这个原始的神庙建起来不易，要想连根铲除也很费力，干脆封闭起来最省事。

不过，除此之外卢筝什么也没有找到，又不敢停留太长时间，草草巡视了一遍，就爬了上来。和胡自雄一起重新钉好了地板之后，他们又攀上了百叶窗，一路小心清除了所有的足迹和手印，离开了教堂。

天亮之前，卢筝和胡自雄回到了住处。这一夜，留下来的三个人也一样没有合眼，见他们无功而返，个个失望之极。卢筝也没说什么，躺到草席上就沉沉入睡了。等他醒来，时间已经到了午后。出人意料的是，他的神态看上去颇为愉快。而更让大家吃惊的是，他竟然要二进宫。

“老蔡也跟着一起去，带上你干活的全部家当。”

蔡东风愣住了，说我去能干什么？这时，一直认真倾听的卫宗渊开口了，说他也想去见识一下“犯险夜探”是什么滋味，不知可不可以参加？卢筝对他一向客气，又见容妤也张开了嘴巴，干脆一挥手说好了好了，今晚大家一个不剩全体出动。如果被当地人发现了，就说今天是中国的农历七月半——相当于西方的万圣节，晚上群鬼乱窜，他们爱咋想就咋想去吧！

半夜时分，卢筝带着伙伴们又来到了教堂下。有了第一次的经验，一切就省事多了。翻入百叶窗，进入钟塔，轻车熟路将木板撬起后，胡自雄第一个缒了下去，卢筝也紧跟着下来了。可是，他的双脚刚要踏上地面，突然头顶上刮过一股疾风。随即，一件冰凉的条状物就紧擦着鼻梁呼啸而下，“扑”的一声插到了地上。

卢筝被这突如其来的险情吓了一跳，抬起头来，听到上面传来一阵惶急的叫声。

“没事，我们都好好的。”他压低嗓音喊了一声。这时，胡自雄的手电筒已经照了过来，卢筝才发现落在自己面前的，竟然是一根重达十余斤的尖头多棱钢钎！

这本来是一件挖沟钻洞的重型武器，卢筝曾对其寄予厚望，但实际上到了教堂之后，却像黔之驴一样大而无用。胡自雄嫌它累赘，下地时不好拿，就交给了蔡东风。现在，它笔直地插在了两块大石板的夹缝处，没入地表的部分足有半尺深。卢筝见此情景，全身的汗都出来了。万一它砸中了自己的脑袋，无异于做了一个现场开颅手术。

这时，蔡东风也下来，胡自雄劈头盖脸就把他臭骂了一顿。

“你怎么搞的？一点也不小心！幸好这次没事，要是像上次那样，可就——”

上次？上次怎么了？卢筝正感糊涂，见蔡东风一副惊傻了模样，心里反而不悦了：这个胡自雄，怎么像是吃了枪药怎的，发这么大的邪火？自己平常吊儿郎当的，还好意思说别人？前天瞧卫宗渊不顺眼，今天又找蔡东风的茬，明天可要骑到自己的头上当大哥了！

“快把你的后门关上吧！也不看看现在是什么地方，就随便乱排乱放？”卢筝像环保监管员一样，制止了胡自雄的抱怨，然后上前一步，将那根钢钎拔出来。钢钎很轻松就拔了出来，比拔根葱还容易。卢筝正要把它还给胡自雄，突然停住了。随即，卢筝又转过身来，重新把钢钎插入那个圆孔中。没错，它一下子就插进去了。卢筝稍微加了点力，这一下，竟然连大半个钢钎都没入了地面。

胡自雄和蔡东风就围在他的身边，三人你瞧瞧我，我瞧瞧你，脸色都变了。卢筝不再迟疑，说我们赶紧动手吧。于是，经过一番敲扛抬压，紧挨着插孔的两块石板逐渐开始松动了。这时，胡自雄干脆光着膀子弯下腰，双手伸进了缝隙，“嘿”地叫了一声，一米见方的大石板就被掀到一边去了。

这时，另一边的石板也被卢筝和蔡东风抬到了一边。六只眼睛外加一副眼镜一起望下去，全都像被施了定身法一样纹丝不动了。半晌，卢筝慢慢探下身去，等指尖触到了一种金属特有的冰凉时，他几乎忍不住要狂吼起来。

果然，天王鼎根本就没有离开过这个神庙！

原来，自从在海葵岛上见过诺木的儿子后，卢筝心中一直存在一个疑问：在寻找翡翠岛之前，容光斗一直在干什么？显然，他的目光一定没有离开神庙中的天王鼎。当时的匆匆一瞥，绝不可能令容光斗心满意足，以其个性和才智，一定会想方设法再次进入神庙观摩一番的。同时，岛上势如水火的教派冲突，容光斗不可能没有风闻。为防万一，一定会采取措施对天王鼎进行某种保护的。但是，天王鼎虽然和司母戊不在一个重量级，但也不是一口锅，单凭容光斗一人之力，显然不可能在戒备森严的情况下，将它堂而皇之端走的。

聪明人要藏起一片树叶，会把它藏在林子里。如此推算下来，容光斗唯一的选择，恐怕只能将天王鼎藏在神庙的隐秘角落里。如果神庙的守卫者们发现圣物不翼而飞了，他们会判定是敌方所为，也可能在全岛掘地三尺，但谁也想不到它根本就没离开神庙一步。

卢筝和胡自雄小心翼翼地将天王鼎抬出了石板下的地洞。千真万确，这就是韩奇所描述的那个样子。只是，它现在锈蚀得更厉害了，连一只鼎耳也掉了。

一看到这件绝世珍宝，蔡东风就变成了一条鱼。没错，他的嘴巴像鱼一样傻张着却发不出一丝声息，眼睛像鱼眼一样一眨不眨，连双手也像鱼鳍一样哆嗦个不停。卢筝等了一会儿，看他还是神魂颠倒不知所以，不得不提醒他干正经事了。蔡东风恍若梦醒，他像摆祖宗牌位一样把鼎放在了一个棉垫子上，拿出一把猪鬃大刷，清除了鼎上的尘泥锈蚀。于是，天王鼎的原状终于呈现在了众人面前。不过，也许是江山异代不同时，也许是他乡见故知，它那曾令诸侯惊悚、子民丧胆、奴隶失魂的震慑力，对今天的年轻人却起不了一点作用。在大家眼中，玄鸟和一只鸽子没什么区别，而狰狞的饕餮简直像布老虎一样可爱。

拍完不同角度的照片后，蔡东风开始了最重要的一项工作。他从包中取出一大卷宣纸，展开后贴在了鼎的内外壁上，将它裹得分毫不露。然后，像道士作法一样，又是喷水又是泼墨，连敲带打舞弄一番后，才将宣纸小心揭了下来，做好编号后卷了起来。就这样，天王鼎的拓片完成了。

在此期间，胡自雄又上下几趟，把负责观风的卫宗渊和容妤替了下来，让他们也开开眼界。最后，蔡东风将那只破损的鼎耳小心揣入怀中，与卢筝一起将天王鼎包裹捆扎严实后，重新埋了下去，然后压上了石板。

回到住处后，几乎没有停留一刻，探险队马上开始清点自己的成果。显然，天王鼎的秘密全在拓片上了。蔡东风将它们一字儿排开在地，众人围拢起来，个个默不出声。在摇曳的火光映照下，拓片上的鬼符神咒也仿佛有了活气，开始翻腾跳动。中国人做事先要正乎其名，仔细研究“天王”两字的笔画结构，与安阳出土的甲骨文是完全一致的，这就等于为它颁发了一张身份证；其次看图案，也没什么好猜疑的，古往今来，世界上把飞鸟当图腾的国家有一大堆，而中国历代帝王唯龙独尊，只有商朝天子喜欢玩鸟；最后，细心的蔡东风在鼎的底部发现了起伏的虎皮斑纹，再一次无可争辩地证明了天王鼎高贵的血统，可比“黑旋风”纯正多了。

可是，众人的目光转向鼎的内壁后，上面的铭文却让人看得一头雾水。与严整、精致、清晰的外壁图文相比，它们是高低错乱无序、笔画粗细不一、雕刻深浅不同的一大堆符号。现在，连分不清汉唐宋元的胡自雄也看出来了，它们和外壁的图案绝对不是同时形成的，而极有可能是天王鼎已经铸造好后，又用刀剑匕首之类的锐器刻上去的。

那么，它们究竟属于哪个时代呢？又代表了什么意思呢？蔡东风趴在地上，像个磕头虫一样逐字进行辨认。可是，进度实在太慢了，好不容易整理出了一条思路，下一串符号的出现，马上又把它推翻了。总而言之，这些字有的像甲骨文，有的像金文，有的却像传说中的蝌蚪文和渔网文，甚至湖南的女书，问题是它们诞生在不同的时代和地域，相互间的跨度长达千年，怎么可能聚集在同一件器物上呢？

蔡东风汗滴如雨，陷入苦思冥想中。别人知道帮不上什么忙，就走到一边去，或喝水或闭目养神。这时，天色蒙蒙亮了，正用手指在地上划来划去的容妤突然抬起头来，看了大家一眼，对蔡东风说了一句：

“也许，那上面刻的不是文字，而是一幅画！”

一语惊醒梦中人！蔡东风一听，心中突然一片雪亮，不觉叫了起来：“对呀，我怎么就没想到这一点呢？”

要知道，商朝甲骨文正处于中国文字定型的关键阶段。在这个时代，文字和图画之间的差别远没有今天这么大。按照“远取诸物，近取诸身”的造字原则，先民们见到新的动植物、异常的天象、严重的灾害或盛大的仪式时，往往先采用画图方式记录下来，之后再逐步简化为精练文字。比如，“舞”这个字，原型就是部落祭祀时，一个巫师手执柳枝在火堆边盘旋跳跃的样子。

蔡东风的专业造诣堪称精深，但也正是这一点让他的思维陷入了死胡同。那么，容妤为什么能发现盲点呢？别忘了，她可是美院的学生。一进门，老前辈就说了：我们看东西的眼光，要像三棱镜一样，能让一道普通的白光折射出五颜六色。现在，她不过是小试身手而已。

在渐渐升起的晨曦中，五个人凑在一起，从全新的视角重新解读这些符号。拓片的正中央，是两道交叉的划痕，像一个八字，似乎代表了一座山峰；在它的周围，是一圈断断续续的水纹，象征着翻腾的江河湖海；水纹的下面，是一大堆杂乱无章的符号，有像鱼一样的三角，有像龟一样的圆环，有像草一样的曲线；而水纹的上部，是几艘双层的长桨楼船，可以清楚看到里面一排排的小人。

让人奇怪的是，无论龟鳖游鱼还是船只乘员，它们全都头朝图外，背对中央，似乎要快速逃离那座水中的山峰。

此时，天色已经大亮了。第一束阳光射进了木屋，也将拓片照得一片透亮。这时，容妤的脸色突然大变，她一把拽住了卢筝的衣袖，指着那座山峰，用颤抖的声调说道：

“快看哪，它的山尖是绿色的！”

此言一出，同伴们个个耸然动容。大家一起望去，果然，在山峰的顶端上，有一道浅浅的不易发现的竖线。在阳光下，它泛起了淡淡的绿色。卢筝走上前去，用手指拂下了一点，对光看了片刻，确认这不是青铜器腐蚀后的绿锈，而是一种研磨过的绿砂。

卢筝口中喃喃说出了三个字，屋子里静得能听见针落地。

“翡翠岛。”

一幅上古的东渡图在众人的眼前浮现：狂风突然吹起，太阳黯然消失，大洋上波涌如山，水色如墨。在无际的阴晦中，一支庞大的船队艰难而顽强地向着东方前进。一个巨浪袭来，将一艘木船打得粉碎，水中传来一片撕心裂肺的呼救声，可其他船只爱莫能助，只能眼睁睁地看着同伴们葬身鱼腹。闪电划破云层，照亮汹涌的海水，暴风雨就要来了。突然，前面出现了一个碧绿的岛屿，在绝处逢生的欢呼声中，船只向着那不知是仙山还是地狱的地方奋力驶去……

看来，容光斗的判断没有错：三千年前，商朝军团在东渡途中，确实经过了这一片海域。那么，天王鼎又是怎样落入当地人手中的呢？容光斗既然能把天王鼎像老酒一样窖藏起来，不可能发现不了内壁的奥秘。那么，他此去真的找到了翡翠岛了吗？

卢筝还没有想清楚，却知道必须走为上了。因为明天一早，圣子岛上的全体居民就要来喝自己的喜酒了。而到了晚间，这间木屋八成就是自己的新房了。再往后的旖旎风光，尽管绝对不可能发生，可想一想还是让人脸烧心跳。

事不宜迟，卢筝带着伙伴们逃一样回到了游艇上。正要起锚时，才发现“黑旋风”已经挣脱了缰绳，不知跑到哪里去了。

卢筝急得直跺脚，可也别无选择，只能安排人去找，不过他自己是死也不肯下船了。胡自雄和蔡东风嬉笑着走了，卫宗渊看了卢容二人一眼，似乎有点不大自在，说我也下去找一趟吧，不待卢筝答应就走了。

卢筝正不知道如何打发这段时间，容妤叫他过去，递给了一把小剪刀，叫他帮忙把自己的长发绞掉。卢筝看着她一头飘逸青丝，心里可惜，脱口而出的却是一句：

“为什么又是我？”

“什么叫‘又’？难道，你以前给我剪过头吗？”容妤白了他一眼。

“我可是个有资质证书的二级电工，整天电笔和老虎钳子拿惯了，你就不担心我万一失手，把你变成一个火星乱冒、青烟缭绕的灶王奶奶？”卢筝总算还没忘记自己的旧业。

“亏你还是卢青城的儿子，说出这种话来，自己不觉得不丢脸吗？——你不要误会，我可没说电工低人一等，我自己还一直琢磨着找块地儿摆个摊呢？——我是说你这个人，明明是条张牙舞爪的狼，干吗非要装出一副垂头耷脑的狗样？”

“谁都有倒霉的时候，揭人家的伤疤有意思吗？”卢筝听了，有气无力地反驳了一句。

卢筝不小心走漏的口风中，透露出了重大隐情，好奇又心细的容妤当然不会忽略。不过，眼下她自己的心也乱乱的，就不想穷追下去了。

卢筝明白容妤断发的原因。从现在开始，探险队将进入吉凶难卜的危险地带，不要说找到容光斗了，弄不好还要多搭进去几条命。可是，她为什么要挑上自己？是不是自己曾经替“黑旋风”剪过几次毛，被她看在了眼里？卢筝胡思乱想之际，随着断续的“咔嚓”声中，容妤的柔发一绺一绺落了下来，逐渐露出了雪白的脖颈和光洁的耳轮。正在这时，卢筝突然感觉手背似乎滴了雨，可天上没有一丝云。他偷眼看去，才发现容妤在掉眼泪。

卢筝心下一片恻然，想劝她不要一起去了，又知道那纯粹是白费口舌。正在此时，码头上突然传来了狗叫声，抬头一看，“黑旋风”已经跳上了游艇。容妤恨得要踢它几脚，胡自雄赶紧上前拦住了，说这次可别错怪了它。

“我们在路上遇见了那个制作婚纱的裁缝，他说昨天晚上牧师来找过我们，问婚庆蛋糕是要香草味的还是咖啡味的，可是木屋里一个人也没有。他又来到了游艇上，‘黑旋风’似乎对他的高帽长袍深恶痛绝，挣脱了绳子，冲上来就咬了几口，要不是跑得快，连命也没有了。现在，牧师还躺在医院里，所以明天的婚礼是无法举行了。”

卢筝心里一松，又问“黑旋风”在哪里找到的？胡自雄回答说大家赶到医院一看，“黑旋风”竟然还虎视眈眈守在门口。

给牧师赔了一笔医药费和精神损失费后，事情就算完结了，那笔婚礼的定金当然也打水漂了。这个出人意料的结果，让卢筝逃过了一劫，可不知道为什么，他的心头竟然涌起一股惆怅，见了容妤也觉得讪讪的。卢筝已经不是毛头小伙子了，知道这不是个好兆头，何况在这个搏命的时刻。可是游艇的空间有限，想要躲开一个人，只有投海自杀了。于是，他只好打起十二分精神，让自己多干点杂事，尽量不要闲下来。

既然婚礼泡汤了，大家反而不忙着离开了。把礼花一放，蛋糕一切，香槟一喝，容妤像个新嫁娘一样喜滋滋地穿上了雪白的婚纱，摆开姿势拍了无数照片。这一回，卢筝可不敢凑前了，而是躲得不见了踪影。同伴们在传赏之余，都惋惜她那一头长发不见了，少了些许飘逸之美。在岛上又休整了两天之后，在清凉的晨风中，“雪浪”号才重新挂起了风帆，开始了新的航程。圣子岛渐渐远去了，直到再也看不到那个教堂顶上的十字架。

“雪浪”号一路向南行驶，途中的景况越发荒凉，不要说是货轮和渔船，连人迹也看不见了。一天就这么过去了，第二天下午，“雪浪”号已经抵达了苔藓岛的预定位置。在海面上兜了几个大圈子后，方圆数十里之内，只有一个孤零零的小岛出现在了视野之中。

看来，它十之八九就是苔藓岛了。于是，“雪浪”号迅速靠了上去。黄昏时分，游艇在岸边的浅水区抛锚了。艇上的照射灯骤然打开了，一道雪亮的光柱射向了陆地。岛上除了稀落的椰子林、低矮的灌木丛和憩息的水鸟外，唯一值得一提的就是大群的蚊子。

10 祸兮福兮

匆匆吃完晚饭，大家在艇上过夜。卫宗渊说要彻底检查一下救生设备是否完好，卢筝知道这可是攸关性命的大事，于是自己就顺延到了第二班。等他坐在船头时，已是子夜时分了，弦月西沉，银河阑干。仰天望去，北极星早已落到了地平线以下了，银白色的织女星正划过天顶，而南十字座却像一串珍珠在前方熠熠生辉。岸边蝉噪沸沸，蛙鸣呱呱，一点点游光在林中倏忽飘移，那是萤火虫在举行飞行集会。

不知什么时候，容好也出来了，悄然坐在了卢筝的身旁。卢筝知道能否找到容光斗的下落，答案即将揭晓，她一定心怀忐忑无法入眠。可是，自己也想不出什么轻松话题，只好说你的一头长发不见了很可惜，不过，看上去倒清爽了许多。

“你也不是个困难户呀！”容好小声回了一句，“我丝毫也没有寒碜你的意思，只是气不过，你本来有那么好的条件，偏要低三下四找个根本就不理解自己的大龄女人，纯粹是糟蹋自己，怨不得人家替你上火。”

天下女人万万千千，容好干吗非要和顾雅莉过不去，一逮到机会就含酸带刺地嘲讽一番？卢筝不明白。不过，自打认识以来，他还从未见过容好这般温顺可亲，一时难以适应，心里的感激反而多于受用。于是，卢筝笑着说这里黑灯瞎火的，就我们两个人，一个夸对方美貌天下第一，一个夸对方英俊古今无双，要是让同伴们偷听了，还不笑掉大牙？容好说我才不在乎呢，网上说，好女人是追出来的，好男人是吹出来的。卢筝问这两句何解，容好说那还不简单呀，在男人眼中，越难追的女人越诱人；而那些看上去冷酷无情的男人，其实更容易受人煽动。

“你不会在说我吧？”卢筝苦笑着反问了一句。

“难道不是吗？”容好的语调变得幽幽了，“其实呀，在女人眼中当个傻瓜也没什么不好。不像有些人，看上去温文尔雅，至于心里想什么，就让人琢磨不透了。”

说到这里，容妤突然叹了一口气。卢筝心头突然有了一种不吉的感觉，她今晚如此反常，难道就是所谓的“人之将死，其言也善”吗？果然，让他更加吃惊的事情发生了：容妤拿出一个小包，要他收起来。

“这是剪下的头发。如果这次我回不来了，你把它带回去交给妈妈。”

卢筝顿时乱了手脚，接也不是，不接也不是，连说你这是干什么，我们四个就算全挂了，也要保你全须全尾回家。容妤不听，捉住他的右手硬塞了过去。这时，林中突然发出一阵怪叫，像一位患肺结核的老头在不停咳嗽。容妤一惊，身体不自觉地倚向了卢筝。卢筝下意识地握住了她的手，安慰说别怕别怕，那不过是一只鹳鸟。

这时，一只大鸟从林中飞起，像一片伞盖，摇摇摆摆地消失在远处。容妤惊魂甫定，长出了一口气，原本发凉的手指突然间变得温热起来，放在卢筝宽大的手掌中，柔若无骨。

谁也没有注意到，就在此时，南方天边正在眨眼的几颗星突然变得暗淡了下来，不一会儿就消失得无影无踪了，像被暗夜中隐藏着的怪物给吞没了。

正在此时，一阵拖沓的脚步声从背后传来。胡自雄一边打着哈欠，一边骂着一只幸运的蚊子。

“半夜三更飞来飞去的，不让人好好睡觉，专门挑肥拣瘦，咬一口就一大疙瘩，真是好眼色！哪天要是被我捉住了，非把你那尖嘴细腰长腿搓成一团泥！”

现在已经到了换班的时间了。突然看见卢容二人倚靠在一起，胡自雄简直不敢相信自己的眼睛。容妤惊觉了，慌忙抽出了自己的手，转身站了起来。

“你怎么会在这里？”胡自雄脱口而出。容妤的脸一下子涨红了，她的耳朵尖，胡自雄骂蚊子的话，句句落在了心底，好像都能和自己挂上钩。可是，她和卢筝马上就发现，胡自雄的语气中并没有多少调笑的意味，不但眼睛瞪得老大，连舌头也伸出来了。

“你怎么了？”卢筝问了一句。自从那次鲨口逃生之后，胡自雄就变得有些古怪起来了。

“你不是在通讯舱房吗？”胡自雄没有理会卢筝，继续紧盯着容妤不放。按照分工，容妤除了卫生防疫外，还要负责收集天气预报、海况、航道等资料。

“我？哦，是的，一直在，刚过来看他——不，看你们晚上值班累不累。”容妤慌乱得都有点语无伦次了，同行的四个男人中，一个傻，一个酸，一个痴，都很好对付，只有胡自雄这家伙外表粗俗，心里却明镜似地，说话也直来直去，不给人留一点余地。刚才那一幕，谁见了都会以为这对假夫妻真的勾搭上了，即使把那只该死的鹳捉回来拔毛剥皮也辩不清楚。

“是吗？那听起来倒还差不多。——可是，我刚才从底舱上来的时候，通讯舱房的灯还亮着呢！你一定是忘了关吧？”胡自雄说到这里，突然眉毛一抖，眼睛一亮，“哦，我全明白了！你故意亮起灯，就是想唱个空城计，自己却跑到这里来和他聊天！”

这下，该轮到容妤吃惊了：“没有，真的没有！我今晚压根儿就没有进过通讯舱房，怎么会打开里面的灯？”

“还骗人不是？走，我们一起看看去，包管让你们无话可说！”胡自雄得意地说道。于是，三人一起来到了通讯舱房，只见里面黑洞洞的，不见一丝光亮，连门也紧闭着。胡自雄的嘴巴又张大了，呆在那里一句话也说不出来。容妤半是害羞半是恼恨，一甩手就走了。卢筝也感到无聊，打了个哈欠想回去睡觉。可是，胡自雄一把拉住他，郑重其事地说了一句：

“我今天确实没有开玩笑！千真万确，就在一分钟之前，灯还是亮着的！”

灯亮着又能怎样？总不能像老谭一样，扣人家的当月奖金吧！卢筝摇头走了，这个插曲也就结束了。

天亮了，众人起床后，早餐已经摆了上来：面包，火腿，煎蛋，外加一杯牛奶。面对这再寻常不过的西式搭配，胡自雄突发奇想，说它意味深长，预言了我们此行的吉凶。可惜同伴们个个心事重重，谁也不理这一茬，容妤和卢筝固然怕提起昨晚的事，连知己蔡东风也没兴趣听他胡诌八扯。

餐后，卢筝和卫宗渊最后一次核对了海图，确定了今天的航线。于是，在明亮的曙光中，“雪浪”号起航了，开向南方陌生的海域。朝霞染红了天际，但其中隐约有几个黑点在浮动，如同几只苍蝇落在了娇艳的玫瑰花瓣上。卢筝看到了，暗暗皱起了眉，这可不是好兆头。

很快，黑点逐渐变大了，化为一朵朵乌云，飘在半晴半阴的空中。卢筝拿起了高倍望远镜，视野之中，只见沧海茫茫，传说中的翡翠岛杳无踪影。

正在此时，容妤慌慌张张地跑上了船头，说不好了，我什么信号也收不到了！

卢筝立即跟随她来到了通讯舱房。果不其然，不要说电视信号，连GPS定位系统和卫星电话也像断了线的风筝。见此情景，卢筝不禁倒吸了一口冷气。通讯中断，意味着与外界完全隔绝，“雪浪”号就像个瞎子一样在大海上乱冲乱闯，假如前面有一个风暴正在向自己迎头撞来，死到临头也茫然不知。

“不要紧，也许是这片海域太偏僻了，暂时收不到信号也有可能。”卢筝这样安慰她，实际上连自己也不相信。

随即，卢筝迅速检查了所有器件和线路。可是，一切都好端端的，没有受损或断裂的现象。显然，一定是内部系统出了问题。可在这个节骨眼上，几套互不关联的系统竟然同时出现了故障，可真让人匪夷所思。

卢筝冲入了驾驶舱，把这个坏消息告诉了卫宗渊。果然，他也大感意外，不过倒没怎么惊慌，说没这些电子玩意儿之前，古人不也一样完成了全球航行吗？见他如此沉得住气，卢筝心里暗叫一声惭愧，同时又心存侥幸：今天，我们的运气总不至于那么差吧？

但是，直到正午时分，“雪浪”号已经行驶了近百海里，仍然一无所获。随着时间的推移，容妤的脸色和天色一样越来越暗淡。卢筝也不觉纳罕起来：按照韩奇教授的描述，翡翠岛距离苔藓岛并不很远。何况，它可不是一块普通的珊瑚岛，而是这一带海域中极其罕见的山石岛屿，怎么会找不到一丝端倪呢？卢筝和卫宗渊商量了一下，决定不再继续前进了，而是改变航线，扩大搜寻横面。

于是，“雪浪”号调头转向了东方。卢筝立在船头上，双手抱肩直视远方，凝然不动像一尊雕塑。但渐渐地，他的眼神就变了，先是关注，随即惊疑，最后是震骇！

刚才还澄清碧蓝的海水，现在正在不断变浑。翻腾的泡沫中，一股土黄色从海水深处泛起，中间还间杂着棕色和暗红色，仿佛海底正在发生什么让人恐怖的变故。而更让人心惊的是，一条条死鱼浮上了水面，露出白色的腹部，而往日海面上常见的海豚和飞鱼却绝了踪影。

卢筝抬头向天上望去，迷蒙的日色中，空中连一只飞鸟的影子都看不见。诡异的寂静笼罩在四周，整个海洋似乎已经没有了生命的迹象。这一切，其他伙伴们也注意到了，大家面面相觑，谁也说不出话来。卢筝紧张地思索着，不知怎么，他突然想起了刻在天王鼎内壁的图案，尤其是那些慌张外逃的鱼鳖的符号。难道，这两者之间有某种联系吗？

卢筝终于下定了决心："雪浪"号必须尽快离开这片让人骨子里冒凉气的海面。

正在此时，海面上起风了。胡自雄从设备间钻了出来，他抬起头，发现早晨那几片黑色的浮云已经不见了，取而代之的是东方天空中一大团深灰色的云山。云山的底部黑蒙蒙一片，顶端还在不断腾涌翻卷。他低头一看，测风仪的箭头在飞速转动，而气压表上的指数已经降到了最低点。风吹过，浪花拍打着船舷，发出一连串劈啪声。

毫无疑问，暴风雨就要来了。盛夏时节，在赤道附近的热带低气压带上，任何一个气旋都可能演化成一场惊天动地的台风。要命的是，风暴来自于他们的正前方，也就是说，"雪浪"号正行驶在风暴中心将要刮过的路线上！

这一切，卢筝当然也看在了眼中，急在心头。谁也没有想到，风暴来得竟然是如此之快。如果通讯系统不要中断，最迟在今天清晨，他们能从好几个渠道得到风暴已经在东方海域生成的消息，自然也有足够的时间采取躲避措施了。此时，风更大了，船头上浪花飞溅，游艇开始出现颠簸。卢筝和伙伴们迅速交换了意见，胡自雄建议赶紧掉头向西面撤，兴许能逃过一劫。

"不行，那是死路一条！'雪浪'号开得再快，也跑不过风暴。"卫宗渊当即否决了他的意见，建议右转九十度继续向南开，惹不起难道还躲不起吗？

"恐怕也来不及了！何况，那片海域不属于波利尼西亚，水下情况很复杂，以前从来也没有人仔细勘测过，万一触礁的话我们就全完蛋了！"卢筝停了一下，提出了一个让胡卫二人都大感意外的建议：干脆返回苔藓岛。

从早上出发后，"雪浪"号先向南后向东，目前的位置在苔藓岛东南方大约一百五十海里左右。按照正常航速，"雪浪"号要花五六个小时才能返回苔藓岛。显然，风暴不会给它如此充裕的时间，但却让卢筝看到了另一个意外的机遇。

"你们注意到了吗？风暴是从正东面刮过来，在一般情况下，风吹一段时间后会自动转向西北，与我们的航向大致吻合。这段路我们比较熟，只要“雪浪”号不散架，开足马力顺风疾驰，也许用不了两三个小时，就能赶在风暴中心到来之前回到苔藓岛!”

只要回到了苔藓岛，一切就好办多了，即使无法下锚的话，“雪浪”也可以强行冲滩搁浅！风暴过后，如果游艇受损不严重，大家可以自行修复；如果实在没有指望了，艇上的物资还足够维持一段时间，无论是坐等救援还是乘救生艇去圣子岛，回旋的余地都很大。

胡自雄使劲拍了一下大腿，说太对了，我怎么没有想到这一招呢？卫宗渊也大加赞同，说不冒奇险，焉得奇功？我们应该大胆试一试。得到了伙伴们的支持，卢筝顿时信心陡增。不过，他心里也很清楚，这分明是一招吉凶各半的险棋，“雪浪”号将一直处于强大气旋的控制下，稍有不慎，就会船毁人亡。

高空中凝峙的云山突然间崩塌了，滚滚的云团席卷而来，遮蔽了长空，也消灭了残存的微弱日光。当青灰色的阴云从“雪浪”号上空漫过时，云层深处传来了隐隐的雷声。瓢泼大雨中，一道道闪电如同狂舞的金蛇，又像通天贯地的银叉，倒映在灰黑色的海水中，让人不寒而栗。

在汹涌的波涛中，“雪浪”号掉转船头，向着西北方向飞驰。和卢筝预料的一样，在强劲风力的助推下，它的航速增加了至少一倍。为了安全，容妤和蔡东风也跟着胡自雄躲进了底舱，舱面上只留下了卢筝和卫宗渊。

在昏黑的天色下，在弥漫的雨雾中，随着时间的推移，“雪浪”号的处境越来越让人揪心。一股股气流发出尖利的呼啸声，打着旋从海面上卷过，吸起一条条水柱，抛在船首上击成万千朵水花。浪头一个接一个冲上了甲板，将所有能移动的物体裹挟而去。“雪浪”号像个小木片在波峰浪谷间抛起又坠落。现在，卢筝一直担心的隐患终于暴露了：不合理的船体装配结构，让“雪浪”号抗风浪的能力大打折扣。

下午三时左右，“雪浪”号已经行驶了将近两个小时了，但苔藓岛仍未进入视线。这时，天空不像刚才那样阴暗了，雷电也停止了，但风力却更加强劲了。巨浪拍打着“雪浪”号，发出令人心悸的嘎嘎声，似乎随时可能解体。从驾驶舱的窗口望去，满目所见，只是一片沸腾的汪洋。这是风暴中心将要来临的征兆。

卢筝心急如焚，更让他上火的是，卫宗渊偏偏又提出要去一趟船尾的洗手间！

“你怎么这么矫情？你是掌舵的，就算把屎尿拉在了裤裆里，谁又会笑话你？”

卫宗渊脸色不大好，似乎肚子真的不舒服，但见卢筝气鼓鼓的样子，也就不敢再提了。

这时，传来了几声急促的敲门声。打开舱门一看，来者是胡自雄。不用开口，光看脸色，卢筝就知道一定出了什么意外。他回头叮嘱卫宗渊千万不要离开，实在憋不住就地解决，个人面子事小，一船人的命全操在你手里呢！然后跟着胡自雄出了门。

迎着让人窒息的疾风，卢筝和胡自雄手拉着手，紧贴着舱壁一步挨一步艰难移动着，终于来到了设备间。进去一看，卢筝就知道情况很严重。由于密闭性降低，底舱已经灌入了两尺深的水，蔡东风和容好正忙着抽水，但还是入多出少。现在，两组发动机组中的一组已经停机了，胡自雄修理了一阵子，还是发动不起来。而更让人想不到的是，油料出现了短缺，能否满足一小时的用量也不能保证。原来，就在刚才的一次颠簸中，一个储油桶翻滚了下来，撞上了发动机，导致后者严重受损，而储油桶也破裂渗入了海水。

卢筝正在查看的当口，底舱突然变得一片漆黑，电力系统也罢工了。没有电力，抽水设备就成了摆设，只能眼睁睁看着水嗞嗞地往上涨。听着舱外咆哮的风声和剩下的一组发动机叶片转动的沙沙声，卢筝让容好和蔡东风先撤上去，然后，他和胡自雄一起关闭了设备舱。

“雪浪”号失去了一半动力，下一步该怎么办？能不能坚持到苔藓岛？卢筝心乱如麻，决定和卫宗渊一起商量一下。可是，等他回到驾驶舱后，发现门竟然是开着的，里面已经空空荡荡。

卫宗渊不见了！

卢筝望着风中噼啪作响的舱门和一览无余的甲板，头脑中瞬间变成了一片空白。究竟出了什么事？门是开着的，显然是卫宗渊主动打开的。难道，他去了洗手间，现在还没有回来？或者说，他不小心被风浪打到海里去了？

在暴风雨中坠入狂怒的大海，会是什么样的结果，用脚后跟去想也会明白。卢筝尚未从惊疑悲痛中回过神来，胡自雄又一次冲进了驾驶舱。不过，他的脸色已经由青转红，透出了一种骇人的狂暴和绝望，连吼叫声也像一头受伤的狮子。

“怕死的懦夫！道貌岸然的伪君子！他自顾自跑了！还把救生艇也带走了！”

“你说什么?!”卢筝几乎不敢相信自己的耳朵。但不过一分钟，胡自雄所说的事实就清清楚楚地摆在大家面前：拴在船尾的救生艇真的不翼而飞了！

如果“雪浪”号不幸沉没了，这条救生艇就是探险队唯一的希望。在出发前，尽管没有足够时间去修正“雪浪”号装配中存在的问题，卢筝还是花了很大精力对救生艇进行了改造。它上面有容纳五个人的空间，必要时充上气，就可以变成为一个密闭舱漂浮在海上。只要不撞上尖利的礁石，再大的风浪也奈何不了它。

但现在，他们却被自己的同伴出卖了！

见此景，胡自雄捶胸顿足，蔡东风摇头叹气，容妤更是放声痛哭起来。卢筝安慰她，说卫宗渊这小子太不地道了，可我们个个都是吐口唾沫当钉子的好汉，绝对不会丢下你不管的。他不说还好，一说反倒逗引得容妤哭个没完，差点都背过气去了。卢筝以为她害怕了，又疑心她曾经属意过卫宗渊，对方竟然如此绝情，实在太让人伤心难堪了，就改口说我们大家早就看出来了，那家伙是个坐食祖产的寄生虫、贪生怕死的软骨头、败絮其中的绣花枕头，根本就配不上芙面莲心的你。可无论他怎么诋毁卫宗渊，容妤还是一个劲地摇头，说我才不在乎他呢，只是答应你的事情怕办不到了。卢筝不明白，待到“铁门汉简”四个字落入了耳朵中，才猛然明白了过来。

“大卫——卫宗渊说了，只要我能把你拉来，他就会拿铁门汉简来交换。”

卢筝直到现在才知道，这个探险队的组建居然还涉及如此复杂的背景。但卫宗渊选择尿遁究竟是贪生怕死还是另有所图，现在可没工夫去探究。于是，他抚着容妤的肩头，安慰道：

“好了好了，算我主动毁约，我们之间的交易取消了！只要能从这个鬼门关逃出去，别说什么铁门汉简了，就是把金门大桥送给我，我也不敢要了！”

“雪浪”号在风雨中继续颠簸前进，连船体也开始倾斜了。祸不单行，在强风和巨浪的双重冲击下，游艇上下两部分之间开始出现了裂痕，原来隐藏不见的钢钉也开始一根根从缝隙中露头了，像青鲨张开的嘴巴。

为了避免救应不及，卢筝把伙伴们全部集中到了驾驶舱，连“黑旋风”也从储藏室中牵了出来。卢筝让胡自雄掌舵，自己拿起望远镜向四周瞭望，可是苔藓岛仍未出现。连绵的涌浪滚来，船体一时被高高抛起，一时又重重跌入谷底。在一次抛落的间隙，远处翻滚的浪花丛中，一个黑色的影子突然在卢筝的眼帘中一闪而过。

卢筝怀疑自己看花了眼，他使劲揉了一下眼睛，又看了过去。千真万确，那确实是一片礁石，而且是一条像岸堤一样的环状礁石！

卢筝放下了望远镜，抬起了头，眼前一幕更是让他目瞪口呆：在这片礁石后面，影影绰绰耸立着一座突起的小岛！

即使在梦游中，卢筝也能辨认出这个小岛绝对不是苔藓岛。首先，它虽然看不清模样，但光凭目测，就能确定比苔藓岛大很多；其次，苔藓岛是座再普通不过的珊瑚岛，海拔最高处不过二三十米，可这座小岛却巍然兀立，它的中央分明是一座突起的山峰！

而更让卢筝和伙伴们难以置信的是：整个上午，“雪浪”号都在这一带海面上逡巡，如此显眼的一个岛屿，为什么谁都视而不见呢？

众人的注意力全被眼前这个山岛吸引住了。这时，一声“咔嚓”从半空中传来。卢筝向后望去，原来，主帆的桅杆再也经不住狂风的压力，齐腰折断了，砸塌了后舱的储藏室。“黑旋风”的运气不错，侥幸逃过了一劫。不过，卢筝马上就暗叫大事不妙。

现在，“雪浪”号正在飞速向着这个小岛奔去，情势已经完全失控，连稍微转个弯也不敢，否则很有可能来个船底朝天。本来，这个小岛的出现是天赐的良机，不管它是从哪里冒出来的，只要顺利搁浅，就可以逃出生天。但是，小岛外围环绕的那片礁石却成了一条夺命堑。在出发前，卢筝专门要求为“雪浪”号装上了尖锐的冲角，但是，再锋利的人工冲角又怎能与天然的顽石对抗呢？

卢筝让胡自雄关掉了轮机。但即使如此，在暴风的推动下，礁石还是一点点地逼近，狰狞的面容已经清晰可见。卢筝和同伴们对视了一眼，从彼此的眼睛中看到的只是深深的绝望。胡自雄还不肯认命，他满嘴脏话，双眼死死盯着礁石，试图从中寻找可穿越的空隙；蔡东风双手交叉，连腕关节都按出白印了，还念念有词，不知道是否在为他所谓的人生规划中添加新章；让人称奇的是，容妤在众人中最为镇定，不要说流泪了，连眉眼也不皱一下，甚至还有余暇伸手抿了一了鬓角。果然不愧是容光斗的孙女，家庭的训导以及两代人的惨烈结局，让她在死亡面前保持了一种优雅的风度。

就在此时，卢筝突然想起了什么，他大吼着发出了最后的一道指令："拔掉钢钉，发动轮机，向着礁石冲击!"

他的叫声将三人从懵懂恍惚中惊醒了过来。卢筝来不及解释，叫蔡东风和容妤一人一边握牢了方向盘，千万不能松手，而他自己和胡自雄各系一条绳索在腰间，出了舱门，贴着甲板匍匐前进，一个接一个地撬起连接船体上下层的那些钢钉。狂风吹得他们抬不起头来，但最终还是完成了任务，因为绝大多数钢钉早就已经龇牙咧嘴了。之后，卢筝和胡自雄又重新潜回了底舱的设备间，把剩余的油料一股脑儿灌入了尚能使用的那一组轮机的油箱。完事之后，两人又一次封闭了底舱的舱门，爬回了驾驶舱。

经过这一番改动后，船体变得更加松动了，上下两部分在失去了钢钉的连接之后，就像垒在一起的两块积木一样，随时可能分家。卢筝叫大家都穿上了救生衣，然后用绳索将身体固定在驾驶舱内的柱子、螺栓、把手等突出部位上。

一切准备妥当后，礁石已经近在咫尺。卢筝叫胡自雄重新启动轮机，然后全力向前开进。于是，在风力、水流和动力的三重加码下，"雪浪"号犹如离弦之箭，向着礁石猛冲了过去!

那一瞬间，四个人不约而同地闭上了眼睛。一声惊天动地的响声，盖过了风声、雨声和炸雷声。"雪浪"号重重地撞在了礁石上，刹那间一分为二！它的冲角深深地嵌入了礁石中，在巨大的惯性作用下，上部轻质舱面与舱底彻底脱节了，像一个大盖子一样旋转着抛向了天空，在空中划出一道弧线后，重重溅落在了礁石和小岛中间的那片水面上。

这正是卢筝企望的结果，也是探险队唯一能够活命的机会。片刻之后，卢筝从昏死的状态中清醒过来后，他简直不敢相信自己的眼睛，因为三个伙伴外加一条狗全在身边，竟然一个也不少。只是，他们的姿态各异，有的卷卧如海棠春睡，有的斜挂如绝壁青松，只有胡自雄上半截没入水中，呈屁股朝天的倒栽葱状。卢筝大惊，赶紧上前将他拖了上来，一头念着老天保佑，一头闪过无数灾难片中的特写镜头，尤其是那些浸泡在水中的失去头颅的骇人躯干。幸好，胡自雄所有元件保存完好，连那个附件——金耳环也没有脱落。不过，他苏醒后，竟然没头没脑地说了一句：

“没来得及掐表，不知道有没有打破憋气的记录?”

卢筝欣喜之下，忘了骂他吓死人不偿命。逐一检查同伴们的伤势后，发现虽然人人头破血流，鼻青脸肿，但都能站立行走，似乎没受什么内伤。事不宜迟，四人立即牵着“黑旋风”下了船，互相搀扶着涉水走了一段路，然后从一个海岬上了岸。

没想到，岸上的岩石竟然出奇的滑腻。一路上，大家连滚带爬，比赛着翻跟头，最后才在高处的石壁下找到了一个背风的山洞。这个山洞不大，但容纳四个人绰绰有余，连“黑旋风”也在石头堆里给自己找到了一个窝。卢筝发现这个山洞和外面一样潮湿阴冷，几乎和云贵一带的地下溶洞没什么两样，但仓促之间，大家也别无选择。于是，将伙伴们安顿好之后，卢筝又冒着危险，返身回到了原处，搜寻一切可用的物资尤其是食品，然后将“雪浪”号——准确地说，应该是它的舱面部分牢牢拴在了岸边的一个石柱子上。

等他回到山洞时，漫天暴雨就像瀑布一样倾泻而下，对这个小岛大肆浇灌。黄昏时分，风暴中心终于到来了。透过洞口，大家可以清楚地看到，就在距此不过几海里的地方，一个巨大的水柱宛如垂天之龙，将海水吸起千丈，然后喷射出来。大气也像被施了魔法一样湍流旋转，海浪穿空而来，发出骇人的咆哮。

但这一切对他们已经没有任何威胁了。小岛外的礁石在一个小时前还是一条分割阴阳的鸿沟，现在却变成了一道防波堤。任凭海水如何凶猛，也只能在外面滥施淫威了，总不能像白娘子一样来个水漫金山吧?

在草草吃了些食物后，众人纷纷昏睡了过去。卢筝半躺半靠在洞口，头脑中一阵风声，一阵雨声，一阵鼾声，也不知道过了多长时间，他突然感到有一只小手在拍打着自己的脸颊。卢筝猛然惊醒了过来，看到了容妤满脸散乱的发丝、一双被雨水泡得微肿的眼睛和一张冻得几乎没有了血色的嘴唇。

“水！我们得乘着下雨，赶紧存一点儿水！”

卢筝心中一凛，顿时睡意全无。他赶紧跳了起来，摇醒了胡自雄。两人一边找工具，一边夸容妤心细，救了大伙儿一命。原来，在台风之后，天气一定会变得晴朗异常，一两个月之内滴水不降也是常事。如果没有存水，万一岛上又找不到泉眼，那大家只能活活渴死。

卢筝和胡自雄在石洞附近选择了三个不同的地点，开掘了蓄水池，眼看着雨水汩汩流入，这才放下了心。

一夜就这样过去了。天亮了之后，风力依旧强劲，雨水依然滂沱，但显然已经没有了昨天的威势。看来，台风已经走远了，也许下过不了明天，天气就会放晴。为防万一，卢筝依然要求伙伴们待在洞中，尽量不要外出。闲来无事，众人就把手头的物品归拢清点了一遍。现在，不管究竟身在何处，必须做好在这个小岛上长期生存下去的准备。

当然，大家现在也终于有了充裕的时间可以讨论一下昨天——不，这段时间以来发生的那些蹊跷事了。

“他不是逃跑，而是想害死我们！——至少要害死你！”胡自雄一句话就为卫宗渊定了个故意杀人的罪名。卢筝不相信，说我知道你们两人素来有嫌隙，现在没有充分证据，就不能凭空就给人家扣帽子。

“要证据？那可就一抓一大把了！”胡自雄笑了，似乎在笑卢筝的糊涂——故意装糊涂，“第一次，你跳海救了‘黑旋风’，刚上了卫宗渊驾驶的救生艇，货轮上所有人的注意力全盯在你们一人一狗身上的时候，我无意间一瞥，看到卫宗渊一边加速启动救生艇，另一只手却偷偷按下了开关。否则的话，你也不会变成空中飞人，掉到青鲨堆里去了！”

见卢筝似信不信，胡自雄说第二次就是钢钎事件，最好让老蔡来说吧，因为他不但是目击者，还是当事人。

“没错，那条钢钎是胡子交给我的。你已经双脚落地了，我正探头向下望的时候，突然手臂被什么东西撞了一下，当下一阵酸麻，再也握不住，它就笔直地落了下去，直插你的脑袋。幸好最后准头偏了一点，否则非出人命不可。事后我越想越蹊跷，因为当时上面只有三个人，容妤在我对面，身边只有卫宗渊，而且碰到的部位正好是肘关节的穴位，你说，哪有这么巧的？”

“如果这两件勉强都算意外的话，那么，前天晚上的事情就真见鬼了。”胡自雄接着说了下去，“当时，你和容妤正在船头上卿卿我我，连时间都忘了，我正好睡个痛快。可是，通讯舱的灯光半夜里突然亮了，正照在我的铺位上，让人无法入眠，只好爬了起来。我原以为容妤在里面，还有些奇怪，这么晚了她待在里面干什么？但是，我居然又在船头看到了她。可是，等我们三个掉头回到通讯舱时，灯光又熄灭了。你们说，该怎样解释呢？”

显然，唯一的可能就是卫宗渊半夜偷偷潜入了通讯舱房，破坏了内部系统。尽管容妤对卫宗渊有回护之心，但对此却无话可说了，因为大家都知道，艇上所有舱位的钥匙卫宗渊都存有备份。而平常除了自己，别人是不能随便进出通讯舱的。

这时，蔡东风突然插了一句话："其实，胡子说的都是小事，眼前摆着一个再显眼不过的证据，那就是'雪浪'号。"

没错，"雪浪"号就是卫宗渊全部阴谋的核心。早在探险队组建之初，他就说自己有一艘上好的游艇，还主动承担了艇上的装配工作，最终弄出个非驴非马的四不像来。卢筝甚至开始怀疑，那天半夜卫宗渊找上门来，说自己因铁门汉简而遭到起诉的消息是否属实？

那么，卫宗渊究竟要干什么？他三番五次加害众人——尤其是自己的目的何在呢？

"你仔细想一想，会不会是有仇人要报复你？"容妤提醒他。卢筝听了直摇头，父亲是个与权财无缘的清高诗人，自己曾是个游荡在社会边缘的浪子，现在又成了底层的打工一族，怎么会挡了别人的路呢？即使有人真的嫉恨自己，也绝不可能指使豪门卫家的二公子来当杀手呀！

"也许，卫宗渊的目的是天王鼎？"卢筝突然又想起了潘书纲曾对自己说过的话，虽然他对这个学界蠹虫鄙视有加，但也许人家真的说对了，探险队中确实有一个内鬼。卫宗渊丢下众人，唯一的目的只能是独自潜回圣子岛，然后想办法把天王鼎运回去。

没想到的是，这个观点却遭到了蔡东风的反驳，说我师兄的话你们也信呀？他当年揪出来的人，没有一个不是好人！何况，卫家的人一向名声很好，解放后还曾经给国家捐献过不少文物，其中就包括了几件名贵的青铜器。自己的东西白送了出去，倒巴巴地跑到这个兔子不拉屎的地方当贼，似乎与理不合。

讨论就这样无果而终。两天之后，雨停了，天色开始放晴，大家决定巡查一下全岛，顺便看能不能寻找一条归路。四人很自然地分成了两组，卢筝和容妤带着"黑旋风"一路，胡自雄和蔡东风一路，大家约定不进入内陆，只沿着海岸线前进，最后在岛的另一端会合。

一路走来，卢筝发现这是一个极其荒凉的小岛，而且是名副其实的"寸草不生"，巨大的岩石完全被海藻覆盖，呈现出一种怪异的暗绿色。到处都是搁浅的海星和贝类，水洼里还有蹦跳的鱼虾。在一个拐角处，卢筝眼睁睁地看着一队巴掌大的海蟹从自己的脚背上悠然爬过。

总而言之，岛上的一切都保持着原始的状态，别说人迹了，连鸟兽的足迹、粪便，甚至虫子的鸣叫声都没有。这可真让人费解，因为这一带是太平洋上著名的候鸟越冬地，本该是一番沙鸥翔集，百鸟争鸣的景象。

过度的寂静会影响人的情绪，卢容二人一路沉默，连跟在后面的“黑旋风”也不叫一声。

在途中，卢筝不时抬起头来，张望远处的孤峰。现在，天空虽然转晴，但一大块旗帜般的白云笼罩在峰顶上，看不清它的全貌。小岛并不大，尽管路途崎岖，山石滑溜，正午时分，卢筝和容妤还是走到了最北端的海角。但他们一直等到下午两点，仍然没有见到胡自雄和蔡东风的影子。于是，两人又迎着来路继续前进。

西海岸的情况和东海岸完全不同，海岸线要绵长多了，而且地势比较平缓，还不时能够看到沙滩。于是，两人的行进速度加快了很多。四点半左右，卢容二人已经来到了岛的最西端，天色也开始暗淡了下来，但依然没有碰到自己的同伴。卢筝开始担心了，究竟发生了什么？遭遇了凶猛的海兽？被崩落的岩石砸中？意外失足掉入了石洞？卢筝越想心越慌，就在这时，“黑旋风”突然嗅到了什么，开始吠叫起来，还挣脱了锁链，向前冲去。

卢容二人紧跟着它，翻越了一片高地，只见下面是一片开阔的沙滩。“黑旋风”叫得更欢了，卢筝向下望去，又惊又喜地发现沙滩上竟然隐隐约约有人影晃动。他一边叫喊一边奔下去，果然，正是胡自雄和蔡东风。

可万万想不到的是，地上还躺着一个人！

没错，他就是卫宗渊！现在，胡自雄的双手按在他的胸部，像拉风箱一样有节奏地一起一压。过了片刻，容妤终于忍不住问了一句：“他——他还有救吗？”

她的声调颇不自然，哪怕卫宗渊是个十恶不赦的坏蛋，毕竟，他曾经点燃起了自己的春心，给自己带来了那么多浪漫美好的绮梦。

胡自雄没有回答，但脸上的神色说明了一切。看到海滩上搁浅的烂如败絮的救生艇残骸，想起小岛外围尖如利齿的水下礁石，卢筝明白了是怎么回事。

卫宗渊终于恢复了呼吸，大家将他抬到了一处较为干燥的沙地上。容妤用毛巾蘸酒精不断擦拭他的手心脚掌，终于让他苏醒了过来。在风暴中颠簸了太久，他的神志依旧恍惚，嘴里翻来覆去地不知在喃喃什么，容妤俯耳去听，不禁呆住了。

“‘翡翠岛’，他说的是‘翡翠岛’三个字！”

卢筝立即分开众人，扑上前去，紧盯着卫宗渊的眼睛。

“翡翠岛？你找到翡翠岛了吗？”

卫宗渊眼睛半张着，神情古怪地看着卢筝，似乎不明白他在问什么。

“翡——翠——岛——，你们现在——不就在——翡翠岛——上吗？”

卢筝心头大震，他心念电转，猛然间想起了什么，回过头来，向着远处的尖峰望去。这时，最后一抹余晖从云隙中透出，照亮了岛中央的那座山峰，映出一片半明半暗的碧绿。一转眼，它又被云层遮住了。大地陷入了一片黑暗。

11 沧海桑田

天黑了，大家无法将卫宗渊带回山洞，只好在沙滩上露宿了。每个人的神经都紧绷着，“翡翠岛”这三个字，已经在口中念叨了无数遍，可谁也没有想到，自己竟然会以逃难的方式来到这个神秘的岛屿。想起那些可怕的传说，每一个角落似乎都怪影幢幢。为了壮胆兼保暖，大家本想燃起一堆篝火，但遍寻四周，竟然连一点儿可燃物也找不到，只好作罢。

半夜里，卢筝将警戒的任务交给了胡自雄，躺倒在了救生艇的残片上，摊开四肢准备睡觉。不大一会儿，他的意识就朦胧了，但周围异样的寂静又让他一次次翻身坐起。除了海潮拍岸的喧哗，这里没有任何声音，连平常最令人恼恨的蚊子也不见了。想起白天一路所见，卢筝终于得出了一个结论：翡翠岛不是没有生命，而是没有任何披毛带翅长蹄生爪的陆地生物。

莫非，它真是个死亡之岛？在地球的荒僻之地，有许多神秘的死亡之地，但追根溯源，大多与毒气弥漫、磁力异常、特殊构造甚至人为污染有关，而且它们都是来者不拒，管杀不管埋，而翡翠岛呢？似乎具备了对物种的鉴别能力，喜欢灭一半留一半。难道，这里是海神波塞冬的后花园，不许凡人践足？

好在一夜无事，天色开始透亮，流云逐渐消散，露出了蔚蓝的晴空。见此景象，让人不敢相信几天前刚刮过一场撼天动地的暴风雨。在微明的晨曦中，众人的目光不约而同地集中在了岛中的那座山峰。霞光散去，第一束阳光照在了峰顶上，折射出一片耀眼的绿光。尽管距离太远，看不清楚细微之处，但卢筝还是做出了判断：这是一种半透明的晶状体。但是，它到底是天然生成还是人力雕琢就无法确定了。

卫宗渊虽然被救活了，但伤势严重，腰腿多处骨折，昨晚一直在发高烧，凌晨还昏迷过去了一次，需要药品和专人照顾。而沙滩上没有淡水，食物也已经告罄，必须返回山洞进行补充。胡自雄用大铁钳拗断了船体上的几条钢管，做了一副简易的担架，众人一起将卫宗渊抬回了山洞。天色还不到正午，卢筝想独自一人爬上山去看个究竟。这个想法遭到了伙伴们的一致反对，在他做出只去探路，绝不登顶的保证之后，才勉强得到了放行。

卢筝出了山洞，逐渐走入了小岛的内部。简而言之，这是一片嶙峋山地，尖峰在它的正中央，就像层层花瓣包裹中的一根花蕊。卢筝在山路上曲折前进，一时凝火冻瀑，一时剑丛斧阵，一时铁牛铜马，似乎被疯神揉搓了一番。卢筝虽然无法确定它在地质学上的准确名目，但仍然可以判定：这可不是珊瑚虫残骸的堆积，而是太古年代的岩层。亿万年的陆海变迁，一次次的天翻地覆造就了它今天的模样。

太阳过了头顶，天气闷热异常。卢筝一边小心探路，一边设下了路标。尖峰逐渐接近，这是一座碑状山峰。每当阳光照射在东面时，碧绿的光芒就从峰顶的凹陷处射了出来。

正在此时，一条巨大的山谷横亘在了卢筝的面前。放眼四顾，这条山谷约四五丈宽，数十米深，坡岸陡立如壁，几呈直角。向下一望，尖石如戟，让人心悸。站在悬崖之上，头顶日色朗朗，热气蒸腾，而脚下却冷风鼓荡，幽深难言，宛如阴曹地府。

卢筝很快就发现，山谷的此岸与彼岸的凹凸折冲之处一一榫合。这似乎说明了，很久以前，两壁原为一体，下面的这个深谷根本就不存在。那么，究竟是怎样的威力才将它硬生生地一剖为二?

卢筝停留了很久，还拿出笔来画了一张草图，但直到太阳偏西，仍然没有找到穿越深谷的办法。虽然神秘的尖峰就近在眼前，但为了避免伙伴们担心，还是决定掉头回返了。

他不在的这段时间，其他人也没有闲着。容妤把石洞拾掇了一下，大家坐卧舒服了许多，胡自雄还点燃了一堆篝火，燃料来自“雪浪”号上的餐桌和椅子。卢筝叮嘱他可千万不能把甲板也烧了，我们从老天爷手里捡了半条命，另外半条还攥在海龙王的手心里呢！胡自雄说那还用你提醒呀，我已经估算过了，剩下的甲板足够做好几个木筏子了。一旦把这个鬼岛翻一遍，我们就撒腿走人了。

尽管不知道翡翠岛是如何从天而降的，但显而易见，它与苔藓岛距离不应太远。只是，“雪浪”号上的观测仪器全都在风暴中破损无遗，无法确定它的精确经纬度。

晚上，大家终于又喝上了热水，吃了一顿烤鱼煎虾大餐。肚子里有了食，心里安定了，情绪也高涨了起来，都说这个岛其实没什么可怕的，只是太过安静了而已。

卫宗渊已经醒过来了，但他拒绝和任何人交谈，甚至连眼睛也懒得睁开。这个人身上隐藏了太多的秘密，但是，卢筝和伙伴们却没有审问他的兴趣和能力。卢筝具备丰富的探险经验，警惕心比狐狸都高，前脚迈出去了，后脚随时都准备撤回来；蔡东风饱读诗书，对历代层出不穷的阴谋智术了如指掌；胡自雄混迹在社会底层，深知市井小民的心机算盘；容妤更不用说了，眼睛一转就出新花样。可是，在现实生活中，他们并没有碰到真正意义上的坏人，更没想过有人企图剥夺自己的生命。因此，当这件事情真的发生了，与其说让众人愤怒无比，倒不如说是大吃了一惊。

幸好卫宗渊现在还不能动弹，等于给自己上了绑。否则的话，大家为了躲开他，只好把山洞让出来另觅新居了。

现在，照顾伤势的任务就落到了容妤的身上，这使她的处境变得更加尴尬。所以，当卢筝说明天要留下她，自己和胡自雄、蔡东风一起去峰顶时，容妤死活不干了。

“我知道，你们嘴上不说，其实心里都嫌我是个累赘。可是，这一路走来，我什么时候又给你们添麻烦了？”

“大家都去的话，那卫宗渊怎么办呢？我们既然已经把人救了，总不能撒手不管呀！”卢筝理解她的委屈，可还是不肯答应。胡自雄看不过去了，也给容妤帮腔，说把她单独留下有一定的风险，虽然她自诩会跆拳道什么的，可谁知道卫宗渊这家伙是不是在诈伤呢？

果然，听他这么一扯，卢筝倒真有点宁可信其有了。容妤见他的态度软了，又说让卫宗渊成天躺在阴冷的山洞里也不是办法，最好把他送到“雪浪’号的甲板上去，那里虽然漂在水上，但日照充足，空气新鲜，对恢复伤势有很好处。卢筝想起这个岛上的千奇百怪，终于点头了。

当晚，大家一起动手把甲板拆了下来，做成了两条木筏子，还配上了船桨。第二天一早，将卫宗渊抬上去后，容妤把足够几天用度的食物、清水和药品放在了他触手可及的地方。

“那天在船上，你不该抛下我们先走了。但是你放心，我们绝不会丢下你不管的。”

卫宗渊嘴角紧抿，喉结抖动，却一句话也没有说出来。不过，当他看到“黑旋风”也留在了自己身边，明显放心了许多。

果然，台风之后是连续的晴天。有了卢筝预设的标记，大家的行进速度很快，大约十点左右，他们又来到了那条险峻的山谷边。几个人看来看去，没有什么好办法。按照一般的穿越方式，应该先缒到谷底再爬上去，可是这个山谷又深又险，下去固然不易，要想攀上对面的山崖更是难上加难了。

卢筝曾经去过川西一带，那里的典型地形是“两山夹一水”，当地群众为了过河，经常乘坐滑索从几百米宽的江水上一跃而过。也许，这个办法可以借鉴一下。只是，山谷太宽了，使出吃奶的劲也不能把绳索抛过去。后来，还是蔡东风想了一个办法，说我们清理“雪浪”号的杂物时，曾在沙发里找到一些弹簧，也许可以做一个大弹弓。

于是，在研究细节之后，大家又返回了山洞一趟，带来了所需的材料。海岸边一切正常，只是“黑旋风”有点焦躁，它低声咆哮，在岩石和木筏之间跳上跳下，还咬着裤脚不让他们离开。众人都知道这条狗不喜欢卫宗渊，所以呵斥了它几句，也没当一回事。

很快，三根铁管一支，四段弹簧一架，两条尼龙一绑，一个超大号的弹弓就立在山坡上了。“嘭”的一声响，一个三爪钩发射了出去。它在空中穿云破雾，落在了对面的山岩上，下滑了一段后陷入了一个缝隙中。卢筝使劲拽了几下，觉得还很结实，就第一个荡了过去。双脚落地后，把三爪钩重新固定，绳子又加上了一股，然后重新荡了回来。就这样，一个简易版的双道滑索就架成了。照着他的样子，胡自雄和蔡东风成功踏上了彼岸。卢筝以为容妤会害怕，可是看到她像羚羊一般轻巧的身影时，才明白自己小看了人。

越过了山谷后，眼前再无障碍，四人沿着狭窄的山脊向着尖峰挺进。不过一会儿，他们就顺利来到了峰顶的凹陷处。原来，这是一个口小腹大的隐秘山洞。洞口高两丈，宽仅一米，两侧各立有一根绿色的粗大石柱，左边的那根雕有绵密的花纹，线条曲折蜿蜒，但历经风蚀雨打，已经看不清是什么图案了；右边的则中段断折，外破内裂。现在，谁都可以看出来，这是两大块经过人工雕琢的圆柱形璞玉。但它的体积是如此巨大，却是人们前所未睹。更重要的是，它似乎并非本岛所产。

原来，翡翠岛之名由此而来。

与四顾茫然的伙伴们相比，蔡东风激动得浑身发抖。因为他发现，这些石柱的样式、高度、粗细甚至间距，和文献中记载的商朝宫室大门外的石柱是完全一致的！至于上面雕刻的花纹，他不用看第二眼就辨认出来了，那是一条布满水纹的夔龙！

大家的目光一齐望向洞中，一片幽暗中，散发出阵阵阴风和潮气，每个人心头都涌起了一股难以遏制的恐惧。据说在春秋时期，刚勇的巴人为了不当楚国的奴隶，全族数千人集体自杀在巫山的深洞中。失踪的商朝军团既然来到了南太平洋，并且将翡翠岛作为驻麾之地，那么，这个海岛会不会是他们最后的墓地呢？

胡自雄点起了两个火把，卢筝接过了一个，领头走进了山洞。蔡东风和容妤依次而入，胡自雄殿后。从洞口下行不过数步，阳光就不见了。一股浓重的海腥味传来，让卢筝怀疑洞中有直通深海的孔道。于是，他招呼大家要提高警惕，防备可能出现的凶猛海兽。如此一来，气氛更是紧张得让人窒息。

果然，山洞宛如一个魔兽的世界。在火把的映照下，四周岩壁上的图画都活动了起来。难道，经过了几千年的长眠之后，这些人兽鬼仙又从远古的迷梦中惊醒了过来？大家一一看去，无外乎狰狞的恶神、疯癫的贞人、死板的殉人、暴戾的武士、咆哮的虎头、卷曲的羊鬃，当然，更也少不了贵族们在天上人间的游乐图。

绕开挡道的大小石块，四人沿着依稀可见的台阶往下走了百来步，卢筝突然停了下来。原来，他们已经置身于一个空旷的大厅之中。

从开凿齐整的四壁看，这应该是朝堂的所在地。大厅两侧堆积了车马的断轴烂骸，地面上还可以找到玉器和陶器的残片。大厅的中部是一个高平的台基，四面布满了海草，拽下几团后，还依稀可见上面的花纹。台基的两侧，分别摆放着两个青铜大鼎，其中一个已经完全倾覆在地，另一个虽然顽强伫立，但也少了一只鼎足。蔡东风走上前去，想看一看内壁有没有像天王鼎一样可资参考的铭文。可是，只看了一眼，就大叫了起来。众人闻声围拢过来，他们眼中看见了什么？

残鼎里面灌满了海水，水中居然有几条鱼在游！

台风过后，什么怪事都可能发生，中国史书上就曾记载过多次“麦雨”“鱼雨”甚至“金雨”，可问题是，它们竟然是生活在深海中的鳗鱼！

鳗鱼究竟是怎么游进了鼎中的？卢筝头脑中有无数个疑团，一个也解答不了。就在这时，胡自雄跑来告诉他，在大厅的侧面又发现了新的洞口。

大家依次走入看个究竟。第一个洞窟十之八九是武库，因为里面堆满了青铜铸造的斧钺戈剑，尽管绝大多数已经锈蚀得看不出原样；第二个洞窟空空如也，蔡东风说里面原来堆放的可能是粮草，但年长日久，早已分解得不见踪影了；第三个洞口进不去，因为泥沙已经快把它淤平了。众人挖了半天，找出了尊、爵、鬲、角等生活用具，以及簪和佩等玉器饰物。显然，这是军团首领的起居室。蔡东风对其他物品不怎么在意，独独对一个回字形的柜子状青铜器端详了半天，最后满面喜色地说那是一只冰鉴。《周礼》里曾提到过它，但现存最早的实物还是从春秋时代曾侯乙墓中发掘出来的。看着伙伴们不解的目光，他又解释了一句：

“冰鉴，就是古代的冰箱。”

现在，四人来到了最后的也是最大的一个洞口。每个人的心都在忐忑，看来，容光斗失踪的谜底，商朝军团东渡的命运，全将在这里揭晓。为了避免看到什么可怕的场景，卢筝让胡自雄陪容妤待在洞外，自己和蔡东风钻了进去。

在中国古今阶层和职业中，商人是唯一以朝代为名的，也是一个最为矛盾的群体：一方面无厌地求财逐利，一方面又痴迷地求神拜佛。远在三千年前，商朝在技术上的高度发达，也同样无法掩饰精神层面上的苍白空虚。从庙堂到乡野，无日不祈，无事不卜，神秘主义盛行的结果，迟早会将自己引入歧途。

可让人意外的是，在这个祭台礼器一应俱全的山洞里，卢筝和蔡东风并没有见到人骨，甚至连兽骨也没几根，反而见到了数量众多、个头不等、神态各异的石雕人像。难道，商朝军团已经改邪归正，不再以活人充当牺牲了？或者说，这一路漂洋过海，途经的全是荒蛮无人之地，根本没有劫掠到人畜，只好拿石头来充数了。

蔡东风失望之余，暗自嘟囔了几句。历史学家和生物学家一样，都喜欢鲜活的标本，哪怕是血淋淋的。不过，仔细研究了石像的相貌，后一种推测又动摇了，因为它们当中固然有很多眉眼柔顺的中原人，也有怒目卷毛的胡人，但相当一部分散发赤足、头尖腮窄、上长下短，是典型的东南亚人种。此外，蔡东风还发现，部分石像上还刻有一些文字符号，内容大多与祈祷、星辰、天气有关。

“由此看来，他们一定在东渡的途中接触了很多异域文明，甚至征服了不少部族群落。这些石像摆放在这里，似乎专门是为了提醒我们这些后来人：这是一次准备充分的远征，而不是仓促的逃命。”

卢筝转来转去，无意中发现一个石像呈屈膝昂首的姿态，高举向上的双手上，竟然还套着一枚戒指时，几乎要笑出声来了。

“难道，这就是人类求婚仪式的起源吗？”

听到了他们轻松的交谈声，容妤和胡自雄也忍不住跑进来了。可是，这尊石像太高了，在同类中鹤立鸡群。胡自雄是个标准的西北大汉，饶是如此，他搬来一块大石垫脚，才把戒指从石像的手指上取了下来。

“是一枚白金戒指，怪不得没有一点锈蚀呢！哎呀，上面还有字呢！”

蔡东风一听，一把就抢了过去。可只看了一眼，他也尖叫了起来：

“老天爷，我没眼花吧？这怎么会是隶书呢？假如三千年前就有了隶书，李斯该羞愧得剖腹自杀了！好了，一共三个字，我全都认出来了，这——这分明是一个女人的名字：郑云英。”

他的话音刚落，只听身后“咚”一声，容妤已经昏倒在地了！众人大惊之下，赶紧上前救护。半晌，她才醒过来了，连哭带喊地说了一句：

“郑云英，就是我奶奶的名字。”

整整过了十秒钟，三个同伴才弄清楚她要表达的意思：它根本不属于商朝军团，而是容光斗的遗物！

原来，容光斗真的来到了翡翠岛，而且和探险队一样深入了这个洞穴。可是，之后他又去了哪里呢？他为什么要将珍爱的戒指取下来，套在一个毫不相干的石像的指尖上呢？

卢筝上下打量这尊石像，只见“他”相貌清奇，表情悲悯，仰面向天，目视苍穹，仿佛超越了人间的芸芸众生，徜徉在渺远的星河之中。卢筝昂起头来，从下方盯着“他”看了一会儿，只觉得心跳目眩，气血上涌，眼眶湿润，甚至忍不住产生了一种冲动，要跪倒在地，向“他”顶礼磕头了！

卢筝赶紧转移了目光，很快，他就发现了，这种感觉不只他一人独有。看来，这尊雕像确实具有某种奇特的魔力，绝非凡俗之辈。于是，蔡东风决定验明正身，可是，他围着石像转了一圈，竟然说出了匪夷所思的一句话：

“怎么是个西洋人呢？”

卢筝说你真是昏了头了，此人峨冠博带，长衣右衽，明明是如假包换的中原人氏。可是，等他来到石像背后，看到从上往下刻着一长串字母后，就再也做声不得了。大家一起在火把下辨认，第一个很清晰，是大写的“A”，之后越写越凌乱，但依旧可以辨认出“T”、“L”、“A”三个字母，第五个字母十分模糊，似乎是“H”或者“N”，最后一个字母干脆只剩下了一条竖道。显然，这不是自然磨蚀的结果，而是刻字的人根本没有足够的时间把它写完。

毫无疑问，这几个字母就是容光斗刻的，因为容妤太熟悉爷爷的笔迹了，无论是中文还是英文拉丁文。那么，他为什么不写汉字呢？唯一的解释，就是容光斗正在研究这尊石像的时候，突然发生了紧急的甚至可怕的事情，以至于手不择言，仓促而就。

那么，容光斗是否从这次突发事件中平安脱身了呢？恐怕不可能，因为那枚戒指就是一个不祥的暗示。那么，他究竟是怎么死的呢？谁也不知道。不过，看看四周阴如地牢的岩壁，想想岛上的诸多怪异，你就知道，翡翠岛之所以恶名昭彰，绝非世人无端妄加。

卢筝听到了容妤的低泣声，这才如梦方醒，突然间明白了一个事实：现在，探险队已经完成了自己的使命。

这一天，他已经盼望了好久。可是，当它真的到来时，卢筝心中竟然没有一丝一毫的喜悦，反而充满了无限的怅惘。要知道，当初他之所以冒险率队出海，可不是激于大义，仅仅是为了拿回铁门汉简，洗刷身上的污点。但现在，他倒希望这次探险永远不要结束，直到青春逝于流浪；先驱者容光斗的结局永远不要揭开，直到青史洗涤流言；商朝军团的下落永远没有答案，直到青丝沾染流云。

为了排遣这份沉重，更为了宽解容妤，众人不约而同地将话题引到了那几个字母上，猜它们连缀起来究竟代表了什么意思。一个外国考古学家的名字？一本外文书籍？一条客轮的名字？一种岩石的学名？几个人猜来猜去，始终不得要领。

这时，从石洞幽黑的深处传来了一阵奇怪的响声，像巨大的车轮在石板路上隆隆滚过。每个人都感到诧异，甚至以为自己听错了，那应该是外面天空中的雷声。可今天天气晴朗，连一丝云彩也没有，怎么会有雷声呢？

胡自雄说自己在沙漠中，确实见识过“晴空霹雳”是怎么一回事：夏日的天空电闪雷鸣，但地面上却干燥如故，因为雨滴在下落的过程中，又蒸腾成了热气。卢筝黑着脸打断了他的话头，说大家赶紧协助老蔡把手头的活干完，就撤回海岸边去吧。

伴随着响声，洞中的潮气更加阴重了，气压也突然间增大了许多，让人有点喘不过气来。卢筝拿起一把洋镐，准备敲下洞中的一块岩石拿回去研究。可是，没等洋镐碰到石块，石块却自动掉了下来，几乎砸在他的肩上。卢筝大吃一惊，这时，身后传来了一阵碎石落地声和惊呼声。

“水！水！下面出水了！”

卢筝觉得脚一凉，水就已经漫上来了。

刹那间，嘶嘶声不绝于耳，水像无数条小蛇，从山洞的每一个缝隙中涌出，不断下落的石块砸在水中，溅起片片水花。这水是从哪里来的？已经无暇考虑。四个人来不及收拾物品，一起向外冲去。

等他们回到大厅的时候，水已经齐腰深了。卢筝口中大声呼喊，让伙伴们紧跟着自己，避开滚落的石头，奋力向洞口冲去。这时，整个山洞像疟疾发作一样剧烈抖动起来，洞口也开始塌陷，残余的石柱发出了令人心悸的嘎嘎声。卢筝第一个爬出了洞口，然后回身将伙伴们一个接一个地拽了出来。

四人惊魂未定，放眼望去，个个要晕倒在地，因为除了自己脚下的这一片山岩，四周已经是一片汪洋！

翡翠岛沉没了！

海水还在上涨，几个小时前，这里还是傲然兀立的峰顶，可很快它就要变成水下的一处暗礁了。见此景，卢筝突然想起了一个历史上的真实故事：十九世纪，正在大西洋上航行的英国舰队发现了一个无人小岛，于是宣布它成为帝国统治下的新殖民地。当晚，舰队就在附近抛锚。第二天一早，人们惊诧地发现：昨天发现的那个小岛已经消失得无影无踪了。

联想到翡翠岛上形形色色的怪事，卢筝终于明白了：三天前，当“雪浪”号在风暴中颠簸的时候，这个小岛才刚刚从海中升起！

这就是为什么当天上午“雪浪”号来回搜寻却不见它的踪影的原因，这也就是为什么海水变得浑浊不清、岛上海草遍布、道路滑腻难行、陆地生物绝迹、青铜鼎里有鳗鱼游动的全部谜底。

这究竟是个什么样的岛呢？为什么才露头就又隐身了呢？在当地人的传说中，它究竟会带来什么样的灾难呢？

海水已经漫到了卢筝的膝盖，他招呼大家穿上救生衣。这时，容妤突然叫了起来："快看，那是什么?!"

大家一起顺着她的手指望去，只见不远处的海面上，有一两个白点在下午的阳光下闪耀。

是木筏子！众人又惊又喜。不过，它们原本是拴在山石上的，海岛下沉时，应该被一起拖入水底，怎么会浮在海面上漂荡呢?

四个人一起游了过去。距离越来越近，终于听到了"黑旋风"的叫声，还看到了静卧不动的卫宗渊。原来，功劳要全归"黑旋风"这条聪明的狗，它早就觉察到了这个海岛的异常，看到海水骤然上涨，就用牙齿将木筏的绳结咬开了。否则的话，不但卫宗渊要葬身海窟，其他四个人早晚也逃不脱喂鱼的厄运。

坐上了木筏子之后，人人都长舒了一口气。"雪浪"号虽然是卫宗渊要谋害同伴的工具，可现在却成了庇护大家的诺亚方舟。

更让人高兴的是，"黑旋风"在百忙之中，还抽空跑回了大家栖身的那个海岸山洞，叼来了食物和淡水。卫宗渊对伙伴们的平安归来不喜也不忿，但显然海水的突然变化还是把他吓得够呛，现在看到身边多了几个人，似乎也松了一口气。

大家回头望去，翡翠岛的最后一点残余已经消失得无影无踪了。

灿烂的阳光下，海水静得不起一点波纹。这时，让人心寒的一幕又发生了：透明的水中慢慢泛起了土黄色。同时，一股硫磺味在海面上弥漫开来。卢筝的心猛然抽紧，他一把抓起木桨，招呼伙伴们立即离开这里。

四周怪异的景象，卢筝凝重的神情，让每个人都感到了事态的严重。他们一起奋力划桨，仿佛身后有恶鬼追逐。

向北行进了一个多小时，海面波澜不惊，但海水变得越来越浑浊。即使坐在木筏子上，也能感到屁股下潜流涌动。逐渐的，水面出现一个个小旋涡。

强烈的阳光照在绷紧的脸上，汗水一滴滴流下来，可没人来得及伸手擦一下。终于，一个小黑点出现在了地平线上，苔藓岛遥遥在望了。

黑点越来越大，岛上的景物已经历历在目。大约再划百来桨，两条木筏就能够登陆了。

这时，寂静而又空旷的大海上，突然响起一个短促沉闷的声音，仿佛一头垂死的老牛在海底哞叫，让听者毛发倒竖。随即，又是一阵隆隆的轰响，像千百面大鼓同时敲击，又像无数号角一齐吹响。

“海鸣了！”一直躺着的卫宗渊突然叫了一声，把坐在身边的卢筝和容妤吓了一跳。两人面面相觑，不明白什么意思。容妤向他俯下身去，只听了一句，就惊恐地叫了起来：

“海鸣了，就是海底发生大地震了！”

话音未落，一个更大的响声又传来了，仿佛焦雷炸响，几乎震破大家的耳膜。刹那间，大海突然一抖，将木筏上的乘客抛起了二尺有余，然后重重跌落了下来。卢筝从水中钻出来，重新爬上了木筏，然后回头望来路——也就是翡翠岛所在的方位。当下，他几乎手脚麻痹，全身动弹不得了。

天际，海水陡然直立！一道上百米高的浪墙，像被施了魔法一样突然从海面上升起，然后向前迅猛扑来！巨大的呼啸声刹那间充斥了天地。

海啸！可怕的海啸！足以从秘鲁横扫到日本的海啸！更可怕的是，他们距离海啸的策源地近在咫尺！

每个人在零点一秒钟之内都明白了自己的处境。胡自雄回过神来，发出了几乎绝望的喊叫：

“快划呀！”

他们距岸不过一两分钟的航程，可即使如此短暂的时间，夺命的海啸也不会留给他们。

“快跳水！游过去！”卢筝大吼一声，单臂挟起卫宗渊，第一个跳入了水中，容妤紧随而下；而在另一条木筏上，胡自雄一手抓起装有饮食的包，一手将呆若木鸡的蔡东风推了下去；“黑旋风”不待人招呼，就箭一般地蹿了出去。

一入水，大家就拼命向前游。时间在飞快地流逝，又仿佛凝固了一样。

终于，沙滩出现在了眼前。胡自雄第一个登上了陆地，丢下包之后，又返身跳入水中，帮着卢筝将卫宗渊拖了上来。卢筝让他先将卫宗渊背走，自己招呼其他伙伴们。这时候，潮水已经遮住了半边天空，一条银线在半空中闪耀，激荡的狂风吹得人头发直立，脚步不稳，也将岛上的树林吹得枝叶全无，果实乱飞。

容妤上了岸，跑到了一棵树下，抱着树干想喘口气，卢筝一边从水中拽出蔡东风，一边冲着她大喊：“快闪开！别让树压倒！”

胡自雄背着卫宗渊，一路疾奔到了苔藓岛另一端的空地上，然后像防核武器袭击一样，面向一个沙坑卧倒在地，拿一条毛巾裹住了自己的口鼻，双手紧抱着裸露在沙砾中的一丛椰子树根。其他人也跌跌撞撞地来到了这里，照他的样子去做。卢筝最后一个到达，见这样不保险，匆忙拿出一捆缆绳，一头系在凸起的岸礁上，一头绑在卫宗渊的腰间，让伙伴们牢牢抓住一段，无论发生了什么，绝不可以松手。他的声音被呼啸的风声吞没了，可是每个人都明白他的意思，连“黑旋风”也将缆绳紧紧咬在了口中。

一瞬间，海啸就扑上来了！

苔藓岛上究竟发生了什么，实在过于混乱，不好一一描述。假如，此时高空中有一只鸟在飞翔，那么，它会目睹一个世间罕见的奇景：一个银亮的白圈，在无垠的碧海上扩散，只一眨眼的工夫，就吞没了一个小岛，等它再次露面，已经是几分钟以后了。

可是，这短暂的几分钟，对于岛上的五个人一条犬来说，却无异于从奈何桥上走了个来回。

刚开始，一股巨大的冲力骤然袭来，离心力拉扯得全身骨骼根根欲断；随即，仿佛有千百吨重物压在了身上，感觉五脏六腑要被压成齑粉；之后，重力突然消失了，身体轻飘飘地，好像一只断线的风筝一样来到了高空中，但明明四周还是无边无际的水世界。透过半透明的海水，卢筝竟然看见了头顶上有一个亮点在闪耀，就像银河系外的一颗超新星在爆发。其实，那是太阳。飘到不能再高之后，又开始回落，地心重新恢复了对身体的控制。窒息的感觉，让每个人都感觉自己像一颗冒烟的炸弹！

就像过去了一个世纪，卢筝慢慢恢复了知觉，全身痛楚难忍，每一片肌肤都像被火烙过了一样，每一根骨头都像被尖锥刺穿了一样钻心。他勉强支撑起身体，看到苔藓岛上已经惨遭劫难，满目疮痍。岛中间茂密的椰子林不复存在了，所有的树木都齐根折断，胡乱堆在地上；那些栖息在水洼的鸟儿早就不知去向；潮水还带走了大量的沙石，留下了光秃秃的礁盘。

同伴们就躺在自己的身边，呻吟声起伏不停，但没有一个人哭闹叫嚷，“黑旋风”甚至跑去捕食被潮水带上岸的活鱼跳虾。

卢筝头痛欲裂，但他的思维却从未像现在这样清晰。因为，这场海啸虽然差点要了命，却也帮助他破解了翡翠岛的真正秘密。

天地初生的太古，地壳不稳，板块漂移，火山频喷，海陆易位，造山运动此起彼伏。亿万年过去了，一切逐渐归于沉寂。但是，在南太平洋的赤道地区，地球的一道伤口却始终没有愈合。每当西面的澳洲板块撞来时，横亘在海水下的一条山脉就探出了头。等到压力减弱时，它又缓缓归位了。这一张一弛之间，就造就了强烈的地震和凶猛的海啸。

可是，在荒蛮的年代，无论大自然的表演如何精彩，也没有观众欣赏。日子一天天就这样过去了，而且似乎要永远这样寂寞下去。

大约在三千年前的某一天，这条山脉的顶端又一次露出了水面。也就在这一天，天际突然出现了一支庞大而凌乱的船队。这支船队显然在海上漂流了很久了，人人心力交瘁，疲惫不堪。所以，哪怕是这样一个不起眼的小岛，也给乘员们带来了极大的欣喜。

船队靠岸了，象征着商王威严与荣耀的大麾在山顶飘扬。在这里，他们开凿了山洞，竖起了玉柱，摆好了宝鼎，正式建立了王廷。

但是没过多久，他们就惊恐地发现，自己脚下的土地开始下沉！仓皇撤离之后，只好眼睁睁看着玉柱和王宫消失在万顷波涛中。还没来得及扼腕或庆幸，一场吞天灭地的大海啸又将军团打得船倾楫摧，尸横遍海。

那么，商朝军团彻底覆灭了吗？答案显然是否定的。因为，天王鼎的内壁图案已经证实了，至少有一部分人逃过了双重劫难，到达了极乐岛——也就是今天的圣子岛，并将此情景记录在了宝器之上。

卢筝甚至还猜想，商朝军团在极乐岛上建造了祭坛，将天王鼎供奉在上，进行了一番消灾祈福的仪式后，才扬帆继续远航。

海洋又恢复了以往的宁静，似乎什么也没有发生过。不知何年何月，这片海域中又出现了波利尼西亚人的独木舟。极乐岛上伫立的不知来历的华贵宝鼎，一定让他们诚惶诚恐，顶礼膜拜；神出鬼没的翡翠岛，却让他们成了新的受害者。长老们认定天王鼎是天神用来镇压妖魔的法器，于是在祭坛上盖起了石屋，又宣布翡翠岛是魔鬼的居所，严禁任何人靠近或招惹它。

几十年前，当容光斗和韩奇来到极乐岛时，这个不祥的传说已经以讹传讹，涂上了一层神话的外衣了。

卢筝强打起精神，招呼伙伴们用树木的残枝断干搭起了一个简易窝棚。几个人东倒西歪地躺在里面，一边躲避阳光的暴晒，一边保存精力，将养身体。

这时候，蔡东风突然问了胡自雄一句：

"上次离开苔藓岛的时候，我记得你说过，那顿早餐预示着我们的命运，可谁也没有在意。现在你给大家说一说，究竟从中看出了什么？"

胡自雄一愣，苦笑了半天，才回答道："当时，我也就是打诨胡说，谁想到竟然成真了！好吧，反正事已至此，且听我一一道来。一个炸圈甜面包——有个圈套在等我们钻；一杯速溶牛奶——水才是关键；一片火腿——快点撒丫子逃命吧；一份煎蛋——大家一起完蛋！"

12 情深不寿

几天过去了，无论大家怎样节约，食物和淡水都已经消耗殆尽。在此期间，卢筝绞尽脑汁，动了无数念头，可始终无法离开苔藓岛。岛上不缺木料，卢筝和胡自雄已经用倒下的椰树干扎了几个木筏。但是，海上一丝风也没有，要想回到圣子岛，全靠人力划过去，即使不偏离方位，至少也需要一个星期的时间。没吃没喝在海上漂这么长时间，早就枯成人干了。

卢筝开始体会到赤壁大战前周郎的苦恼了，可是，他马上又意识到，自己要变成困守街亭的马谡了。

胡自雄说的那句话绝对没有错，无论何时何地，水才是关键。可是，苔藓岛偏偏就没有一口泉眼。

在水鸟栖息过的那片洼地里，卢筝像个鼹鼠一样挖了好几米深的地洞，发现下面还是银白色的珊瑚砂之后，就彻底放弃了打井的念头。

这时候，蔡东风想起自己不知什么时候看过一本书，上面提到了一个获取淡水的方法：把海鱼的肚子刨开后，腹腔中会有一些积存的淡水。反正海里有的是鱼，我们不妨一试。大家照他说的去做，果然，收集到了不少这种另类的“鱼下水”。可是，它的盐度依然太高，而且富含病菌，还有一种让人闻了就想呕吐的腥臭味。

见众人对它避之唯恐不及，卢筝摇头说这个方法恐怕不行。于是，他回想起自己穿越五岭丹霞峰的时候，几百里的山路，又是酷热的三伏天，实在渴得受不了，就吮吸树叶上的露珠，虽不能补充多少水分，但起码可以润唇清颊。苔藓岛处于高温高湿的环境中，也许可以如法炮制。于是到了凌晨时分，气温降到全天最低的时候，大家就像丐帮乞食一样，一人手执一个椰壳，在岩角下、树皮上、草丛中寻找露水。天亮了，把各自收集的成果小心汇集在一起，居然有好几勺之多。不过，这里毕竟有六条性命，其中一个重伤员还是个耗水大户，这点水怎么够用呢？

太阳升起来了，大家只好躲进了窝棚中。除了不时出去捕鱼虾、洗海澡和上高处瞭望之外，剩下的时间全靠聊天来打发了。反正除了浪费点唾沫星，说话又不消耗多少体力。

这天的话题是各自经历的趣事。卢筝本来就不善于表达，可是伙伴们一定要他先讲，还恭维他身上的奇事谈几个昼夜也不会重样。可是卢筝想了半天，却说探险的生涯虽然紧张刺激，现在回想起来，反倒是单纯平静的日子更值得留恋。比如，自己觉得最有趣的一件事，就发生在父母关系尚好的那一段时间——当然也就是卢青城成名之前。春节期间，一家三口乐呵呵地去青羊宫逛庙会，吃了肉酥龙抄手，买了花灯风车，还上香求了签。

“那时我才三岁，依稀记得爸爸的签上画着一只云中鹤，妈妈的签上画着一朵月下荷。我抽了签后，死死攥在了手心，怎么也不让人看。大人们哄来哄去，倒把我急哭了，干脆把签捏断了丢在地上。守坛的道士低头去捡，我‘呲’的一泡尿就撒人家头上了！爸妈赶紧道歉，道士倒通达得很，说童子尿旺运，福分浅的人还没资格享受呢！”

“那你究竟抽到了什么签呢？”容妤很好奇地问道。

“是一头跳跃的梅花鹿。下面还批注了四句话：福禄身自有，何须四海求？行遍天涯路，邂逅胭脂虎。”

“你一生走狗屎运，手头从不缺银子，确实是个上签。不过，你桃花罩顶，风流孽债多，以后会娶个厉害老婆，要当一辈子妻管严了。”蔡东风笑着解析道。

容妤也听明白了，撇嘴说这全是迷信，你们居然当真了，白上了这么多年的学。

“还是我讲一个刺激的吧。你们一定想不到，我七岁就杀过一只大公鸡，割了好几刀也没有杀死，它叫得惊天动地，我一生气，干脆一刀把鸡头剁了下来！没想到的是，这只鸡的生命力太顽强了，头都没了，还像个醉汉一样满地乱走，我又拿擀面杖拍了一下，它才倒了下来。这个场景，当时觉得很可怕，过后就忘记了，现在不知怎么又想起来了。”

容妤一边说一边忍不住地笑，突然看到了伙伴们脸上的表情，就戛然而止了。片刻，胡自雄干咳了两声，说这样杀鸡真干脆，血也放得干净，吃起来味道一定不错。卢筝却不以为然，说小时候谁家都不宽裕，自家的庭院也养了一群鸡，虽然它们注定是产蛋器和腹中食，但毕竟亲手喂养过的，最后总要赏个全尸的。

“你的意思是我心太狠了？——你知道吗？那可不是我家的大公鸡！”容妤说了一句，眼泪竟然在眼眶中打转了。她掉过头去，似乎包含了极大的委屈。

众人面面相觑，不是你家的公鸡，难道是偷来的？扫兴之下，这次故事会就草草结束了。

苔藓岛在航线之外，这一片海域也被当地人视为禁区，连渔民也不敢冒险进入。既然待援无望，现在唯一的出路，就是学习鲁滨逊，想办法在岛上自给自足过日子。但是，这个岛太贫瘠了，何况还遭到了海啸的洗劫。很快，大家就陷入了绝境。

缺水少菜的结果，就是体能急剧下降，每个人都不同程度地出现了乏力头晕腿软的症状。到了登陆后的第九天，容妤和蔡东风已经出现了意识上的幻觉，错把大海当成了大湖，非要跳进去喝个痛快。胡自雄和卢筝的心智和体魄要强健得多，暂时还能支撑，但总有灯枯油尽的那一天。

与人相反，“黑旋风”倒不怎么见瘦，依旧活泼迅捷，卢筝说那是因为狗吃生食，鱼肉里的水分和维生素能够充分吸收，就像北极地区的爱斯基摩人没蔬菜可吃，照样不患败血症。可是，对于这个榜样，探险队的成员宁死也不想效仿。

每天早晚，卢筝都要登上小岛的最高处，向茫茫大海瞭望，希望能够看到一艘过往的船只，哪怕是条独木舟也好，但无不失望而归。

又一个漫长的几乎盼不到头的白昼过去了，骄阳沉入了海的那一头，西天上飘散着细碎的鱼鳞状的金色云片。这意味着，明天又将是一个好天。卢筝迈着拖沓的脚步，从山冈上缓缓走了下来。

太阳一落下，白天灼人的燥热就变成了夜晚沉闷的潮热。卢筝转过了山脚，见到了正在为大家准备晚饭的胡自雄。

“在沙漠里，哪怕到处都是黄沙，也能想出办法来；没想到，海岛四周全是水，我们竟然要被活活渴死！”胡自雄唉声叹气道，随手将一根削尖的木棒丢了出去。他今天又捉了不少鱼，可是，没有一个人提得起胃口。

“不要这样，如果我们也泄气了，他们几个还不精神崩溃了才怪！”

卢筝的安慰没有什么效果，因为他马上就看到了蔡东风。现在，他正匍匐在一片大石上，吃力地用小刀一字一句刻着什么。看到这个场景，卢筝心头一酸。如果能够生还，以蔡东风的功底，加上必要的练历，一定会成为一名优秀的历史学家，甚至会重编一部中国古代海洋史。但是，上天会给他这个机会吗？

“省点力气吧，刻几个英文字母就好了。——反正，以后也不会再有中国人来的。”网上有人为简体字与繁体字的优劣存废争个不休，恨不能操戈相攻。现在置身绝地，卢筝才明白这场争论太有价值了，因为多一笔少一划的确是关乎人命的大事呀！

“离开凤凰岛的时候，我对卡瑞娜说了，如果自己回不去了，会把遗言刻在一块大石头上。如果她想找我的话，会在石头下面发现我的墓穴。”

除了游记，卢筝对一切体裁的文学作品都不感兴趣，当然也包括墓志铭。他摇了摇头，丢下了蔡东风，弓身钻入了窝棚中。虽然脚步放得很轻，容妤还是听到了。她张开了眼睛，但一双秋水般明亮的眸子已经蒙上了迷雾。显然，这些天的惊险刺激，已经远远超出了身心可以承受的范围。

卢筝看着她清瘦的面孔，才知道“无可奈何”才是痛苦中的极品。他伸手摸了一下她的额头，热得有点烫手。

“不要紧的，再坚持一下，我发现今天天上已经起云了，也许到明后天就会下雨的。”卢筝想给她一个希望，但语气却苍白得连自己也骗不过去。

果然，容妤轻轻摇了摇头。卢筝见她的嘴唇微动，就俯下身去侧耳倾听。容妤喃喃说道：

“我错了，当初真不该逼你来。现在后悔了，可一切都太晚了。你赶紧上了木筏先走吧，能多活一个是一个。我们不会怪你的。”

“又说傻话了！放心吧，我们谁也没事的。”卢筝赶紧宽慰她，还替她抹去了眼角的泪水。

“我不该总说顾姐姐的坏话。其实，她对你也很好的。也许，这就是你喜欢的生活，她就是适合你的人。我现在才知道，上天入地一点也不浪漫！吃零食，逛夜市，和自己心爱的人一起烧菜洗衣看电视，这样的日子多好啊！”

“好了好了，我和商场上下都混得忒熟，等回去了，就给你在电器区特设一个席梦思软床，你每天像只猫一样舒舒服服卧在上面，几十台电视就摆在面前，管保看个够；商场的顶层是个正宗的日本料理店，我请你吃寿司，咱俩比赛，看谁先吞下一百份，吓坏那帮心狭肚小罗圈腿的家伙；

如果你高兴的话，我还可以兼职夜班保安，让你一晚上都可以在时装区试穿新衣！”卢筝努力逗她开心。

“那太好了，可惜，我没有那个福分了。也许……也许在圣子岛的时候，我真的应该嫁给你，现在即使死了，也算没白来一趟人世了……”

容妤说到最后，目光黯若沉星，声音几不可闻。但卢筝却已经痴了，他绝对想不到，这个女孩子会说出这样的话来！

卢筝不敢再看她的脸，转头望向外面昏黑的海天，只见一个窈窕的影子在眼前漂浮跳跃，忽虚忽实，忽远忽近，却怎么也看不清容颜。

卢筝一惊，几乎打了个寒战。一个月来，这竟然是自己第一次想起“她”！

失恋的人总有一种错觉，以为世界突然变成了单色，时间也停在了某一个点上，无论如何摆脱不了，只能像一只被钉住了尾巴的壁虎，痛苦而徒劳地盘来绕去。而实际上，除了极个别想不开的傻蛋之外，绝大多数人迟早会选择断尾求生，等到伤疤一好，就浑若无事了。

可是，卢筝自命为情种，碰到失恋这样的好题目，当然要大做文章，甚至抱有自虐自残自杀的疯狂想法。有时候，他还幻想自己变成了一个断腿折手满身烂疮的乞丐，正躺在闹市中乞食。突然宝车开来，丽人启窗，玉指轻弹，丢了一枚硬币在自己面前，抬头一看，竟然是“她”！两人目光对视的一瞬间，“她”的眼神中充满了惊诧、羞惭和哀怜。看，这就是你抛弃我的后果！每次想到这里，卢筝都兴奋得全身过电。可是，直到现在，他才发现自己竟然在不知不觉之中，就将“她”忘在了脑后。这个事实，让人颇感惆怅，似乎辜负了什么似的。

容妤不知道一瞬间卢筝的头脑中竟然闪回这么多的念头，她觉得自己支持不住了，就伏在他的膝上沉沉睡去，短发一绺绺地垂下来，像岸边的细柳轻抚水面。卢筝抱起了她，感觉怀中这一团温软的躯体就像一星微弱的烛光，在风中闪烁不定，不知何时会悄然熄灭。而他枉为七尺男儿，却只能等着香消玉殒的那一刻。

这时，躺在窝棚另一端的卫宗渊突然清醒了过来。在过去的几天里，他大部分时候都在昏睡，也许，这是最让人省心而对自己也最有利的一种状态。现在，他张开了眼睛，身子靠着门柱，头却歪向了另一边，似乎在侧耳倾听什么。过了片刻，他竟然伸手捉住了一只飞过眼前的瓢虫，对它剔须掀羽研究半天后，脸上突然出现了一种似喜似怒的神情。

卢筝看着他的一举一动，不知道他又要玩什么新花样，心里憋了好久的话，干脆一股脑全说了出来。

“我知道你一直想害死我，可惜手艺不精，活儿没干利索。但是，人算不如天算，现在我们大家都要完蛋了，也算你没有白费心。现在时间不多了，你应该把一切都挑明了，免得让我做个糊涂鬼。说实话，我一点也不恨你，心里只有一点遗憾：如果那天在海上，胡子恰巧没看到那一幕，我不会想到你突然关闭了救生艇的马达；在教堂之夜，如果老蔡丝毫没有觉察，我也不明白钢钎为什么会掉下来；在翡翠岛，如果不是亲眼看见了你被冲上了海滩，我宁愿相信你被风暴打下了海。如果一切都没有发生，我的心情一定比现在好得多，至少在黄泉路上，我们还是一个完整的团队，谁也没有落下。”

卫宗渊咬紧牙关，发出咯咯的响声。他的喉结颤抖着，似乎同样有很多话要说，可是最后吐出口的却是与眼前景致大相径庭的两句话。

“凤凰于飞筝箫和谐，卿我相守芦雪一色。”

不过，原本婉约平和的句子，从他口中说出来，竟然有了扑面的杀气和刻骨的怨恨。

卢筝的身体突然僵硬了，他的眼睛在刹那间变成了两个空洞。此时，连昏沉不醒的容妤也感觉到了他身体的变化，她挣扎着爬了起来，卢筝竟然忘了伸手去扶她。

窝棚中一阵沉寂，犹如风暴来临前的宁静。卢筝猛然跳了起来，像饿虎一样扑了过去，一把扼住了卫宗渊的喉咙。

“于卿凤呢？你快说，她在哪里?!”

卫宗渊想掰开卢筝的手指，可是全然无用，见他双眼翻白，容妤忍不住尖叫了起来。胡自雄冲进了窝棚，死命将卢筝拉开，才救了卫宗渊一命。

这突如其来的变故，反而让容妤的精神为之稍振，她拽住了卢筝的衣袖，怕他再做出什么疯狂的举动。卢筝浑身颤抖不停，情绪激动异常，虽然被巨灵神一样的胡自雄隔开了，可是，他的目光依然死死瞪视着卫宗渊。

卫宗渊原以为自己一开口，卢筝一定会像晴天的雪人软成一摊泥，或者像个揭开了画皮的魔鬼一样无所遁形，可万没想到对方竟然比自己还要气愤填膺，很是出乎意料。他干咳了一阵，又喘息了好久，才缓了过来。

“我第一次见到晓风的时候，她的手腕上就戴着一对墨绿色的玉镯，我压根儿没想到，那上面嵌的对联竟然包含了你们两人的名字。说实话，对仗可不怎么工整。——看来，你没有继承乃父的天分。”卫宗渊的语气中饱含讥诮，但依然无法掩饰内心浓浓的妒意。

此言一出，容妤和胡自雄都忍不住发一声惊叹，长久以来笼罩在心头的疑云突然散开了一角，真相终于如蓝天乍然闪现：原来，将卫宗渊与卢筝这两个天南海北八竿子打不着的人牵扯到一起的，是一个女人，一个名字听上去很美，姿容风度也可想而知的女人。

“你怎么认识她的？在什么时候？什么地方？”卢筝像喷射机一样吐出了一连串的问题。

“两年零九个月之前，那是一个寒冷的冬日，她第一次来到了我的游艇上。当时它还不叫‘晓风’号，除了一个舷号，什么名字也没有。不过，自从她涉足之后，它就有了真正的主人，就像我一样。”

“她是什么样的人，我太清楚了，怎么会上你的游艇？”卢筝轻蔑地说了一句。

“你猜得没错，确实不是她自己要来的，是我把她从河道中救上来的。那是一片荒僻的死水，连垂钓的人也没几个，也是我喜欢停留的地方之一。”

“怎么回事？她失足落水了吗？”卢筝惊问道。

“比你想得更糟糕！——我把她捞上来之后，她已经没呼吸了，送到医院紧急抢救了一天一夜才脱离了危险。我看了医生的检测报告，其中注明了一条：患者系轻生，入水前曾经服用大剂量的安眠药。”卫宗渊冷冷回答道。

“你胡说！她好端端一个人，怎么会自杀?!”卢筝简直要吼叫起来了，可是，立即被卫宗渊反击的声浪呛回来了。

“她为什么自杀？你应该去问你自己！如果你不是你做了什么对不起她的事情，晓风她怎么会走上绝路呢?!”

卢筝呆住了，他的思绪又飘回了于卿凤走的前一天晚上，那个如醉如狂永远不希望醒来的夜晚。卫宗渊看到他陷入了沉默，以为自己戳到了他的痛处。

“你究竟对她干了什么？我不知道，也永远不想知道。我只知道，从那一天起，我就再也离不开她了。”

说到这里，卫宗渊原本灰暗的脸上又浮现出了光彩。

“我每天到医院去陪她，安慰她，挖空心思不让她沉湎在过去的痛苦中。很快，我就猜出了个大概，她之所以选择走上绝路，无外乎感情挫折。但是，我还发现了很多奇怪的地方，比如，她是土生土长的扬州人，父母也近在咫尺，可是她却不肯打个电话，除了不想让长辈操心之外，似乎另有隐情。当然，晓凤知道我就是她的救命恩人，心里十分感激。但是，我需要的不是她的感激，而是希望她能接受自己，永远和我生活在一起。”

之后发生的事情，每个人都可想而知了。当然，实际情况并非顺水推舟，还经历了繁琐的追求程序，比如试探、挑明、婉拒、坚持、迟疑、转意、接受等等。但结果是明白无误的，到了次年的春天，于卿凤终于接受了卫宗渊的追求，两人在上海的寓所中开始了新生活。

听到这里，卢筝的心一紧，鼻眼都挤在一起了，仿佛吞下了一只又酸又苦的辣椒。可是，卫宗渊看上去似乎比他还要痛苦，他使劲舔了一下已经开裂的嘴唇，才干巴巴地说了下去。

“当然，我已经知道了，自己不是她生命中的第一个男人。不过，我并不在意。只是，晚上她经常哭着醒过来，却不肯告诉我究竟是为了什么。我想，一定是有人曾经深深伤害了她。于是，我更加悉心怜惜她，呵护她。那一段时间，是我一生中最幸福最美好的日子。终于有一天，她接受了我的求婚。”

听到“求婚”两个字，卢筝突然想起了当初为游艇起名时卫宗渊说的话，他全身一震，颤声说道：

“你是说，她——她现在已经不在了？她怎么会死呢？”

“她是不在了，离我而去了，但是她并没有死。——死了的人是我，或者说是我的心死了。”卫宗渊恨恨地看着他，眼中又露出那种怨毒的神色。

“没想到的是，我们结婚的打算遭到了哥哥的坚决反对。父母去世早，卫氏集团全靠他一人支撑，在公司里颐指气使惯了，现在竟然连弟弟的婚姻也横加干涉。他说你年轻风流，身边漂亮女人多的是，有什么花样随便玩，大不了破费一点花粉钱，只要不太出格，哥哥都装作看不见，可你怎么能娶一个来历不明的女子呢？我知道，他嘴上这么说，其实是嫌晓凤出身贫寒没什么背景，影响了他的联姻大计。”

说到这里，卫宗渊停了一下，欲言又止。显然，除此之外，两人婚姻不顺还有其他一些更深层的原因，不过涉及家族的内部纠葛，就不足为外人道了。

“无论压力多大，我都没有放弃。可是万没想到的是，就在婚礼举行前一个星期，晓凤突然不见了，只留下了一封信，说是配不上我，也对不起我，让我彻底忘记她，自己好好过，重新找个好妻子……”

卫宗渊眨了眨眼，似乎有一颗沙粒落了进去。听到这里，卢筝反而大大松了一口气。原来，于卿凤没有事，不过又一次不辞而别，为世间多添了一个伤心人而已。

“晓凤出走后，我快要急疯了，想尽一切办法去找她。可是没有用，连她的家人也不知道她的去向。”

卫宗渊喘了一口气，接着说道：“后来，我突然回想起了一件几乎忘在脑后的小事：当初将晓凤救起时，一并打捞上来的还有一个绘有闪电和鹰的包。当时匆匆忙忙的，就随手塞进了游艇的舱房里。之后相处的日子里，她从未提起过，我也没有想起来。”

听到了这里，容妤感到手中一抖，卢筝的身子几乎摇摇欲坠。

“于是，我就赶紧把那个包翻出来，希望能从中找到一些线索。打开一看，里面什么也没有，不过是一包黑乎乎的快要发霉的竹条子。”

卢筝双眼发直，口中喃喃自语，容妤只听到了“铁门汉简”和“真的是被她拿走的”两句，心中骤然一片雪亮。原来，一切果然都是精心设计的圈套，自己和铁门汉简一样，不过是卫宗渊抛出引卢筝上钩的诱饵而已。现在想来，自己竟然还一度发痴借这个机会飞上高枝，当个坐享荣华的小贵妇，真是可笑又可悲。

“没错，这些竹条子就是铁门汉简！她怎么会随身携带如此昂贵的汉简？这是一个让我百思不得其解的疑问。晓凤人美心善手巧，可她不是那种学富五车的所谓才女，更没有对考古表现过一丝一毫的兴趣。她的父母是再普通不过的小市民，没有收集古董的嗜好和财力。那么，这些汉简又是从哪里得来的呢？

“于是，我静下心来，开始仔细研究这些汉简。——没错，就从你见过的摆在书桌子上的那本《中国汉简辞录》中，我轻而易举就判定了它们的身份。而稍微关心一点时事的人都知道，铁门汉简是你在一年前从西北的一片荒原里发掘出来的，但是并没有上缴国家文物机构。

"现在，就是个傻瓜也弄明白了：你一定做过什么对不起晓凤的事，所以，她要报复你，就从你手中拿走了汉简。她走了，我的一生幸福也完了。一想到是你毁了我心上人的清白，也毁了我的平静生活，我就恨不得将你撕成八片！我决定替晓凤惩罚你，让你身败名裂，身陷囹圄。所以，我以匿名方式将汉简的影印本散发了出去，甚至把它列入了境外文物交易所的拍卖清单。——普通人以为这很难，但对我来说易如反掌，因为卫氏集团是交易所的资深会员。果然，一石激起千层浪，社会舆论大哗，你终于成了万夫所指的对象。"

卫宗渊终于讲完了，想到卢筝得知真相后一定深受打击，他忍不住想大笑几声来表达自己的得意，可是一眼瞥到容妤那怒中带怜的目光，立马就泄了气。

随着卫宗渊的讲述，卢筝的脸色从红转青，又从白变灰。但眼下，他最关心的不是自己，甚至不是下落不明的于卿凤。

"那么，铁门汉简现在还在你手里吗？你为了把我送进监狱，真的想把它们卖给文物贩子吗？

这句话刚一出口，卢筝心中就后悔不迭了。果然，就在一刹那，卫宗渊的脸色突然变了，呈现出一种伙伴们从未见过的愤怒和不屑。

"你太小看人了！你我之间的事，纯粹是私仇，我们卫家的人可从来没有做过对不起祖宗和国家的事情！"

千真万确，对于这个历史悠久的大家族，卢筝也从蔡东风那里了解过一些情况。太远的不说了，单说著名的江阴锁江行动中，每三条沉下去的船中就有一条是刻着这个家族的徽号。当容光斗和韩奇正在北国的冰天雪地里艰难跋涉的时候，卫宗渊的祖父在长江上说了一句气吞山河的话："吾船可破，吾国不灭！"

"对不起，我不该这样猜度你。"卢筝连连道歉，心想我一直以为自己是个快要灭绝的情种，没想到，这个世界上竟然还残存着情痴这种史前怪兽。

见卢筝态度良好，卫宗渊也缓了一口气。

"算算日子，如果不出意外的话，铁门汉简现在已经躺在了历史博物馆的恒温陈列柜中了。而且——"卫宗渊的脸色很是悻悻然，"而且，我用的是你的名义。同时，对于为什么这么晚才交回来，还编造了一个冠冕堂皇的理由。"

“但即使如此，我还是不解恨。于是，我决定亲自会一会你，看看这个风云小子究竟有何魔力让晓风甘愿为之献身。我悄悄来到了北京，可是不知道你究竟猫在哪个犄角旮旯，总不能在报纸上登寻人启事吧？正在此时，寻找容光斗下落的活动也在寻求商业赞助。于是，我想到了一个一箭双雕的计策。”

他的妙计，众人已能猜出十之八九。不过，也有一些细节略有不同，比如，卫宗渊一心想见卢筝，好奇心占了大半，但见这个情敌竟然急着迎娶上司的女儿，把于卿凤全然抛在脑后，才怒火中烧起了杀心。

卢筝回想起第一次拜访卫宗渊时，他说的什么“放任通达”了，“能看破生死情缘”了，没想到，自己在卫宗渊的眼里竟然是这么一个绝情寡义之的负心郎。于是，忍不住反问了一句：

“我们素昧平生，晓风连我的名字也没有对你提起过，你凭什么认定我就是个坏人呢？”

“第一，‘晓风’这个昵称是专属我叫的，你不配！第二，有其父必有其子。”卫宗渊回答得直截了当。

卢筝听了哭笑不得。看来，诗人不好当，诗人的儿子更不好当。长这么大，只听过赌场上有“父债子偿”的规矩，没想自己还继承了老爸的风流名头！

现在，于卿凤究竟在哪里呢？她为什么要离开自己？为什么要拿走汉简？为什么在离开前的那一夜，她要主动把自己交给他？——这里有一个难以启齿的秘密：卢于二人在定情之时，为了表示对爱情的忠贞，双方珍重约定在正式结婚之前，是不能偷吃禁果的。

“你们之间的那笔烂账，该怎么算就怎么算，决斗也好，跳崖也好，抹脖子也好，谁也管不着！不过，我就想问一句：为什么要将我们三个无辜的人也牵扯进来，差点成了陪葬品？”容妤心头五味杂陈，实在气不过，开口插了一句。

此话一出，卫宗渊一下子就愣住了，什么话也说不出来。显然，他红了眼一门心思如何置卢筝于死地，根本就没有考虑过这个问题！

于是，现场情势顿时发生了逆转，卫宗渊从快意恩仇的新版基督山伯爵，突然变成了一个不分青红皂白乱砍乱杀的精神病人，这可真让他始料不及。

“对呀，有钱人就是这样的，自己手指头破了一点皮，叫嚷着全世界都知道了。别人是死是活，可就不放在眼里了。”胡自雄也不失时机地讽刺了一句。其实，他三分为了斗嘴，七分倒是替卢筝解围。根据听到的话来判断，卫宗渊这家伙虽然有点呆气，但卢筝似乎真的做了什么对不起于卿凤的事。

“好，好，我是个王八蛋，你们个个都是善人君子，舒服了吧？满意了吧？高兴了吧？”卫宗渊最受不了这样的贬损了，额头上青筋毕露，几乎有点歇斯底里了。

容好见状有点后悔了，觉得没必要把他逼到墙角里，就改口说我们不想去追究谁对谁错，现在都到这个地步了，大家该平静宽容一些，把那些恩怨彻底放下。

不过，卫宗渊对她的缓颊并不领情。

“没错，从你们的角度看，我要害死你们，你们还好心救了我，是典型的以德报怨。可是，我不会接受这份虚情假意的。现在，摆在你们面前有两个选择：一是杀了我，只要你们相互不泄露出去，谁也不会来这个荒岛追究真相的；二是怕麻烦的话，那就把我丢下好了。反正，我活在这个世上也没什么滋味了！”

“你胡说什么呢？我已经说过了，既然救了你，就不会丢下你不管的。”容好觉得卫宗渊的思维有点错乱了，“何况，我们要是能走，现在早走了，谁愿意留在这里等死呀？”

“不，你们能走的。”卫宗渊定定地看着她，用一种不容置疑的语气肯定道。

“你们看到这只瓢虫了吗？”

大家的眼光一起集中在他的手上。只见那只瓢虫头小腹大，色泽鲜亮，一看就不属于苔藓岛上的品种。可除此之外，也没看出什么端倪。半晌，卢筝才迟疑着说了一句：

“你的意思是：它是风吹来的？”

“没错，我已经听到了风声。”卫宗渊点了一下头。

同伴们一起侧耳细听，可是什么也没有听到，只听到了窝棚外“黑旋风”的叫声。

卢筝和胡自雄一先一后冲了出去，只见海滩一片昏黑，天上星月全无。迎面阵阵凉意袭来，躺在石头上休憩的蔡东风惊醒了过来，连钻入岩穴中乘凉的“黑旋风”也觉察到了天气的变化，跑到海滩上狂吠乱叫。

卢筝惊喜之下，又返身将容妤抱了出来。果然，等到半夜时分，满天风声排空而来，浑如松涛，激如沸水，吹得他们衣角飞舞。岸边海波动荡，浪花拍打着礁石，发出嘭嘭的回响。大家看着眼前的景象，个个如醉如痴。没想到，在最绝望的时候，命运又一次拉了自己一把！

原来，这是一股人意之外却合乎天象的西南风。在赤道以南的低纬度地区，海上常年刮的是东南信风，部分强风越过赤道之后，由于受到惯性和地球自转的影响，会转向东北方向，从而形成了盛行于北半球夏季低纬度地区的西南季风。

看来，卫宗渊确实对海洋很熟悉。——或者说，他的感官异常灵敏，尤其是耳朵，总能听到别人听不见听不清的声音，这对一个男人来说，真不是一件好事。

这股风持续时间长则半月，短则数天，风力也很适中，远没有台风那样狂暴。而更让众人喜出望外的是，风吹的方向恰好就是圣子岛的方向！

木筏早就是现成的了，卢筝和胡自雄还在上面插上枝条，绑上救生衣，做成了几面简易风帆。很快，天色就透亮了，将木筏推入水中后，大家就鱼贯而上，还带上了一串串干鱼烤虾。

都到这个时候了，卫宗渊还嘴硬不肯走，卢筝和胡自雄不耐烦了，准备把他强行架走。没想到的是，容妤轻飘飘的一句话，就让卫宗渊乖乖上路了。

“我们身上现在一个钢镚儿也没有，总不能一路讨饭回中国去吧？”

卢筝见状，心里暗笑不止。这个小姑娘真会说话，责以大义之外，又给足了面子，就将一头犟驴子牵上了磨。当然话又说回来了，卫宗渊毕竟良心未泯，当个护花使者还勉强及格，想要充当杀手实在力有不逮。

卢筝和胡自雄各执一根长杆，用力向岸上一撑，木筏就缓缓开动了，顺着风向飘去。苔藓岛远去了，众人回头默默注视着它，直到消失在天尽头。海水滚滚涌动，像一条大河流向东北。虽然还在茫茫的大海上，但每个人心中都充满了重生的希望。

午后，一大团乌云飘过了头顶。大滴大滴的雨点落下来，打在木筏上咚咚作响。众人欢呼雀跃之下，纷纷拿出椰瓢来接这救命的及时雨，情急之下，甚至连手掌和嘴巴也用上了。一刻钟后，云飘走了，但大家已经喝足了。

元气恢复之后，蔡东风来了情绪，说在木筏上发现了一个汉字，你们猜一猜。众人四顾茫然，唯有卢筝小时候经常和父亲玩拆字游戏，略微一想，就回答道：

“那还不容易吗？是个‘器’字。”

大家一听，齐拍手说可不是吗？我们四张口外加一条狗，不是“器”字是什么？笑声过后，容妤挑刺说你少算了一口人，我们可有五个人呢！

“他算人吗？连气也不出一声，谁知道又在打什么鬼主意？”胡自雄很不屑地回答道。

果然，卫宗渊上了木筏后，又恢复了冬眠的状态。但不管怎样，他现在锐气全无，已经变成了一只拔掉了刺的豪猪，对旁人没有任何威胁了。

这场雨仿佛是个吉兆，让旅途变得更加顺畅。离开苔藓岛后的第三天早上，他们终于看到了第一只独木舟。

13　君子豹变

当天午后，探险队终于又回到了圣子岛。远远望去，就发现教堂的尖顶已经歪向了一边，十字架也打了叉。靠近一看，风暴和海啸已经将全岛打得樯倾楫摧，树倒电断，房掀人伤。上岸之后，众人发现岛上缺衣少食，又平添了五个新难民，于是决定尽快离开这里，返回凤凰岛。

现在，一个重大问题摆在了面前：是否要将天王鼎带回中国？

卫宗渊住进了岛上唯一的诊所中，也自动放弃了发言权。不过，这并不意味着他不关心这件事。现在，容妤成了他与伙伴们之间的传话筒。

“大卫说了，如果我们真的想干，他会想办法带它混出海关的。”

剩下的四个人中，三个人意见一致。在过去的百年里，数以千万计的中国珍贵文物流失海外，现在弄回来一两件实在是天公地道。何况，蔡东风也为他们提供了一条理论依据，那就是，文物的归属除了出土地点这一条之外，创造者的身份也可以成为参考的标准。既然当地人根本不懂得天王鼎的价值，一任它埋在土里生锈霉烂，何不带回祖国，重享昔日的荣耀呢？

卢筝当然知道，伙伴们表面上振振有词，心里打得全是出风头的小算盘。此外，作为探险队的队长，卢筝还必须面对一个更现实的问题：此次南太之行，虽然寻访到了容光斗最后的踪迹，但海啸之后，从翡翠岛岩洞中收集到的物品已经全部散失，几乎等于空手而归。如果今后遇到了质疑，手中没真家伙，光凭一张嘴可说不服人。而有了天王鼎做后盾，一切就完全不同了。群情耸动，举国若狂不说，一顶顶高帽子也会飘然而来，其中必然有一顶是蔡东风的博士帽。

想到这里，卢筝难免有点动心了。可是，他心里比谁都清楚，天王鼎固然是出自于老祖宗之手，但它流落外洋的原因扑朔迷离，至少不能归入被掠夺的文物之列。事实上，几千年来，它始终都是极乐岛的一部分，主宰过当地人的精神世界。现在虽然人文变迁，冷落在了角落中，但如果打着“文明”“研究”之类的幌子行盗窃之实，那和洗劫敦煌宝藏的斯坦因、伯希和之流又有什么区别呢？

伙伴们嘴上说不过他，心里直骂他迂腐透顶。可是大家又都知道，卢筝这个人小事随和糊涂，大事上却分外固执，众人拗不过他，只好暂且把这件事放下。胡自雄和蔡东风还不甘心，临出发前，又专程跑到教堂去看最后一眼，发现那个钟塔年久失修，已经在风灾中倒塌了，而牧师也没有重新修复它的财力和打算。看来，天王鼎注定避免不了湮灭的命运。

天晚了，两人怅然而归，却一头碰见了容妤。原来，她早就等在那里了。三个人一起嘀咕了一阵，容妤就独自去找卢筝了。

“黑灯瞎火的，有什么事情吗？”卢筝拿着蜡烛开了门，神情疲倦又漠然，似乎不怎么欢迎她的到来。自从回到圣子岛后，他一连几天没出门，整天把自己关起来不知道在鼓捣什么。

“没事就不能见你吗？”容妤反问了一句，心里不知怎么，突然涌上了一股酸楚，“你陪我说说话，难道也吃亏了吗？——回国之后，你想在街上多看漂亮女人一眼，也得先摸摸自己的后脑勺，小心吃爆栗子！”

卢筝明白她话里的意思，又觉得自己刚才那一问实在太唐突了，立即翻成了笑脸，主动邀请她到海边散心。可是这么一来，容妤反而更加不高兴了。

“算了吧，你也不用假装献殷勤了！这话刚才不说，现在才说出来，就一点味道也没有了。”

卢筝听了更加狼狈，容妤也不再开口。两人相对而立，目光却没有任何交集。一个看着脚下的碎石细沙，感慨无限，若有若无的情愫，似甜似苦的纠结，当明天到来，一切依然要尘归尘，土归土了；一个自讨没趣，按照以往的脾性，本该拂袖而去，可是不知为什么，突然双脚酸软无力，一步也迈不出去。

容妤一直以为自己是个杀伐决绝的人，从不知多愁善感为何物，也不把别人的感受放在心上。可是没想到，这一次出海，自己竟然柔弱得像个软骨病人了。一开始，蔡东风就让她颇为感动，这个大才子表面上奉师命而来，但真正的动机却是“半缘修道半缘君”；财貌双全的卫宗渊更一度让她心动，即使明知道对方心思不在自己身上，也忍不住要屡次回护他；可万没想到的是，最后让她六神无主的却是卢筝，这种错位的情感，就像某个著名的主持人评球，眼睛盯着球员 A，心里想的是 B，说出口的却是C。

从见到的第一眼起，卢筝这家伙就让她感到分外别扭。可是，相处的日子一长，情况就发生了变化，容妤发现卢筝这个人太好欺负了，就像一头傻骆驼，当然前提要顺着他的性子。于是，不知不觉间，她喜欢见到他，喜欢拉他一起说话，尽管大部分时间卢筝只是一个无意见的听客。少年男女们永远猜不到的是，异性相处的基本准则不是吸引，而是舒适自在，最起码要互不讨厌。如此看来，卢筝一系列救犬杀鲨、破船冲礁、海啸脱难、荒岛求生的英雄主义行为，与船头上替伊人剪去长发的风情相比，都显得微不足道了。

就像现在，自己干吗非要来找他呢？名义上是要拖住卢筝，不让他搅和蔡胡二人要干的大事，可从卢筝这几天的活动来看，纯粹多此一举。

这时候，“黑旋风”听到了人声，从暗中跑了出来，钻进卢筝的胯下蹭来蹭去。卢筝蹲下身，用手为它梳理毛发，终于找到了打破僵局的话题。

“现在藏獒这么值钱，你牵着它走在胡同里，街坊邻居一定会围上来看吧？”

“说避之唯恐不及还差不多，”容妤轻轻哼了一声，“你知道吗？我还没出生时，爸爸在唐古拉山下的草原上拣了一条怀孕的母犬，带回家没几天，就产下了这个黑毛球。据周围的邻居回忆说，它开口叫第一声的时候，我们那一片的狗都大小便失禁了。”

卢筝见她愿意开口说话，心里高兴，故意装出不相信的样子，说它又不是一头老虎，怎么会有那么大的威力？

“不是它的声音太大，而是太细了，气还分外长，听起来就像一条小钢锯在玻璃板上来回锉动，人听了牙根都要冒酸水，那狗听了，还不都被麻倒了？”容妤忍不住笑了。

卢筝小时候看闲书，知道《说唐》里有一匹名驹叫“呼雷豹”，头上有一撮白毛，拔一下就叫一声。它这一叫可不得了，周围的马一听都要全身瘫软屎尿齐流了。原以为这纯属扯淡，没想到世上真有这种宝贝。

“你妈妈也一定很喜欢它吧？”不知为什么，卢筝忍不住又问了一句。以前，他对容家的私事可一点兴趣也没有。

“那当然了。几回人家要出高价来买，就是舍不得。可这样一来，倒委屈了这条好狗，从小到大，几乎吃了半辈子的素。”一说到妈妈，容妤的泪珠就掉下来了。

卢筝这才明白，为什么“黑旋风”见了肉食连命都不要了，连忙打住话题，拉着容妤来到了码头上。碰巧还有一家摊点没有打烊，两人正在吃夜宵，容妤见柜台上摆着几瓶当地人自酿的木薯酒，说自己也想尝尝滋味。卢筝有了顾雅莉的前车之鉴，对这个提议吓得要死，说木薯酒虽然入口甘甜，但后劲极大，你喝醉了我可扛不回去。容妤听了，哧哧笑了片刻，才说了一句：

“不让喝就算了，干吗这么慌张？——我现在总算明白了，你为什么不肯把铁门汉简的下落说出来了？”

卢筝全身都定住了，容妤接着说了下去：

“我不知道于卿凤为什么要离开你，但你对她却始终没有忘情，一直铁了心要保护她。所以，你即使背了个贩卖文物的恶名，甚至隐姓埋名，丢掉过去的光环，也绝不肯说出实情，因为一旦真相大白，于卿凤将面临法律的制裁。”

卢筝这辈子还没听过这么知心的话，感激得使劲点头，随即又连连摇头，表示自己并没有那么高尚。他的自谦没起什么作用，因为容妤真正关心的是另一个人的品行。

“这位于小姐真是个奇怪的人！你看，她离你而去，可能是受不了担惊受怕的日子；既然这样，和卫宗渊在一起，她应该心满意足了吧？可是，她又一次放了人家鸽子。我真不明白，她究竟想要什么呢？”

卢筝听了，连一声叹息也发不出来。女性天生善妒，容妤更是个中极品。虽然无从想象，但于卿凤竟然将两个与自己多少有点瓜葛的男人玩弄得神魂颠倒，死去活来，这样超凡的魅力和手腕，实在让容妤心中不甘又不平。这时候，她最想听的是卢筝亲口数落一番于卿凤的不是。可是，就连脾性不佳的顾雅莉，卢筝也不肯说半句怨言，又怎么会亵渎心中的女神呢？容妤等了片刻，见他不接茬，有点失望，可是并不意外。

“好了，我们不谈这个了，反正她不见了，以后一点关系也没有了，千万别再突然跳出来给人添堵！——我问你，回去以后，你还要继续待在那个商场里，过白开水一样的日子吗？”

“谁知道呢？我一走这么久，他们早该把我除名了。”卢筝漫不关心说了一句。对于自己的职业生涯，他显然没有什么长远规划。随即，他又眨了眨眼，似乎想起了什么好玩的事情。

“其实，天天待在地下室里，日子并不像你想的那样无聊。通过监控录像，我每天看人进人出，也琢磨出了一些道理，你想听吗?”见容妤点了点头，卢筝接着说道，“女人随便挑东西，男人等在柜台结账的，大多是情人关系；男人还没选好样式，女人就急着问价钱的，那一定是夫妻；买香水的女人一半人到中年，而买香水的男士却大多是毛头小子。大家都说，丑女多作怪，实际上胖女更磨人。有一次，我和小王打赌，看一个阔太太进了换衣间什么时候出来。结果，我接了两个维修单，中间还打了个盹，她依然没有现身。知道的说在换衣服，不知道的还以为卡在里面出不来了呢!”

“你可真够损的啊！幸好碰上我发善心，把你抓到了探险队。要不然的话，你迟早会变成一个偷窥狂!”容妤笑骂道。

“真的吗?”卢筝一边笑着反问，一边悄悄把屁股挪到了桌子的另一端，“最奇怪的一次，我看到了一条马尾巴在门外的橱窗前晃荡，正寻思下一步该露出马脚了，谁知却跳进来一个扎着马尾辫的漂亮小丫头。她挑来拣去，问东问西，一连打开了十几支口红，最后一丢手跑了，气得柜台阿姨直骂没见过这么小气的姑娘。其实，凭她的那张又薄又小的嘴巴，一支口红足够用到更年期了!”

容妤尖叫一声，蹦了起来，可是隔着桌子，左绕右绕怎么也捉不住卢筝，恨得咬牙跺脚，说原来你早就发觉我在跟梢，还一直装傻。看来，这个世界上的男人没一个真正老实的。

半夜时分，卢筝回到了房间，依旧心潮起伏，躺下半天也无法入睡。突然，他明白了容妤为什么偏偏今晚来找自己了，想笑又笑不出了。

果然，经过容妤一番怂恿之后，胡自雄和蔡东风的胆子骤然膨胀，觉得在民族大义和千秋大名之前，应该一脚将卢筝这个过期的带头大哥踢开。于是，他们连夜悄悄返回了教堂，重新挖开了钟塔的地面。可是，掀开石板后，眼前的一幕，让他们惊得连眼珠都要掉下来了。

天王鼎竟然不翼而飞了!

天亮了，两人垂头丧气地回来了，正碰见从海边慢跑回来的卢筝。

“两位矿工，辛苦了一晚上，没碰到瓦斯爆炸吧?”

面对卢筝的奚落，胡自雄和蔡东风哑口无言。幸好，容妤及时出现了。她像没事人一样，说你们三个干吗一大早就像电线杆子一样杵在这里，我已经熬好了粥，大家一起去喝吧。胡蔡二人立即跟她走了，卢筝也只好就此打住了。

一个星期以后，探险队终于搭便船回到了凤凰岛。现在，他们才知道什么叫做“山中方一日，世上已千年”。

首先，早在一个月前，两国外交关系破裂，穆代办已经奉召归国。其二，他们遇见的第一个熟人，竟然是大板牙。

大板牙屁股上的伤势早就平复了，他骑着新摩托车，带着手下的兄弟，看上去比以前更拉风了。不过让人意外的是，他对探险队的态度来了个一百八十度的大转弯。这也不奇怪，草原上的匈奴人不以遁走为耻，海岛上的渔民也以强者为尊，何况，人家还替他升级了坐骑呢。

那么，卡瑞娜去哪里了呢？大板牙叽里咕噜半天，还举起手来，指着头顶，似乎天上发生了什么大事——或者发生了天大的事。

原来，卡瑞娜已经离开了凤凰岛。不过，她没有去北京，而是去了台北。那里一样有优厚的奖学金，一样有热忱的良师，典籍中一样是子曰诗云，诗词中一样是唐风宋韵。只是，蔡东风教给她的是简体字，到了彼岸，一切还得从头开始。

弄清了这一节，大家在怅然之余，没忘了向大板牙表示感谢。可是，大板牙还是比划个不停，这就让人有点不耐烦了。隔天看了报纸，才知道一个星期前，神舟飞船顺利升空，将第一个中国人送入了太空。

现在，在岛国人心目中，中国人的形象变得更加难以捉摸了。但是，对探险队来说，眼前的选择却简单之极。大使馆虽然已经关闭了，但大家还是收到了穆先生留下的信件。穆先生在信中叮嘱他们，从国际法上讲，探险队成员已经成为了失去国家保护的公民。为了避免节外生枝，一旦回到了凤凰岛，应立即启程回国。

但即使如此，大家也一下子走不成，因为卫宗渊还需要彻底体检、精心治疗和好好修养。卧床期间，在容妤的催促之下，卢筝、胡自雄和蔡东风也前去探望了一次。不过，一圈人垂头而坐，场面要多尴尬就多尴尬。

“你们都哭丧着脸干什么？他又没死，还不到开追悼会的时候。”出了病房，容妤埋怨个不停。

但大家不知道，真正难堪的人倒是卫宗渊自己。刻骨铭心的爱情，手刃情敌的冲动，天衣无缝的计划，现在竟然落得这样一个结果，真让人哭笑不得。

“也许，是我把他想象得太坏了？”卫宗渊不禁怀疑起了自己。

闲暇时节，看了西方媒体一段时间来的报道，众人才理清了事态的来龙去脉。原来，焦点一开始集中在中国航天的军事意义上，不知怎么东拉西扯，最后竟然和南太平洋上建立的一个天文观测站挂上了钩。多种势力施压和挑拨的结果，导致两国关系难以为继，只能一拍两散。

了解到了这一点，联想到了不久前民间提议庆祝郑和下西洋六百周年，以借此传达一下“天涯若比邻”的美好心愿，竟然也被有心人拿去与臭名昭著的殖民主义相提并论。肯尼亚发现一个残缺的宣德炉，恨不能说这就是文化侵略；马达加斯加发现了一枚永乐钱，立即盖上经济侵略的印章，总之非要让你神经崩溃才肯罢休。对此，蔡东风最有感触了。

“大家都说，历史是个任人打扮的小姑娘。其实，历史有时候是假装糊涂的老祖宗；有时候是卖弄风情的交际花；有时候是私生子，血都验过了，死活不肯承认；有时候又是个克隆人，连爹妈都不全，照样说得有鼻子有眼。”

听了他的话，卢筝突然想起了韩奇教授出发前的叮嘱。想起著名的将相和的故事，区区一块和氏璧，差点引发了秦赵两国之间的大战。所以，从这个角度上看，天王鼎还是毁了的好。

随即，韩老先生的另一句话，又让卢筝吓了一大跳。“哀之大莫过于心死”。难道，这意味着有什么不祥之事将要发生吗？

半个月后，卫宗渊终于可以下地了，探险队立即逃一样地离开了波利尼西亚。不过，让大家没想到的是，原以为场面十分凄凉仓皇，没想到竟然比来时还要风光。在大板牙和摩托车队的护卫下，包车一阵风似地在凤凰岛的大道上呼啸而过，不知道的还以为是哪国的元首光临了。上了飞往澳大利亚的班机，卫宗渊本来给自己和容妤定的是商务舱的座位，可是容妤谢绝了，宁愿挤到狭窄的经济舱去。

“这一次，我们总算没有白跑一趟。”蔡东风系上安全带，长出了一口气。虽然没有拿回什么珍贵文物，但容光斗的戒指找到了，导师那里有了交代，在潘书纲面前也大可挺起腰杆。

“太辛苦你们了，爷爷的遗物终于找回来了，爸爸也可以瞑目了。”容妤低声说了一句，这可是她第一次在伙伴们面前客气。不等她再说下去，众人赶紧逊谢了一番，说我们是生死与共的交情，这么生分干什么？

“真可惜，要是能拿回天王鼎的话，一切就太完美了。”蔡东风还是耿耿于怀。

“说得太对了，如果我们早点动手的话，它也许就不会落到别人的手中了！”胡自雄的语气中饱含了对卢筝的不满，“——不过，我到现在还是感到不可思议，它藏在那么隐秘的地方，除了我们，天下又有谁会想到这一点呢？”

几个人乱猜了一通，把每个知情人都盘查了一遍，连卡瑞娜的爷爷也没有遗漏，最后还是一点头绪也没有。容妤没有了主意，转而怪罪起了卢筝：

“我们都快把脑袋想穿了，你一句话也不说，竟然还有闲心看杂志！”

“我也正在想呀！不过，我看大家都把心思用在了别人身上，对自己却网开一面，似乎不太公平了。”卢筝笑了笑，“——也许，我们当中谁有梦游的习惯，半夜三更起来，悄没声进了教堂，一躬身就把天王鼎给抱走了，也不知道撂在了什么地方，醒来自己什么都忘记了呢！”

胡蔡二人听了，都笑他太荒唐了。可是，容妤却从中体会出了另一种滋味。

“没错，梦做完了，我们是该各干各的了。”小丫头突然说了句大人话，倒让人一时转不过弯来。

从悉尼转机后，又经过了几次起降，五人一犬终于平安到达了上海。出发时还是百花渐残的暮春时节，现在已经秋风飒爽，桂香飘巷了。几个人早就商量好了，回来后要刻意保持低调。但没想到的是，尽管此行成果打了对折，但掀起的波澜还是不小，网上更炒翻了天。

卫宗渊在淮海路一家酒店里摆了酒宴，请同伴们吃了散伙饭。几杯酒一下肚，他的脸上就容光焕发了，整个人像换了马达的汽车，似乎那些龃龉根本就没有发生过，感谢和恭维的话也像洪水洋溢，差点将伙伴们淹死，连死对头胡自雄也被感染了。卢筝这才发现自己又错看了他，这个人可不是典型的宅男，而是具备了大老板的潜质。座中只有容妤无动于衷，她啃光了一个大闸蟹，还将它的残肢空壳认真码好，连侍应生也瞒过了，收席时还问她是否要打包带走。

之后，每人拿到了一个信封，里面放着一张银行卡。三个男人谁都没有一丝不好意思，欣欣然接了过去，连一个“谢”字也说得十分敷衍。容妤偷偷查过自己卡中的数额后，吓了一跳，又打听到卢筝捞到的还要翻几番后，当即柳眉倒竖，差一点破口大骂了。

“你害不害臊？”

“我按劳取酬，并没有违反合同法呀！”卢筝显然说错了，他应该交个人所得税，而且累进下来，数额还不小呢！

“你怎么能这样？要是于卿凤知道了，她会怎么想？没出息的男人吃情人的软饭，你更过分，居然拿情敌的钱，一点骨气也没有！”

“哟哟，瞧你说的！”卢筝听了扬眉做惊异状，“想当初我和于卿凤好的时候，那位大卫先生还不知道是哪路神仙呢！在北京四合院里，我和他定约的时候，也没有提什么附加条款。这且不论，一路上，他起码害我了三次，一个故意伤害罪是逃不掉的，还没算上精神损失费呢！”

容妤没想到他竟然如此振振有词，而且每一句貌似都在理，自己一时辩不过，又见旁边的胡自雄和蔡东风也被钱烧得满脸金光，就把矛头对准了他们。

“俗，真够俗的！——没想到，你们几个还真是奔着钱来了！”

“回去以后，我就得重操旧业了，唱京剧的也得自置行头，我又不是大明星，品牌代言轮不到，起码要买几套衣服备用吧。老蔡疼爱妹子，出了一趟远门，总得带点礼物让人家开心吧。你这小丫头，真不通人情世故！”胡自雄对她的指责也不屑一顾。

四人一路吵嚷，回到落脚的宾馆后，容妤又说国内飞机不能带宠物，叫胡自雄买火车票回北京。

“没想到，你还要跟着我们呀？”

“为什么不呢？我家祖孙四代人都住在北京，可不像你们这几个没根没系的北漂。”容妤不明白他什么意思。

“看你对卫宗渊那么贴心，我还以为你要留下来补缺呢！”

胡自雄的话一出口，同伴们以为又要引爆一颗口舌炸弹，没想到的是，容妤一点也不生气，反而笑着说：

“我可没那么贱。天下好男人多了去了，我就不信于卿凤一个人都能抢光！”

次日傍晚，大家上了列车，连“黑旋风”也被安置在了行李车厢。一夕无话，次日清晨出了北京站，没有一个人来迎接。容妤说妈妈要来，自己死活不让她来；蔡东风的妹子还在小汤山接受护理培训，没法来见哥哥；胡自雄孤身一人，当然没人牵挂。所以，众人的目光全盯在了卢筝身上。

“你不是给嫂子打过电话了吗？”胡自雄问道。

“家里没人接，手机也不再服务区域，发电子邮件也没有回复。——也许，她是出差去了？别担心，这种事，又不是第一次发生了。”卢筝心里不安，但不愿表现在伙伴们面前。

分手时，大家交换了联系方式，彼此又说了些温情的话，容好提醒卢筝届时别忘了送喜糖给自己，卢筝反问她为什么不亲自来取，容好竟然红了脸，说你让顾姐姐放一百个心，我们以后桥归桥，路归路，再也不来捣蛋了。

容好像一只归巢的乳燕飞走了；胡自雄急着去交通队提自己的破车，以前兜里没几个钱，连罚款也交不起；蔡东风赶到医院去探望韩老先生，代表大家汇报此行的过程，顺便应付一下媒体的采访；卢筝径直回到了自己的新房。

开门后只看了一眼，卢筝就发现了不对劲。家具簇新，物品齐整，地板光洁，但是很显然，已经有一段时间没有人住在这里了。卢筝开始联系顾雅莉，可是一天过去了，依旧音信全无，连单位也说她早就离职了。犹豫了片刻，卢筝终于拨通了顾经理的电话。很快，他心头的预感就像块石头一样砸了下来。

果然，顾雅莉并没有像她自己说的那样等他归来，计划好的婚礼又一次成了泡影。不过，上次是新郎出海，这一次是新娘留洋去了。

之后，卢筝又去见了顾经理，当面交割了房门钥匙，断了翁婿名分，顺便也拿回了一封信。——准确地说，应该是两封信，其中一封是用胶水仔细粘起来的碎纸片。原来，那天早上卢筝离开新房后，顾雅莉不知怎么从废纸篓中发现了它们。然后，她就什么都明白了。

“卢筝：我反复琢磨这两个字，想着你的父亲卢青城为什么要给你取这样一个名字。现在终于明白了，那就是无论你飞得多高，总有一根线牵着。正是如此，我才决定离你而去，因为我并不是那个让你魂牵梦萦的人，就算勉强成了夫妻，也只能误了彼此的终身。但是，我虽然不温柔，也不是不明事理的人，我知道你此去凶险重重，所以，为了能够让你安心，我努力让自己表现得像个合格的未婚妻，甚至不怕被人——那个有心人嘲骂为势利。说实话，就在天津的最后一个晚上，如果你留了下来，我不知道自己会不会真的爱上你。但是，现在一切都要结束了。我要走了，一边留学，一边试着去找那个曾经让自己伤心的男人。这么多年过去了，也不知道他现在过得究竟如何，见了面我会做何反应。我知道，你是个靠得住的好男人，但请你一定要记住：千万不要太委屈自己。Lily。”

一晚上，卢筝都徘徊在街头，想喝点酒或者干点别的什么，可残存的理智告诫自己，那样只会惹出大麻烦来，十之八九明天要打电话叫朋友们去局子里提人了。正在这时，他的手机突然响了，一看是蔡东风打来的，卢筝只听了一句，满腔的悲怆凄惨都抛到了爪哇国去了。

韩奇教授去世了！

午夜时分，卢筝赶到医院时，老先生已经咽气两天了。原来，他苦等探险队归来，终于拖不下去了，就在众人抵京的那天凌晨走了。蔡东风没有见到恩师最后一面，批脸捶胸大哭了一场，四处打电话报丧。容妤和胡自雄当天就赶来了，考虑到卢筝正沉湎在温柔乡中，所以才决定隔日告诉他。

一片混乱中，卢筝又见到了潘书纲。不过，冷眼旁观之后，卢筝也不得不承认，潘书纲真的为老师的后事下了大气力。除了费心张罗丧礼之外，他还通过联谊会的网络，将天南地北曾受教于韩老先生的弟子们召集到了一起。

百忙之中，容妤塞给了卢筝一个牛皮纸包，说是韩老留下的，让他代为妥善保管。卢筝接了过来，感觉又厚又硬，疑心是老人的存折或照片，就说韩奇和蔡东风情如父子，为什么不转交给他？容妤说等丧事办妥后再说吧，那个书呆子现在魂都没了，什么都任人摆布，正是需要朋友们操心的时候。

追悼会举行的那一天，庄严隆重的气氛也达到了顶点。由于热心人太多，卢筝没分到什么具体任务，只好像个游击队员一样到处乱窜。没想到，还发现了许多奇怪的事。

首先是一大早，葬礼突然提高了安保级别。卢筝忘了带身份证，幸好容妤闻讯赶来救驾，才顺利进入了现场。原来，前来吊唁的贵宾身份远远超出了预定的规格，连悼词也临时进行了大幅修改，还加上了“国之瑰宝”的美誉，让老夫子在九泉下倍极哀荣。果然，次日看各大报纸，这条黑框新闻均登载在了头版的显著位置上。

其次，让人蹊跷的是一个从台办转送来的白绸花圈。挽联上没有署名，上句称逝者为“世交贤契”，下句又说自己是“宗山末流”。看了这副前倨后恭的挽联，卢筝大为纳罕，因为从措辞上看，这个人的辈分竟然比韩奇还要高！但出于对死者学术地位的尊重，又不好自居其上。举目天下，谁敢这样向韩老先生摆谱？

而最轰动的一幕却发生在葬礼即将结束时，只见众目睽睽之下，潘书纲站在韩奇的灵柩前，像个交响乐指挥家一样招呼弟子们序齿排班，然后一声令下，黑压压一片人轰然跪下，随着潘书纲喊出“继承遗志”“发扬光大”之类的口号，向老师的遗体三拜九叩。

可是，只有一个人兀然挺立在他们当中，似乎充耳不闻，视而不见。面对四方投射来的惊诧、责备、愤怒的目光，蔡东风傲然不理，像一根风中的竹子。但显然，他已经被孤立了，——或者说，已经被踢出局了。

卢筝突然明白了过来。原来，此潘还是彼潘，丝毫没有进化，更没有被感化，只是韩奇不是原来那个被人遗忘的老古董了。学界风向的转变，探险队掀起的热浪，让老人家突然间炙手可热，身价暴涨。这一切，有心人当然是不会放的。

据说，在前苏联时期，一位老领导人去世了，西方猜不透谁是继承者，就盯着治丧委员会的名单。那个排名第一的人，十之八九就是新一任领导人了。潘书纲来这么一手，显然蓄谋已久，拿捏分寸也恰到好处，等于挟持大众见证了他就是韩奇教授的衣钵传人。非但如此，连容光斗的光环也要罩在自己身上了。

且慢！韩奇固然孑然一身，没有子嗣，但是，容家并没有绝后呀！

于是，一根针落下也能听见的现场，响起了一个脆生生的声音：

“潘大哥，你知道韩老最恨什么吗？”

潘书纲一听，顿时脸色微变，不过，他战天斗地惯了，才不会被这突然的插曲打乱了阵脚。于是满脸悲戚地回答道：

“老师一生认真治学，当然最恨弄虚作假的人了。”

“错了，他最讨厌的是假惺惺哭天喊地的孝子贤孙！”不等潘书纲说话，又接着问道：“你知道他最喜欢的是什么？”

潘书纲被容妤抢白了一句，心中很不快，但他涵养好，不肯当众发脾气，好在他对韩奇的生活习惯倒并非一无所知。

“老师喜欢的事物实在太多了，喜欢吃花生，喜欢喝米酒，喜欢打太极，喜欢自己配中药，我不知道你要说的是哪一样？”

“你又错了，他真正喜欢的事情只有一件，那就是养流浪猫。我常听他说，猫虽然没良心，来了就吃，吃了就走，可是并不咬喂自己的人，不像有的人狼子野心，不但不懂得感恩，还恨不能将老师连皮带骨吞下去！”

容好这些话当然不是真的，因为韩奇一生从不背后说人坏话。但是，潘书纲被揭了伤疤，又见现场有人在交头接耳，窃窃私语，似乎知情人在谈起那些陈年往事。于是，为了扭转局面，他立即发动了反击。

“容小姐，我知道，师弟一直在追求你，所以，你站到他一边说话，谁也不会感到奇怪。但是，今天这样庄严的场合，似乎不适合传递私情吧？”

潘书纲以为自己直指要害，可以把容妤那番话的杀伤力减小到无形。没想到，容妤听了只是嗤笑了一声。

“你还是老样子，一说什么事就狠挖人家的背景动机，最好扯上男女关系，先把水搅浑了，自己就好摸鱼了。傻瓜才会上你的当呢！——你以为我愿意卷入你们那点破事吗？我告诉你，韩老选定的继承人既不是你，也不是蔡东风！”

会堂里嗡声四起，韩奇的学生们更是纷扰不安。那么，这个人究竟是谁呢？

见容妤的目光缓缓转来，不知为什么，卢筝的心跳得厉害，暗暗祈祷千万不要把自己扯上，随即又笑自己神经过敏，人家师兄弟们争祖产内讧，干我这个外人何事？可是，容妤的目光偏偏就停在了他的身上。

乘此间隙，潘书纲获得了喘息的机会，思维也从一开始的混乱中清醒了过来，发现自己固然被动，但容妤除了专攻自己历史上的污点外，手中并没有什么杀手锏。

“治丧委员会聘请的律师可以作证，老师生前并无遗言。所以，他的精神财富如何继承，应该由弟子们共同商议。容小姐空口无凭，我们为什么要相信你？据我了解，这位卢先生与老师并不熟。何况，他的名声似乎也不大好，铁门汉简虽然拿回来了，但内幕还没有向社会大众交代清楚呢！”

容妤不理他，向着卢筝把手一伸。

“拿来！”

拿什么出来？卢筝窘得干瞪眼，容妤见他没反应，恨得差点要亲手掀他的衣襟了。

“怎么尽碰上呆子！不就一卷破纸吗？你也当宝贝，他也当宝贝，还不如一把火烧了才好呢！”

卢筝这才明白她要的是什么，偏偏那个纸包不大不小，又折叠成棱角分明的正方形，塞进去容易拿出来难。一阵手忙脚乱后，终于将它从衬衣上兜掏了出来。容妤拿着它走到了众弟子面前，把手一扬。

“你们可看好了，知道纸包里是什么东西吗？”

一片茫然之中，容妤一字一句说道：

“这是韩老一生中从未发表过的文稿！”

此言一出，现场一片哗然。来宾中不乏耆老大德，当然也汇集了当红的名流，他们今天赶过来，大多是例行公事捧个场而已，没想到竟然碰上了戏剧性的一幕。韩奇的遗稿中会说什么？对多年积郁的发泄？对轻薄学风的痛斥？或者是，对某人底细的披露？想到这里，不少人开始手心出汗心头鹿跳了。

潘书纲暗想坏了，千算万算，竟然栽在了这个黄毛丫头的手里了。同时，他又感到百思不得其解，因为先下手为强的道理，他比谁都明白。早在探险队外出期间，他借口陪护住进了病房，还乘老人动手术之际，将病房里翻了个遍，连枕头的棉花也掏出来了。至于那个摇摇欲坠的老屋子，凭借年轻时练就的抄家本领，不要说夹层暗格了，连壁虎都钻不进去的缝隙，也拿铁丝钩探一番，可是遗稿的片纸也没有找到。那么，这个纸包究竟是从哪里冒出来的呢？

潘书纲没有想到的是，此时卢筝心中也在大叫坏了坏了，好不容易恢复了自由身，竟然又套上了一个笼头。可是这紧要当口，一个“不”字怎能说得出来呢？

14 归去来兮

一片静默中，有人建议看一看纸包中的文件，以辨明真伪，这个意见得到了很多附和，潘书纲也像抓住了救命稻草一样，要容妤当场打开看个究竟。卢筝的心一下子又揪了起来，因为根据他对容妤的了解，这个小姑娘一向不按规矩出牌，这份文件难保就是她自己弄出来的。

没想到容妤非常痛快，立即将纸包打开，里面只有一个小小的硬皮笔记本。翻开封面后，发黄的扉页上，写着潦草的几行字：

“吾国学术，源于忧难，盛于争鸣，滞于大统，衰于教条。圣人云：礼失求诸于野。此何言哉？弃其末而求其本也。余生七纪，蠡测管窥，略有心得。前贤既不可望，来者不可不追。群弟子性皆温良，惜乎囿足学堂，难涉江湖。近观卢氏少年，英挺峻拔，行胜于言，质胜于文，慨然有先师之风骨，遂冀之以深望也。”

韩奇的遗言文绉绉的，但卢筝一听就明白了。想当初，探险队出发之前的春雨之夜，韩奇曾经征询过众人的意见，自己虚与委蛇的态度，老先生怎能感觉不出来呢？可是，他放着一众弟子不用，偏要把一个烫手山芋丢给自己，真不知道出于何种居心？

恰在此时，校方领导出来打了圆场，说现在最重要的是让老人家安息，什么事以后再说。潘书纲还不甘心，但知道继续追问下去恐怕对自己更不利，容妤也决定见好就收。于是，这场葬礼就草草结束了。

送葬回来的路上，容妤见蔡东风依旧神情恍惚，有点不放心；卢筝没有了去处，对独自度过漫漫长夜一点信心也没有，于是自告奋勇护送他回去；胡自雄当然也不会丢下自己的好哥们不管，于是，那辆破车载着四人一起回到了韩奇遗留下的那所老房子里。

进门前，卢筝悄悄拉了一下容妤，两人在屋檐下说起了悄悄话。

“韩老的笔记本是从哪里来的？”

“我们去波利尼西亚之前，他就把笔记本交给了我。不过，我想了好久，还是决定不告诉你——你们。”容妤回答得很不痛快。显然，这个“你们”之中，也包括了蔡东风。

“韩老为什么不把它留给蔡东风呢？”这是卢筝最为不解的问题。

“也许，他的脾气太倔了；也许，他不相信商朝军团的故事；但我个人感觉，韩老还是怕他太嫩了，根本不是潘书纲的对手。一大圈人磕头抢灵牌的丑态，你也亲眼看见了，韩老的担忧不是没有道理。”

“你怎么知道潘书纲在到处找这本笔记呢？”

“一回来，我就发现韩老的老房子被人动过了，虽然一切小心恢复了原样，但那几只流浪猫却给我通告了消息。”

“猫怎么会说话？”卢筝惊奇之极。

“说什么傻话？猫当然不会成了精！你知道吗？猫是一种好奇心很强的动物，喜欢收藏稀罕物品。我在猫撒尿的沙盆中找到了一只半新的手套，一根扭成麻花的铁丝，还有一个脱落的小铜柄。我找了个放大镜试了一下，刚好安得上。——你说，普通的窃贼会用这种工具吗？”

卢筝听了连连点头，“难道，韩老养猫就是为了这个吗？”

“那倒不是。猫是老太太年轻时最喜欢的宠物，只是怀孕的时候不小心感染了弓形虫，流产后就再也没有怀上孩子。于是，韩老对猫一直恨得要死。但等老太太过世之后，倒改变了想法，说妻子前世说不定就是一只猫，不该违了她的意，于是就变成了养猫专业户。”

历史学家也相信转世？卢筝摇了摇头，不过听了容妤的话，他倒是破解了探险队的最后一个秘密。原来，潘书纲口口声声说挖出了一个“内奸”，其实是他打听到了一个根本不是秘密的秘密：韩奇指定了一个人作为自己在探险队的代表。但谁也没想到的是，这个人不是卫公子，不是蔡才子，更不是卢棋子和胡混子，而是娇滴滴的容家小妹子！

见卢筝脸色阴晴不定，容妤轻轻叹了一口气。

“强扭的瓜不甜。韩老相中了你，也许有他的道理。但是，你毕竟也有自己的自由，这本笔记本现在归你了，怎么处理，你自己看着办吧！——千万不要有什么负担。”

两人进了屋，发现蔡东风依旧没什么精神，容妤让他喝了点水后，才勉强能说话了。卢筝知道今天他深受打击，潘书纲的突然袭击倒是其次，韩奇不将文稿传给他，这才是让蔡东风无法相信的事实。卢筝当然也明白这一点，冲动之下想立即把笔记本转送给他，但又知道这样做太唐突了，既对不起老爷子的一片苦心，对蔡东风来说也是一种侮辱。

大家围着蔡东风说了些没边没际的宽心话，看他吃了几口晚饭后，容好说不早了，明天再来吧。卢筝送她出门，容好随口问他为什么还不回家去，这里留下胡子一人就够了。这一问，正碰到了卢筝的伤心之处。

“我现在又成了光棍一条，去哪里还不一样？”

于是，卢筝把自己的惨状向容好诉说了一遍。他满以为容好会对自己大表同情，甚至痛骂顾雅莉一通。可是，容好听了连头都没抬，只是轻轻“哦”了一声，就匆匆走了。

卢筝失望极了，不过，他知道现在最需要关心的人不是自己。

在伙伴们的精心照料之下，一夜之后，蔡东风的气色就好了许多；到了第三天，胃口也恢复了；一个星期之后，他不但吃起肉来狼吞虎咽，竟然还要酒喝！

卢筝和胡自雄虽然觉得这不是个好兆头，但也不好阻止。何况，卢筝自己也想喝上几杯呢！

买了几瓶二锅头，弄了点烧鸡、酱牛肉、花生米，胡自雄又熬了一锅好汤，三个人就开宴了。

“可惜，容好今天没来，可能是家里事情多吧。”卢筝呷了一口酒，满脸遗憾地说了一句。其实，这只是一种好听的说辞而已，因为容好一去之后就再也没有回来，连个电话也没有，似乎早把他们忘得一干二净了。

“不来也好，我们三个男人，可以开怀畅饮，没什么顾忌了。”蔡东风倒显得很无所谓。

酒瓶刚开启的时候，大家都说着少盐缺酱的客套话；一瓶见底后，就开始互相吹捧；等到手连筷子也拿不稳的时候，终于胡言乱语起来了，尤其是蔡东风的话最为出奇。

“我原来以为，自己注定要在雁湖待一辈子了，现在才发觉完全错了。你们知道吗？象牙塔里的精英和金字塔里的木乃伊有一个共同点，就是都没有一点活气，却以为这个世界还掌握在自己手中。”

这种高层次的牢骚，胡自雄根本听不懂，却连连点头；卢筝听得多了，也不以为意。十个不得志的书生中，四个认为怀才不遇，三个认为自己早生了几十年，两个觉得换个国籍运气会好一点，只剩一个实在没理由了，却怪教育制度不好。果然，蔡东风说出了石破天惊的一句：

“我终于明白雁湖的知识分子——包括自己在内患了什么毛病了，那就是：什么都明白，可什么也不做！”

胡自雄说老蔡你和那班娘娘腔可不一样，有胆色够义气，连喝酒也这么爽快，卢筝却听出了弦外之音。

“老蔡，难道你要离开这里吗？”

蔡东风像老母鸡啄米一样连连点头，卢筝鉴颜辨色，确认他说的不是醉话，不禁叫了起来：

“你要走？你疯了吗？快要到手的博士学位也不要了？”

蔡东风直着眼笑了半天，似乎是在笑卢筝大惊小怪，一顶黑帽子有什么可争的？突然间又掉了泪，说自己半途而废，实在辜负了老师的期望。但是，经过几天的痛苦思索，他终于想明白了一个道理：

“我为什么总显得与人格格不入，连个女朋友也交不到？以前我还孤芳自赏，以为清高的人才落落寡欢呢，那是一种众人皆醉我独醒的‘高贵的孤独’。和你们接触了这半年，才知道全是狗屁！一文不值的狗屁！没准一个街头的小贩，对这个社会的理解都比我这个书蠹要来得明白。学了这么多理论，自己究竟有多少成色，该到社会上去闯一闯才掂量出来。”

“你要去哪里？”卢筝没说出来的后一句是：社会太现实了，你一个学历史的，会干什么营生呢？

蔡东风摇了摇头，说先去南方几个城市走一圈再决定吧！但无论如何，离开北京是肯定的了。

宿醉之后，清晨的阳光照进了屋子中，给狼藉的杯盘镀上了一层银圈，更添了凄迷之感。众人勉强爬了起来，卢筝忍住头痛，劝蔡东风从长计议，但又知道是徒劳的，因为蔡东风这个人看起来文弱，可不是个拖泥带水之辈。果然，当天下午，他就把车票买回来了。

出发的那一天，大家忙着帮蔡东风收拾行李，他的妹妹也赶过来送行。卢筝因为上次出海时，蔡东风曾说要将她介绍给自己，心里留了个影子，现在见到了真人，才知道自己先入为主的猜想实在太离谱了。与高傲的乃兄相比，这个女孩子不但长得低眉顺眼，说话也温柔得不得了，一声哥哥还没叫出口，眼泪就流了下来。此外，他们的父亲不但不是个麻将迷，还是镇上专管移风易俗的宣传干部。老蔡同志一向紧扣时代脉搏，长子出生时，正是“东风吹，战鼓擂”的激情岁月；等到女儿诞生，已经是改革春风吹进门的新时代了。不过，儿子长大后读书多了，说妹妹的名字不好听，历史上有个白痴皇帝晋惠帝，娶了个皇后叫贾南风，是个又丑又黑的淫荡悍妇，咱妹子细皮嫩肉，冰清玉洁，怎么能相提并论呢？不过说归说，名字就这么一直叫下来了。

卢筝正在胡思乱想，见蔡东风向妹妹隆重介绍自己，连忙含笑致意。他心中有鬼，总觉得蔡南风看自己的神情分外腼腆，而见了胡自雄就自在多了。实际上，蔡东风这几天心乱如麻，根本没时间向妹子提起那档子旧话。

深秋时节，京城景物萧瑟。在车站里，相互说了几句祝福的话，蔡东风就登车走了，带着他几大箱的书籍。卢筝和胡自雄黯然回到了住处，进了门，发现蔡南风像个小尾巴一样跟了进来，这才想起来，蔡东风临走的时候，曾将妹妹托付给他们照顾。不过，就两人日常生活的邋遢样，谁照顾谁还说不准呢！

更没想到的是，跟在蔡南风后面的，竟然还有一个京城大报的记者。这种磨嘴皮子的事情，本来都是蔡东风应付的，现在没办法，卢筝只好自己出面了。

“我们这次最大的成果，不是发现了什么，而是没有损失一个人。”

“我不想知道损失的人数，只想知道救护过程中，有哪些舍己救人的动人事迹？”

双方说得驴唇不对马嘴，正在愣神的时候，蔡南风开口接了过去。卢筝和胡自雄听了两句，才知道自己会错了意，人家本来是采访蔡南风的。接着听了下去，两人的下巴都要掉到地上去了。原来，蔡南风的身份虽然是名护士，可在抗击非典的斗争中，她勇敢响应政府号召，志愿报名参加了救护工作，因为事迹感人，现在已经成了一名巾帼楷模了。看记者的意思，明年三八红旗手的称号是跑不掉了。

记者走了，卢筝和胡自雄盯着蔡南风看了半天，似乎她是从天上掉下来的，弄得人家怪不好意思的。半晌，胡自雄才反应过来，赶忙拿了茶杯去洗，说医院的人都爱干净，我们太不讲究了。蔡南风起身劝阻，你推我让之下，茶杯掉到地上摔了个粉碎。

“小心点儿，我们就这点家当，还要指着它们过日子呢！”卢筝在一边看了直笑。

聊了一会儿，蔡南风要回去了，卢筝借口自己在等一个重要电话，让胡自雄开车送她回去。胡自雄这一去很晚才回来，情绪似乎不错，一路上还哼着歌。进了门，见卢筝正在往泡面里加开水，就说你何苦呢，干吗不和我们一起去吃晚餐？今天正好我请客，吃的是必胜客，小蔡和我一样都爱吃意大利面。卢筝说你小子真会装傻，我要去了，你恨不能把我当比萨切成七八块。胡自雄被他说中了心事，嘴上还不肯承认。

“你不来，我也没办法，还要编谎说等什么电话！这么多天过去了，老蔡都走了，容妤竟然连个影子也不见。别说你了，就是我想起来，也觉得太绝情了。”

“她和我有什么关系？你怎么知道我在等她？也许，顾雅莉突然回心转意了，明天一早就来找我了呢！”

对于卢筝的反驳，胡自雄听了直撇嘴，但也知道顺着这个话题说下去没意思，于是改口说北京什么都贵，坐吃山空不是办法，我们该认真考虑一下长久计划了。

“回西安开个烧烤餐厅就是个不错的主意，反正手里还有点闲钱。”

卢筝说我太了解你了，嘴上比谁都硬，心里藏的那点意思，连茶杯都看出来了！想追人家就光明正大说出来。如果需要的话，也可以找蔡东风吹吹风，反正你是他的好兄弟，能入哥哥法眼的人，妹妹还会不当一回事吗？除了这个，你还得留下来帮我做一件正经事呢。

胡自雄忙问什么事，卢筝说要打一场官司。

“我要把凌云社夺回来！”

“为什么？”胡自雄这才真的惊讶了。按照以往对卢筝的了解，即使袁振威双手捧着凌云社的公章送到面前，卢筝也不会接受，现在怎么了？

直到现在，胡自雄才发现了一个奇怪的现象：从海外归来后，不止一个卢筝，原来熟悉的伙伴们突然间个个性情大变，简直快认不出来了。如果倒退到半年之前，将卢筝和记仇，容妤和冷漠，卫宗渊和豁达，蔡东风和自我批评联系在一起，谁都觉得是天大的笑话。可是现在，居然一一对号入座了。没错，连习惯于吃风眠沙的自己，不也被一个小护士弄得柔肠百结了吗？

“你真的那么恨袁振威吗？”胡自雄又试探着问了一句。

“没有。过去，我一直视他为手足，当然冷热都关心。现在，正因为我和他没什么关系了，事情该怎么办就怎么办。”卢筝淡淡笑了笑。看来，这个打官司的想法绝非临时起意。

胡自雄不知道卢筝的动机，也不知道打官司有无把握，但一想到袁振威靠着卢筝闯下的名头吃香喝辣，忍不住心头火起，拍案大叫道：

“好，我们就和这个无耻小人斗个鱼死网破，逼他把吃下去的全吐出来！”

说干就干。第二天一早，两个人就忙乎开了，写状纸，找证据，联系律师事务所，忙个不亦乐乎。卢筝能看懂最复杂的海图，胡自雄能辨认出最细微的兽迹，但两人面对繁杂精微的法律条文，却都茫然无措了。不过好在手头的钱还充裕，一审的诉讼费还支付得起。

在此期间，卢筝也没有忘记抽时间去看望一下老谭，送回人家资助的盘缠，顺便带两盒时兴的普洱茶做伴手礼。老谭见了大喜过望，当初送钱给卢筝纯粹是一时冲动，过后肉痛不已，心里早就不指望了，没想到狗又把肉包子叼回来了！高兴之下，老谭留卢筝吃了饭，还带他去观赏自己精心收藏的盆景。卢筝跟着他爬上了顶楼的平台，只见数百盆花木层叠堆放，奇峰险壑，虬龙卧虎，波光岛影，颇有应接不暇之感。唯一不爽的是，老谭既要炫耀自己的宝贝，又不许客人凑近了看，弄得卢筝哭笑不得。

现在，卢筝才知道盆景的构思、选料、攀扎和养护均是老谭一人所为，不禁对自己的前上司刮目相看。可见，很多人表面上俗气，心中未必没有保留着一方碧水青田。老谭当然也知道卢筝不会再回商场了，就问他在哪里高就，卢筝摇头说还没有着落呢。老谭听了很不以为然，说你虽然出了点小名，也赚了点小钱，可是，人是不能不工作的呀！

要搁在以前，卢筝早把这话当做耳边风了。可是，经历了这么多的波折，他现在终于明白了，“人是不能不工作的”这句话简直是千古绝句，至理名言。

“我倒是想安心扎下根来的。可是这年头，什么都讲究短平快，我不急也不行呀！”卢筝说出了自己的苦衷。

“真可笑，现在的年轻人什么都抱怨，工作不好找了，女孩子眼光高了，房子买不起了，就是不怪自己没耐心。我来北京几十年了，还没见到谁家两口子结婚睡马路呢！”

卢筝不是个乐观主义者，但也承认老谭说得有道理，尤其对自己来说，身上总透露出一种不安定的分子，也许正是这个原因才导致于卿凤的离去。于是，从这天起，卢筝开始留心身边的每个人，父亲在北京的故交要一一上门去拜访，连每天送快餐的小伙子也要聊几句。他的社交圈子逐渐扩大，官司也有了进展。终于有一天，袁振威坐不住了，通过朋友捎来话，说这个官司我准赢不输，只是对簿公堂太丢面子了，希望提个价码，大家私下把问题解决了。

对于这个建议，卢筝没有断然拒绝，但也没有撤案的打算。人一忙起来，时间就过得格外快。眼看春节就要到了，胡自雄不想回家，卢筝无家可归，两人商量去哪里玩。听胡自雄一个劲地夸武当山和神农架，卢筝向他恭喜，说没想到这么快你就把蔡南风追到了手。胡自雄还不肯承认，卢筝说要不是她动了心，怎么会带你认家门呢？

胡自雄不好意思地笑了，反问卢筝去哪里过节？卢筝说我和你背道而驰，去哈尔滨看冰灯。胡自雄不相信，说大家都赶着团聚，你又不是孤魂野鬼，干吗一个人非要往冰天雪地里去，难道还嫌不够冷清吗？

"好了，兄弟再亲，也不用天天混在一起。你好好收拾打扮一下，把那个该死的金耳环摘掉，多买点礼物，别在未来的岳父面前塌了台。如果见了蔡东风，就劝他不要使性子了，还是回来正正经经做学问。"

卢筝没有骗人，他真的去了哈尔滨。不过，他只在这里停留了一天，就沿着几十年前容光斗和韩奇的足迹，转道去了牡丹江和绥芬河，还在凛冽的寒风中登上了太平岭。这个曾经的土匪老巢，现在已经建成为一个爱国主义教育基地，因为一位著名的剿匪英雄就牺牲在了陡峭的山坡上。尽管野史中毁誉不一，"八巧哥"在官方档案中依旧是个丑角，卢筝也没有替他翻案的念头。不过，也许是为尊者讳的缘故，纪念馆中没有收录容光斗写给"八巧哥"的保命信；而在网站上，为容光斗撇清的声音始终不绝，在卢筝看来，这倒大可不必。

"容光斗如果是个爱惜羽毛的人，那他就不是一个真正的探险家了！"

等卢筝回到北京时，胡自雄还没有回来。卢筝独自一人住在这个没有暖气的房间里，每天早晨出被窝都成了一件痛苦的事，而心头的清冷更甚于袭来的寒意。无聊之时，他就翻看韩奇留下的笔记本。不看不知道，一看吓了一大跳。

韩奇教授遗留的文稿中，根本就没有一个字提到失踪的商朝军团！

几十页发黄的纸张中，墨迹前后不一，显然不是一个时期写的，但从头到尾都在评述一本古书——《山海经》。原文的意思本来就晦涩不清，韩奇的解释更让卢筝看得如坠五里云雾。而且，韩奇似乎喜欢和黑人朋友过不去，引用的尽是什么"黑齿在其北，为人黑，食稻啖蛇，一赤一青"，"下有汤谷，汤谷上有扶桑，十日所浴，在黑齿北"，"劳民国，为人面目手足尽黑”等条目，还批注了“此处至为重要，为开启总篇之钥匙”等语。

卢筝很失望，觉得韩老先生真是越老越不像话了。人们都说：少不读《水浒》，老不读《西游》，怕的是少年放荡老来荒诞，他老人家两样占全了。同时，又觉得幸好没有将它交给蔡东风，否则后者一定会更加难过的。谁都知道，《山海经》是中国古代的一本奇书，但它究竟是历史书？地理书？还是神怪小说？却众说纷纭。据说，它是大禹的臣子伯益在治水途中的见闻录。而且，《山海经》本来是配图的，晋代大诗人陶渊明还留下了“泛览周王传，流观山海图”的诗句，但是后来不知怎么遗失了。今天的人们只知道，在这张图中，处于四海包围之中的神州大陆似乎是头“卧牛”的形状。但是，如果把《山海经》中描述的动物全放了出来，比如“豹尾虎齿”的西王母了，“人面豺身”的化蛇了，“白首反踵”的朱厌了，“马首人手”的婴如了，保管能把恐怖片里最邪恶的器官移植科学家吓死。

待卢筝看到《海内西经》一篇中记载了昆仑山上的天宫有九座门，由威猛的“开明神兽”把守，不禁微笑了。根据方位来判断，昆仑山耸立在青藏西部，“高原之虎”藏獒既能力敌狼豹，又能看家护院，显然是“开明神兽”这一称号最有力竞争者了。这么算来，连“黑旋风”也与有荣焉。

正想到了这里，卢筝竟然隐约听到了狗叫声，疑心是自己耳朵出了毛病。随即，他就听到了敲门声，跳起来打开门，先冲进来的照例是“黑旋风”，当即将缩在角落里的两只猫吓得尖叫不止。容妤喝住了狗，放猫逃了出去，然后抖掉了身上的雪花，摘下了红棉帽子。

“你可来了!”卢筝激动得有点失态了，“我是说，你终于想起我们了?”

容妤抬头看了他一眼，突然间满脸晕红，几乎要沁出血来。

“你愿意做我的男朋友吗?”

卢筝胸口一窒，脑子里一片空白，差点没听见容妤下面的话。

“你千万不要误会，我的意思是——不是真的男朋友。”

卢筝半天还没缓过神来，容妤也知道这个请求太突兀，只好把事情的来龙去脉详细说了一遍。原来，容家虽然只剩了她一根独苗，但容光斗的小舅子——也就是容妤的舅姥爷竟然还活着！当年战败后侥幸逃到了台湾，年后就要回大陆来探亲。

“怪不得呢！在韩老的追悼会上，我怎么看那个花圈上都觉得别扭，现在算起来，也只有他够这个资格了。”卢筝这才恍然大悟。

随即，卢筝又感到奇怪了，说两岸开放探亲都快二十年了，这位郑老先生为什么不早回来呀？容妤说一则军人的身份受限制，二则他知道容光斗长期不为大陆学界所待见，又听说自己的外甥也在科考中遇难了，没有子嗣，自己在大陆的亲人一个也没有了，所以心灰意冷。这么多年过去了，才偶然从报纸上得知容光斗的弟子韩奇正在组织人马寻找导师的下落，而参与者之中，竟然有一位是外甥的遗腹女！

“舅姥爷还说了，要送我去西班牙进修艺术呢！不过，我可舍不得撇下妈妈！”容妤兴奋的神情溢于言表。见此情景，卢筝不仅泛起了一丝妒忌。

“你多了一位阔舅爷，和我有什么关系呢？——总不会是为了多要一份见面礼吧？”

“当然不是了！他管了一辈子兵，嗓门大，脾气更大，还满脑袋封建思想，说我是小辈，终身大事全得听他老人家的，硬要给我介绍一个男朋友，说那是同袍的后代，一直来往两岸做生意，两家门当户对，再合适不过了。所以，我想请你假扮我的男朋友，说谈了好几年了，等我一毕业就结婚，让他彻底死了这条心。等他走了以后，我们再——”说到这里，容妤突然憋住了，半天吐不出一个字来。卢筝见状，赶紧把话头接了过去。

“什么‘再’不‘再’的？反正在圣子岛上，我已经假扮过一次新郎官了，现在再演一回，又有什么大不了的？”

见他爽快地答应了，容妤的表情也放自然多了，说今天是元宵节，到我家去吃晚饭吧，还特意强调了一句：

“是妈妈叫我请你过去的。——她可不愿我嫁到远方去。”

卢筝跟着容妤出了门。暮色苍茫的街道上，雪花又飘了起来，纷纷扬扬落在了头发和肩上，让人联想到了婚礼上为新人撒落的彩屑。这样的待遇，卢筝今年差点享受了三次，可最后什么也没捞到。现在，连老天也被打动了，要给这个可怜的男人一点补偿。容妤见他满脸笑意，就问有什么可乐的。卢筝不回答，反问她为什么几个月来也不见踪影，连蔡东风走了也不送一送，好歹人家当初对你也是一片痴情。

“我可是个在校的学生，打着实习的名义出去了好几个月，回来不得补交点美术作业吗？何况，春天我就要毕业了，难道不需要提前考虑一下就业的事情吗？”

卢筝听了连连点头称是。没错，这个回答太合乎情理了。奇怪的是，同伴们以前怎么谁也没有想到呢？

卢筝在忐忑之中，双脚终于踏进了容家的大门。据说，这么多年以来，这个家庭不欢迎男人的到来。可是卢筝很快就发现，有一个男人的身影却无所不在。从照片上看，与容光斗相比，容好的父亲少了几分潇洒自如，多了几分厚重沉稳，与调皮刁钻的女儿更是大异其趣。如果“隔代遗传”理论成立的话，这个家庭可以提供一个有力证据。

与之前的想象完全不同的是，容好的母亲看上去和京城里任何一位退休前的职业妇女没多大区别。不过，她对待客人的礼数很周到，唯独缺的是热度，除了感谢卢筝救了“黑旋风”、找到容光斗下落、完成亡夫的遗愿之外，就没有更多客套话可说了。

等容好把晚饭端了上来，卢筝顿时瞪大了眼睛。菜品很齐整，冷热汤点一应俱全；餐具很洁净，瓷碗钢勺玻璃盏熠熠生辉。问题是，即使吃饭从不挑剔的卢筝，也没见识过一星荤腥都不沾的素斋。

好在菜肴的口感还不错，卢筝填饱了肚子，又和容妈妈闲扯了几句家常，见时间不早了，就告辞了出来。容好也不留他，送到门口时，卢筝突然说了一句：

“小时候，你是不是经常被妈妈关在家里？”

“才没有呢！她怕我出事，上班前把门锁了，我就翻窗户出去玩，等她下班前再翻进来。她见满地都是灰，还以为是‘黑旋风’带进来的呢！”容好的否认，实际上印证了卢筝的猜测。

“现在你是个大姑娘了，不要光想着自己的快乐，有空多带妈妈出来走一走，不要总让她一个人回忆那些悲伤的往事。想起已经过世的父母，我现在终于明白了儿子该做什么，可惜的是，一切已经太迟了。”说到这里，卢筝的鼻子有些发酸。容好低头嗯了一声，已经留长的头发柔顺地垂了下来，遮住了面庞。

从这天起，两人又恢复了常来常往。没错，至少从蒙骗那位郑老将军的角度看，了解彼此的生活细节确实很必要。容好很细心，还将自己和卢筝在圣子岛上拍摄的合照中选了最可心的一张，放大了挂在了闺房中。不过，不知出于娇气还是自重，她有事每次都叫卢筝过来，而自己却再也不肯屈尊光降。

几天后，胡自雄和蔡南风也从湖北回来了。卢筝为他们接风，问蔡东风混得怎么样？蔡南风回答说哥哥春节一直待在深圳，没有回家来。听说他已经换过了两家文化公司，但没有吃回头草的打算。

蔡东风铁定不回来了，可是，来自台湾的郑云翼老先生却如期出现在了首都机场。看到第一眼，卢筝就以为来了一个老牌恐怖分子，因为老将军脸上每一颗老年斑都像嘶嘶作响的炸弹。果然，他立即就吃了一颗钉子。

"我自己拿，不要外人碰！"当卢筝献殷勤帮忙提行李时，老人家竟然一挥手，将他推到了一边。

"舅姥爷，他可不是外人，您不要吓唬他好不好？"容妤满脸娇嗔地劝说道。扶老人上了车后，一路上除了介绍北京的建设新貌，容妤还穿插渲染了男友的家世和能耐。卢筝听在耳中，心想容妤可真能吹牛的，竟然把自己比拟为张骞班超一类的大冒险家了，幸好没提玄奘和鉴真，否则一辈子光棍是打定了。

"何况，爷爷的遗物，就是他找回来的。他还是韩老的关门弟子，老人家走的时候，是他披麻戴孝送的终，连自己一辈子没发表的文稿也交给了他。"

郑老将军来之前，头脑中已经灌输了许多先入为主的东西，如今亲眼为实，满腹的气恼不由卸掉了五分，不过嘴里还嘟囔个不停，说韩奇虽然是姐夫的高足，容家的事还轮不上他来定夺。

当天晚上，容家为郑老将军举办了家宴。卢筝知道这位前辈可不是个吃素的，担心他借题发挥，说大陆人民依然穷得没肉吃。但出乎意料的是，老将居然毫不挑剔，除了主动要酒喝。容家已经多年不闻酒味，幸好卢筝事先做了准备，才没有断货。开了盖后，郑老也不要人劝，大马金刀喝了起来，话也分外多起来，夸外甥媳妇恪守节妇的情操，孙女儿有闺秀的风范，独独对作陪的卢筝视而不见。到后来，他终于原形毕露，破口大骂了起来。容妤和卢筝白天已经见惯了，干脆来个充耳不闻。郑老将军从过去骂到了现在，又从这边骂到了那边，其中倒不乏妙句。比如，他说101大楼是个先出头的椽子，而国家大剧院像个不出头的乌龟。最后，他又翻出了夹杂不清的历史旧账，自己也成了京剧中的武生，一会儿是精忠报国的岳武穆，一会儿是走麦城的关云长，让人眼花目眩。于是，乘他喘气的间隙，卢筝冷不丁问了一句：

“我们年轻人不懂政治，更不懂打仗。但是，我想向前辈请教一个问题：如果今日中国仍然以您为将，可保国家太平无事吗？”

“当然不能！”郑云翼对此嗤之以鼻，因为这个问题幼稚得可笑，又加上了一句：“昔日尚且不能，何况今日乎？”

卢筝点了点头，不说话了。容妤和妈妈听了，当然也没什么话说。可是过了片刻，郑老将军自己竟然变得沉默了下来，脸色也从酱紫色变成了灰白色，好像酒精中毒了。半晌，才颓然长叹一声：

“你说得没错。真正的国之干城，就要御敌于国门之外。自古以来，连不识字的庄稼汉都明白一个道理：养儿是为了防老，不在乎出殡时多赚几个响头；养兵是为了御侮，谁会嫌忠烈祠里太冷清？”

半夜时分，卢筝和容妤将老将军送回了宾馆。他今晚有点反常，但似乎也没什么危险。容妤虽然不明白一老一小两个男人在谈什么，但对卢筝的表现满意极了。

“我真怕你和他吵起来，没想到的是，你竟然拔掉了他的气门芯！”

“老人家虽然脾气大，可是度量更大，我感激还来不及呢！”卢筝这句话可是发自内心。

郑老将军满腔的悲愤变成了沮丧，反而让亲人担心了起来。幸好，这种情况并没有持续多久。盛夏的一天，他一大早穿戴整齐，坐上了专车去了一趟人民大会堂，又佩戴着光灿灿的“抗战胜利60周年纪念章”回来了。一路上，感觉满大街的人儿狗儿花儿草儿都在向他欢笑，心情大好，瞅谁都顺眼，见了卢筝更是心花怒放，说我第一眼就看出你小子是块好钢，可惜没去当兵。

见老祖宗自动放弃了当家做主的权力，容家母女终于大大松了一口气。没过几天，郑老将军又像移动手机一样漫游全国去了。送他上了飞往长沙的航班，容妤和卢筝坐上了回程的大巴。从机场到海淀的一个多小时里，两人一句话也没有。送容妤到了楼下，卢筝说了声再见，可是走出了几步，又被容妤叫住了。

“你真的就没有什么话对我说吗？”

卢筝看到她眼角又泛起了泪光，再也忍不住了，大声说道：

“当然有！——就怕你不当真？”

“我当真。”容妤飞快地应了一句，可后面的话就轻得快听不见了，

“——不过不是现在，明天上午我一个人在家，我想看着你的眼睛，听你亲口说出我想听的话。”

卢筝走在了路上，感觉自己轻飘飘的，似乎不是脚在走路，而是鞋底装上了助推火箭。和他完全相反，容妤说完那句话后全身无力，几乎爬不上楼梯。当晚洗澡后，她在浴室中对着镜子照了半天，轻弹每一寸肌肤，自傲之中夹杂了几分自怜。次日早起梳洗后，她一遍遍盯着自己的面容，尤其是仔细画好的唇线，想起了卢筝跟自己开的那个玩笑，想笑又有一点恼，还有止不住的心跳。

可是，她从黎明等到了黄昏，卢筝却没有来。

15 海棠依旧

女人是水做的，有的丰沛如海，有的尖刻如涧；有的明媚如湖，有的幽暗如井；有的直下如瀑，有的宛转如溪；有的冷如冰川，有的沸如滚汤；更有金盘上的玉露，白石中的清泉，繁花下的沼泽。春霖秋霜，飞珠溅玉，不可描画。唯一能确定的，就是你敢玩水的话，迟早要淹死在里头。

当于卿凤再次出现的时候，她既不像国产片中专嫁大款的前女友一身珠光，也不像韩剧中突然杀出的旧情人患了无药可救的绝症，只是安安静静坐在那里，笑盈盈地看着卢筝，仿佛古希腊的女王迎接远征凯旋的勇士。

比她更盼望卢筝归来的人是胡自雄。在过去的一个小时里，他举止无措，额头全是汗水，脑袋却空得像个被榨干了汁的柠檬。一见到卢筝，胡自雄就像盼来了救星，立即逃了出来，一边走一边感叹漂亮的女人见过千百，今天才算见识了什么是佳人——不是倾国倾城的貌，不是多愁多病的身，而是淡雅淡然的性，卢筝和卫宗渊先后栽在她手中真不冤。随即，胡自雄又后悔自己刚才不该说得太多了，连卢筝天天到容家报到的情节也泄露出去了。可话又说了回来，于卿凤身上似乎真的有一种魔力，她的嘴唇还没动，那双眼睛就把你看了个透，让你除了痛快招供之外别无选择。

现在，卢筝终于见到了于卿凤。一别三年，她已经进入了女人生命中最美丽的阶段，除了保鲜的容颜之外，神韵中更添了几分丰盈圆润，不再是当初那个动辄就清泪流千行的瘦怯女孩了。久别重逢的这一刻，卢筝已经预想了无数次，哪一次不是天崩地裂、海陆倾覆、乾坤错位？可眼下活色生香的人儿就在面前，他却除了口唇有点干燥外，全身激不起一丝特别的反应。

卢筝给自己倒了一杯水，吞了几口，才开口说了第一句话。让于卿凤大为惊讶的是，他提到的不是铁门汉简，不是相思之痛，不是她和卫宗渊之间讳莫如深的插曲，竟然是一件毫不起眼的小事，而且还是当做笑话一样说出来的。

“你走的那一天，干吗非要把门反锁上？害得我最后只好从窗户爬了出去。——难道，你是怕我把你追回来？”

“当然不是了。”于卿凤猝不及防，先匆忙应了一声，随即就找到了一个饱含幽怨的理由，“你知道为什么我会养成出门就上锁的习惯吗？那段时间，你不在家的时候太多了。”

“从那天开始，我晚上睡觉从不锁门，一是怕再把自己关起来，又幻想你回心转意后，某一时刻会突然推门进来。这个习惯没招来贼，倒便宜了猫，你看它们进进出出的，好像我就是美国歌星普雷斯利。不过猫来了也有一个好处，那就是屋子里再也没有耗子了。我记得以前你最怕晚上听到窸窸窣窣的动静了，经常吓得半夜不睡，硬把我揪起来陪你说话。”

卢筝说得很随意，仿佛在回味昨夜的盛宴或刚看过的一部大片。可是他不知道，于卿凤在来之前，也设想过了各种可能，无论雷霆霹雳还是冷风酸雨，自信都可以化解，最怕见到的就是他这副浑不在乎的表情了。谁都知道，一个人失恋之后，情绪变化会有几个阶段，先是怨，后是悔，之后又是毫无依据的盼。等希望幻灭后，又会变成无来由的恨。最后，恨意渐渐淡薄，连自己也觉得好笑了。现在，卢筝与她的关系，正在飞速滑向最后一个节点。

“我今天不是来看猫的，而是看你的。当然，如果你愿意的话，以后我们可以收留几只流浪猫。”于卿凤心头失落，脸上还维持着如初的温婉。

可惜卢筝已经不相信她说的话了，当初的海誓山盟都化为了云烟，现在这句窝心话又有几分靠得住呢？何况，在他的记忆里，于卿凤讨厌一切小动物，甚至包括绒球一样的小鸡。

“我刚才喝水的时候，看到一只猫要跳到你的膝头上，结果你皱了一下眉头，躲了开去。”

于卿凤神情有点尴尬，她讨厌爪子和虱子，但最不喜欢的却是明察秋毫的探子。以前的卢筝，眼大得像个风洞，心粗得像个棒槌，自己总是怨他不解柔情，现在看来，这倒是个天大的优点了。

“刚才，我和小胡聊了一会儿话，心里很高兴，你终于交上了一个值得信赖的好朋友。”

卢筝点了点头，承认她说得没错，又感慨良多。古人云：人生若只如初见。可是，以往那些一见如故海侃滥饮的朋友，其实没一个靠得住的；而此番同行的几个人，一开始各怀心思，最后倒成了莫逆之交，甚至包括卫宗渊，与其说他有多阴险，不如说太天真。

于卿凤见他脸上有了笑意，心中实在忍不住了，竭力用平缓的语气说出了一句：

“真的很羡慕你，又有了红颜知己，我现在还一点着落也没有呢！”

卢筝听了，半天也说不出话来。于卿凤知道这种沉默中包含了默认、惊讶和疑惑，只是不知道是否还包含了一星半点的怜悯，于是牙一咬，又加上了一句：

“也许，看到我形单影只的样子，你心里会感到高兴。”

“高兴？我怎么会呢？说幸运还差不多，你连卫宗渊那样多金又多情的钻石王老五也看不上，我早点和你分手，也许不是什么坏事。”卢筝心中残存的一点火气终于被撩拨了起来。

自从在苔藓岛上得知于卿凤已经移情别恋之后，卢筝千百次要把她从记忆中抹去，可事到临头，依然无法保持淡定。

孰料于卿凤并不怕他发火，甚至希望他暴跳如雷，因为每个了解卢筝过去的人都知道，他的愤怒就像过载的保险丝一样，只能烧了自己而不会对别人造成伤害。

“我没说你幸灾乐祸，只是想说：你对别人总比对我要好。”于卿凤幽幽说了一句。

“你一走三年，一点消息也没有，就算是牛郎织女，也有鹊桥相会的指望，我总不能当个活太监吧？没错，我是有心追容好，可人家还未必肯答应呢！”卢筝一口气说完，才知道自己说的全是傻话，该录入白痴大全的。果然，于卿凤立即接了上来，声音里都有了哽咽。

“新人还没有追到手，你就将旧人忘得一干二净。可见，你也是个薄情的男人，以前对我说的那些话，全是骗人的！”

这一副楚楚可怜的样子，这一幕似无理又含情的哀怨场景，将卢筝瞬间拉回了过去的记忆中。当卢筝每次要出远门的时候，她就是这么说的；当卢筝每次夜半酒醒之后，她也是这么说的；当卢筝决定将安家的钱投入到凌云社这个无底洞时，她还是这么说的。想到这里，卢筝气血上冲，浑身发热，似乎自己过去不要那么偏激，认真顺从她一次，或者上前将她抱起来，求她原谅自己的一意孤行，两人就可以重新开始。不过，爱情毕竟不是手电筒，不用了就可以闲置一边，想起来接个电池就亮了。何况，搁在两人之间的除了情感变迁，还有成堆理不清的谜团，需要一一道来呢！

“如果不是你把铁门汉简拿走了，我怎么会在灰心丧气之下，将凌云社交给袁振威呢？如果不是卫宗渊拿它来要挟，我怎么会去一趟南太平洋？如果不是参加这次探险，我和容妤之间八竿子也打不着呢！”

这一段的前因后果，于卿凤已经连猜带问知道了十之六七。不过，她没有顺着卢筝的逻辑走，而依然从那些陈年旧事谈起。出身扬州评弹世家的她，天生丽质又能歌善舞，中学毕业就被父母送到北京来学习表演，指望考上艺校，将来光大门楣。可是到了北京才知道，怀抱“一朝飞入青云端”梦想的佳丽才女何止千百，想要脱颖而出，难度不亚于麦田里长出钻天白杨来。无数的青春芳华，冶容艳姿，香汗红泪，不过是为万里挑一的幸运儿做了奠基的分母而已。更想不到的是，她竟然偶然邂逅了微露峥嵘却又不入流——应该说是不入主流的青年探险家卢筝。几乎没有任何犹疑，两人就坠入了爱河。于卿凤一心一意全在卢筝身上，什么都荒废了。父母来了两趟，软硬手段都使尽了，依然没能让女儿回心转意，最后撂下了狠话，说你要是真和那个野小子上了床，就一辈子也别想踏进家门来。

仿佛为了回应这种威胁，于卿凤干脆从寄宿学校搬了出来，住进了卢筝的蜗居中。在那个纯真的时代，年轻人什么也可以不在乎，什么也可以不担心，只要有了彼此，即使天地易位也不过换成头走路罢了。于卿凤义无反顾地牺牲了自己的前途，卢筝也无数次压抑了自己的冲动，让两情相悦仅仅停留在了精神层次。他苦心经营着自己小小的探险社团，梦想着某一天，“凌云社”这个名字播扬四海，赞助像潮水一样涌来，从中舀出一瓢，就能为她安一个家，一个法律上物质上都无懈可击的家。那时，他也可以骄傲而从容地去见于卿凤的家人了。

可惜，这种过家家的想法和叛逆心理搭建起来的美妙世界，是最经不起现实检验的。

“一天，妈妈打来了电话，说爸爸病得很厉害，让我赶快回来，晚了就见不上面了。”

卢筝惊讶地问她为什么不把这件事告诉自己，于卿凤回答说告诉你也没有用，你连父亲的手稿也拿出去抵押了，平常我买菜也要精打细算，哪有给人治病的闲钱呀？

“我快要急疯了，又怕你知道了更上火。这时，我突然不知怎么鬼迷了心窍，想起你经常带了一些古物回来。我想，也许从中拿走一个玉环或几枚铜钱，你不会察觉出来。当然，我知道你是个正人君子，把信誉看得比命还重要，绝对不会允许我这么做的。于是，我瞒着你翻箱倒柜，却只找到了一包黑乎乎的竹条子。”

卢筝听到这里，深吸了一口气，半天也没有吐出去。作为一个男人，最见不得的就是心爱的女人为钱所困。逼良为娼的故事听过太多，却少见逼良为盗的，而可悲又可笑的是，被盗的对象竟然还是心上人。想到这里，卢筝只想狠狠抽自己一百个耳光。

“你要原谅我，因为我没有办法，只能拿走它，”于卿凤说到这里，终于哭成了个泪人儿，像一枝雨中的美人蕉，“一边是你，一边是父母，我只能选择孝道。”

没错，当于卿凤决定拿走铁门汉简的时刻，也就意味着她将离卢筝而去。也正因为如此，她才决定在走之前的夜晚，将自己交给了卢筝。

多么可怜的女儿！如果之前卢筝还有点怨怅的话，现在已经被无边无量的愧疚彻底压垮了。卢筝自小是个缺少归属感的孩子，在伦理教育上，风流成性的卢青城显然不是个好榜样。所以，卢筝始终无法设想，一个人正常家庭成长的人，就像傀儡一样，得由几条看不见的线拽着牵着绊着，才能保持平衡不逾矩，而自己却是只单线放飞的风筝。这一点，于卿凤不明白，容好不留心，反倒是远飏的顾雅莉目光如炬。

实际上，于卿凤说不出口的是，在经过了最初的浪漫和新鲜之后，她已经对这种无根无系的漂泊生活感到了厌倦。每天入睡前，不知道明天清晨爱人是否还在枕边；每次出门后，不知道归来的他是否毫发无伤，这绝不是普通人的神经所能承受的。父亲病重的消息，不过是逼她出走的一根导火索而已。尽管事后证实，这不过是条假消息而已。

“我回家之后才发现，爸爸根本就没有生病，是家人为了骗我回来编造的谎言。”

卢筝仿佛没有听见，他已经被负罪感折磨得心酸肝裂，恨不能粉身碎骨来弥补万一。

“父母这么做，毕竟是为了你的幸福着想，我完全可以理解。但是，你怎么一时糊涂想不开了，非要走上绝路呢？”卢筝痛惜又不解地问道。当初，如果于卿凤发觉上了当，愿意重新回到他的身边，卢筝极有可能改弦更张，结束那种风光又危险的日子。如此一来，两人就不会为铁门汉简的下落而担惊受怕，自然也就没有卫宗渊插足的机会了。

当然，如果卢筝真的那么做，之后的生活就完全是另一副模样了。他会去选择一份正常职业，也许还是商场的一名技工。很多年后，他一定会熬到工程部门的负责人。但真到了那一天，他也只能像今天的老谭一样，将年轻时代的万丈雄心藏入琐碎事务的缝隙中，在地图上仗剑纵横，在盆景中神游江湖。

“我没脸回头见你，又不能家里待下去。你知道，我家教很严的，如果爸爸妈妈知道我们之间已经发生了——可能真的要了他们的命。”于卿凤双手掩面，泣不成声。卢筝这时才霍然发现，她那纤细的手腕上竟然还戴着玉镯，依稀正是自己当年送给她的那一对。

不成功的父母，往往对子女过分苛刻，甚至将他们当做发泄的对象。高不可攀的目标，借题发挥的训诫，密不透风的管束，最终会带来什么样的结果呢？说到底，不过是将悲剧的种子一代代传下去罢了。

卢筝拿了纸巾给于卿凤揩泪，还坐下来陪她一起叹息。只要一谈到父母，两人又回到了同一个战壕里。之后发生的事情，卢筝不敢也不忍心去追问。如果不是万念俱灰，于卿凤不会吞药投水；对于一个将自己从绝境中拉出的男人，因感恩而动心也是人之常情。何况，卫宗渊是个如此完美的丈夫楷模，比铁心钢肠一根筋的卢筝强太多了。想到这里，卢筝对卫宗渊残留的一点嫉恨也被满腔感激所替代。没错，与男人那点可怜的自尊心、占有欲相比，于卿凤的生命显然更有价值。——当然，前提是你真心爱她的话。

想到这里，卢筝回过神来，说了一句：“上次出海的时候，我和卫宗渊也相处了一段时间，他真是一个好男人，可你为什么又走了呢？”

现在，于卿凤已经不哭了，泪水浸润过一双妙目在浓重睫毛的衬托下显得更加凄迷，听卢筝终于提到了卫宗渊的名字，一抹绯红色刹那间就从眼角弥漫了双颊。当然，她知道卢筝这一问只想知道铁门汉简转手的曲折，并没心情倾听两人之间的情感始末。

“我被宗渊救起来之后，一直不知道铁门汉简的下落，以为掉到河道中没捞起来。否则的话，宗渊一定会原封不动还给我的。我想糟了，竹简上的字是墨写的，入水一泡就化了。忐忑了大约半年之后，追查的风声终于传来了，一日紧似一日，凭以往对你的了解，无论如何也不会把我供出来的。可是，这毕竟不是我们之间的私事，总有顶不住的那一天。真相曝光之后，一定会拖累宗渊，让他在大哥面前更加抬不起头来。”

卢筝听了，惊得几乎要跳起来！

在苔藓岛上，卫宗渊言之凿凿，是于卿凤先离他而去，之后发现了遗忘在储藏室的汉简，才顺藤摸瓜来找卢筝索命的；可是现在于卿凤却亲口说黑云压城在先，自己潜逃在后。这个罗生门该如何破解？卢筝无法判定，因为于卿凤是个罕见的感性尤物，卫宗渊也一贯臆想成瘾，两人倒真是天造地设的一对妙人。

此时，卢筝突然想起了一个更加重要的问题，那就是惹起了无数风波的铁门汉简早就纳入公门，三人之间孰是孰非也成了东流逝水，没有任何争辩或分辨的意义了。那么，于卿凤为什么还要来找自己呢？莫非，她想重回旧情人的怀抱？抑或，在离开卫宗渊之后，她又碰到了什么度不过去的难关吗？

无论从理智还是情感的角度出发，卢筝更愿意相信和接受的还是后者。于是，他立即又恢复了过去的脾性，那个看起来顶天立地，实际上上无片瓦下无锥地的空头大丈夫。

“我还和以前一样，口袋里的钱都是长了翅膀的；可是，我依然和以前一样，每一根血管都是透明的！”

果然，于卿凤的神情变得扭捏了许多。她低下头去，银牙轻咬着朱唇，半天也说不出话来，似乎那是一件多么难以启齿的事。卢筝看了，心中更加惊疑，几乎要拿出逼迫手段了，于卿凤才终于说出了口。果不其然，她真的需要帮助，而且这个忙普天之下也只有卢筝一个人能帮。不过，等卢筝了解了具体内容，反而大大松了一口气。

“这算什么难事？早告诉我，现在节目都杀青了。”

原来，于卿凤在离开了卫宗渊之后，并没有回到演艺的道路上去，而是转型做了节目主持人。这条路一开始走得很艰辛，但她的形象好气质佳，逐渐获得了一点人气，成了邻省一家地方台的新秀。不过，要想真正蹿红，光会对观众巧笑倩兮是不行的，需要抓住一次机会。这种机会，可能是一场公共灾难，可能是一个隐秘事件，也可能是一出自导自演的闹剧。总之，只要能把眼球全吸到自己身上来，哪怕是在大街上裸奔也不觉得丢脸。在残酷的竞争中，没有雄厚底气又不甘流俗的人，如果不想被淘汰，只能选择剑走偏锋，出奇制胜。

于是，卢筝就成了于卿凤的敲门砖或救命稻草。而他需要做的，就是将南太平洋之行的细节公布于众。之前，为了替卫宗渊遮掩，大家相约口径一致，采取大而化之的方式，但语焉不详的结果，反而勾起了公众更大的好奇心。这些天来，想探听消息的记者络绎不绝，但卢筝一概置之不理。可是，于卿凤一开口，那可就万万不能推却了。

新闻最要紧的不是真实，而是时效，卢筝是知道这一点的，所以不等于卿凤催促，立即站了起来，说我们赶紧出发吧，你看天都已经黑了。——实际上，他不知道于卿凤究竟有没有留宿的念头，就像不知道现在两人之间的关系究竟该如何定义。于卿凤见他如此爽快仗义，惊喜之下，满面的哀愁都不见了。两人出了北门，卢筝看见大槐树旁昏黄的路灯下，录制组的车辆人员都已经等在那里了，就说何必这么麻烦，我们找个咖啡厅，做个简单的访谈不就完了吗？于卿凤解释说这个策划已经列为台里的重点项目，为了制造悬念，达到逼真的效果，我们采用了一种新潮的录制方式——情景再现，也就是以前所说的“摆拍”。

“我可不会演戏。”卢筝一听就为难了，觉得找个替身可能更合适，自己可以提供专业意见。听了他的话，车上车下的人全笑了。

“真神都肯现身，我们还要那些泥塑木雕干什么？”

又谈了几句，卢筝才知道，栏目组选定的外景场地竟然在秦皇岛！也就是说，明天去容家的事铁定泡汤了。可是，既然已经答应了于卿凤，眼看人家已经摆开了大阵仗，自己怎么能打退堂鼓呢？

卢筝上了车，先给胡自雄打了电话，告诉他不用在外面压马路了。胡自雄可能正在和蔡南风一起吃晚饭，嘿嘿笑着说我可不愁没去处，你自己要小心点，我还没见过遭了两遍火灾还能立着的房子呢！卢筝没心情跟他逗乐，静下心想了一会儿，终于拨了容家的电话，可没人接听，因为容妈妈上夜市去买菜了，而她的宝贝女儿正在浴室里顾影自怜神魂颠倒呢！

卢筝正在犹疑之时，坐在旁边的于卿凤轻轻拉了一下卢筝的手，那种久违的滑腻酥软，让他乱如絮麻的心情彻底变成了一团糨糊。

“我突然想起来了，我们相识了这么久，还从来没有一起合拍过什么照片。那时候，我一直在憧憬着披上婚纱的那一天，路过婚庆公司的橱窗，总要驻足好久。这下可好了，拍出的胶片几乎可以演一部连续剧了！”

卢筝不明白于卿凤的意思，但见她孩子般兴奋，也受到了感染，觉得能博得心上人——曾经的心上人展颜一笑，给个王爷也不换，却没想到当年的周幽王就是这样送了命的，而且原因竟然一模一样，也是演戏过了头！

经过一夜的疾驰，凌晨时分，车队终于到达了拍摄基地：燕山余脉入海处，一片长满芦苇的荒凉海滩。与波利尼西亚相比，这里找不到一丝热辣和纯净，天际线上还伫立着石油钻井平台。但是仔细看去，就会发现沙地上已经搭起了简易的草堂木屋，一个积木一样的微缩教堂，甚至还从附近的旅游学校弄来了几个学生，个个头发烫得卷曲，脸色涂得黑亮，小姑娘围了塑料片剪裁的草裙，小伙子腰间插上了木头削制的短刀。看来，为了完成这个节目，台里是下了大工夫了。

黎明的曙光中，卢筝在座位上悠悠醒来，发现于卿凤正倚在自己的肩膀上熟睡。她全身紧紧裹在一件厚大衣里，一只秀气白净的光脚却偏偏垂了下来，投射出更强烈的诱惑力。简单洗漱之后，卢筝换了一身劲装，镜头就一个接着一个地开拍了，中间几乎没有喘息的片刻，连午餐都是蹲在沙地上和着潮声一起吞下去的。一整天过去了，卢筝竟然抽不出一丁点儿的时间给容妤打电话。何况，此地太过偏远，出了电讯覆盖区，手机根本就收不到信号。

一路上，卢筝已经想好了，为了把故事编得刺激又顺溜，天王鼎的秘密再也不能隐瞒了。于是，在他的指点下，一个石膏模子很快就像变戏法一样做出来了。

玩媒介的人天性倜傥，不修边幅，又都是凭脸蛋子、嘴皮子和脑汁子讨生活的，自然很好相与。不用于卿凤介绍，卢筝很快就和摄制组的成员熟稔了。而且，拍戏也没胡自雄说得那么玄乎，卢筝轻易就找到了感觉，还第一次发现自己很有表演天赋。在镜头下，他一时打着火把钻深洞，一时拿着长桨划木船，一时背着大包爬陡坡，一时又潜入石屋窃取秘密，一时流连在码头上若有所思。在涉水拉网捕鱼一幕完成后，本来设计的动作就是坐在岩石上，用刀片将活鱼生切后大嚼大吃，要的是一股子生猛劲儿，让沉湎于甘醇肥厚的都市人产生强烈的胃肠痉挛。可是卢筝超常发挥，一挥手将鱼头去掉，然后无师自通地说了一句“既生鱼，何生网”，顿时赢得满堂彩，连冷漠如鹈鹕的导演也竖起了大拇指。

每一次间歇，于卿凤都拉他到一边私语，当然不乏递水拭汗系扣子等小动作。卢筝先是感动，之后惶恐，但看了同事们的眼神，似乎他们已经知道了两人之间的关系，心中的不安又变成了骄傲。以前的自己，从未为于卿凤做过什么，现在可要替她大大挣一回面子了。

一晃就到了黄昏。收工之后，卢筝才抽空跑到了附近的一个渔村，借了老乡的电话打长途，可是心忙之下，竟然先拨到了胡自雄的手机上。

“我的老大哥，你到底上哪里去了？容好一下午像疯了一样追着我要人，我不知道你怎么招惹她了，也不知道你究竟跟于卿凤去什么地方快活了，只好向老天爷保证，说你没被货车撞，没有掉进下水道，没有被高楼上抛下的花盆砸中脑袋，就差没说你没被外星人绑架了，可她还是怀疑你遭遇了袁振威雇来的黑道杀手！”

卢筝来不及解释，立即换了个号码又拨了过去。“嘟”只响了一声，容好就接听了。她一听到卢筝的声音，一个字也说不出来，先是呜呜哭了一阵，然后说你究竟死到哪里去了，不想来就算了，干吗要逃走，我还没丑到无人可嫁的地步！又问你到底怎么了，是不是生病了，卢筝说我很好，可是碰到了一件急事，现在不在北京，过几天才能回来见你。容好听了很讶异，她知道卢筝是根独苗，就问他是不是和自己一样，突然冒出来一个远方亲戚要送遗产。卢筝支吾说不是，是一位以前的熟人。容好停了一下，心中似乎有了某种预感，轻声说那个人的名字是否我也听说过。卢筝实在瞒不住了，只好吞吞吐吐地说出了“于卿凤”三个字。容好一听，只骂了一句“真该死”，就掐断了电话。

卢筝心中一片茫然。他想对得起所有爱自己的人，可最后的结果却是让所有的人都伤了心。

卢筝知道如果自己立马去见容好，一切还有转圜的余地。可是，这个节骨眼上又不能撂挑子，毕竟这事关于卿凤的前途，于是恹恹返回了住地。其后的几天，卢筝给容好打了无数电话，可始终没人接听。一个星期过去了，节目终于完成了。当晚，剧组全体成员在海滩上开派对庆祝。皎洁的月光下人影杂乱，熊熊篝火边谈笑风生。卢筝刚启开一瓶饮料，一转身就见到了满场翻飞笑靥如花的于卿凤。她一见卢筝竟然选了不含酒精的果汁，不禁大吃一惊。

“你难道戒酒了吗？说实话，几年不见，你变成什么样我都不奇怪。可是，我万没想到你竟然不喝酒了，我还以为我们现在终于有了一个共同点了呢！”

卢筝见到她杯中晃动的暗红色液体，也感到十分意外。那时的她，喝口清茶都要闹失眠的。

“这可能就是物极必反的道理吧！就像以前的我，一门子想着事业，将你撇在一边；看看现在的你，忙得连轴转，我却成了闲人，不知道怎么打发时间。”其实，卢筝并没有戒酒，只是酒能乱性。久别重逢的激动，大功告成的放松，今夜狂欢的气氛，明朝分别的离绪，如果让酒勾兑在一起，于卿凤怎样不敢想，自己恐怕会变成一台颠三倒四的失控吊车。

于卿凤玉指轻摇酒杯，微笑着听卢筝发完感慨，才说今晚太高兴了，我们一起去跳舞吧！卢筝不能扫她的兴，又怀疑自己心地太龌龊。于卿凤天天在电视上抛头露面，自然不乏追求者，抑或已经交了新男友也未可知。——这行业的人大多是吃青春饭的，为了保持形象吸引粉丝，不要说婚约在身了，哪怕生了娃儿也要装成永葆童真的白雪公主。自己总怕和她沾上边，似乎有点儿自作多情。

起舞之时，卢筝挽着婀娜的腰身，看着清丽的脸庞，闻着馥郁的气息，正在昏昏然和惕惕然之间反复摆渡，于卿凤突然开口问了一句：

“你怎么总是一副心神不宁的样子？难道，是小情人生你的气了？”

“容妤虽然小，可没有你想象得那么幼稚。何况，天真一点又有什么不好？我还不到三十，倒感觉有点老气横秋了，真怕配不上她。”卢筝半是抗议半是辩解道。

“你这么说，不会是在暗示我该去吸脂排油拉皮了？”于卿凤说完，一看卢筝有点急眼了，连忙笑着道歉，说好了好了，你这个人有口无心，我难道还不清楚吗？

“我想见见容妤，就一面，你总不会拒绝吧？放心，你对我这么好，我不会说什么坏话的，顶多提醒她你的胡子太扎人了，千万别划破了娇嫩的脸皮！”

事实证明，卢筝的担忧完全是神经过敏，因为除了共舞一曲之外，这一夜两人之间没有擦出一星火花。第二天一早，节目组就踏上了归程。经过唐山时，卢筝和于卿凤道别了。他紧赶慢赶回到了北京，天色已经不早了。胡自雄见他虽然满脸风尘，可是难掩激动之情，就打趣道：

“我还以为你躲在香巢里乐不思蜀呢，怎么又想起这个破窑洞来了？”

受了蔡东风的熏陶，胡自雄遣词造句的水平暴涨，还时不时来两句文绉绉的。卢筝也不废话，一口气就把这几天自己的遭逢全抖落了出来。胡自雄这才知道，原来卢筝一头牵挂着旧枝，一头还想别开新蕊，当下倒抽了一口冷气。

“老天爷！人家走桃花运，你这可是赶上开蟠桃宴了。听我说，于卿凤我虽然只见了一面，可也看出来了，她绝不是个绣花枕头，而是根绣花针！她来求你，凭以往的感情，干吗不开门见山，还要转弯抹角绕一个大圈子，说到底就是吃准了你的脾气，要逼得你没有一丝回旋余地，只能乖乖跟她走。容妤那丫头更不是盏省油的灯，自尊心有时候强得好像钢丝一样，有时候又脆得像挂面一样。从苔藓岛逃命的路上，连我这根木头都看出来了，她已经对你动了情，但又怕没把握让自己白白受了伤，干脆就躲起来不见人了。要不是天上掉下个乱扯红线的舅姥爷，你恐怕这辈子甭想再见她的面了！现在好了，她自己憋不住开了口，你竟敢把她晾到一边，去给旧情人点炮撒花，保不准那个剁下的鸡头就是你的前例！”

卢筝听了，呆了半晌，才点头连连称是，又奇怪胡自雄怎么变得如此洞悉世情人心，回答当然是蔡南风调教的。

“别傻站着了，赶紧上门去告饶吧！软话多说点，男人在女人面前再怎么低三下四，也没人笑话的。就像我现在，哪天少说了一次‘我错了’，梦话里还要补齐的！”

去容家的路，卢筝已经熟得不能再熟了，连鞋子都知道门垫的颜色。当然，他毫无意外地吃了闭门羹。不过，卢筝已经打定了主意，不见人绝不走。何况，他还有一个半内应：先是“黑旋风”嗅出了恩人的气味，在房间里欢蹦乱跳，差点就破窗而出，容妤使劲砸了几拳也无法压制它的欢乐；后来，容妈妈也开口了，说那个小伙子已经在门上站了半宿，再待下去小区的保安会起疑心的。

于是，在母亲的催促下，容妤只好委委屈屈别别扭扭地出来了。卢筝见了她，简直比深山中挖出了人参娃娃还要高兴。他啰里啰嗦表白了大半天，总算把不辞而别的原因和七天的行动说清楚了，情急之下，还发誓没有碰过于卿凤一根指头。——这可不是实话，因为在拍片的间隙，卢筝总和于卿凤在一起，难免会有一些肌肤接触，至于临别前夜的篝火晚会就更不用提了，毕竟天下还没有不执手搂腰的双人舞。

可是容妤依旧不依不饶。

“你和她现在的关系，算什么呀？我和你之间，又算什么呀？没想到，平生第一场恋爱，竟然变成了一锅半生不熟的夹生饭！”

卢筝见她羞怒交加的样子，心中热流涌动，于是张臂将她拥在了怀中。容妤没有拒绝，身子也软软绵绵的没有了一点支撑。但是，当卢筝俯身要亲吻她的额头时，却将脸扭到了一边。

"你错过了一次机会，我还没有想好要不要再给你一次呢!"

老于风情的男人得出了一个结论，女人嘴上说"不"，心里想的却是"是"，实际上未必，更多的意思是"先放你一马"。所以，当卢筝坚持明天一起出去时，容好最终没有拒绝。

第二天一早，容好就起来了，却借口梳洗打扮，迟迟不肯下去，让卢筝多等了半个小时。皇城根下长大的孩子，天生就有作秀的本能，何况这样招摇的年龄。不过，容好到底有点幼稚，正是"十三女儿学绣，一枝枝不教花瘦"，不知道年轻就是最好的化妆品，非要在雪地上撒盐，美玉上镶金。经过几番精心又闹心的涂抹描画，颜色未免还是浓重了一点。自己不觉得，就喜滋滋地出了门。

卢筝挽起她的手，走在了曲折幽静的胡同中。秋天的晴空下，满目可见盛开的菊花、翻晒衣物和串串红辣椒；檐角的风铃声中，几只白鸽在咕咕叫个不停。看着偎依在身边光艳照人的女友，他突然有点担心了。

"我们走在一起，万一让街坊邻居看见了，怕又要产生不良的联想了。"

"那又怎样？就算我是个包装过了头的商品，难道你敢退回去吗？"容好鼓起了嘴巴。

卢筝连忙说不是，"我怕人家说：汏，哪里跑出来的臭蝗螂，竟然把我们胡同里人见人爱的水仙花摘走了？"

"什么水仙花？恐怕是一棵多刺的仙人掌吧！亏了你皮厚不怕扎，否则的话就没人要了!"容好假装可怜兮兮地说道。

很晚了，容好才回到了家中，妈妈发现女儿变得几乎认不出来了。

"你脸上怎么涂抹得五颜六色的？一个大姑娘家，也不怕人背后说闲话。幸好天黑了，没有人看见。"

容好照了照镜子，才发现刚才与卢筝分别时，两人耳鬓厮磨的工夫，脂痕唇印又像飞去来器一样回到了自己的脸上。她不觉得自己应该感到害羞，反而一边笑着擦拭，一边想象此时的卢筝已经变成了二郎神或多目怪，嘴里还满不在乎地说道：

"那有什么关系？谁让你生下一个这么漂亮的女儿呢!"

容好对妈妈说话总是没大没小的，似乎过于放肆，但实际上却是一件幸事。因为在单亲家庭中，母女相处的难度要远远超过父子。

容妈妈见女儿被爱情折腾得几近癫狂，不禁想起了自己的丈夫，心中的酸楚多于欣慰。随即，又为两个年轻人将来的生活担心了。

“你马上要找工作了，小卢也不小了，不能这样东一头西一头的乱撞，总该有个长远打算吧？咱家虽然小，但腾出一间房来，也足够给你们搭一个窝的。”

可是，在容妤的眼中，结婚还远在天边。

“那不太便宜他了吗？我刚把他攥在了手心里，还没好好摆布一番呢！”

不过，容妤虽然兴奋，可也不是真的一点心事也没有。当天晚上，她躺在了被窝里琢磨了很久。于卿凤为什么又回来了？真的只是需要卢筝帮忙这么简单吗？没有冲突的爱情，就像白开水一样乏味。想到自己有了个神秘又强劲的竞争对手，心里紧张又激动，还有点跃跃欲试的冲动。当然，她又感到气愤不平，因为于卿凤总喜欢掐尖捡现成的，好歹自己和卢筝还算患难之交呢！于是，她安慰自己不要怕，绝对不会输的，即使说破了天，道义全在自己这一边。想着想着，容妤终于沉沉睡去。她还不明白，爱情如果到了需要道德来维护的地步，那就基本上没戏了。

16　绿肥红瘦

以后几天里，两人一起去香山观赏红叶，在白洋淀徜徉芦苇荡，去慕田峪攀越残破城墙，当然更少不了逛商场看电影喝咖啡这些老掉牙却最对女孩子胃口的常设节目。两人快乐得不像将要谈婚论嫁的红男绿女，倒像一对逃学成功的早恋中学生。

当然，爱情并非只有一种滋味。有一天，容妤在家里亲手做了一盘水果色拉，包括了甜的苹果、酸的柠檬、涩的杨桃、醇的葡萄、鲜的荔枝、香的芒果，却发现卢筝竟然跑到了书架边，手里拿着一本英汉字典出神。容妤见了，顿时醋意大发。

“真没想到呀，你竟然也有留洋的打算！可不是我打击你，就你那底子，等考过了托福，顾雅莉都不知道生下几个小鬼佬了！”

卢筝笑着说你不要胡思乱想了，我查单词和她没一点关系。容妤凑近一看，才知道卢筝正在琢磨容光斗刻在翡翠岛山洞中的那几个神秘字母。

顺着卢筝的手指，容妤把“ATLA”开头的单词一个个看了下去。

ATLANTIC：大西洋。

ATLAS：阿特拉斯，古希腊神话中用双手将天空托起的大力神。

ATLAS MOUNTAIN：非洲北部的阿特拉斯山脉，在希腊神话中的世界尽头。

……

“一点也扯不上边。更奇怪的是，这些名词怎么大多和希腊神话有关呢?”容妤说到这里，突然眼前一亮，像发现了新大陆一样叫了起来。

“断开来读怎么样？比如说，‘ATLAND’！”

ATLAND?！这个词中似乎包含了“到达”和“登陆”的意思。莫非，容光斗的遗言只有一个意思：翡翠岛是商朝军团的登陆之地？卢筝点了点头，觉得这样解释很行得通。但是，他心中又隐隐觉得，“ATLAND”之下，似乎还有一两个字母，不过容光斗没有来得及刻完而已。

突然，卢筝大笑了起来。容妤以为他也有了新发现，使劲摇着胳膊叫他快说。卢筝说我们这样乱猜，倒和以前看过的一个望文生义的笑话有得一比。

“我还在上中学的时候，一天爸爸拿了一张报纸给我看，上面登载了一篇论文，说国内有个专家已经成功证实了印第安人就是中国商朝人的后裔。说来说去，他的理由只有一条——‘印第安’是‘殷地安阳’的谐音!”

卢筝尚未说完，容妤也笑得喘不过气来了。

“按照他的逻辑，印第安人更应该是印度人的后裔呀!”

没错，专家听起来名头唬人，实际上也经常犯一些小儿科的错误。十五世纪，当哥伦布到达美洲时，以为自己找到了东方的印度，于是把当地人叫做“印度人”。在英语中，两者都称为“INDIAN”。而中文为了区别，就把后者翻译成为“印第安人”。实际上，印第安人分为不同的种族，文化差异极大，从来没有使用过统一的对外名称。

可见，卢筝虽然没有承诺接受这个天降的大任，可要说他完全忘却了韩奇的重托，那也不是事实。不过，容妤虽然将文稿从潘书纲手中抢了回来，她却并不愿意让卢筝继续为了那个失踪的军团呕心沥血。

“你还是老老实实待在我身边吧。天天风里来浪里去的，我可受不了了。为了考古，我们容家已经奉献了两代男人了。我可不想将来孩子长大后，只能看着照片猜想你究竟是个什么样的人!”

“可当初你怂恿我参加探险队时，并不是这样说的呀！什么非你莫属了，什么光荣责任了，什么千载难逢的好机会了，全是些压死人的大帽子。哦，我明白了，原来在你眼里，只要不是心上人，都是白白送死的命!”卢筝故意逗她开心道。

容妤听了又羞又恼，使劲拧了一下卢筝的胳膊，恨恨地说道：

“男人就像狗一样，得拴条链子牵着。以后，你和‘黑旋风’一样，没有我的批准，谁也不许出家门一步!”

“犯人也要放风的，你不会真的这样残忍吧?”卢筝一脸苦相，还装出了屈膝跪地的姿势。

“好吧，我恩准你每晚出去一趟。”容妤假装慈悲地拍了拍他的脑袋，“不过有个条件，就是顺便要承担遛狗的工作。它在树根撒尿的时候，你也可以在草地上来几个驴打滚。”说到这里，容妤已经笑成了一团。

两人偎依了好久，容妤从卢筝的怀中抬起了头，用两根手指轻轻捏着他的鼻子，语气幽幽地说道：

“不知道为什么，虽然我们天天厮混在一起，一想起你曾经和她发生过一次，我心里就说不出是什么滋味，总觉得你身上残留着别人的味道，怎么也驱除不掉；另一方面，又觉得做个女人真可怜，在感情上投入那么多，付出的代价那么大，可得到的却只是一点点回报，甚至什么也没有。有时候，我真想撒手算了，把你送回于卿凤身边去。可转念一想，好男人谁不抢？我又不欠谁的，凭什么要当牺牲品呢？”

见容妤第一次夸自己是个好男人，卢筝几乎有点感激涕零了。现在，他只希望风平浪静走进婚姻的殿堂，因为自己已经受够了折腾。而这一切的前提，就是于卿凤的节目能够一炮走红，这样自己也就对过去有了个交代。

果然是天遂人愿，这个节目还没有播出，炫目的预告片就吸引了大众的眼球，广告招商也进行得顺风顺水。到了周末，卢筝早早在饭店订了一个包间，叫老板摆上了一台大电视，点了可口精致的菜肴，邀请朋友们一起来欣赏。胡自雄一口答应了，还要带蔡南风来见见容妤，不过时间要晚一点。容妤虽然觉得这个片子跟于卿凤有关，但毕竟是男友的风光事，自己又亲身参与过，按捺不住好奇心，所以欣欣然来了。两人一边说开心话一边吃零食，消磨了餐前时间，节目就开始了。

从第一秒开始，卢筝就知道这个片子一定赢定了；当心上人第一次亮相时，容妤也笑得嘴角上扬。可是，随着时间的推移，她却沉默了下来，脸色也变得越来越暗，而卢筝的嘴巴却合不拢了，心里直叫苦。

于卿凤竟然也出现在了镜头之中，占据了几乎不亚于卢筝的篇幅。更让人无法相信的是，在编剧的人物情节设计中，她的身份竟然是商朝军团留在岛上的后人，还与卢筝展开了一段缠绵悱恻的异国之恋！

原来，这一切事先早就策划好了。猎奇的素材，荒僻的远海，血腥的刺激，曲折的冒险，要是再加上英雄美人，好莱坞大片的元素都齐全了，不愁吸引不了人。而杜撰出来的爱情故事，却并非空穴来风。前不久，有一位肯尼亚的女孩，就坚称自己是六百年前郑和下西洋时留在非洲的水手的后代。这桩奇事登报后，她上了中央电视台，还获得了资助来华留学。

至于卢于二人那些亲密接触的镜头，对善于捕风捉影的摄影师来说太容易不过了。休息时的嘘寒问暖，黄昏海滩上的漫步，帐篷中的烛光夜谈，加上告别晚会上翩翩起舞的雄姿倩影，全都点滴不漏地烩成了一锅爱情麻辣烫。

卢筝以为自己很会演戏。现在看来，他还只是个戏迷，一个迷在戏中不能自拔的痴汉。

女人毕竟是情感动物，当容妤看到卢筝坐在岩石上，得意洋洋切着生鱼的镜头时，终于忍不住爆发了！

吃生鱼固然不合卫生，而容妤也没有洁癖，否则早就饿死在波利尼西亚了。真正该死的是那个发明五笔字型输入法的人，因为镜头下方打出的字幕中，竟然将卢筝口中吐出的那句“既生鱼，何生网”打成了“既生鱼，何生两”。

这几乎是整个片子中唯一的瑕疵，却成了容妤情绪的临界点。因为，容妤和于卿凤的名字中，恰好有一个同音字，而它们又都和“鱼”挂上了钩！

“你竟然想一人单挑俩？也不怕折了你的豆腐腰！”

丢下呆若木鸡的卢筝，容妤正要拂袖而去。不过，她刚拉开包间的门，却一头撞见了赶来赴宴的胡自雄和蔡南风。一见到她，胡自雄就像看到了复活的楼兰新娘，大惊小怪了起来：

“哎哟，瞧我看到谁了？这不是大艺术家容小姐吗？真不愧是学油画的高材生，那天晚上没事干，还有闲心给我大哥画了一张京剧脸谱，红一点白一点的，知道的说是艳福不浅，不知道的还以为打翻了豆腐挑子！今天这是怎么了，嘴上挂了个油瓶？”

“怕你的油嘴说太多锈住了，特地来给你加一点润滑剂呀！”容妤满面春风地回了一句。女人气不顺的时候，恰恰是口才最好的时候。

胡自雄一愣，不知道究竟怎么得罪了她，身后的蔡南风却细声细气地说了一句：

“容姐姐的意思是说，大家今后就是一家人了。你说话做事的时候，可不能只看卢大哥一个人的脸色了。”

这句话说得一语双关，但绵软中分明藏了一根小小的无迹可寻的尖刺。看来，蔡家最善辩的人可不是那个口若悬河的哥哥。不过，容妤偏偏爱吃她这一套。

“南风妹妹说得太对了！男人就是需要好好管束的，否则一不留神，就要飞上天去了！”

说笑声中，容妤已经牵着蔡南风的手回到了席上。上菜开吃的过程中，容妤像女主人一样殷勤周到。除了从不正眼看卢筝一下之外，她嬉笑自如，似乎刚才的那场风波根本就没有发生过，更绝口不提那部移花接木的电视片。卢筝局促得不知道怎么办才好，胡自雄也学乖了，人家不说的话题，哪怕自己心痒痒，也硬生生憋住了。

饭后，容妤和蔡南风已经好得像孪生姐妹一样了，两人相约一起去西单购物。到了地角后，容妤眼珠一转，说我们去一家熟悉的商场逛吧！三个人跟着她一路走去，卢筝越走心越慌。果不其然，容妤将大家带到了卢筝曾经混迹的那家商场。卢筝知道自己伤了她的心，既然她要惩罚自己，那就好好发泄一番吧。如此一想，心里反而释然了。

在楼层中游走了一圈，并没有什么要买的东西，容妤却偏在每一个区域都逗留很久，似乎刻意要把卢筝呈现在旧日同事面前。如果不是商场有制度的话，恐怕地下一层的监控室也要走一遭了。不过，她似乎没有料到，自己的男友已经今非昔比了。见到卢筝的人，无论过去熟不熟，关系好不好，全都围拢了上来，亲热得好像市长光临一样，连手头的工作也丢下不顾了。到了家用电器区，情况更是不得了，不但看场子的小姑娘直勾勾地盯着他，几个顾客在一边窃窃私语。很快，值班经理也闻讯跑了过来，一边握着卢筝的手使劲摇晃，一边说我们大家都看了电视节目，真没想到，这个破商场竟然也藏龙卧虎。

真是怕什么来什么，他话题一转，竟然提到了卢筝的前丈人。

“我刚才还在办公室碰上了顾经理，他今晚喝多了，对我发了一番感慨，说自己挑东西从没有走过眼，早就看出那小子是个人物了。可惜了，还是自己的女儿没福分。”

卢筝来不及捂上他的嘴巴，一转身，就不见了容妤。仔细一看，只见她已经找了一张圆凳坐了下来，还轻巧巧地跷起了一只脚。

“在苔藓岛的时候，你不是亲口对我说，只要活着回来，我就可以天天躺在这里看电视吗？好了，你把顾客都轰走吧，今晚我就住在这里了！”

她的脸上还挂着笑容，口气也竭力保持轻松，可是不争气的眼睛却红了一圈，几乎泫然欲啼了。

卢筝这才知道，容妤并不是真的想让自己丢面子，而是心痛得有点失去控制了。同时，卢筝又感到很惭愧，自己在苔藓岛上乱许瞎诌的那些画饼和青梅，纯粹是为了安慰精神几乎崩溃的容妤，事后早就忘了个一干二净，谁知道人家还一直记在了心里。

卢筝当然不能变个戏法让旁人消失，更不能硬将容妤拉起来，只好俯下身去慢声细语地劝她：

“那些镜头，你可千万不要当真，一切不过是逢场作戏而已。”

他不说这话倒好，一说反而勾起了容妤的记忆，想起圣子岛上两人装扮新人离奇又甜蜜的一幕幕，原来那也是假的！心里越想越凄苦，干脆哭出声来。

众人面面相觑之下，不知怎么办才好。蔡南风不知前因后果，一开始还以为容妤捉弄自己的男友过了火，见她突然掉泪才慌了神。这时候，她眼中企鹅一样笨拙的胡自雄反而变成了一只百灵鸟。

“你们姑娘家就是有意思，电视有什么好看的呀？看一台就算了呗，眼前摆了几十台，干吗还要掉泪珠？是不是好看的频道太多了，把你给愁坏了？好了好了，我们还是去玩一点新潮的吧！我的电脑刚安装了摄像头和网络视频软件。今晚九点，南风和她哥哥约好了在网上见面。我们大家一起去吧，好歹也是朋友一场，该给老蔡打个招呼的。”

他的话音刚落，蔡南风也如梦方醒，连连附和说我哥哥也知道了你和卢大哥的好事，要当面向你们道贺呢！他们临时编的段子，当然瞒不过容妤，不过，见卢筝窘迫慌张的样子有点可怜，又见越来越多的人向这边围拢了过来，只好忍着满腹的委屈挪窝了。出门之后，胡自雄和蔡南风也没提起那一档子事，就匆匆道别先走了。回家的路上，卢筝要像以前一样牵着容妤的手，可容妤执意不肯，卢筝只好无奈放弃了。一直到了家门口，容妤才回过头来，说了一句：

“我不知道自己今天究竟是怎么了？干吗要在大庭广众下撒泼嚎哭？也许是气昏了头，也许我本来就是个心眼小涵养浅的小女子。但是，我现在已经冷静了下来。我想好了，要和于卿凤见一面。之后的事情，就不用你操心了。”

卢筝黯然回到了住处。一见面，胡自雄就得意地说亏了我圆场，要不然你可就下不了台了，现在可能还在商场里打地铺呢！随即，他又大惑不解了。

“我和容妤好歹也是老熟人了，这么久没见面了，我还怕她一冲动来个拥抱什么的，让南风看到了，背后会揭了我一层皮的！万没想到，一开口就被她呛了一下，到现在还没回过神来，这究竟是怎么一回事呢？”

卢筝就把那部片子概略说了一遍，不过，他不能说于卿凤的不是，只好骂导演坏了脑壳，摄影师没了良心。胡自雄听了，直拍大腿说怪不得呢，我今天陪蔡南风去挑戒指，没赶上看那个片子，要不然怎么会撞到枪口上呢？

卢筝惊奇地说你们才认识半年，怎么这么快就要结婚？胡自雄嘿嘿笑着说也差不离了，不过买戒指不是为了结婚，而是为了应付订婚仪式。之后就怨蔡家父母太讲究传统，一定要举行这个毫无意义的前奏，唯一的好处就是可以见到老伙计蔡东风。

“他现在又转战到上海去了，已经不在文化界混了，改行去做销售了。问他卖什么，网上视频断断续续的，只听清楚了一个‘红’字。”

卢筝听了，连说了十个“想不到”，自己真的低估了蔡东风的魄力。随即又猜他究竟推销什么去了，以其眼光之高，格调之清，不外乎红茶、红酒或者红木家具，断然不会去卖红薯和红舞鞋。胡自雄点头称是，心里暗笑你想不到的事情还多着呢！比如，他早就和蔡南风在朝阳区租下了一套房，过上了卢筝梦寐以求的销魂日子。不过，可不能因此怪他重色轻友，他今晚肯回来陪着卢筝，固然是蔡南风值夜班去了，一个人没意思，更因为卢筝真的遇上了大麻烦。

“老哥，容妤生气也是应该的，我看问题还是出在你自己身上。”

“我和于卿凤之间是情断义不断！真的没有什么说不清的，不过是帮她做件力所能及的事情而已，怎么就见不得人了呢？”见好朋友也这样怪罪自己，卢筝颇感不满和委屈。

“事情，事情，事多了就有了情。何况，你自己心里清楚，其实并没有和过去一刀两断。”

这句话正说中了卢筝的心病。于卿凤手腕上的那双玉镯，像一对吊环一样，将他的心悠上来荡下去，没个踏实的着落。卢筝知道自己达不到太上忘情的境界，长叹了口气，仰天躺在床上，什么话也说不出了。胡自雄也感到困倦了，口中打着哈欠，丢下了一句话：

“长痛不如短痛。你早做决断吧，不要把误会越闹越大了。”

胡自雄是个局外人，觉得斩断情丝就像割掉一个痦子那么简单。可是在卢筝看来，却是十指连心，断了哪一根都会痛不欲生。——千万不要误会，卢筝不是风流多情的贾宝玉，更不是脚踩两只船的张无忌。但是，他如此不遗余力地帮助于卿凤，很有可能传递给了对方一个错误的信号，那就是两人还有破镜重圆的希望；而对容妤来说，只要于卿凤不从卢筝的生活中消失，她就时刻感受到了威胁。而依她的性子，只会采取更加激烈的方式来显示自己的存在。

卢筝光想到了“好人做到底，送佛上西天”，可是他忘记了另一句民谚：“请神容易送神难”。不过几天，于卿凤又来到了北京。这一次，她的身后并没有大队人马，却提溜了一长串蚂蚱一样的经纪人和策划师。

“你，哦——我们已经出名了。现在，该好好包装一下了。”于卿凤是这样向卢筝解释自己的举动的。

包装当然需要钱。于是，卢筝见于卿凤要自己的卡号，心想一定是上次拍片的演出费用。以前听胡自雄说过，演戏这个勾当听起来神气，其实和泥瓦匠差不多，涂涂抹抹客串一天，可以挣一百元。自己忙乎了一个星期，又是主角，弄个千儿八百也在情理之中，可以请朋友们打几顿牙祭了，于是浑然不放在心上。不过两天以后，当他发现伴随着汇款而来的，是一张数额高达五位数的税单时，顿时大吃了一惊。

“怎么这么多钱？竟然比卫——”卢筝脱口而出，幸好及时刹住了车。

于卿凤似乎见惯了大排场大手笔，见他如此惶惑不安，就笑着解释说电视台可不是喝西北风的，哪个栏目火了，广告收入自然直线上升。何况，这只是结清第一笔，真正的大头还在后面呢！随即，她像个经营行家一样，扳着指头给卢筝算账，什么演讲、主持、巡回报告、出书都不在话下，光是代言户外旅游用品一项，就能让你数钱数到指头痉挛。

“你的形象这么好，上T台走走秀都没问题，浪费了多可惜。何况，我听说你要和袁振威那个坏蛋打官司，没有本钱怎么行呢？”

卢筝听了昏昏然，这种流水线一样的造星模式，他一点也不了解。自己的形象好不好，他也吃不准，因为在容妤的眼中，他像个万花筒一样，端赖她的心情好坏，一时是伟岸可靠的青松，一时是喷火冒烟的乌龙，一时是任人揉搓的白面团。不过，“资源共享”的道理，卢筝还是能想明白的。早在十多年前，中国职业联赛刚开始的时候，京城不就流行足球明星与当红歌星“联姻”吗？其实，四肢发达的人头脑未必简单，歌喉妙曼的也大多善舞长袖。他们（她们）甘心被中介公司摆布的唯一原因，只是看中了对方的粉丝群落。

不过，现在的卢筝和以前完全不同了，他不再奢望成为大众关注的焦点，只关心能不能将于卿凤送上青云，然后抽身去和容妤过脚踏实地的恬淡日子。

“你这几天一直待在北京吗?”

“当然了,”于卿凤点点头,又轻快地加了一句,“如果有时间的话,我还想见见你请的律师,了解一下案情的进展。”

卢筝心中叫苦,果然,于卿凤涉足自己的生活越来越深了。可是,他又无法当面回绝这个要求,毕竟人家是出于好心。也许,真的安排容妤和于卿凤见上一面,可以打消旧情人重温鸳梦的幻想;反过来说,如果于卿凤对自己只是依赖过度,并没有吃回头草的想法,容妤也会吃下一颗定心丸,顺便获赠一碗疗妒汤。想到这里,卢筝觉得世界豁然开朗,似乎把纠结在一起的麻团推给两个女人,一切问题都如汤泼雪。他不知道,当初容妤拉自己去见卫宗渊的时候,心里也是这么想的。

明天,于卿凤要出席一款户外用品的推介会。这是个公开的场合,人来人往,谁也不会留意一张陌生的面孔。于是,卢筝给容妤打了电话,很隐晦地把时间和地点透露给了她。容妤听了没说什么,口气还是冷冰冰的,但秋水中的流凌和春水中的残冰,虽然物理性质是一样的,给人的感觉却迥然不同。

可鬼使神差之下,卢筝却没有将容妤要来的消息转告于卿凤。

容妤嘴上不说,实际上对卢筝的通风报信很满意,因为这至少表明了他究竟站在哪一边。不过,谁要是见了她和卢筝第一次约会时的扮相,误以为容妤是个没品位的姑娘,那可就大错特错了。对一个女人来说,和自己心爱的人在一起,就像烤蛋糕一样,什么甜香就加什么,奶油,巧克力,蜂蜜,果脯,一股脑儿全上,根本不要怕腻死人;而和同性在一起时,那可就变成了插花大赛了,争奇斗艳不在话下,连素材也绝对不能重了样。

也许从小被母亲关在家里的时间太多,所以容妤看过好多小说。父母那一代的人深受俄罗斯文学的影响,家中书架自然少不了《安娜·卡列尼娜》。容妤不喜欢那种苍凉沉郁的风格和冗长的景物描写,但是,书中两大美人安娜与吉提会面的场景,她却记忆深刻。后来又学了美术,自然懂得了“五色使人盲”的道理,断然不会把自己打扮成一头五彩斑斓的梅花鹿。很快,容妤就将衣柜翻了个底朝天,橙色太艳,黄色太亮,绿色太嫩,黑色都让人用滥了,白色更不在考虑之列。最后,她的眼前一亮,挑中了最有气质却最易被人忽视的灰色,又在脖子上搭了一条绿色的围巾,下身是蕾丝花边的及膝短裙，脚下套了一双棕色长靴，原本俏皮活泼的她一下子就变得文雅知性起来了。

半冷半暖时节，心情忽嗔忽喜。容妤走在街上，感觉今天的回头率几乎要和18K黄金含量相比。可是，当她一见到于卿凤，心立即就沉了下去。

和她想象的不一样，于卿凤并不是那种让人惊为天人的绝色美女。何况，她今天也不是推介会的主角，所以没怎么化妆，几乎是素面朝天。二八月乱穿衣，她近来工作又忙得不可开交，所以穿着也以轻便为先：一件红色丝质印花长袖衬衣，一件白色九分裤，一双平底鞋，除了腰间一个简单的蝴蝶结之外，什么修饰也没有。

于卿凤坐在了媒体区域一个不起眼的角落里，但容妤一眼看见了她。这不完全是因为容妤已经在电视片中见识了对方的风姿，而是因为于卿凤身上仿佛散发出一圈奇特而朦胧的光晕，就像荷叶上滚动的露珠，本身无色无形，却可以折射出朝霞的明丽，月华的璀璨，水光的潋滟，萤火的闪烁。

容妤只想到了单色胜多色，却没料到无心更胜过有心。

于卿凤眼波一动，也看见了她。不过一秒钟，她就猜出这个秀色可人却意兴阑珊的女孩是谁了。

“我早就想见你了，可是卢筝总是藏着掖着，好像我是个青面獠牙的怪物，会把你吓坏了！”她拉着容妤的手上下打量，语气亲热得像姐妹一样。

容妤没想到人家竟然先声夺人，一向最会斗嘴的她，竟然不知道该怎么应答了。迟疑了一下，才勉强笑着说了一句：

“你说反了吧？他这么做，可能是嫌我拿不出手吧！毕竟，除了爬山的时候，谁也不愿意走下坡路的。”

可是于卿凤一点也没听出容妤话里的酸涩，依旧兴奋地说道：

“什么下坡路上坡路呀？他吃了这么多的苦，现在可算是熬出头了，人气高得像个脱了手的氢气球，不要说用竹竿捅了，你拿弹弓去打都够不着！”

看到她神采飞扬的样子，容妤心想只有两种可能：一种是于卿凤工于心计如王熙凤，一种是她真的天性慈柔如圣母。自己无法判定哪种可能性更大，不免有点发懵，只好违心地问她恭喜道贺了。

“我看过了你们合拍的那个电视片了，色彩太棒了，情节太逼真了，让我感觉自己又回到了波利尼西亚。唯一的不同，就是岛上根本没有什么商朝军团的后人，仅有一个喜欢中文的女孩，而她爱上的人也不是卢筝。”

“我知道了，你说的不就是那个名叫卡瑞娜的姑娘吗？可惜了，如果她能来北京留学的话，我们一定会邀请她来出演女主角，”说到这里，于卿凤突然意识到了什么，脸有点红了，“当然了，于情于理，第一人选毫无疑问就是你。不过，导演说这个角色最好体态丰满一点，所以，我只好赶鸭子上架了。”

容妤从没想过在这个营养过剩的年代，一个女孩子太苗条居然是一种过错，只好说我从未想过要上镜，也不觉得那是一种荣耀。这时，于卿凤突然“哎哟”一声，说我们两个干站着做什么，我还没有好好款待你一番呢！于是，她拉着容妤出了会场，亲自开车载她去了王府井吃喝玩乐。容妤见于卿凤的皮夹子里塞满了贵宾卡，见什么都要高档牌子，还死活不让自己破费一个子儿，疑心她是在故意炫耀。可是，看她为自己精挑细选的认真劲儿，又不像做作的样子。终于，容妤在喝茶的间隙，用委婉的语气询问于卿凤：卢筝究竟还要保持这种灯塔一样四面透风八面放光的日子多久？于卿凤扬了扬眉毛，感慨地说现代社会节奏太快了，一切都速食化了，造个星比造个人还难，可是光环的维持时间却比雪人的存活期还要短。眼下，探险类话题正在热头上，指不定哪天退潮了，再红的人也会变成一闪而逝的流星。所以，卢筝要牢牢抓住每一天，大鸣大放大出风头，用一时的身心透支换来一世的名利双收。

听了这些金石之言，容妤也像被石头砸中了一样，头晕晕乎乎，一颗心却起起伏伏，全身一半僵硬，一半却发软，说不出哪里不舒服。天色不早了，于卿凤送她回家，到了胡同口，因为车身太长拐不进去，只好将一大堆衣物化妆品的手提袋硬塞进了容妤的手中。两人分手后，凉风一吹，站在家门口的容妤才感到清醒了一点。现在，她终于明白了，自己和于卿凤相比，究竟有什么不同。显然，两人差别不在于年龄容貌性情，也无关金钱，而是于卿凤已经跨入了一个全新的阶段，她可以深结人脉，可以制造舆情，可以调动资源。对容妤来说，更可怕的一点是：于卿凤一直没有放弃改变卢筝的念头，现在更是具备了这种能力。而自己呢，依然是个不知道明天在哪里的黄毛丫头。

想到这里，她轻轻叹了口气，心如秋夜里的门把手一样冰凉。

容好进了家门，把手中的东西一丢，告诉妈妈自己吃过饭了，如果卢筝打来电话，就说已经休息了。她和衣躺在了床上，本想歪一会儿，可不觉就入睡了。她做了无数的梦，可没一个清晰明白的。容妈妈半夜被女儿的叫声所惊醒，才发现她脸红得像苹果一样，已经烧得神智有点糊涂了。

第二天一早，卢筝就赶来了。乍一听到女友生病，他在担心之余，竟然有一分窃喜。担心的当然是容好的健康，高兴的是终于有机会来服侍她，可以弥补前段时间的隔阂和猜疑。何况，昨天晚些时候，于卿凤还给自己打来了电话，说了一大堆赞美诗一样的好话，几乎让卢筝怀疑她见到的人不是容好。

容好的病来得快也去得快，当天下午，她就退烧了，可情绪却似乎变得更不稳定了。卢筝为她拭汗的时候，听她喃喃说了句什么，他没听清楚，就安慰说什么也不要说了，要乖乖休息，我一刻也不会离开你的。这时，容好突然抓住了他的手，重复了一遍：

"我没有说胡话，我们还是分手吧。"

卢筝僵住了。一股冷气从脚下涌起，犹如寒潮袭来，刹那间就冲到了头顶，眼帘蒙上了厚厚的冰花，连头发也结成了雾凇。容好却又沉沉睡去了。

这一定是梦话！卢筝拼命想说服自己，可事实告诉他错了。几天之后，容好身体复原了，可她再也不对着卢筝笑了。

"妈妈说，我已经毕业了，该考虑未来的生活了。眼下工作找了几家，没有可心的。舅姥爷已经回到了台湾，前几天打来了一笔钱，说既然我已经有了归宿，那笔留学费就转做嫁妆吧。我现在万念俱灰，连寻死的心也有了，换个环境去读书，总比闷在家里好。"

卢筝待了一会儿，知道一切已经无法挽回，才勉强笑着说了一句：

"我怎么像个讨厌的臭鼬一样，交过三个女友，一个要投河自杀，另外两个也躲不起，竟然全逃到外国去了！"

容好说你可不是鼠辈，而是一匹驰骋千里的宝马，只有银鞍玉鞭金笼头配得上，还要找到一个能够让你施展才华的好驭手。我不会为了自己的私情，耽误了你的锦绣前程。

可是，她的话落在了他的耳中，却完全掉了个个儿。没错，容好生性聪颖，又正当妙龄，能够去毕加索的故乡学画，是千百人梦寐以求的机遇。一旦错过，这辈子也许只能过荆钗布裙的平民生活了。卢筝知道，容好并不爱慕奢华，但和天下所有的女人一样，她也渴望高雅舒心浪漫的感觉，不反对经常有机会小小地放纵享受一下。反观自己，进不能重夺凌云社安身立命，退不能回商场守分谋生。眼前的热闹，不过是浮华一场，不能挡一世的饥寒。

想到这里，卢筝点了点头，同意分道扬镳，两不相牵。容好一直咬牙说要散，但见到卢筝答应得如此痛快，反而大哭了起来，一边骂卢筝狠心，一边数落道：

“有的女人，平常对你千依百顺，求你的时候更是甜得蜜里加糖，当你真正需要她支持的时候，却无情无义撇下就走；我虽然对你说不上好，可是，在你最难的时候，我知道自己该主动放弃。也许，这就是女人和女人的区别吧！”

卢筝当然明白她影射的是谁，不过，对于撒手而去的容好来说，于卿凤究竟是不是个薄情寡义又势利投机的女人，实际上已经无足轻重了。

不过，卢容二人虽然断了情缘，但见面的机会反倒比以前更多了。卢筝只要抽出时间，就会跑来见她。第二次来到容家，卢筝就发现原本挂在容好床头的合影不见了。卢筝不知是不是祭了炉火，但暗自猜度应该不会那么惨，因为同时消失的，还有容好父祖两代人满墙的照片。

在签证申请下来之前，卢筝忙着粉刷房屋，油漆家具，疏通管道，而容好则将家中的陈设彻底更换一新，又买来了大束的干花放在母亲的卧室里。不明就里的邻居见了，还以为小夫妻正在张罗新房呢！

“要离家了，才发现自己真的长大了。你以前说得太对了，我拖累了妈妈二十年，也该给她腾个空间了。妈妈还没到退休的年龄，我劝过她了，条件合适的话就给自己找个老伴儿，不能总生活在过去的阴影中。”

等到一切都收拾妥当，连预订的机票也拿到了手，离别的愁绪压得人几乎要喘不过气来。卢筝当然没有忘记买礼品送给容好，可是，没想到她回赠的竟然是一件活物。

“我走了，也不想让它留在家中。你好好照顾它，也许将来还有用得上的时候。”

“黑旋风”已经换上了新的项圈，连毛也剪短了一茬，可是卢筝心里却异常悲凉，因为在他看来，这意味着容好已经剪断了两人之间的最后一点联系。

出发的前夜，胡自雄和蔡南风也赶来饯行。大家互相说着祝福的话，只有卢筝一言不发一杯接一杯喝个不停。胡自雄担心他借酒浇愁又生出什么事来，可是对于他的明劝暗阻，卢筝只是淡淡一笑，说不要管我，从明天开始，我就要戒酒了。

果然，酒宴一直在笑语欢言中进行，卢筝没说一句伤情的话，容妤的眼角也没泛起一丝潮意。可是，回家之后，卢筝跪在洗手间抱着抽水马桶呕了半夜，几乎将胆汁也吐了出来；容妤一整夜也没有入睡，她拿着铅笔在纸上涂来勾去，画好一张就撕碎一张，碎屑和泪珠一起在昏黄的灯光下飞舞。到最后，她终于明白了，自己想记住的不是一个人，而是一个已经逝去的梦。

17　斯人斯疾

卢筝虽然没有买车，却发现自己的生活一直与车息息相关。起初的自己，是一架忽上忽下变幻不定的风车；于卿凤出走后，变成了老牛拉的破车，走到哪里算哪里；容妤突然杀出之后，他成了象棋里的车，只是没想到自己效忠的帅竟然包藏祸心；于卿凤归来后，又变成了一辆人见人爱的花车，在两个方向的拉扯之下，最终散了架子；现在容妤走了，他又成了赛车，驰入了一条陌生的跑道，无论如何也停不下来了。

日子一天天过去了，卢筝忙得像个陀螺一样，留在脑海中的是一个个浮光掠影的镜头：得知容妤离去，于卿凤惊诧又内疚的眼神；免费赠送的金卡；转到了秘书台的手机；缺纸尖叫的传真机；慈善酒会的觥筹交错中，自己手中那个另类的可乐杯；幽暗的会所灯光下，躲在角落里缠绵的知名主持人和鲜嫩的小情人；午夜露台的月光下，一群不肯结婚或离了婚的男女在轻歌曼舞，笑谑挑弄……

至此，卢筝才真正明白了所谓名人的生活究竟是什么样，也在某种程度上原谅了父亲当年的荒唐。今天，食人族已经在世界上绝迹了，可是摄光族却成了人类最新衍生的种群，甚至影响了进化的方向。雨林中的藤萝乔木竞相攀高，目的是为了争取更多的阳光；而都市的舞台中央，只要有一口气在，谁也不想主动退场。在卢筝眼里，很多人要么学会了川剧的变脸魔术，要么形成了条件反射，总之，灯光亮起的一瞬间，就像打了鸡血一样容光焕发，搔首弄姿；灯光一暗，则成了斗败的公鸡，恢复了颓唐灰暗的本色。

作为这个群体中的新锐，卢筝已经不住在老房子里了，而是在酒店包了一个套间，其中一间专门放置衣裤鞋帽。很快，卢筝就明白了如何演好自己的角色。如果拿帖子赴宴，要打扮得衣冠楚楚才不失礼；如果是当形象代言人，那就尽可能表现得英姿飒爽一点；如果是一个与消费者亲密互动的现场秀，也不妨展示自己粗犷豪放的一面。时间一长，他觉得自己没有成为百变天王，反而成了一个移动衣架。非但如此，于卿凤还不时吓唬他：

“不管你喜不喜欢，你如果不戴这块装了 GPS 的腕表，就违反了合同，要倒赔几倍钱的！”

可是，作为卢筝要竭力报答的对象，于卿凤自己才应该是那个万众瞩目的圆心。可是，就在卢筝频频触电的时候，她却不肯再凑上来放电。不但如此，也许是太过于自信的缘故，她对自己的形象也不太在意，甚至有点大而化之。比如，那副卢筝当年送给她的手镯，除了重逢时晃了一下眼，之后就不见了踪影。

卢筝曾担心容妤跟着自己会饿肚子，事实证明这纯属杞人忧天，因为他现在已经成了一个典型的吸金器。何况，于卿凤还是个理财好手，懂得如何让钱来生钱。一天，卢筝刷卡时惊骇地发现，仅凭自己手头的现金，竟然就可以再建一个凌云社。想到近来袁振威变了态度，苦苦哀求自己放过一马，卢筝的心不禁软了下来，觉得只要把牌子扛回来就行了，何必逼得曾经的兄弟走投无路呢？毕竟袁振威也是长漂勇士的遗孤。可是，于卿凤却不依不饶。不知为什么，她似乎比卢筝还要痛恨袁振威，非要将这条落水狗剥了皮不可。

“他一屁股的屎，你接手过来，还能落个干净？”

原来，自从于卿凤接手官司的事之后，卢筝就再也没有操过心。于卿凤果然了得，知道如果仅仅在股权的归属上打转，是没有必胜的把握，于是通过联络旧人和挖墙脚的办法，拿到了一大沓陈年票据和账单，证明袁振威还是卢筝手下干将时，就曾经利用上司的信任和不懂财务的弱点，侵吞了社团的很多款项，甚至将卢青城手稿拍卖费的一半也纳入了囊中。这种釜底抽薪的厉害手段，卢筝做梦也想不到。

可是，卢筝既然不想追究了，袁振威也就逃过了牢狱之灾。眼见当事人变成了调停人，于卿凤又气又笑，说我煞费苦心为你谋划，你竟然跑到了敌人一边去了！不过，她还是拗不过卢筝。最终，双方达成了协议，袁振威像个宦官一样净身出户，卢筝也将过去的是非恩怨一笔勾销。

卢筝重新得到了凌云社，可是，他对经营工作已经索然无味了。好在胡自雄是个闲人，就丢给他去折腾。何况，后者虽然是个马大哈，算起账来总比不识数的卢筝强多了。

现在的卢筝，顺得好像猪尾巴一样，红得好像猴屁股一样，尤其是他不将天王鼎带回的理由，更是获得了主流媒体一致的好评，甚至当年对卢青城大加挞伐的某位评论大家，也亲自捉刀撰文赞扬这个不肖之子的义举，认为这充分体现了“中华道德的新高度”。不过，网上的拥趸却炸了营，有的讽刺他是考古界的宋襄公，有的骂他是个买椟还珠的二百五，有的认为在“精神可嘉”中间应该加入一个“病”字，更有人拍案打凳痛心疾首之下，仿照清末两广总督叶名琛的挽联，写了一副对子送给他：“不烧不杀不抢，鬼子进村；不偷不拿不拐，君子盗坟。”

总而言之，卢筝就像一根抻长了的面条，上距圣人下离弱智分别只有半步之遥了。

不过，卢筝心中始终有一根刺，平常忙乱的时候还不觉得，一个人独处的时候，就突然尖锐了起来，痛得不知道怎么办才好。全身的腺体也受到了刺激，一时间汗发如潮，泪涌如泉，涕下如注。这种感觉，卢筝似曾相识，但又不尽相同。当初于卿凤不见了，心中委屈疑惑希冀的成分居多；而今天容妤走得明明白白，却不知道该如何排遣。卢筝终于明白了，原来，“哀之大莫过于心死”说的就是这个意思。

卢筝没有妄想将刺拔掉，因为它不在皮肉之中。现在，唯一的办法，就是干脆以毒攻毒，在心中再插入一根刺——或者是一根注射麻醉剂的针头，让自己在感官的极乐和心灵的逃避中挨过一个个长夜。

暮冬时节，本来是房市的淡季，可是卢筝却像一个花心的蜜蜂一样忙碌，东挑西选之后，总算在紫竹院附近看中了一套档次不错的精装修房子。卢筝把过日子需要的锅碗瓢盆桌椅电器都安置妥当了，就向于卿凤发出了庆贺乔迁之喜的邀请，她当然欣欣然来了。

“怎么只有我一个人，小胡和他的女友呢?”进入了暖气充溢的房间，于卿凤脱下了大衣，递到了卢筝的手中。

“严格意义上讲，人家现在已经是夫妻了!”卢筝笑着纠正道。原来，元旦前胡自雄领着蔡南风去西北见了未来的公婆，顺便领取了结婚证。

“当年我认识胡子的时候，他还是个嘴上没毛的高中生，可是现在居然要比我早一步当新郎了。可笑的是，他还像个过来人似的对我说什么‘好饭不怕晚’!”

没错，胡自雄虽然比卢筝晚开斋，可是在男女情事上却是自来熟。而且，他劝卢筝的话也不止这一句，至于“说什么小别胜新婚，二进宫才更有情趣呢”什么的，卢筝就万万说不出口了。

“没错，好饭不怕晚。这样精致的菜肴，看着就让人胃口大开，真的是你亲手做的吗?”于卿凤似乎根本就没听懂卢筝的暗示，她的目光已经落在了餐桌上了。看起来简简单单几道菜，无非是醋熘桂鱼、干炒三丝、蟹粉狮子头和盐水虾，小锅中熬的是笋鸭汤，大玻璃碗中装满了如金镶玉的扬州炒饭。为了调节气氛，周围还摆上了百合花束和香薰蜡烛。

可是，为了备着一桌菜，几天来卢筝已经跑遍了北京的南货店，仅仅是为了找到地道的瑶柱，他还托人求了淮扬酒店掌勺的大师傅。

“好久没有尝到家乡的风味了，更没想到的是，你竟然还能亲自下厨。”于卿凤喜滋滋地夹起了一块水晶肴肉，放在了装有姜丝和镇江香醋的小碟中。

“眼看春节就到了，我们一起回扬州去吧！在你父母面前，我还可以再露一手。”卢筝一边忙着为她夹菜，一边浑若无事地谈起了辛酸的往事，“你记得吗?六年前的那个冬天，我们第一次回扬州的时候，连门也没进去，就被你父母轰了出来，只好连夜狼狈逃回北京。整整一个白天，我们无处可去，只好偎依在瘦西湖边的长椅上。现在好了，你成了台里的当家花旦，区区不才也有了点基业，应该不算辱没家门了吧?”

于卿凤闻言，手中口中的动作全停了下来，迟疑了片刻，才说了一句：

“太不巧了，今年春节刚好轮到我值班，不能回家过年了。”

见她表情如此艰涩，卢筝不能判定这个理由是否真实，只好说没关系，我们以后再找机会吧。之后，两人突然有了心事似的，连话也不知道该怎么说才好。于卿凤又勉强喝了几口汤，就放下了筷子。两人相对无言，气氛实在尴尬。卢筝想不出新的话题，也不明白她为什么变了情绪，只好请于卿凤去参观各个房间。看过了书房和客厅，于卿凤赞了几句，刚迈入了朝南的主卧时，她恍然看到一个窈窕的身影正在迎面而来，差点惊叫出声来。定睛一看，才发现那竟然是自己——几年前的自己。原来，这是一张镶嵌在落地镜中与真人比例一致的彩照。

于卿凤像被施了定身法一样不动了，镜中人也在注视着今天的自己，似乎有点惊奇，有点羡慕，又有点莫名的失望，企图要寻回曾经的纯真，娇羞，柔弱，以及那份独特的忧伤。

站在于卿凤的身后，卢筝看不见她的表情，却感觉到她呼吸的急促，全身也仿佛吹了气一样饱满了起来，连白皙的耳郭也泛起了红潮。于是，在一股难以抑制的冲动之下，他伸开双臂，从背后抱住了她的腰肢。

可是，就在两人肌体接触的一瞬间，于卿凤突然变成了冰雕的美人鱼，骤然涌起的激情也像落潮一样迅速退去，把卢筝晾在了由沙砾卵石铺就的冷硬海滩上。

北方人把请朋友来新家中吃饭叫“温锅”，在卢筝的幻想中，今天“温席”的意味可能更浓厚一些。可是，于卿凤的反应却兜头浇了他一盆冰水，让他立即意识到自己完全打错了算盘，更误估了两人之间的关系。因为，性对于女人尤其是中国女人来说，可不仅是一种本能，其实更代表着一种态度。

被女人——曾经属于自己的女人拒绝，固然伤了男人的自尊，可这并不是最严重的。于卿凤的态度，反而坐实了卢筝隐隐的疑虑，让漂浮不定的阴云演化成了漫天的风暴。

以前，卢筝只是个独来独往的孤鸟，现在，他已经踏入了一个又一个圈子，知道光鲜的表面下，有多少见不得人的内幕交易；香艳的背后，散发出多少糜烂的气息；潋滟的水光下，暗藏着多少变幻的流沙。屈指算来，前后不过两载，于卿凤竟然在这个半是金盆半是染缸的漩涡中混得风生水起，怎能不让人心生疑窦呢？

看着于卿凤慌乱的神色，卢筝更加确信她拒绝自己的理由，概括起来无非就是“不清不白”四字而已。蓦然又想到了被于卿凤挤对走的容好，顿时恨从中来。激愤之下，卢筝扬手要抽一记耳光，可是手腕一转却重重打在了自己的脸上。

“我真蠢！我现在算是明白了，你已经有了靠得住的后台，来找我根本不是为了重温旧情，不过是想让我当一回梯子罢了！我过去对不起你，你这么做也不过分，我们之间也算是扯平了。我只是替卫宗渊感到可惜，如果他知道魂牵梦萦的竟然是这样一个女人，要跳水自杀的恐怕是他自己了！”

于卿凤只听了一半，就气得肝儿直颤，等卢筝说完了最后一句，尤其听到了“卫宗渊”这三个字后，她几乎站不住了。

“我做梦也没有想到，你竟然会这样看待我？”

于卿凤嘴唇哆嗦了半天，才勉强说出了这一句话，之后就掩面跑了出去。卢筝呆了半刻，又回到了客厅里，看着满桌的菜肴和摇曳的烛光，仿佛做了一场噩梦。无意中看到了遗忘在架子上的大衣，他突然一激灵，生怕于卿凤情绪失控，驾车的时候出交通事故，就急忙追下了楼。幸好，于卿凤激动之下双手哆嗦，半天才从包中找到了钥匙，现在刚刚坐进了车中，还没来得及启动马达。卢筝一把拉住了车门把手，于卿凤旋下了车窗，将大衣拽了进去。

现在，她已经不哭了，冷冷说道："你既然认为我是个爱慕虚荣不知廉耻的坏女人，为什么还不放手？"

"我不想打听你的隐私，我只想知道，既然已经有人为你搭好了平台，要摘星星还是捞月亮随你的心情，为什么非要回头来捉弄我？"

于卿凤一个字也没回答，一踩油门，车子绝尘而去。

于卿凤如此强烈的反应，让怒不可遏的卢筝像泄了气的皮球一样沮丧。在冷风中站立了很久，他才挪动了脚步，一回到家中，立即像一摊泥一样倒在了地板上。半夜时分，卢筝突然收到了一个短信，就将他从昏沉中惊醒了过来。

短信是于卿凤发来的，上面只留了十二个字："有缘无分，有始无终，有愧无悔。"

前两句的意思再清楚不过了，后面那个"愧"字也好理解，但于卿凤所谓"无悔"的究竟是哪一件事情呢？冲天的怨愤平复之后，卢筝静下心来一一回想，却发现了一个不容否认的事实：于卿凤也许不止一次伤害过自己，但追究起来，没有哪一件出于她的本心。第二天一早，刚进入昏睡中的他被急促的敲门声惊醒，红着眼打开门一看，是个送快递的小伙子。卢筝签字后打开一看，包中正是自己当初送给于卿凤的一对玉镯。

究竟是自己心底太龌龊冤枉了于卿凤，还是于卿凤被戳破了底细后再也没脸来见自己？现在，卢筝心头的疑惑，只有一个人——一个从未谋面的人才能解答。

当天下午，卢筝来到了卫氏航运集团总部。果然，他现在成了一个名人，刚进入大堂，马上就被一群人紧紧包围了起来。看着保安们如临大敌的紧张神色，卢筝感到莫名其妙又有点好笑。可看到对方手中已通了电的警棍，才感到事态严重。幸好，误会很快就解除了，一个像护士一样柔声细气的年轻女士说了两句，剑拔弩张的局面就消散了。然后，她轻手蹑脚的地将他带到了顶楼的一个宽大办公室中。

如果不是桌上的电脑簿册、墙上的明清字画和架上的唐代玉器提醒自己，卢筝以为自己来到了一个高档的私人诊所，因为房间帘幕低垂，不见一丝自然光，四壁贴着防尘又隔音的壁纸，加湿器在角落中咝咝作响，恒温的空气中弥漫着一股浓厚的药水味道。卢筝环顾四周，正感到没有头绪的时候，从靠阳面的一个角落里突然传来了一个低沉喑哑的声音：

“不好意思了。我弟弟失踪了一段时间，你在大堂中说自己是他的朋友，公司的保卫人员不明就里，还以为是绑匪来谈价钱了呢！”

卢筝一惊，几乎眼珠要掉下来了。第一，这个人身材瘦小，相貌委琐，几乎是个傀儡架子，坐在背光的地方不注意看，几乎发现不了，而他竟然是风度翩翩的卫宗渊的嫡亲哥哥——也就是卫氏集团的当家人卫宗潮？第二，卫宗渊怎么会不见了？一年前的那个秋天，大家在上海分手的时候，他还一副意气风发大展宏图的样子。

也许已经看惯了人们吃惊的样子，卫宗潮对卢筝的反应并不意外，还从座椅上站了起来，走过来和他握手。这时候，卢筝才发现他竟然还是一个跛子。两人握手的一瞬间，卢筝更加感到心寒了，因为他发现主人右手的食指短了一截。唯一让卢筝心安的是，对方虽然脸上沟壑纵横，但笑容并不那么狰狞。

“我一直想见你，可惜没有什么理由。我知道，你是弟弟的朋友；我也知道，你曾经救过他的命。事实上，在这个世界上，像手足一样关怀他的人除了我一个，也就只有你了。”

这段时间，卢筝已经习惯了那些威赫刻薄的商界巨子们礼贤下士的亲切，但是听了卫宗潮的话，心里依然有点感动。不过，他却不肯接受这个监护人的名分。

“您的弟弟比我大好几岁呢！何况，我是他花钱聘请的导游兼保镖，理应保证他的人身安全。——可是，他现在怎么又不见了呢？”

卫宗潮听了，长叹了一口气，似乎中间有着说不尽的曲折和烦恼。他没有直接回答卢筝的问题，而是请他坐了下来，然后按铃叫人送上了茶水。两人品茗之际，卫宗潮将话题拉回到了一个遥远的年代，一个动乱的年代，一个卢筝依稀知道却毫无切身体会的时代。那个时候，即使有来自高层的关怀，但破巢之下，安有完卵？卫家最终也没有躲过冲击。父母被遣送到远方之后，兄弟俩也成了无家可归的孩子，靠仅有的一点口粮和捡菜叶维生。可是，这并不是苦难的全部，因为卫宗潮畸形的肢体就是一个明证。

“现在很多人家中都养宠物狗，亲得像儿子一样。大冷的冬天，还给穿上了特制的毛衣。我就奇怪了，同样是狗崽子，怎么差别就这么大呢?!”

卫宗潮说到这里，忍不住呵呵笑了起来，似乎这是一个多么有趣的比喻。可是听在了卢筝的耳中，却有点心寒鼻酸。

“那时候，你们兄弟有多大了?”

“我十三岁，为了养活才四岁的弟弟，除了讨饭，什么苦什么痛都受得了，只是那种屈辱，让你觉得自己活在这个世界上纯属多余。我们不敢回家，每天晚上蜷缩在门洞里，我给弟弟讲自己看过的童话故事，结尾总是说黑暗一定会过去，光明就要来了。可是，日子一天天过去，四周依然是无所不在的冷眼和敌视。渐渐地，弟弟开始懂事了，也感到绝望了，因为最信赖的哥哥竟然也会骗人。终于有一天，光明回来了。可是，他已经不相信这个世界上的任何一个人了。”

历史若无其事的轮回，让一切从表面上看又恢复到了原来的模样。卫家又收回了自己的红木家具、典藏珍宝、房产证明和造船厂，不久，连多年失联的海外亲友也回国来探望了。可是，有两样东西却再也没有回来，一是兄弟俩的父母，二是曾经的纯真。

一夕之间从乞丐到王子的变化，年轻人会产生两种截然不同的态度：一是觉得什么都看穿了，这个世界上什么也靠不住，从而沉湎虚无，玩物丧志；而另一种呢，是体味到了生命的可贵，从而超越自我，奋发向上。

看着卢筝的表情，卫宗潮自嘲道：“你千万不要以为，我属于后者而弟弟是前者。实际上，他没有什么坏毛病，不过是变得太过于自我保护，避免让自己受到更多伤害罢了。”

也正是如此，卫宗渊对于任何接近自己的人，都怀有本能的警惕之心。也正是这个原因，一个亲手从水中救出的落难女子，反而能够得到他发自内心的依恋和信赖，甚至不惜为之蹈海搏命。

卫宗渊只想过一种放歌五湖的现代隐士生活，可这个简单的愿望，却遭到了一向对自己百依百顺的哥哥的激烈反对。

“你对他实在太苛刻了，不要说哥哥了，就是父母还在，他们也不忍心逼儿子去当企业家吧?”卢筝对此的第一反应是哥哥错了。说完之后，他突然发现，生为卢青城的儿子竟然还不赖。因为卢青城在遗书中，并没有要求儿子将中国文学发扬光大，只希望他自食其力而已。

“不是我太苛刻，而是别无选择，”卫宗潮又笑了，这次露出的是最灿烂的笑容，因为卢筝看到了他不大雅观的牙齿，“小时候，我曾经被一群人当球踢来踢去，不小心下部中了一脚，疼得几乎没有了知觉，因为充血时间太长了，一直没有得到应有的治疗，丧失了生育能力。所以，支撑门户和传宗接代的大事只能靠这个唯一的弟弟了。”

原来，这就是卫氏集团老板始终不肯在社会上抛头露面的原因！卢筝震惊之极，半晌，才点了点头说道：

“现在，我能理解了，因为于卿凤的到来，卫宗渊更加沉湎在个人世界中不能自拔，这就是你要拆散他们姻缘的原因吗？”

“你说对了一半。于卿凤是个好姑娘，她突然离开弟弟可不是出于我的压力，而是我和她一起商量的结果。”

这些天，卢筝已经习惯了意外，可是，这句话依然惊得他几乎要撞碎天花板！

于是，从卫宗潮的口中，卢筝认识了一个完全陌生又似曾相识的于卿凤：于卿凤深爱着卫宗渊，但又怕他沉醉在温柔乡中不能自拔，从而误了一生的事业。于是，她主动向卫宗潮提出了一出苦计：自己找个借口离开一段时间，希望卫宗渊在突如其来的打击之下警醒过来，体会到哥哥的压力和难处，主动承担起振兴家业的重任。卫宗潮别无他法，又觉得风险不大，于是答应了下来。

“万没想到，他找不到于卿凤，竟然迁怒于你，还拉了个探险队去了一趟南太平洋。我这个弟弟，执拗起来真是让人一点办法也没有。”卫宗潮摇头叹息，头顶上的一簇白发像秋天的茅草一样瑟瑟抖动。

于是，卢筝心头的疑惑豁然开朗。于卿凤既然要主动隐身，卫宗潮自然要为她安排一个妥当的去处。于是，以卫氏之能量和人脉，于卿凤轻而易举就进入了电视台，加上自身素质出众又有交际才华，很快就崭露头角。

那么，她为什么又回头来找自己呢？卢筝突然全明白了，他的心颤了一下，痛得几乎要掉下泪来。一半为了于卿凤，一半为了容妤。

“我全错了。她来找我，根本不是有求于我，而是为了还我一个情！”

卫宗渊缓缓点头，说从自己的角度讲，根本不可能赞同未来的弟媳和旧情人保持联系，更不要说帮助对方出名牟利了。可是于卿凤坚称自己能够把握得住，又说欠人家太多，如果没一个交代的话，一辈子也不得安心。

“说实话，能够遇到于卿凤这样的好姑娘，无论对你还是对弟弟，甚至对我这个残疾人来说，都是前生修来的福气。”

一个下午的时光就这么过去了，卢筝准备告辞了。卫宗潮道歉说自己天天吃病号饭，就不虚情假意留他了。正要出门的时候，卢筝又停住了脚步。

“我和卫宗渊相处的时间很短，交情也谈不上深厚。不过，我们这一路上毕竟不是观光，总要碰到乱七八糟的公关事务，我发现他在这方面能力超强，尤其善于察言观色，根本不是一个宅男似的人物!”

卫宗潮听了似乎有点意外，过了片刻，点头说你说得对，有时候自家人反而看不清自己人。见他依然不明白问题之所在，卢筝索性一股脑把心中的看法吐了出来：

“我相信你是个好哥哥。但是，也许是童年的记忆太痛苦，你太担心弟弟受伤害，以至于忘记了一点：他首先是个男人，一个顶天立地的男子汉，而不是一个可怜的低能儿。他已经有了独立的人格，为了摆脱你的庇护和唠叨，只能表现得对哥哥冷漠疏远一点。此外，卫宗渊也未必是个没有事业心的人，你有没有想过：这几年来，他天天在游艇上吃喝拉撒，几乎从不上岸一步，其实是在暗示你：升级产品已经刻不容缓，不要继续守着祖业吃老本了，该去开发游艇这种新潮又赚钱的玩意儿了!”

卫宗潮怔住了。卢筝要走了，先祝愿主人身体永葆康健，又意味深长地加上了一句：

“我会想办法将你弟弟找回来的。不过，现在我得赶紧去找那个好女人了。一想到让她受了这么大的委屈，我觉得多捱一分钟都是一种罪过了。”

果然，当天晚上卢筝又见到了于卿凤。很快，两人把该说的都说完了。

“我现在总算明白了，你想帮我实现昔日的梦想，但又知道我个性强好面子，所以干脆来个反其道而行之：名为求我，实际上暗中为我铺路架桥。可是你却没有想过，这样一来，你不免又伤到了一个人，一个真正爱你的人。上次从海外回到上海的时候，我感觉卫宗渊已经开始反思了，知道自己的偏执错怪了人，甚至有了改头换面励精图治的迹象。可是，我们一起拍了电视片，还在各种公开场合中出双入对，他又不是聋子瞎子，怎么可能一点没有风闻呢？我想，他一定以为我们又破镜重圆了，所以又藏到黑暗中去了。”

于卿凤顿时惊呆了，她只想一心报答卢筝，却压根儿没想到这一点。卢筝见状，又安慰道：“你不要太慌张，我了解卫宗渊的思维方式，我有一个办法，包管让他主动回到你的身边。不过，这一出好戏，我就恕不参加了。”

卢筝把自己的主意和盘托出后，再也掩饰不住心头的伤感，“也许，这是我们相识了多年，我唯一一次真正帮过你的事。以后，不管出于环境变化还是避嫌，我们几乎可以肯定不会再见面了。”

于卿凤流下了感激的泪水，又察觉卢筝话中有话，赶紧提醒说你现在红得好似烈火烹油，活动日程都排到了下半年，可不要错失大好时机呀！

“你不是最向往自由吗？只要耐着性子再周旋一段时间，赚的银子就够吃到下辈子了。那时候，你就可以过憧憬的闲云野鹤般的日子了，甚至可以去西班牙找容妤，做个专职的陪读先生。何况，凌云社凝聚了那么多的心血，你总不能撒手不管吧？”

卢筝说你放心，我这么决定绝非心血来潮。凌云社也委托胡自雄去管理了，还打算分了一半的股份给他。

“那你要去哪里？很远吗？”于卿凤追问道。在她的想象中，卢筝这一去，又要成为一个天涯浪子了。

“一点也不远，我要回到学校去。——你听了是不是觉得很好笑？”卢筝说完，自己忍不住先笑了起来。对于这个出人意表的回答，于卿凤满脸惊愕，说不出话来。转念一想：自己是喜是悲一时难以说清，可九泉之下的卢青城见到儿子做出这样的选择，不知道是不是该哭？

卢筝确实没有骗人，他真的回到了学校，而且很快就拿到了通知，大年初七到京师大学报到。你千万不要以为，卢筝连高中文凭也无法出具，一定是通过徇私舞弊、名人特权或依靠韩老爷子的遗望才混进了这座庄严殿堂的。事实上，卢筝能够重新搬回那间湖边的破房子，一半固然基于自身的条件，另一半却是人家的主动邀请。

不过，卢筝作为特邀的成员，他在京师大学新组建的考古队中只待了一个月，态度就变得端庄收敛了许多。因为他发现，自己以往真的没有看清雁湖这一潭水。脊梁不是由那些看起来最长的骨头组成的。扬尘腐草浮土之下，支撑大地的是厚重无华的磐石。原来，除了投机钻营的潘书纲，这里还有淡泊明志，芝兰之臭；除了顾影自怜的蔡东风，这里还有家国情怀，风雨之思；除了消极遁世的韩奇，这里还有远猷辰告，宏图之举。

一个巴掌拍不响。卢筝固然有深造的企求，考古队之所以肯招纳这只野猫，却和一群鸭子有关系。几年之前，报纸上曾登了一条不起眼的消息，说一艘货轮从中国广州出发后，在大西洋上遭遇了风暴，一个装满了玩具鸭子的集装箱不小心掉入了大海。可几年之后，这条新闻又被人翻出，原因当然不是塑料鸭子变成了充气白天鹅，而是顺着洋流，它们开始了全球漂流，有人曾在比斯开湾和红海见到了它们的踪影。而真正引起轰动的是，去年秋天，数千只鸭子突然出现在了加利福尼亚半岛的外海。它们究竟是怎样横穿太平洋的？海洋学家还在争论不休，而在中国历史学家的眼中，它们立即和商朝军团画上了等号。经过一番内部酝酿和外交协调，一个由京师大学牵头的赴美洲科考队成立了，而卢筝就成了负责开路的先锋。非但如此，在他的坚决要求下，连“黑旋风”也挣到了一份口粮。

繁杂的准备过程就不必细说了，总之，又是一个初春时节，卢筝就随着考古队先遣组一起出发了。漫长的一天过去了，夜幕下的舷窗外出现了灯光的海洋。墨西哥城到了。虽然北京的柳枝才发嫩芽，这里已经是绿海翻腾。

第二天一早，大家忙着分头去办事，卢筝也直奔墨西哥国家历史博物馆。在各个时期的出土文物中，卢筝最关注的是公元前五至十世纪的玉器和陶器，尤其是上面花纹图案、涡旋方向和刻绘手法。当然，如果上面有符号的话，他更不会轻易放过。很快，卢筝就找到了十多个类似古汉字的符号，但仔细一想，又觉得价值并不大，因为各大文明的早期文字几乎都属于象形文字。但是，那些铸有狰狞猛虎的青铜器，彩绘亚洲人面的陶器，蒜头鼻、凸眼珠、平冠尖耳的武士俑，无不在提醒他：它们和商文化存在着某种奇异的联系。

转过一个大厅，卢筝几乎走不动路了。因为在他面前，伫立着一尊羽神雕像。在玛雅神话里，羽神是司雨和主掌生育的大神，在诸神中地位极高。只见这尊女神身体颀长，双臂环抱胸前，两只鸟翼生于肋间。让卢筝颇为惊诧的是，她的下体竟然是一条蜷起的蛇尾。卢筝左看右看，都觉得她和女娲没什么区别。因为在最早出土于东汉墓室砖壁的伏羲女娲交尾画像中，这个人类始祖就是一副“人首蛇身”的模样，而且也分管交媾和生殖！不仅如此，在另一个传说中，女娲是炎帝的小女儿，坠海死后化为了神鸟精卫。远隔重洋的两种文明，竟然不约而同地实现了人、蛇、鸟三者的绝妙合体，听起来是不是很奇怪？

卢筝还没从遐想中回过神来，视线又被一只兔子吸引了。它站在一个镂花的台基上，手中比划着什么——没错，是手而不是爪子，正和一位戴着玉米头饰的怪神争论不休。卢筝以为自己错进了电影院，可定睛一看，才发现它可不是迪斯尼动画中的兔八哥，而是个人身兔面、嘴里冒烟的小妖精。原来，这是一幅玛雅人想象中的月宫场景，刻在一块长方形的石板上。

“怎么和中国民间传说的一样，月亮里也住着兔子呢?”卢筝暗自嘀咕。

不久，卢筝和伙伴们离开了嘈杂的墨西哥城，来到了加利福尼亚半岛。这里名为半岛，实际上是落基山脉的一部分。它从北极蜿蜒南下，一路上形成了无数雪峰，到了墨西哥境内，海拔骤然降低，最终消失在了万顷波涛之中。这个半岛长约一千多公里，最宽处却只有七十公里，像一条游向深海的长蛇，又像一道天然的防波堤，为大陆阻挡了太平洋的狂涛巨浪。

考古队之所以选择这里作为勘测的起点，倒不全是因为那群鸭子。早在两年前从波利尼西亚返国时，卢筝就已经想到了：既然西南季风可以将自己吹回圣子岛，当然也可以将商朝军团的残余船只吹得更远，而顺着这个方向推算下来，恰好正对着加利福尼亚半岛。于是，一个大胆的猜想出炉了：如果商朝军团真的到达了美洲，那他们十之八九是在这个半岛上登陆的。

不过话虽如此，要想证实却难于上青天。十九世纪，一群西方考古学家为了寻找著名的特洛伊遗址，在小亚细亚沿岸搜寻了二十年时间，才终于如愿以偿。但是，这个励志故事对中学生很有意义，对于老练的考古队员来说却太肤浅了，因为历史上无果而终的例子千倍于此。

又一个晨曦中，卢筝透过车窗，看到了远方的海岸线。在接下来的日子里，考古队要和墨西哥的同行一起，对半岛沿岸的港湾、浅滩、沙洲、洞穴、崖壁进行地毯式的搜寻。作为开路先锋，卢筝要带着“黑旋风”先行一步，为全队打好前站。

这项工作，卢筝自觉胜任愉快。不过，由于加利福尼亚半岛位置偏僻，地形崎岖，路况复杂，补给困难，他的进度并不快，每天能够前进二十公里就算神速了。而且，晚上宿营之后，在钻进睡袋之前，卢筝还要就着灯光写下当天的考察日记。

5 月 19 日，天气很好，情况一切如常——也就是说一无所获。下午，为了抄近路，我误入了一片齐人高的玉米田中，绕了半天也没有走出去，连“黑旋风”也成了没头的苍蝇。最后，还是一个农夫将我从迷宫中领了出来。

5 月 25 日，早晨起来，天气变得阴霾无比，空气更加燥热。不久，海面上起了风，海水变成了阴暗的灰色，嬉戏的海豚也不见了。我沿着海滩走了一上午，但午后起了七级大风，只好找了个岩洞躲避。

6 月 2 日，这些天阴晴不定，气温越来越高，原来，我已经接近了火山地带。今天上午，我登上一座山丘，看到天边漂浮着一股浓烟。那就是著名的特雷斯火山，间隔几年就要喷发一次。

6 月 7 日，我已经顺利穿过了火山地带，来到了半岛的最南端。现在，呈现在面前的是一大片嶙峋的岩石。在这个荒无人烟的海角，我搭好了帐篷，准备好好放松一下。可不知道什么原因，“黑旋风”总朝我叫个不停，似乎有什么——

日记突然中断了，一条粗重的笔痕拖曳了很长，几乎划破纸页。

18　石破天惊

“黑旋风”在疯狂地咆哮跳跃，项圈上的绳子也被拉成了一条直线，几乎将帐篷拽翻。在它面前，是一块巨兽一样蹲踞的白色岩石。千万年来的风蚀浪刻，没有改变它巍然的雄姿。现在正值午时，潮水哗哗地涨了上来，淹没了岩石的底部，只剩下北面一道窄窄的石梁和陆地相连。岩石下浪花飞溅，岩石的顶部却平坦干爽，零散地摆放着几件洗浴衣物，还有一本在风中翻动的日记本。那么，卢筝到哪里去了呢？

一个小时以前，他扎下了帐篷，为了防止“黑旋风”再次下水惹祸，还把它拴了起来。在帐篷中只待了片刻，卢筝就感到闷热难当，于是穿过了石梁，跳到水中冲了一个海澡，然后爬到了岩石顶上吹风。盛夏季节，阳光景明，照得水光一片泛亮。透过清澈的水波，海底的一切可以看得一清二楚，当然也包括岩石根部那些宽窄不一深浅难测的缝隙。海水从中鼓荡涌泻，一张一翕之间，发出有节律的“咕”“呼”声。卢筝惬意地仰天躺了一会儿，就翻过身来，摊开日记本，双脚伸出了岩角，随意击打着水面。似乎是为了表达不满，失去自由的“黑旋风”吠叫了起来，声音越来越响，情绪越来越激动，卢筝连声呵斥也不能压制它的愤怒。

突然，水中出现了一团黑色，像云朵的投影，像无根的海藻，又像从岩缝中无声无息钻出来的幽灵，以一种诡异的轻盈，向着岸边飘去。心不在焉的卢筝猛然觉得自己的右小腿一紧，随即一麻，像被一条皮鞭紧紧卷住了。还没等他缓过神来，一股劲力就将他拖下了水。卢筝一头栽进了水中，勉强睁开了眼睛，就看到好几条黑色的鞭子向着自己猛抽过来，他下意识地躲避，可是腰腹一紧，才知道全身都被缠住了。

卢筝拼命扭过头来，他看到的是近在咫尺的一双拳头大的黑亮大眼球！这简直是人类梦魇时才能见到的景象。转瞬之间，卢筝已经明白过来了。不过，一切太迟了。章鱼并没有人们想象中那么恐怖，但可怕的是，这是一条栖息在北美的有着“毒蜘蛛”称号的黑章鱼！这种章鱼个头不是同类中最大的，但是力量强大，吸盘有毒，无论人畜鱼鳖，一旦遭袭鲜有活口。现在，它轻而易举就捉到了一头送上门的猎物，空闲的几条触手还在水中随意舞动，就像给卢筝提前预备了招魂幡。

恐怕谁也不曾想到，值此生死关头，卢筝心头最大的感觉不是恐惧，而是无法抑制的恶心。这种源于祖先的对软体动物的反感，让卢筝在第一时间想到的不是逃脱，而是呕吐。不过，卢筝没有多少时间矫情，因为他的右腿开始逐渐失去知觉。显然，这是黑章鱼分泌毒液的结果。和上次力搏青鲨不同的是，他手中没有任何武器，身后也没有支援，连唯一能够指望得上的“黑旋风”也被拴了起来。

绝境之中，卢筝左支右绌，拼命躲避着黑章鱼的攻击。但防不胜防，一条触手仍然重重扫到了脸上，将他打得满眼金星。卢筝还没有回过劲来，就感到脖颈一紧，几乎窒息。随即，连双臂也不能动了，因为一条触手盘住了他的脖子，又顺势箍住了肩膀。

黑章鱼见猎物不再挣扎，就带着它向深海的巢穴悠然游去。时间一分一秒过去了，卢筝一动不动，似乎已经昏迷了过去。但是，当黑章鱼正要绕过一片暗礁时，卢筝突然张开了嘴巴，对着恰好凑到自己腮边的触手狠命咬了下去！

当肥腻又坚韧的肉团塞满口腔的一瞬间，卢筝知道，今天是死是活在此一举了。黑章鱼负痛之下，全身打了一个哆嗦，那条缠住卢筝脖颈的触手立即松懈了下来，像一根失去弹力的皮带。而另外几条空闲的触手，却齐刷刷地飞了起来，对着卢筝劈头盖脸抽了过来。就在这电光火石的一刹那，卢筝伸手抓住了黑章鱼那条被咬伤下垂的触手，用尽全身气力，狠命抡了上去！

在幽暗的深水中，触手猝然相击，几乎没有发出丝毫声息，可是卢筝耳中却仿佛听到了刀剑互格的铮然之声。果然，黑章鱼猛击而下的几条触手，突然打到了自身，顿时像触了电一样，迅速翻卷收缩起来，连缠住卢筝小腿和腰部的两条触手也颓然松开了。卢筝没有迟疑零点一秒钟，立即翻身潜逃。这时，他的眼前突然腾起了一股黑雾。原来，这是章鱼在遇到危险时释放出来的墨汁。于是，在烟幕之中，卢筝和黑章鱼各自朝一个方向逃生。

卢筝拖着一条伤腿，向着岩石的方向拼命游去。虽然黑章鱼已经远去，但是警号并没有解除，因为谁也不知道是否还有它的同类潜伏在水中。当卢筝距离海岸不过半里时，他的眼睛被水下一大片白色的物体吸引住了。只见它们的样子像海星，像水母，像海葵，像菱角，仅有的不同之处，就是它们全是石头做的。

一分钟后，卢筝从水中冲上岩石，他来不及解开“黑旋风”，就一瘸一拐地跑进了帐篷，从包中拿出了潜水设备和防水摄像机，又重新跳入了海中。当然，这一次他没有忘记携带护身武器。现在，一切都看清楚了。只见招摇的水草和漫游的鱼群下面，是铺满了海滩的无数磨盘大小的圆形、菱形、多边形石块，鳞次栉比，层层叠叠，就像一个突然倒闭的石材加工厂。而且，精细的卢筝还发现，这些石块无论形状大小，中央一律凿出了一个光滑的圆孔。

这是什么？卢筝不用看第二眼就知道了。因为，它们与当年容光斗和韩奇在山东成山角发现的商朝石锚一模一样！

卢筝心头狂喜，几乎端不稳摄像机，颤抖的手指像电报机一样按个不停。然后，他潜到了水底，用锐器在不同形状的石锚上切削下了石片样本。半个小时以后，卢筝最后一次从水中钻出，又一次爬上了那块巨岩。就着西斜的阳光，他仔细端详着自己的收获。石片上有磨痕，有刻印，甚至还有螺旋状的纹饰，而最重要的是，他在上面找到了黑色的锰矿薄膜！

苍茫的暮色中，海天空寂，天风浩荡。卢筝站在巨岩上，突然间有了一种天人合一的感觉，仿佛时间又摆回了三千年前的那个伟大时刻。那时的蓝色星球，绝大多数地方依然是一片荒蛮。而在西半球的一个岬角上，却出现了樯橹满海，帆影蔽空，刀戈耀日，人欢马嘶的喧嚣景象。恍然之间，自己也化身为商朝军团的统帅，散发及肩，白衣胜雪，正俯视着脚下的大军浩荡登陆，去征服一个未知的世界。

一声狗叫将卢筝拉回了现实。他回过神来，禁不住打了个寒战。怪不得自己如此亢奋癫狂呢，原来是中了毒——章鱼的毒性虽然比不了可卡因，但一样能让你元神出窍，臆想联翩。

退潮了，窄窄的石梁已经变成了宽道。卢筝跳下了岩石，回到了帐篷中，先拿了一把小刀给自己放血，顺便也把“黑旋风”放了。腿上割开了一道口子，黑血就咕咕流出。卢筝一边等待血色变鲜，一边摸着“黑旋风”的脑袋，夸它是个好警卫，晚上要好好赏一顿肉吃。同时，又心疼地看着“黑旋风”被磨坏了的脖子，想解下项圈涂点药水。可是这个项圈太难弄了，鬼知道当初是怎么套上去的。最后，卢筝干脆决定拿刀来切开。

这时候，他才注意到，项圈上居然还缀着一朵黄色的梅花。好奇之下，卢筝用刀尖将它挑开了，从中掉下来了一个纸卷。卢筝捡了起来，拆开一看，整个人就痴呆了。

“当你看到纸条的时候，我想只有两种可能：第一，你已经有了一个幸福的家，有了一个可爱的孩子。因为孩子的眼睛总能注意到大人忽略的地方，当然也包括项圈上这朵小花。在此，我要衷心祝福你，尽管你的快乐已与我无关；第二，你又一次众叛亲离，甚至沦落到了身边只剩下一条狗陪伴的地步。只有在这个时候，你才会仔细寻觅我留下的一切痕迹。假如不幸言中了，我会在远方为你掉泪，尽管我已经爱莫能助。妤字。”

卢筝看了半天，突然笑了起来，到最后连眼泪鼻涕都笑出来了，一贯聪明的容妤这次可猜错了——或者说只猜对了一半。卢筝的确又成了孤家寡人，但是，在某种程度上，他的朋友们没有一个弃之而去，甚至包括容妤自己。

可即使如此，对卢筝来说，这张纸条带来的刺痛，依然要远胜过那条黑章鱼。她在异国快乐吗？是否又有了新的恋情？这些问题，想都不能想，更不敢打个电话或发个邮件去问。但是，答案是显而易见的：与藕断丝连的于卿凤相比，容妤在感情上简直就是一名不留活口的快刀手，这一去大半年音信全无就是明证。何况，她又是一个多么让人艳羡的女子。遥想当初大家同乘一条船，她眼皮也不抬一下，就渲染得一路春意，连卢筝这潭死水也泛起了微澜。如今流连在世界上最浪漫的国度中，不惹出点生鲜麻辣的怎么对得起熟人？

但是，现在毕竟不是写爱情小说的时候。天黑之前，卢筝将重大发现的消息通报给了后方。在等待大队人马抵达的间隙，卢筝又开始考虑下一个问题：商朝军团成功登陆美洲之后，他们最终的落脚点究竟在哪里呢？

很显然，这个狭长贫瘠的半岛不过是目的地在望时，军团歇脚小憩的地方，而天边那一抹青黛的大陆才是他们梦寐以求的新家园。

按照常理，要继续追踪商朝军团的行进路线，卢筝应该绕行到彼岸，然后如法炮制在沿海来一番费力又辛苦的跋涉。但是，难道就没有更聪明一点的办法吗？

最终，退潮时哗哗的流水声带给了卢筝一个新的启示。横亘在半岛和大陆之间的，是一个长达数百公里，像钱塘江口一样内窄外宽的喇叭口海湾。由于受到地形和潮汐的影响，海湾内的水位昼夜落差极大。现在正值落潮之际，水流正在迅速向外洋退去，其势之汹涌，宛如一条大江滔滔入海。

这种磅礴的景象，卢筝所见如是，三千年前商朝大军所见亦必如是。先民们没有动力的木船要穿越海湾，势必也要受到这股潮流的影响。

于是，卢筝打定了主意：乘一条橡皮艇顺流漂到对岸去。这可不是异想天开，因为早在三十年前，为了验证古代波利尼西亚人就是乘坐原始木筏从美洲漂流到太平洋岛屿去的，曾有科考人员专门制作了一个仿古木筏，用了半年的时间，从秘鲁成功到达了夏威夷。

最后一抹余晖消失后，喧嚣了一天的大海就进入了半昏半醒的浅度睡眠状态。没有月亮的夜晚，从空中、水下和远方传来了各种奇异的声音，加上跃起的鳞闪，漂移的浮光，倏忽的星点，组成了一个迷离的世界。橡皮艇上，卢筝和“黑旋风”都进入了酣睡。科学家永远不会想到，梦境居然也会像哈欠一样传染，而且是在不同物种之间。“黑旋风”回到了遥远的康巴草原，卢筝也梦见了成群的野牛在旷野里上奔腾。万蹄撞击大地的声音，像擂鼓一样密集。突然，眼前出现了一条宽阔的河流，野牛群在踌躇了片刻之后，争先跃下，蜂拥渡河。可是，原本清澈的河水却变得凶暴了起来，一股股激流从上游冲下，将先驱者吞没。不过，更多的同伴填补了它们的空白，直到整个团队顺利登上彼岸……

这时，卢筝突然醒了。他猛然坐了起来，发现东方天色尚未发白，而艇头射灯的光亮犹红。卢筝使劲拍了一下自己的额头，记住了梦中出现的最后两个字：迁移。

现在，卢筝紧张得汗都流下来了。他又闭上了眼睛，全身一丝不动，努力捕捉着自己梦中透露出来的信息：

……渡河的牛群在水中相互践踏。牛群是从哪里来的呢？从天际的那团白云下。白云是从哪里涌来的呢？是从广阔无际波光粼粼的太平洋上。一条独木舟上，木浆击打起四散的水花。容妤坐在船头，面容忽悲忽喜，始终看不清楚，她身后坐着的是久违了的卫宗渊和蔡东风，连胡自雄和卡瑞娜也露了一下脸，唯独没有卢筝自己。突然，船上的人又换成了容光斗和韩奇。不过，那时的韩奇，看上去似乎比现在的卢筝还要年轻。

他们在谈话，声音缥缈得像是从另一个世界传来的。他们谈论着波利尼西亚人的迁移路线，还特别提到了，这是出于神的旨意。……

卢筝再次张开了眼睛，俯卧在身边的“黑旋风”仿佛有心灵感应一样，也跳了起来，跑到艇尾叫个不停。卢筝一惊，只见不知什么时候，一条半米长的刺鲀被垂下的网绳兜住了，像个气鼓鼓的圆球一样挣扎着，在橡皮艇上撞来撞去，发出了清脆的嗒嗒声。卢筝见状，不禁苦笑了起来。原来，这个充满玄机的梦竟然起源于它。

卢筝没有想到，这股潮水下泄的威力居然如此之大，等他的双脚再次踏上陆地的时候，才发现这里已经偏离直线登陆点几百公里，来到了墨西哥南部边境的马德雷山区。濛濛细雨中，橡皮筏搁浅在了山崖下尖牙利齿的礁丛中。卢筝牵着“黑旋风”涉水上岸，先找到了一个干燥的山洞避雨歇息。

烟火升腾的时候，卢筝发现这个山洞的四壁有黑色的炭迹，地上也有几堆残存的灰烬，似乎曾经有人在这里生活过。他留心翻检，果然从中找到了一些破碎的陶片和支离的骨头，看上去年头很久了。于是，卢筝像个勤劳的工蜂一样，在沿岸的山洞中钻进钻出，找到了更多类似的物品，甚至包括一个完整的饮酒器——爵。现在，即使不是行家也能断定，这一带就算不是商朝军团的登陆点，也曾经是他们的活动区。

卢筝通过卫星电话，再次向科考队总部报告了这一突破性的进展。不过，和上次发现石锚不同的是，因为此地远离城镇公路，他只能报告给后方大致的经纬度。放下电话后，卢筝爬上了山崖，在岸上四处游走，一方面为了寻找一个醒目的地标，同时也为队友们预先找个窝风向阳的宿营地。不过一路看去，全是人迹罕见的连绵起伏的丘陵，找不到一个让人豁然开朗的景致。直到第二天上午，卢筝才发现离海岸不远一片相对平坦的开阔地上，有一个浑圆的小丘，虽然高不过十来米，坡度也很缓，样子像个北方人家过年时蒸的大馒头，但巧在周围没有什么遮拦，前后远近各个角度都能够看到，而且不远处就有溪流，于是决定在此安营。

卢筝用工兵铲在小丘的顶部挖了一个深坑，砍下一根粗大的落羽杉枝干，拔去枝条，绑上了一件浅色的衬衣，然后将这面简易的旗帜插入坑中。

之后，卢筝像个守灵人一样在小丘附近转悠，顺便带着“黑旋风”去打猎，弄几只山鸡野兔打牙祭。消磨了几天之后，科考队终于携带着大批设备赶到了。见面时的激动不用说了，那个年龄比韩奇小不了几岁的首席专家抱着卢筝，几乎要掉下泪来，口中喃喃的全是赞美诗。可是一转眼，他老人家昏花的双眼就沾在那根已经完成了任务，被丢弃到一边的落羽杉树枝上了。

“它是从哪里弄来的?”他用手指仔细捻磨着树枝下部颜色芜杂的泥土，似乎那是什么珍惜宝贝，恨不能放到嘴巴里尝尝滋味。

卢筝疑心这是一种未发现的杉树亚种，于是顺手一指，老人家只看了小丘一样，几乎晕了过去。半晌，他的气才喘匀了，拉着卢筝的手，说了一句：

“小卢，你不知道啊！这一棒子插下去的价值，比得上当年挖出秦陵兵马俑的那一锄头呀!”

卢筝还是不明所以，可是，等到老先生口中吐出“祭坛”二字，他和现场所有人的脸色一下子全变得煞白了。

首席专家果然没有看走眼，随着两国考古人员的协作发掘，圆丘从上往下，依次出现了黄青黑红白五色土壤，以及掩埋其中的铜器、玉器、骨器、陶器、金银器，甚至成堆的古币——蚌壳。虽然没有找到刻有甲骨文的器物，但是无论从祭坛的风格还是文物的样式，都可以轻易判定，这是商朝军团祭天的场所。不过，在惊喜和庆幸的背后，众人却有着更多的困惑。

从立项的第一天起，科考队的成员们就有一种挥之不去的担心。文明就像《红楼梦》中的贾府一样，想要登堂入室，有的是迈不完的门槛；但你真要铁了心悬崖撒手，那可是爷娘妻子高墙壕沟都拦不住。不过，游离在外的个体要么自生自灭，要么被另一种文明同化，舍此之外别无他途。而眼下，单从石锚的数量来推算，在经历了风暴海啸之后，商朝军团仍然拥有万人之众。从祭坛的规模和供奉的器具来看，这显然并不是一支纯粹用于征战的军队，其中一定包含了相当数量的工匠，尤其是青铜器的冶铸技工——这可是那个时代的高科技，重要程度要百倍于今天的 IT 工程师。此外，随军的医巫典卜人员又保证了这个微缩版的商王朝在文化上的延续性。显然，商朝军团可不是一群仓皇出逃的难民，而是一支准备充分的移民团队。

那么，以其组织之严密，数量之庞大，成分之多元，本该在这个广袤富饶的大陆上大显身手，迅速繁衍，为什么在已知印第安诸部文明中，没有一支是它的嫡传或变种呢？更进一步说，正如那个死硬的怀疑派蔡东风所强调的，为什么连血统也没有延续下来呢？

这个让神仙听了也挠头的问题，当然不是卢筝这个刚绰了点儿道气的学徒所能解释的。祭坛发掘工作正进行得热火朝天，他反倒成了科考队中最悠闲的人了。不过，清理工作千头万绪，附近又雇不到合格人员，他总不好意思站在一边袖手旁观吧！这不，今天刚挖出了一个立式台灯一样的柱状青铜器，交给卢筝的任务就是把它擦拭干净。

让卢筝干这种绣花活儿可真是找对了人，因为探险和考古有个共同点，就是老天不会给你犯第二次错误的机会，所以谨慎小心永远不会错。不久，一个高约四尺、通体暗绿、幽光闪闪的小号圣诞树化石就立在了陈列台上了。笔直的主干下粗上细，中间还有竹状分节，伸展出几个不对称的横枝，上面载有圆日弯月，鸣叫的小鸟，跳舞的小人。午休的时候，大家围着它啧啧称奇。有人说是宫廷里的烛台，有人说是君王的仪仗，还有人说它的样子很像出土于汉墓的摇钱树。这时，一位曾经参加过三星堆考古的研究员来了，看着它就像见了耶稣复活一样，差点连眼珠都掉下来了，说这个东西怎么和著名的“青铜神树”一模一样呢？连上面的小鸟也不多不少正好十只。

“这怎么能算树呢？天下哪有没有不开花、不结果、不长叶子的树呀!”卢筝见众人争得热烈，忍不住也插了一句。

这话太浅白了，但也不是一点道理没有，因为实例就在眼前：东道国的国花仙人掌，看上去光秃秃的，可表面的尖刺分明就是退化的枝叶。卢筝正自鸣得意的时候，科考队的队长过来了，叫他过去一起商议下一步的行程。原来，几天以来，在太平洋东岸发现中国商文化遗址的消息已经传遍了世界，圆丘周边每天都有新架起的摄像机。而同行们也不是吃干饭的，据说，至少有两位数的考古队已经在途中了。

先拔头筹之后，当然要乘胜追击了，总不能把旷世荣耀拱手让给别人吧？这一点，科考队上下心意相通。可是，下一步该怎么走？却产生了严重的分歧，即使德高望重的老前辈也弹压不住。经过梳理之后，形成了两派意见：一是根据国内商丘和安阳等商朝遗址发掘的经验，既然有祭坛存在，附近必然存在城邑甚至王都，所以不惜犁地三尺也要将它找到；另一派则认为商人重视贸易甚于农耕，又拥有一支当世无可匹敌的强大海上力量，必然要全力控制交通要冲，所以我们不能停留在一个点上，应该沿着海岸线搜寻一番。

“只要掌握了海港、码头和河口，就有了垄断贸易和掠夺资源的条件。商人重利，不可能不明白这个道理。古代的希腊人和罗马人，近代的西班牙人和英国人都是用同样的方法称霸一时的。也许，我们能够在海边找到要塞遗址什么的。”

“不能把西方史观强加在中国人身上！商朝军团虽然远离了故土，但是，只有大河浩浩，广野荡荡，才是适合他们生存的地理和心理条件。”

双方引经据典，争辩了大半夜，个个口干舌燥。这时，有人看到了角落中打瞌睡的卢筝，就提议征询一下这位福将的意见。

“古人想什么，我不清楚；外国人想什么，我更不清楚了。不过，我在探险中养成了一个习惯：在去一个新地方之前，总是先看一下地图的，免得稀里糊涂陷入了死地。”在济济多士面前，卢筝本该谦虚谨慎，可是，几句话却散发出了一股子芥末味。

果然，在研判了地形地貌之后，大家发现登陆点向北是一片戈壁，向南则是危地马拉大湿地，只有顺着马德雷山脊向东前进，可以到达一片开阔的平原。一看到它的名字，每个人都怦然心动了。因为，在这个世界上，还没有哪一个地方能够同时让天文学家、古生物学家、历史学家为之魂不守舍。尤卡坦半岛——在进化史中的地位堪比宗教渊薮耶路撒冷，集中了古往今来无数的生与死，荣与衰。这里既有六千万年前造成恐龙灭绝的巨型陨石坑，又是辣椒、红薯、玉米、向日葵和橡胶的原产地，更是神秘的玛雅文化的摇篮。现在，它竟然与半个地球之外的另一个文明古国扯上了关系。

于是，又经过了一番讨论，一个折中方案出炉了。科考队留下部分人员在祭坛完成后续工作，主力沿着海岸搜索，而卢筝再次充当过河卒，深入陌生又偏僻的内陆。不过，这次他可不是独自一个人了，除了助手、翻译和向导，还配上了一台越野车。

助手算起来还是蔡东风的师弟，不过这个八零后只听过容光斗的大名，连韩奇是何方神圣都不知道；客串翻译的是一位留学生，现在正好放暑假，自愿赶来帮忙；向导则是从当地雇来的一个水果小贩，曾多次往返于尤卡坦半岛。年轻人不甘寂寞，拉美人又天性活泼，一路上自然歌声笑声不断。这种愉悦的情绪也感染了卢筝，不过，他的快乐却是人所不知的鱼之乐。要知道，在海上寻找一个文明的轨迹，仿佛拈着一根若有若无的蜘蛛丝前进。六十年前，容光斗将线索从山东的成山角拉到了波利尼西亚的极乐岛；一个月之前，卢筝又将它从南太平洋牵到了加利福尼亚半岛。期间险象环生，稍有不慎就会前功尽弃。事实上，如果不是那条黑章鱼胃口太大，卢筝绝对想不到要向岩石下的水面看一眼！

而在陆地上，情况就完全不同了。因为，文明一旦在陆地上扎下了根，它就会全方位向四周扩展，就像墨汁落在宣纸上浸润开来。你也许会错过一处遗址，但绝不会错过所有的沉积层。

比起卢筝以往见识过的那些名山险峰，马德雷山脉只能算是稀松平常，越野车在山谷之间毫不费力地穿梭。几天之后，山势逐渐变得平缓起来。卢筝将车开到了山腰的平地上，让三名同伴下车歇息，自己独自爬到了山坡上眺望。

刺眼的阳光下，呈现在眼前的是绵延起伏的黄褐色草原，这是荒漠到雨林的过渡地带。现在正值旱季，草原空荡荡的，大群食草类动物已经南下，带走了猛兽和猎禽，只有干枯的植物在无风的空气中凝立不动，等待着雨季的第一声雷鸣。

在单调的旅程中，野火成了唯一的风景。几天的疾驰之后，越野车的速度开始慢了下来。距离尤卡坦半岛越近，路况却变得越发糟糕。询问了向导，卢筝才知道世界上的平原并非只有一种。与泥沙堆积而成的华北平原不同，尤卡坦半岛主要是由石灰岩和珊瑚岩构成，所以平坦的表面之下，是数不清的缝隙和漏眼，仿佛亿万只老鼠在下面打洞。晴天一眼望去看不到一点水渍，而雨天又遍地泥泞，实在不是一个招人喜欢的地方。

不过，一旦回到了原野之中，卢筝就感到体内某种力量被唤醒了。和他一样对都市生活过敏的还有“黑旋风”，在灼热的阳光下，它依然生龙活虎，在沙地上乱嗅了一阵，就赶出了几只兔子。狡兔和走狗一阵烟蹿入了树丛中，半天不见踪影。卢筝放心不下，就徒步追了过去。

只见一片林地中央，“黑旋风”像死神一样威风凛凛站在那里。它的嘴里已经叼了两只血肉模糊的兔子，可依然不甘心放弃下一个目标。那是一只特大号的灰色美洲兔，正在前面的草丛中躲闪逃匿。卢筝童心突起，想试试身手，以证明人类的退化没有想象中那么严重，倒不是非要拿这只兔子下菜。他吆喝一声，“黑旋风”只好恹恹地回到车上去了。

卢筝拽开脚步追了上去，前面草木逐渐稀疏，已经藏不住了兔子的身影。更要命的是，它的速度也慢了下来，泥土不断沾在它那又长又软的脚掌上。它跳跃得越厉害，身上的负担就越重，而这正是卢筝期望的。小时候，他曾多次跟随父亲到乡下农场中打野兔，当然知道这种啮齿动物的弱点。

发现自己陷入了困境，野兔更加惊慌，它不断改变方向，试图逃过这一劫。可是，胜券在握的卢筝却并不着急收获成果。果然，半个小时之后，在一片湿滑的平地上，野兔终于精疲力竭瘫倒在地，只剩下双脚还在徒劳地乱蹬着。卢筝刚要弯腰捡起这个倒霉蛋，可是他的脚下突然一滑，整个身体顿时失去了中心。卢筝大惊，下意识想抬起脚来，可是已经晚了，这片土地好像突然失去了支撑力。等卢筝反应了过来，他的膝盖以下已经泡在了泥浆中了。

好在这不是卢筝第一次陷入沼泽，于是，他小心解下了外衣，将它铺到了地上，顺势仰天躺了上去，尽量摊开四肢，调匀呼吸，任泥水漫上来。

泥浆缓慢涨了上来，从背部漫到了前胸，然后逼近了颈脖。卢筝的呼吸急促了起来，一半是咽喉受到了压迫，一半是难以抑制的紧张。

谢天谢地！泥浆在离他鼻孔不到两寸的地方停止了上涨。卢筝还是一动不动，像一具失去了生命的躯体。糟糕的是，这种感觉不但他自己有，连盘旋在空中的一只兀鹰也这样想。

这只鹰什么时候出现的，卢筝当然没注意到。可是，即使透过眼帘，他也能觉察到日光被鹰翅扑击得忽明忽暗。现在，威胁已经从身下转移到了空中。卢筝准备爬出泥潭，他知道那只鹰也在选择攫取猎物的最佳时机。

这时，一声凄厉的尖叫划破了沼泽的寂静。紧张的对峙被打破了。卢筝霍然睁开眼睛，一团诡异的黑色在阳光的灿烂背景中向着他疾扑而来。

目标是眼睛?！几乎没有丝毫的迟疑，卢筝猛然向前一挣，一直放在腰间的右手闪电般挥出！一星闪光激射而出，将那团黑影一击而散！

一声沉闷的惨叫过后，几点鲜血从空中溅落下来，像盛开在沼泽中的红色小花。

一击而中！曾经斩杀过青鲨的钢片正插在兀鹰皮管一样的长脖子上。不过，它没有立即毙命，而是挣扎着飞向了一边。但是，卢筝毕竟不是小李飞刀，在出手的那一瞬间，他就突然发现自己大错特错了。原来，这只兀鹰是冲着躺在身边的那只野兔去的！

可是骤然发力之后，卢筝已经无法控制自己的身姿，于是重重摔回了地面。这一次，泥浆迅速又彻底地吞没了他。眼前什么也看不见，手中什么也抓不住，口中什么也呼不出。这一次，卢筝可真的昏死过去了。

也不知过去了多长时间，混沌的脑海中依稀出现了明暗不一的斑点。这是地狱的鬼火，还是天堂的神光？直到一丝气息吸入了胸腔，卢筝才知道自己还在人间。他勉强张开了眼睛，四周景物已经发生了明显的位移，而身下的土地也变得坚实了起来。原来，是沼泽下面的暗流，将他推出了最危险的区域。

卢筝歇息了片刻，确认没有风险后，才翻过身来，像条四脚蛇一样爬到了安全地带。惊魂初定后，他才发现，那只野兔早就溜之大吉了。现在，卢筝真有点怀疑它就是那只玛雅神话中成了精的月宫兔子，专门躲在这里诱人上钩。

看到空中凌乱飘散的羽毛，卢筝估计兀鹰没有飞远，于是决定把自己的护身宝贝找回来。不过两分钟，卢筝就在北面的一片山石下找到了它的尸体。看来，兀鹰飞到这里已是力竭血枯，再也越不过去，所以一头撞到石壁上断气了。

卢筝将钢片揩净后，小心收回了囊中。正要离去时，突然被什么吸引住了，回头一看，就一步也迈不开了。

兀鹰的血溅在了高大的石壁上，在夕阳的映照下，反射出一种残酷的美丽。卢筝盯着血迹，目光充满了惊骇。世界上绝大多数动物的血在凝结后，都呈现出近似铁锈的红褐，这只兀鹰也不例外。但是，眼前这面石壁上的血迹却深浅不一，繁密如网，泼洒如浪，在荒凉的背景下，显得格外艳丽和诡异。

一只死鹰怎么会流出如此之多的血迹？卢筝站在石壁前仰头观望，直看得头晕目眩，才知道究竟是什么原因。原来，石壁上涂抹的不是血，而是一种赭红色的颜料！

卢筝用手指捻下来了一点颜料，手感细腻均匀，黏度很强，连雨水也冲刷不掉。显然，这种不知名的颜料是人工配制的。那么，它究竟是怎样一幅图画呢？

石壁很高，距离太近了反而难识庐山真面目。于是，卢筝像上五行山解救孙猴子的唐僧，退了一次又一次。大约百米之外，他终于停住了脚步。

这是一幅宏大的送行图。图的左半部分，是一群即将背井离乡的人。他们身材矮壮，平额高颧，赤膊半裸，腰缠短羯。显然，是生活在草原上的游牧民族。其中很多人还回头张望，似乎依依不舍。在图的右半部分，则是一群迥然不同的人。他们身材高大，长髯细眼，神采焕然，看上去像是胜利的征服者。不过，这群人的服饰却差别很大，有的穿曳地长袍，有的着齐膝短衣，还有一个文身的舞者，口唇大张，双脚腾空，似乎在表演高难度杂技。

卢筝的目光落在了中央一个王者模样的人身上，只见他冠冕堂皇，仰对长天，口唇微张，仿佛在发布什么神圣的诏谕。双手相交呈九十度，一只手指向遥不可及的前方，一只手指向深不可测的地下。一位略微佝偻的配有高高鸟羽头饰的游牧部落首领，正匍匐在他的膝下，似乎在俯首请罪，又像在感谢对方的赦免。

卢筝似乎在哪里见过这个人，可一时又想不起来。时间久了，他的脖子有点发酸，目光垂落下来，顺着王者手指向下望去，瞳孔顿时像正午的猫眼一样收缩成了一条线。

王者的脚下画着一只鼎！一只卢筝永远也不会忘记的鼎——天王鼎。容光斗亲手摩挲过它，韩奇梦里牵挂过它，卢筝和伙伴们在圣子岛上像拔萝卜一样让它重见天日，又像埋土豆一样让它复归黑暗。一看到它，卢筝的指尖仿佛又触摸到了那种奇特的冰凉。可是，谁也不会想到，它的形象竟然再一次出现在了自己面前，而且是在距离极乐岛万里之遥的另一个大陆上。

于是，天王鼎就像一剂催化剂，让整幅图画都变得鲜活了起来，包括那个尊贵的王者。原来，他和卢筝在翡翠岛洞穴中见到的高大石像是同一个人！看来，他就是商朝军团的最高统帅，甚至可能是纣王的兄弟甚至嫡子。簇拥在他周围的，自然是亲信大臣和功勋将士。那么，这群被放逐的牧民又是些什么人呢？

这个问题，卢筝根本不用费心去思量。因为，这些牧人的体貌特征，和自己见过的波利尼西亚人几乎没有什么两样！

三千年前的广阔草原上，一场不对称的战争爆发了。铜剑对石矛，犀甲对羊皮，驷马对牛车。两个万年之前同源于东亚的近亲民族，在经历了迥然不同的文明演化进程之后，在这里猝然打了一场遭遇战。就像众说纷纭的牧野之战一样，无论战况是流血漂橹还是一边倒，最后的结局一开始就没有悬念：商朝军团成了这片土地的新主宰，并将手下败将驱逐到了烟波浩渺的大海上。失败者被迫弃牧鞭，登舟楫，到陌生凶险的太平洋上寻求生路。若干年后，他们就成了今天波利尼西亚人的祖先。

商朝军团为什么要这么做呢？也许，是担心对方会成为第二个周邦，所以要将他们远远遣送，永除后患；也许，是要他们去护卫自己的后路，以防根本不存在的周朝水师循着东行的路线跟踪而来。卢筝猜不透古人的阳谋和羁縻之术，不过，他却肯定自己以前犯了一个错误。原来，天王鼎不是商朝船队在遭遇海啸之后遗弃到圣子岛的，而是商朝军团的统帅——新的商王——如果他依然使用“王”这个尊称的话——作为分封的信物赐给对方的。按照中国上古时期的“五服”典制，对于一个臣服自己却未被同化的部落，商王要以上天的名义将土地赐给它，并确认它作为诸侯的权利和义务。

由此看来，这幅图反映的场景半是放逐半是册封。由于在翡翠岛上几乎遭到了灭顶之灾，商人将这个可怕的场景刻在了天王鼎的内壁。经过巫师施咒后，它就变成了可以辟邪的圣物。从此，波利尼西亚人也有了精神上的寄托。

一切都明白了，怪不得波利尼西亚人喜欢雕刻崎岖的山峰和多孔的岩穴呢！原来，他们才是尤卡坦半岛的原住民——至少在商朝军团到来之前。那么，商朝军团在征服了新大陆的第一个对手后，又去了哪里呢？

19　在河之洲

卢筝在苦苦寻找一群出海人的下落，没想到的是，他竟然很快就遇见了一个。

几天之后，在草原边缘的一个集市上，先遣小组第一次见到了名扬天下的玛雅人。不过，光凭他们的长相，卢筝以为自己赶圩来到了滇南的一个村寨。玛雅人肤色黄中带黑，毛发微微卷曲，女人穿一身方方正正如麻袋的宽大直筒裙，看起来没什么花俏，可是腰带一束，也有独特的风韵；玛雅男子和波利尼西亚人一样，一条五指宽的长布在腰腹中缠上几圈，护住要害部位，脖子上系一条领巾一样的围脖，长发束在头顶，像一扎立在秋天原野中的麦垛。

卢筝跳下越野车，在集市上转悠了一圈，没有找到急需的油料，只买了一堆热带水果。也许属于同一人种，当地人对三个中国人的到来熟视无睹。卢筝心头一动，通过向导向他们打听坊间是否流传过海洋、船和中国人的故事。见对方连连点头，卢筝顿时兴奋不已，可是弄明白之后，才感到啼笑皆非。原来，当地人曾听祖辈说过，百年之前有中国华工乘船来美洲挖金矿，没想到在加勒比海上遇到了风暴，在附近的海岸触礁沉没，幸存者被救起后，不久又离开了。

卢筝听了，表情沉重地点了点头，随即又奇怪了，说那毕竟是几代前的事情了，你们又没有亲眼见过，怎么知道我们和那些可怜人同出一门呢？

“我们根本离不开中国人。”听了卢筝的话，所有人都笑了，露出了一口洁白的好牙，还互相打着手势，呱呱叽叽说个不停。

也许，这里的老乡也靠武侠片打发时间？可是村子连电也不通，总不能点着蜡烛看《卧虎藏龙》吧？卢筝正在胡乱猜疑的时候，一个黑瘦伶俐的中年华人已经被拉来了。他可不是飞檐走壁的大侠，但是作为村子里唯一一家餐厅兼杂货店的主人，亏了他灵巧的双手和一台“蝴蝶牌”缝纫机，方圆几十里的玛雅人才不用打赤脚。

主动混迹在穷乡僻壤的只有三种人：商人，逃犯和偷渡客。不幸的是，这位陈先生竟然三者都是。中国人安土重迁，三千年前商朝军团跨海东征一半是逼迫一半是信仰，百年前的华工也没有一个人甘愿被称为“猪仔”，那么，他躲在这里究竟是为了什么呢？

原来，这位陈先生老家在武夷山，二十年前曾盗伐过集体的山林，为了逃避惩罚，躲到了闽南的亲戚家里。很快，他就在七分蛊惑三分贪婪下上了贼船，不远万里来到了这个世外桃源，准备瞅准时机，一步跨到对岸那个梦想中的黄金天堂。可是没想到正在这个紧要当口，引路的蛇头被捉了，他也成了两头踏空的隐形人。好在中国人少有懒惰的，而玛雅人也不排外，所以日子倒也过得下去。只是与家人长期没有联系，难免时时有思乡之苦。

谁也想不到，卢筝竟然很快就和老陈混熟了，还住在了他家里，免费享受了几顿久违了的红烧肉和蛋炒饭。事实上，在卢筝有限的人生经验中，从坏人身上学到的东西要比好人或所谓君子多十倍。也许正因为如此，韩奇才在遗言中夸他有“慨然有先师之风骨”。

和当年待在土匪窝里的青年韩奇一样，与卢筝同行的助理和翻译每天和一个嫌疑犯住在一起，浑身上下都感到不自在。可是没过几天，卢筝的亲和力就见效了。陈先生到底神通广大，为他们弄来了几桶汽油和两箱电池，还有土法熬制的防疫草药。但是，如果你以为卢筝是利用同胞之情来谋这点甜头，那可未免太小看他的胃口了。

“太巧了！你们要去的地方，我曾经走过几趟，可以给你们带路。”陈先生自告奋勇道，因为先遣组的向导已经打道回府了。

原来，卢筝现在已经到达了尤卡坦半岛的中心。在已知的玛雅遗迹中，绝大多数都分布在地势平坦土壤肥沃的北部，而南部是一大片荒蛮的原始雨林，没有什么考古价值，沿海一线更是悬崖峭壁，几乎没有人去过。当年容光斗和韩奇从巴拿马一路北上，也只走到了雨林的边缘就打道回府了。

“我想不是巧，而是这么多年来，你根本就没有放弃继续偷渡的想法吧?!”卢筝目光如炬，一下子就看穿了他的心思。

当然，陈先生也不是活雷锋，他的付出是要回报的，而卢筝既不是慈航菩萨又不是一苇渡江的达摩祖师，显然无法满足他的心愿。

"偷几根毛竹算什么罪过呀！顶多赔了钱就行了。我当初把珍贵的汉代竹简都搞没了，等了三年，也没见穿制服的上门缉拿。何况，这种民事纠纷，现在也过了追诉的时效了！"

不过，即使卢筝把嘴皮子也磨破了，陈先生还是不敢又不甘就这样回去。无奈之下，卢筝只好郑重答应他：等科考队回国之后，一定替他给家人通个消息，并向有关方面缓颊，说他有功于国，应该减轻或免于处罚。

离开村庄之后，道路变得崎岖起来，路边的植被逐渐茂密，空气湿度也明显增大。很快，越野车就成了一个累赘，"黑旋风"又染上了皮癣，毛掉了一片又一片，卢筝看了心疼，于是将它连同助理、翻译一起打包遣送了回去。他们先折回墨西哥城，然后坐火车沿加勒比海岸线到半岛最东端的达卡托切角，在那里与卢筝会合。

随着阳光的减少，呈现在卢筝面前的是这个星球上最繁荣的生物社会。仿佛全世界的绿色颜料都浇灌了下来，淋淋漓漓，恣意流淌，不留寸隙。瘦高的乔木拼命向上生长以争取阳光，发白的树根也如同脱臼一样扭曲成怪异的形状；胳膊粗细的藤萝植物紧紧随之攀缘而上，好像索命的冤魂。地面上堆满了不知多少年的枯枝腐叶，弥漫着阵阵霉味；被雷霆击倒的烂木上，覆盖了一层层的菇类。幽暗的丛林深处，一朵黄色大花在黑暗中悄悄绽开，颜色艳丽无比，可散发出阵阵恶臭，却吸引了大群的蝇类。

又过了几天，两人快要断粮了。就在这时，老陈在一片桉树林中找到了自己几年前留下的标记，然后左穿右绕，带着卢筝来到了一个毫不起眼的泉眼边。他郑重告诉卢筝，顺着从泉眼流出的溪水走下去，就可以穿过这片丛林，最终到达南面的大海边。

热带雨林中没有路，唯一的路就是重力引发的水流"走"出来的。它就像迷宫中的游丝，不论多么细微，无论如何曲折，总能将你带到有人烟的地方。

"这里有没有猛兽？"卢筝边整理行李边问道。

"只有美洲豹，不过个头和我们武夷山上的花豹差不多。你晚上睡觉的时候要小心一点，它可是会爬树的。"老陈说完，又加了一句，"真正可怕的是毒蛇，要是被咬上一口，你就死定了。"

分手前，老陈又不放心地叮嘱了一番，包括哪种水果可以吃，哪种野蜂不能惹。卢筝听得很认真，因为这种经验之谈，往往是拿血换来的。果然，不久卢筝就亲眼目睹了一只小鸟被伪装成鲜果的植物卷入吞食的全过程。从此以后，再也不敢对一草一木掉以轻心。

在丛林里，有些植物叶片在无风的情况下也会一张一翕，仿佛要择人而噬。惨烈的物种竞争使得它们具备了除“跑”之外几乎全部的动物功能，而有些藤类甚至可以在一日一夜间“爬行”数十米。此外，每到清晨和黄昏，都会有大团瘴气从林中袅袅升起，仿佛妖魔现身的前兆。

泉水在林中蜿蜒，水量逐渐增大，变成了一条溪流。卢筝每天披荆斩棘，手上身上开了无数血口，才知道文身不仅是一种文化，更是一种预防措施。一天，他突发奇想：下到溪中趟水而行怎么样？可是，一眼瞥见了水面上大蟒那丑陋的脑袋后，就立马打消了这个念头。

按照老陈的描述，几天之后，卢筝终于来到了交汇点。在这里，两条溪流合股为一条小河。丛林中跋涉很耗体力，卢筝决定在此休息一天。在河边取水的时候，一只美洲特有的蓝色大闪蝶出现在了他的面前。它有团扇大小，但真正的珍贵之处，在于翅膀上下没有一丝杂色。

卢筝看了，忍不住动了捕捉的念头。闪蝶在水边的藤条上慢条斯理地梳理着卷曲的触角，但它那多棱镜一样的眼睛却看到了逼近的危险。卢筝悄然靠近，感觉十拿九稳时，双手猛然罩了下去。可是，正当双方合拢的一刹那，闪蝶就像平衡木运动员一样，来了一记漂亮的“鹿跳”，逃出了魔掌，然后悠然振翅飞起。

闪蝶没有飞远，又停在了一丛艳红的朱槿花中，卢筝不甘心地追了过去。闪蝶见敌人还不死心，就翩然向林中飞去。它的行迹忽上忽下，但速度却不快，这是一个弱点。于是，卢筝脱下自己的外衣，使劲向上抡去。果然，衣服扇动的气流，让闪蝶灵敏的翅膀失去了平衡。卢筝看准时机，一跃而起，将它扑在了手中。

卢筝从口袋中翻出了一根针，将闪蝶的双翅小心撑开，找到了心脏的位置。现在，只要指头轻轻一送，闪蝶就成了一个完美的标本。但是，卢筝却停住了手。正在犹豫的当口，闪蝶瞄准机会，在掌中轻盈地翻了个，又飞上了天。

卢筝放过了它，准备回到河边继续去打水。他循着原路走了一会儿，绕过一团朱槿花，却突然发现，那条小河不见了！

卢筝呆立在地，全身冷汗直流。没有谁比他更明白在热带雨林中迷路的结果了。这条小河就像通灵宝玉一样，是片刻也离不得身的。随即，卢筝又感到后悔不迭：不该轻易放走那只兰蝶。这种喜欢栖息在水生植物上的蝶类，原本是可以带他回到河边的。可是，它早就杳无踪影了。

卢筝强迫自己镇定下来。丛林中景象变幻无穷，如果光凭记忆行事，很容易误入歧途，最终彻底葬身在这绿色的沼泽之中——也许沙漠更准确，因为满目所见，全是青葱诱人的植物，但是绝大多数含有毒素，所以没有人敢吸吮液汁来摄取水分。如果几天不下雨又找不到水源，渴死在热带丛林中也不是什么奇闻。

一想到了沙漠，卢筝突然有了主意。有经验的人都知道，在没有地标的茫茫沙漠中，如果你朝着一个方向走，最终会绕一个大圈子回到原地。不知这个规律是否在这里也起作用？卢筝认真盘算了一下，自己距离小河其实并不远，甚至只隔着一两百米，但一叶障目，何况这么短的距离上，却分布着三位数的植物。卢筝现在身无长物，于是他扯下了一大堆藤条，搓成了一条绳子，一头牢牢拴在了附近的树根上，自己牵着另一头朝一个方向走去。等到藤条放到了尽头后，如果什么也没有发现，再像个悠悠球一样缩回原点，然后换一个角度重新去试。就这样，以藤条长度为半径的一个圆面都可以搜寻到，重新找到小河的概率很大。

卢筝自以为得计，可是真做了起来，才知道空身穿过这些柔枝软蔓组成的屏风，比凿穿混凝土墙还要困难。光是为了绕过一个蜂巢，他就白白耗费了一个多小时。一个下午过去了，卢筝已经南北西东往返了六七趟，可是那条小河却像蒸发了一样不见踪影。现在，他的体力下降严重，口渴难当，唯一的收获就是路上摘的几个番石榴。天色暗了下来，夜晚的丛林十分危险。于是，卢筝只好爬上了大树，用藤萝将自己捆了起来，昏然睡了过去。

这一夜，卢筝依稀听到了林中传来各种鸣叫声、吼叫声和撕咬声，还感觉有什么东西缠在了自己身上，很冰凉很滑腻的感觉。但是，他却一直魇在其中，无法清醒过来。天亮了，阳光从头顶的密叶中透过，洒下了一群游动的星光。卢筝醒过来了，他发现自己不知什么时候已经掉到了地上，四周净是折断的枝条。一条碗口粗的蟒蛇正压在他的右腿上，已经断了气。

卢筝大吃一惊，下意识地将自己的嘴角一抹，才发现手背上全是凝结的血块，喉头也吐出一股浓重的血腥味。于是，卢筝明白昨晚发生了什么。他又逃过了一难，可这不过是将死亡的时间向后退了个把小时。

卢筝口渴之极，全身没有气力，只好把头埋在了枯草败叶间，努力去舔食那一滴滴晨露。此时，他仿佛听到了一丝淙淙声在耳边响起。猛抬起头来，水声又听不见了。卢筝呆了半晌，不知道水声是否来自于幻觉。于是，他又一次将身子俯了下去，千真万确，这一次又听见了。

这是一种极其微弱的水流声，随时可能淹没在风声中。卢筝用双手疯狂地挖了下去，尘土飞扬，霉气弥漫，松软的地表很快就出现了一个半米多深的坑。水声越来越响，清凉的感觉扑面而来，仿佛再一探手就能撩起一长串水珠。但就在此时，卢筝的手指却碰到了一层坚硬的土壳。

卢筝仔细摸索着它的表面，土壳平整如镜面，上面还有一条细长笔直的缝隙。顺着缝隙摸下去，感觉到了一个近似直角的转弯。卢筝心中一动，将浮土清理干净，果然，这是一块人工烧制的土砖！

成百上千片不透水的砖片覆盖在水流之上，只能有一个解释：这是一条地下引水渠！原来，这就是那条近在咫尺的小河突然间消失得无影无踪的原因。

在地老天荒的丛林中发现了一条引水渠，这是一件多么让人惊诧的事情。若非身临其境，卢筝打死也不会相信。但是，他没有试图掘开这层坚固的砖层，而是循着水流的声音一路前行。既然它是条人工的地下运河，那么总有冒头的时候。

又一个白天过去了，眼前什么也看不见了，但水流声却越来越响，其中隐约夹杂着轰鸣声，卢筝知道，出口就要到了。穿过一片茂密的可可树林，一股激流像瀑布一样从脚下的喷口奔涌而下。眼前豁然开朗，出现了一片宽广的水湾。

卢筝纵身跳入了水中，连吞了几大口，差点被呛死。等肚子灌得滚圆，才慢条斯理地清洗全身的血污。之后，他惬意地打了几个喷嚏，躺在水面上优哉游哉，像一条肚皮朝天的死鳄鱼。突然，他又变成了一头河马，一个激灵翻入水中，只露出了双眼和鼻孔，紧张地注视着河水中央的一片沙洲。在那里，巍然耸立着一座高大的城堡。

片刻之后，没见到什么动静，卢筝悄然爬上了岸，藏在树后继续观察它。

现在，天色早就黑了。一弯新月在西天发出清淡的光芒，四周的原野笼罩在寂静中，连鸟鸣声也听不到。卢筝观察了很久，只见这个建筑拔地而起，无遮无掩，不树不封，在夜幕下显得更加阴森威严。尽管不能一览全貌，可是卢筝可以确定，它的风格不见于任何已知的砖石建筑，而且荒废已久，似乎绝无人迹。很显然，那条地下引水渠是它的配套工程。它究竟是谁建造的？年代有多久？为什么被遗忘在这荒芜的丛林中？卢筝想来想去，没有什么头绪，眼前不觉朦胧了起来。

突然，一只大蓝鹭从身边的树丛中飞起，翅膀扑击的“呼喇”声将他惊醒了。抬头一看，此时到了午夜，新月移到了天尽头，林中的景物反而变得清晰了起来。卢筝的目光转向了那个古老的城堡，看到了半塌的青灰色墙壁，似乎不同于石头垒砌的玛雅金字塔。这时，卢筝又发现，在墙壁的顶部，有一点光亮在闪动！

没错，这是一个不怎么明亮但清晰可辨的光斑。而且，随着时间的推移，它还在发生有规律的移动，不知是灯光还是鬼火？

卢筝心下一寒，顿觉一股冷气绕体。怪异的城堡，静夜的孤灯，让人想起了鬼怪的传说。新月渐渐沉没，四周景象又黯淡了下来，连那盏灯也不见了。

一夜不眠。晨曦又一次染红了雨林，将河畔从阴曹地府变成了佛国天堂：每一轮树冠都镶上了金色光圈，每一只鸟儿的毛色都艳丽不亚鸾凤，每一缕蒸汽都升腾变幻宛若祥云。卢筝先顺着引水渠回到了溪流的交汇处，吃了点东西，在帐篷中休息了一个上午，才收拾好行李物品，重新回到了城堡之下。

这是一个标准的五面体，下宽上窄，形成了三个层级，顶部还有一处突起的台阁。即使在晴朗的白昼，它依然散发出清冷的气息。卢筝站在了城堡的底部，仰头看去，果然，这个建筑是用桌面一样大小的青灰色方砖砌成的。卢筝用手去抚摩，发现每块砖的质地都细致均匀，虽然中间没有抹灰，但结合得紧密无缝。

卢筝绕着它转了好几圈，依然不得要领，于是决定钻到里面去看个究竟。寻找入口并不费事，很快，在正南方位发现了一个又高又窄的拱形入口。因为日久年深，木门早就朽烂成碎渣了。卢筝拂去爬藤，踏过半人高的蒿草，洞口就豁然而开了。不过，里面幽暗一团，什么也看不见，只有阴风阵阵鼓荡而出。这时，一阵潺潺的流水声吸引了他的注意力。卢筝低头下看，才发现一股清水穿过门口的台阶，注入了城堡的底部。

卢筝左手拿着电筒，右手握着一把锋利的瑞士军刀，迈步踏入了洞中。地面苔滑难行，但是脚步的回音却很响，说明洞中的空间很大。卢筝一路走去，通道中什么陈设也没有，看起来既不是要塞，也不像一座宫殿。一分钟之后，长长的通道终于走到了尽头，前面是一个丁字岔口，分别通向东西两边。

和大多数人的习惯一样，卢筝选择了向右转去。但是，拐弯的一瞬间，他突然发现有个影子在自己眼前一晃。难道，幽灵出现了？卢筝毛发倒竖，脊背条件反射似的浮起一层疙瘩。他猛然转身，背倚墙壁，掉头向西看去，霍然看见一个人正在迎面向自己扑来！双方的距离是如此之近，完全没有躲闪的余地。

卢筝惊恐之下，喉头一声低吼，手中的瑞士军刀已经猛刺了过去！

一声刺耳的锐响，军刀像是刺到了一个刀枪不入的金刚，斜斜地滑向了一边。卢筝也因用力过猛，手腕一震，几乎要脱臼！

一击出手的同时，卢筝已向外跨出一步，另一只手也按下了手电筒的开关。一道刺目的白光照亮了三岔口。可是，通道中空空如也，什么也没有！

卢筝惊魂未定，喘着粗气四处查看，只见到了墙壁上有一道深深的刀痕。莫非，幽灵也怕光，就在电光亮起的一瞬间逃匿了？

卢筝当然不会这样吓唬自己，因为，他马上就发现了其中的奥秘。于是，卢筝又一次挥舞起了军刀，面前的墙壁上，一个模糊的影子也在做完全一致的动作。原来，那是一面能够像镜子一样反光的金属膜。

卢筝敲击了墙壁几下，没有一丝回音。在手电筒的光亮下，卢筝仔细鉴别了一下，他无法判定这层膜究竟是铬还是镍，却肯定三岔口正对北方的这面墙壁完全是由青铜铸造的。在遥远的上古时代，能够掌握冶炼技术的民族已经屈指可数，何况还要在上面镀一层防锈的膜。在中国，目前已知的最早使用防腐蚀技术的金属器物，是著名的“吴王钩”和“越王剑”。而从城堡的风化程度来看，它至少不会晚于战国时代。

卢筝没有停留，接着继续向东走去。很快，道路的尽头是一条蜿蜒向下的台阶。卢筝扶着墙壁，小心翼翼走了下去。台阶很长，中间还有几次回转，如同旋转楼梯。手电筒的光芒照亮了四壁，斑驳的云彩，残缺的人像，模糊的花木，不知已经在黑暗中隐藏了多少年。卢筝一一看去，直到眼前出现了清晰可见的甲骨文！

于是，就像爱情曾经三次抛弃了卢筝一样，运气第三次站在了他的一边。

实际上，这已经不是传统意义上的甲骨文，因为它们变得繁杂富丽了许多，原本枯瘦尖刻的笔势也呈现出了女性臀部般的浑圆。卢筝一一看去，发现这些单字已经具有了模块化的特性，某些部分甚至可以断定是代表语音的音节！换句话来说，离开了母土中原之后，甲骨文竟然发生了让人不可思议的突变，走向了另一个迥然不同的演化方向。

卢筝又翻过了一座倒塌的卧虎石雕，潜入了城堡的最底层。现在，他已经置身于一个半圆的密室之中。进入城堡后的经历，似乎和探秘翡翠岛地穴下有着惊人的相似，但卢筝的感觉却完全不同。密室虽然与世隔绝，空气潮闷，但是气氛并不阴森恐怖。原来，正午的阳光从城堡上方的一个菱形豁口照了进来，在岔道口的青铜墙面上反射一个角度后，又穿过了几个显然经过精心计算的狭小孔洞射入了底部的密室中。今天正是夏至后的第三天，密室中的光线还很明亮，足够让卢筝自如地观赏四壁描绘的壮丽星图。

现在，北极星就在头顶，三垣二十八宿围绕它，如孔雀开屏般迤逦展开；天汉缠绕期间，像一条飘动的丝带。卢筝不暇细看，粗略估计一下，发现其中总共刻绘了三千颗星体。这个发现，比刚才看到的新版甲骨文更让人吃惊。要知道，世界上最早的恒星表是战国时代的《甘石星经》，里面记录的恒星也不过八百多颗而已。

不进学堂对孩子来说并不全是坏事，比如，卢筝小时候曾多次在半夜里被父亲从被窝里揪出来看星空，而不必担心第二天赶不上早操。现在，他的目光停在了著名的卯星团上。果然，在这两个庞大的星团上，可以清楚地看到大小不同、密如麻点的星星！要知道，在不见纤云的晴朗夜空，肉眼视力最好的人也只能辨认出卯星团中最亮的六七颗而已。人类真正一览河外星云的真面目，还是在十四世纪欧洲人发明了天文望远镜之后。

除此之外，在满天的星斗之间，是细密整齐的分野线和含义不明的各色符号。而且，星与星之间也不平等，除了以大小来表示亮度外，某些星还像状元文章一样圈上加圈，似乎它代表的是文曲星。还有一颗亮星后面拖曳着一条明显的尾巴，乍一看让人以为是彗星，但是仔细琢磨，却发现那条尾巴居然有着明显的对称的分叉，似乎它不是亮星划过太空中的光芒或气流轨迹，而是一种飞行的平衡装置！

卢筝正看得心驰神醉，恍然之间觉得那些星星全变成了真的，还在天幕上此起彼伏，夕升朝落。他眨了眨眼睛，不是自己花了眼，不是瘴气让自己中了邪，而是墙壁上的星星确实在缓慢而有规律地移动——至少是其中几颗！

与绝大多数固定刻绘在墙壁上的同伴不同，这几颗星星不但规格之大不成比例，而且是金属制作的铁饼状薄片。它们的颜色有白有红有黄，每一颗都由一根细长的铜丝牵引，位置忽高忽低，速度时快时慢。凑近墙壁，卢筝才发现游星的下面，是一条浅浅的带有圆滑弧度的凹道。原来，这几颗游星就是太阳系中的金木水火土五大行星！

那么，它们在这个轨道上运行，为什么不会掉下来呢？卢筝好奇之下，用手去摘下距离自己最近的火星，立即感觉到一股吸力要将它拉回原位。卢筝恍然大悟：轨道表面铺了一层铁皮，而行星则是由磁铁制作的！

在上古时代，除了华夏先民之外，还没有哪一个民族能够如此纯熟地利用磁铁特性。

那么，究竟是什么力量在推动整个密室中星图的循环往复呢？顺着铜丝，卢筝清理了地表中央的淤泥，一个巨大的青铜圆终于盘露出了庐山真面目，铜丝就是从中的孔隙中延伸出来的。俯身贴耳在圆盘上，卢筝马上就听到了细微的流水声。在工业革命之前，水几乎是唯一的、永不枯竭的又能够稳定提供的能源。它的落差产生了大小不同的推力，让行星的模型按照各自的速度在墙壁上滑动。

卢筝在密室中盘桓了好久，几乎有点舍不得离开这个地窖。不过，在赞叹、拍摄和提取样品之后，他还是克制住了强烈的欲望，没有试图打开青铜圆盘，看看里面究竟安装了什么样的机关。也许是个转轴？也许是个风车？也许是个磨盘？卢筝无法确定。不过，有一点已经没有任何疑问了：这个城堡是商朝军团或其后裔建造的天文观象台。

卢筝正在走向问题的核心。不过，对于这个古老的城堡，他现在只是走马观花看了一半，还有一条向西的岔道没有走过呢！

与之前相反，这条岔道没有将卢筝引向新的密境，反而将他带到了观象台顶端的楼阁。此时，正是一天中最炎热的时候，耀眼的阳光让人几乎睁不开眼睛。如果不是城堞一样用砖石砌成的护栏，卢筝还以为自己进入了一个小学操场：平台有半个篮球场大小，中间是一个沙坑——一个散乱堆放着足球大小圆石的深槽。卢筝走上前去，坐在了其中一个圆石上，一边拭汗一边无聊地张望，可是平台上空空如也，什么有价值的东西也没有。

突然，卢筝的脚踝一阵刺痛，他叫了一声，从圆球上跳了起来，一边骂一边找，可是翻来覆去好几遍，沙地上并没有蝎子蜈蚣之类的毒物，甚至连根草也没有。卢筝又看了一下脚踝，除了表皮有点发红之外，一个微细的创口也没有，更没有中毒的迹象。于是，他的注意力转向了这些看上去不怎么起眼的圆石。卢筝趴在了地上，从刚才自己遭袭的位置看了过去，只感觉一道灼亮的光芒闪过，一股火一样的热流扑来，双眼几乎在瞬间失明！

卢筝的惨叫声比刚才高了八度，他捂着眼睛，像只被踩了尾巴的猫乱蹦乱跳。原来，这些半透明的璞玉圆石并不是胡乱摆放的，它们前后成列，间隔有序，组成了一架原始的天文望远镜。

卢筝开始仔细打量这些圆石，发现在表面的光滑之下，它们内部凹凸各异，可以起到聚光和变焦的作用。从沙中隐约可见的黑色粉末来分析，圆石上方原本有一个亭子状的木质建筑，可是日久年深电打雷劈，要么风化要么火化了。

天黑了，卢筝有生以来第一次急切盼望黑夜的到来。他摆弄着这些圆石，像祭师或钦天监一样，去观赏那些祖先曾经无数次仰望过的星辰。这时，一抹黄色的光晕进入了他的视野。这是一条蛾眉般柔美的光弧。卢筝想起来了，今天晚上应该有上弦月。可是，初七初八的月光即使是肉眼看上去，也不该如此清淡渺远呀？

卢筝抬起头来，只见南方的天空中，半轮月亮正静静地挂在那里，似乎在取笑他的舍近求远。但是，卢筝立即被月亮右下方一个熠熠生辉的亮点吸引住了：金星！

卢筝一边喃喃自语，一边颤抖着手将这颗全天中最亮的星星纳入望远镜的视野。没有任何疑问，它终于露出了本来面目：上下弦。作为一颗内环行星，金星只有在黎明和黄昏时才能被人看到。而且，因为视角的原因，人们无法对它一窥全貌，只能看到不同的侧面，也就是月牙儿一样的弯弧。

于是，真相就像初夏的荷团一样悄然浮出水面。三千年前，商朝军团放逐了波利尼西亚人，穿越了草原，来到了玛雅人的聚集地。不过，他们显然并没有在此地停留多久，而是心无旁骛，继续向着一个令人无法知晓的地域前进，似乎那是一个多么诱人的天堂，甚至可能在这次远征之前，他们已经知道了在地球的另一边，有一个流着奶和蜜的新伊甸园。不过，雁过尚且留声，何况两种完全不同的伟大文明的相遇？商人早熟的天文学、语言学、农学和建筑学，让玛雅人学会了观测星空，创造文字，种植玉米，营造金字塔。反过来，玛雅人奇特的语言系统又让甲骨文发生了拼音化的演变。现在，一切都昭然若揭：印第安人不是商朝军团的嫡系传人，不是孪生兄弟，甚至不是征服与被征服的关系，而仅仅是主人和客人的关系。

在这浩瀚的夜空下，卢筝正在物我两忘之时，一团白光在台基上出现，缓缓移动到了他的身上。卢筝惊醒了过来，不觉哑然失笑。原来，昨天晚上他在隔岸的树林中眺望观象台时，看到的“鬼火”就是它——月光照在圆石堆中，经过聚焦和反射后，形成了一个明亮的光斑。随着时间的推移，这个光斑渐渐淡去，连上弦月也沉入了西天。黎明之前，天文观象台又沉浸在了一片黑暗中，仿佛酣睡中的巨兽。

发现了观象台之后，卢筝决定缘河而下。可是离开了开阔的浅水湾之后，河道却变窄了许多。更让人意外的是，卢筝并没有发现新的古代建筑，两岸的风貌反而又恢复到了原始丛林的模样。几天之后，河水开始变宽了，但也愈发动荡了，一个个波浪拍打着河岸，显示出水位的明显落差。见此情景，卢筝心头一怔：莫非，不远处就是大海了？

一种失望的情绪在卢筝心头涌起，难道，最终的结果是竹篮打水一场空？于是，为了尽快弄明情况，他削木结绳，做了一个简易的木筏，然后弃岸登舟，顺水漂流。

两天之后，卢筝感觉海洋就在前面，空气中充满了特殊的腥味，而灰蓝色的海鸥不时从头顶上掠过。下午，木筏冲到了一片尖石上，卢筝爬到了岸边的高处，向南望去，满眼所见，只是一片无边无际的蔚蓝。

加勒比海！一片四季温暖、风暴肆虐的热带海洋，曾经是海盗的聚宝盆，黑奴的生死线，走私贩的传送带，偷渡者的奈何桥。卢筝站在它的面前，心头怅然若失，就像一个人好不容易爬到悬崖顶端的时候，手中的绳子却突然断了。如果庞大的商朝军团最终被可怕的热带丛林吞噬得无影无踪，那倒也在情理之中。可是，谁也无法想象，一群被死亡、疾病、饥饿所威胁的人怎么可能有闲心修建引水渠，建立宏伟的天文台？

整整一天，他在入海口晃来荡去，不知道哪里出了问题。夕阳西下，在明亮的余晖映照下，岸边的林木看上去黑森森的，像一团永不扩散的烟雾。这个景象引起了卢筝的注意，也让他想起了韩奇曾经说过的那五个字：疯长的树。

树木为什么离海岸越近长势越好？卢筝撑起长篙将木筏划向密林，即使没有好奇心，他也得上岸扎营。不过，距离岸边还有一段距离，木筏就不能前进了。障碍不光来自涨潮时卷起的泥沙，丛丛树冠也在水面上探头探脑，时隐时现。于是，卢筝干脆将木筏划到了一棵大树下，然后将它系在树干上，自己爬了上去。

今天是农历的十五，又是一个月圆之夜。半夜时分，潮水开始哗然下泄了。卢筝一觉醒来，发现明亮的月光下，树下依然水光汩汩，仿佛无数条金蛇在游动。木筏本来头朝海岸，可现在在水流的冲击下，转个整整九十度，变成了头南尾北。换句话来说，树下的水流方向竟然与海岸线平行！

卢筝以为自己这几天过于劳累或睡昏了头，他跳到了木筏上，看着水流发了一会儿呆。突然，卢筝俯下身，用双手捧起了一口水喝进了口。这是淡水！难道，潮水退去之后，海岸边又出现了一条淡水河？

卢筝睁大了眼睛，在月光下仔细分辨着海水和河水的分界线，依稀可见一条细线将近岸的微黄和远处的深黑分为两半。黎明时分，空阔的海面上传来响声，仿佛惊风掠过竹林，一串串浪花在沙洲上翻腾，海水又一次漫了上来，与河水融为一体，不分彼此。如果不是昨夜亲口品尝，卢筝做梦也不会想到自己竟然发现了一条藏在水下的“河流”！

此后几天，卢筝天天都像只鹭鸶彷徨在水中。他发现水底有一条不知何年形成的浅浅的河床，只有在涨潮的时候，海水才能灌了进来；而等到退潮的时候，上游的来水又迅速将盐分冲淡。这就是为什么当年韩奇品尝到的是咸水，而植物却能够存活的原因。不过，要想揭开它们超常发育的秘密，还需要更多的理由。

于是，卢筝又变成了一只招潮蟹，每天退潮的间歇在滩涂上东挖西凿。不久，他就发现了一种奇怪的泥团。它在水下是灰黑色，拿出水面又变成了银灰色，摸上去手感很滑腻，可是干了之后，又变成了一吹四散的粉末。在热带地区，肥沃的有机质无所不在，但是磷、钾、钙等无机物却是植物争夺的宝物。近岸的植物长得郁郁葱葱，显然和泥团的成分脱离不了关系。

卢筝手中没有分析仪器，不过，藏身在泥团中的一种白色小石头却泄露了天机。它的样子和海边的鹅卵石没有什么不同，但是重量却只有几分之一，放在手里轻飘飘的，让人担心会被风吹走。更奇怪的是，上面还布满了密密麻麻的小洞，似乎是个微缩版的蜂巢。

这是浮石——火山爆发的产物！于是，卢筝再一次把目光投向了加勒比海。此时，海面上沙鸥翔集，云淡风轻，仿佛亘古以来它就永远这么宁静。从已知的资料来看，加勒比海沿岸并没有能够与维苏威火山相提并论的巨型火山，难道，它隐藏在了海底？

“唯一的可能，就是——”卢筝想到这里，看着眼前那条奇怪的“河流”，全身都开始颤抖了，一半出于激动，一半出于莫名的害怕。

不是每个人都有两个鼻孔，但世界所有的河流都有两个岸。最著名的就是巴黎的左岸和右岸，前者属于艺术，后者属于人文，这样即使吵嘴打架也能实现均衡。可是，这条河的右岸已经与海岸合为一体，它的左岸在哪里呢？难道，自从天地诞生以来，它就一直是这副半身不遂的模样吗？

几天之后，卢筝和科考团在尤卡坦半岛东端的一个小镇会合了。

一见面，卢筝就收到了一个好消息和一个坏消息：经过了几个月的联合发掘，中国古人东渡美洲的事实已经得到了学界的认可，长期笼罩在西方中心主义阴影下的新大陆历史势必重新书写。可是，卢筝找到了失踪三千年的商朝军团，他的狗却在三天前不见了踪影。

“那天下午，我们正在下榻的酒店中聊天，狗就在地毯上趴着。突然，它好像听到了什么声音，‘刷’的一下站了起来，两只耳朵立得老高。我们还没来得及反应，它就连蹦带跳窜上了阳台，从七八米高的三楼跳了下去！随即，又从喷泉池中浮了出来，全身湿淋淋地钻到旁边一条小巷去了。”当翻译向卢筝描述这一场景时，他的神态显得惭愧又困惑，因为每个人都知道“黑旋风”在卢筝心中的地位。

“黑旋风”究竟是发疯了还是发情了？卢筝一边胡思乱想，耳朵中还在有一搭没一搭地听着专家们的高论。

……“非洲有刚果河，南美有亚马逊河，东南亚有湄公河，可唯独在中美洲的热带雨林地区，没有任何一条大河贯穿其中，这是不是很蹊跷？”……“中美洲地势狭窄，没有大河情有可原。不过，尤卡坦半岛的南部曲线非常奇特，似乎是水流侧面冲刷而成的河岸，而不是潮水正面冲击的海岸。”……“从卫星发回的勘测地图上看，距离尤卡坦半岛不远的海中，有一个很深的大海沟，说明该地区正处于板块的边缘，地质活动非常活跃。”……“这一段时间，我们小组的任务是搜集民间材料。‘火神叛乱了，天空中弥漫着云烟，水神用整个大海的水也没有浇灭他的火把’、‘地缝像水中骚动的蛇群一样向着四周扩散，诸神的天堂在一日一夜间就沉入了海底的地狱。’请大家千万不要忽视这些听起来像呓语的民间故事，因为其中可能隐藏着历史的真相。”……

总而言之，各种信息汇集起来，大家的意见竟然和卢筝完全一致：下一步的任务，要探一探这个西海龙宫了。

20 当时明月

“黑旋风”丢了，卢筝心头也空落落的，可是，眼前繁忙的工作却不允许他分心。潜水装置到位后，科考队又雇了渔船将它载到了离岸几百海里的一个荒岛上，此处是考察海沟的最佳位置。于是，在一个风平浪静的大晴天，卢筝和两个同伴一起穿上了潜水衣，纵身跃入了大海。

晶莹剔透的海水渐渐发暗，到了百米以下，终于什么也看不见了。卢筝打开了潜水手电，在无边的黑暗中挖出了一个笔直的光洞，发现游鱼和海藻之下，是一片平坦的海底。继续向前游了一段之后，一个巨大的海沟终于出现在了面前，就像大地肌肤上撕裂的创口，又像是一条冬眠不醒的乌梢蛇。

卢筝招呼两位同伴在上面接应，自己一头扎了下去。幽黑的海沟深不见底，散发出令人发瘆的神秘气息。卢筝到达了下潜的最大深度，也无法窥破这个黑暗世界的真相。不过，他没有想到的是，海沟却自动将信息泄露了出来。

突然之间，卢筝仿佛不是置身于地球上最深邃的地段，而是来到了热闹的除夕之夜，阵阵硝烟状的白色雾气在眼前飘过，大朵大朵的红橙黄紫烟花在深处绽放，虽然听不到爆竹般的鸣响，但依然能够感受到海水的震动，甚至隔着厚厚的防护服，也体会到了水温的急剧上升。原来，这是火山复燃的征兆，更是陆海变迁的明证！

卢筝知道不能久留，何况氧气也快要耗尽了，于是关上了摄像机镜头，一翻身浮了上去。头顶上方渐渐透出光来，仿佛黎明将至。终于，一阵水花乱溅中，卢筝和伙伴们一起回到了海面。摘下了潜水头盔，卢筝大口喘着气。现在，他已经得出了结论：在尤卡坦半岛的东面，也就是从那条怪异河流的“左岸”到海沟之间，曾经是一片广袤的陆上平原！

难道，这就是商朝军团搏风击浪、披荆斩棘后的最终落脚之地？换句话说，也是他们遭遇灭顶之灾的葬身之处？

要证实这一点，科考队需要更直接的证据。于是，卢筝和队友们顺着海沟的边缘，开始了新一轮的搜索。立秋后的一天，在一片海底洼地中，一些不太明显的浅色沙层引起了大家的注意。从它分布的规律来看，像是一条人工运河，但由于水下挖掘难度很大，所以一时难下结论。但是，从它纵贯东西的走向来看，似乎是为了将河水引入人口稠密的中心区去。于是，卢筝提出按图索骥，到它的东端去看个究竟。

很快，各种迹象证明这一假设并非异想天开。浅色海沙绵延不断，分出一条条支脉，最终交汇连接成蛛网状，仿佛江南的水田。卢筝正在俯身观察，这是，耳机中突然传来了伙伴们的惊叫声。卢筝抬起头来，只见照灯光线的尽头，依稀出现了一片黑压压的山丘。

卢筝愣了好几秒钟，才明白那根本不是山丘，而是一座城市的废墟！

猛烈的火山爆发将它瞬间凝固，剧烈的地震又将它连根拔起，汹涌的海水将它收入了囊中。这是庞贝的前传，这是唐山的放大版，这是波利尼西亚人未来的梦魇。层层叠叠的残垣断壁、折梁倾柱、坍桥覆亭中，卢筝和伙伴们像水蚤一样游弋，除了吐粗气和抽冷气，口中一个字也说不出来。眼前的景象虽然破败，但从堞形的土墙，圆形的水井，石垒的高台，夯土的殿基，格状的作坊，四方的庭院中，依然可以想象出它壮丽雄奇的原貌。与传说中的镐京、名花下的洛邑、诗歌里的长安、画卷上的汴梁一样，一条南北大道界定了中轴，双重城墙区分了内外，前殿后宫蕴含了伦理，东集西市互通了有无。这是中国人独有的天人观在建筑上的投射，一直号称举世无双，却不曾想到在此开了一家分号。

从废墟的分布面积，可以估算出居民人数，从而推测整个国度的规模；从器物的精粗样式，可以判定技术的成熟阶段，从而找到在人类文明谱系中的位置。无论这座废城的创建者是否真的是远道而来的商朝军团，无论这颗海底遗珠浮出水面后会带来怎样的震荡，无论今天的热带丛林中是否还残留着华夏血统的孑遗，在如此辉煌瑰丽的文明结晶面前，都已经无足轻重了。

但是，这个先进程度甚至超过了母体同期水准的国度，难道在历史上就没有留下一星半点的记载吗？想到这里，卢筝的心里突然一阵悸动。是的，再想一想，在上古湮灭的各种传说中，有哪一个伟大文明是在突然间消失得无影无踪呢？

卢筝像浮萍在海水中飘上荡下，思绪却像元夜的火花一闪一闪：翡翠岛上，容光斗在生命最后关头刻在石像背后的拉丁字母；书房中，容妤很奇怪为什么以ATLA开头的英文单词大都与希腊神话有关；加勒比海，本是大西洋的一部分；地中海向西的出口，是阿特拉斯山脉形成的直布罗陀海峡。几个零散的片段突然汇集到了一起，如电击，如火灼，让卢筝的身体发狂似的抖动了起来！

他迅速向上浮去，伙伴们不明就里，以为遇见了什么危险，也紧跟着上来了。卢筝跃出水面，爬上了船头，一头跪倒在了甲板上，向着遥远的落日，向着空荡的海面，也向着那些永远沉睡在冥冥中的人们：

"亚特兰蒂斯——我终于看见了你！"

这一声如杜鹃啼血，子夜狼嚎，让船上的每一个人都为之惊悚。暮霭沉沉中，一层层云雾在升腾，仿佛龙蛇冉冉上天，又像无数灵魂随风而逝。

当天晚上，卢筝像个疯子一样，在沙滩上写了无数个"ATLANTIS"。容光斗究竟是如何从商朝军团联想到了那个失落的神秘大陆？"亚特兰蒂斯"的译音难道是"安阳之帝"？全世界没有一个历史学家敢妄下结论。但是，如果时间倒流两千多年，当孔夫子周游列国之时，远在欧亚大陆另一端的古希腊学府中，垂暮之年的柏拉图对自己的学生讲述了一个传说中的大西国（"亚特兰蒂斯"的中译名）的故事：

很久以前，在地中海西端海格力斯神柱外的那片汪洋大海中，曾经存在着一个庞大的大陆，在它的中心区域，有一个全世界最富庶的文明国度——大西国。大西国有系统的文字，辉煌的神殿，精良的战车，众多的人口。由于疆域太过辽阔，为了便于统治，除了王位继承人之外，王子们成年后将被分封到边远地区。

大西国的首都是一个和天宫一样闪耀着光芒的城市。它由好几层构成，逐级升高，最终到达国王的居所，那是一个上可通天的宏伟建筑，连大门也是黄金铸造的。贵族和市民居住在内城，外国人和奴隶居住在外城。繁荣的市场随处可见，里面堆满了香料、谷物和纸一样轻薄的织品。每逢重大节日，王宫前都要举行盛大的祭祀和游艺活动。

大西国是贸易大国，陆地上开辟了四通八达的运河，他们的巨型帆船可以在海上连续航行一年，是名副其实的海上霸主。他们征服了无数的野蛮部族，并一度侵入了地中海，只是北非绵延千里的沙地让他们丧失了兴趣，否则的话，埃及和希腊将难逃战祸。

大西国的繁荣不知道持续了多少年，而且看上去将一直持续下去。一天，可怕的灾难突然降临了。不知是哪一天，天神发怒了，天空中雷鸣电闪，大地上火蛇流窜，海水滚滚上涨，仅仅一日一夜间，这个人间天堂就沉入了海底。

千百年来，这个传说都被认为是无稽之谈。但是，近代以来众多难解的考古之谜，让人们的态度重新变得严肃了起来。目前，主流的观点认为大西国存在于地中海中，一说在克里特岛的南边，一说在亚历山大港外，甚至还有人认为在黑海沿岸，偏偏对柏拉图关于大西国处于热带的原始记录视而不见。

现在，最后一层面纱终于揭开了，拿各种星散的史料与科考队的新发现比对一番，一切都斗榫合缝，绝妙无匹。与世界各国流行的长子继承权不同，大西国分封诸子建立藩国拱卫中央，形式如同中原的“分茅列土”；不将被征服的民族迁入本国中心区，这体现了“内诸夏而外夷狄”的思想；在经历了太平洋的汹涌波涛之后，大西洋的风浪在商人眼中已经不那么可畏；在西非的古代岩画中，曾经绘有“天神”出现的场景，长期以来，这被认为是外星人到达地球的证据。但是，现在重新端详一下扁平的亚洲人面部，以及他们所乘坐的平底船样式，可以断定，这是大西国遣往非洲的贸易团。

今天的人们无法想象劫难到来的那一天究竟发生了什么：大地在震动，岩浆像章鱼一样伸出无数的魔爪。浓烟遮住了天空，大地漆黑一片。一条条地缝像闪电一样蔓延，将人畜夹生吞没。火神的肆虐尚未结束，水神就迫不及待地上场了。地沟，渠道，运河，每一处的水流都被看不见的引力拉到了半空中。等一切都结束了，只剩下了残缺了一半堤岸的河流、覆盖水底的火山灰烬、遗忘在丛林中的天文观象台，以及容光斗和韩奇曾经在丛林中看到的废弃的巨石建筑。

多少年后，一位异国诗人描写了那个想象中的场景：

你可以说，一个火球像太阳一样燃烧爆炸
灼灼的光亮照遍宇宙
但你又能用怎样的笔墨来形容
十万个太阳爆炸时的情景
就像亚特兰蒂斯大陆突然裂开的时候

你可以告诉别人，大潮冲破堤岸的情景
就像狂风撕碎一个小小的木屋
但你又能用什么样的话语来描述
整个大西洋被煮沸的样子
就像亚特兰蒂斯大陆被淹没的时候

西半球板块的局部坍塌，形成了一个巨大的气浪直冲云霄，在万里之外也可以听到它隆隆的声响，欧洲和西非在战栗中等待着灾难的降临。海啸转瞬间就洗刷了沿海地区，暴雨倾泻而来，所有的河流水位经年居高不下。火山扬起的灰尘和水汽在高空中凝结成一个灰色的网罩，遮挡了日光，使得地球气候在总体转暖的进程中突然出现了一个短暂的寒冷期。

在西方，有所谓的“无夏的年代”的记载，大量人口因为食物不足而死亡。在非洲，对于那些刚走向农耕的部落来说，气候的骤变迫使他们放弃了刚建好的城市，重新回到丛林中。今天，人们仍然可以在马里和津巴布韦看到那些被遗弃的圆形古堡。

在印度，蓄有长须的诗人看到高空中有一个巨大的火球在不断升腾变幻。“漫天祥云缭绕，仿佛圣灵降临；即使一千个太阳，也难以与其争辉。”长期以来，这段文字被人们理解为描述一次不可思议的史前核爆炸。

遥远的东亚一样没能逃脱池鱼之殃。地震频仍，山鸣海响，河流泛滥，海岸塌陷，诸多凶兆，未有穷时。长期风雨如晦的日子，让潮润温暖的黄河流域不再是河马、犀牛、大象的天堂。农作物的歉收引发了连绵的动乱，让已经走上下坡路的周王朝雪上加霜。《竹书纪年》中记载：“孝王七年，冬，大雨雹，牛马死，江汉俱冻。”忧心忡忡的史官也在竹简上刻上了如下文字：“十月之交，朔月辛卯。日又食之，亦孔之丑。彼月而微，此日而微。烨烨震电，不宁不令。百川沸腾，山冢崔崩。高岸为谷，深谷为陵。”

躲在美洲丛林中的玛雅人惊恐万状地目睹了这一惊天动地的灾变。等到一切终于结束时，曾经和他们比邻而居的天神之国已经成了水中的泡影。于是，在借鉴了大西国科技、礼仪、风俗的基础上，一个崭新的文明在尤卡坦半岛兴起了。这种旧瓶装新酒式的文明模式，回答了半个世纪前容光斗和韩奇难以索解的问题：玛雅人的历史究竟有多长？玛雅人的文明程度究竟有多高？也回答了卢筝在参观博物馆时的疑问：月宫中为什么都有兔子？玛雅人最崇拜的羽神，为什么与女娲是如此相像？

之后的一段时间，卢筝就像个饺子一样，每天忙着下水，沉底，上浮，出水。等到海底考察有了基本眉目之后，他立即请了几天假，连夜返回了墨西哥城。在街道广场上漫无目的地乱逛了一天，卢筝见识了红色的辣椒，黄色的玉米卷，白色的毒品，绿色的枪支，可就是没人向他兜售一条黑色的大狗。晚上，卢筝又回到了科考队曾经落宿的那家酒店，特意开了“黑旋风”跳窗的那个房间。可是，从吊灯上搜查到了地毯下，也没有发现任何足以让它行为失常的事物。

卢筝仰天躺在了床上，心情烦乱之极。这条狗还真不寻常，像少林武僧一样威猛强壮又长年吃素，像黄老邪一样最讨厌穿礼服的人，一叫能让同类大小便失禁，现在正患了皮癣，这些乱七八糟的印象堆积在了一起，让人理不出一丝头绪。据说汉代名扬天下的“汗血宝马”，就是西域人用发情的母马引诱天马下凡后生的崽，难道“黑旋风”也因为血统纯正，被当地的坏人盯上了？卢筝摇摇头，但最后还是决定到宠物店碰碰运气。

墨西哥城的猫狗很多，但宠物店的数量毕竟有限。问题是卢筝的外语一向不灵光，来墨西哥这么久了，只会几句简单的西班牙语，词汇量不足以支撑一通电话。于是，卢筝从手机中翻检出了一张“黑旋风”流哈喇子的玉照，多倍放大后，制成了一张半个桌面大小的彩页。走在了街上，“黑旋风”就和选美大赛宣传画中的辣妹、警方通缉告示上的毒枭一样扎眼。

很快，卢筝就领略了墨西哥人热情下的低效，活泼中的无聊。第一家宠物店的主人没见过“黑旋风”，却把他当做了送上门的宠物观赏了半天，仅仅因为客人的脑壳后少了条猪尾巴；第二家的经理热心劝他买条新狗，似乎卢筝破费几百个比索，就可以缩小两国之间的贸易逆差；第三家的老板一旦弄清楚上门的不是日本人，那脸色就有点儿红日西坠的意思；第四家店的伙计却是第三世界一家亲，开口就痛骂北方那个强横的邻国，因为边界线上的地雷场和铁丝网阻碍了他投奔亲戚的路线，卢筝认为他和陈先生更有共同语言；“黑旋风”的照片刚一展开，第四家店里那个矮胖的店员就激动得手舞足蹈，连笼子里的禽兽们也一起喧闹了起来，好像动物园里落了炸弹。卢筝听不懂他说的话，但连猜带蒙，感觉此人好像真的见过“黑旋风”。更让他兴奋的是，对方还像变戏法一样，从登记簿中抽出了一张字条，上面写有一个详细到房间号的地址。千恩万谢之下，卢筝拿着它一路问人，转过了几条巷道，一抬头不禁哑然失笑。原来，绕了这么一大圈，他又回到了下榻的那家酒店。

也许，这张纸条是当初翻译带着“黑旋风”治皮癣时留下的？卢筝白费了半天劲，沮丧之下，扬手将它丢进了垃圾桶。不过一分钟后，他又心急火燎地从楼上跑了下来，不顾形象和脏臭，探头伸入垃圾桶中，将里面的剩菜烂叶翻来覆去，像一条饿极了的猫。

正忙得满头大汗，卢筝的动作慢慢停了下来。因为，他分明听到背后传来了狗叫声。

那一瞬间，卢筝突然想到了什么，上当了——又上当了！卢筝心里暗叫，上半身慢慢从垃圾桶的开口退了出来。还没转过身来，午后灿烂的阳光就晃得他几乎睁不开眼。其实，真正让他不敢正视的是一个人，一个比太阳还要炫目的人，一个念兹在兹却永不敢奢望再相见的女子。

“你可真有出息呀！我第一次见到你的时候，你像一只老鼠躲在了地下室里。现在可好，竟然堕落到钻垃圾堆的地步了！”

容妤摘下了拖着孔雀翎毛的草帽，露出了如花的笑靥，还拍起了双手，好像这是多么滑稽的一幕。为了迎合她，卢筝的双手也没有闲着，一边拍自己身上的泥土，一边抚慰着兴奋的“黑旋风”，神情尴尬又困惑。

“原来，‘黑旋风’是你叫走的！这段时间，你一直就住在了酒店里守株待兔，知道我会乖乖上钩的。——不过，你是怎么知道我来了墨西哥的呢?”

“你现在大名鼎鼎，一举一动都成了新闻。不要说唐人街的华人报纸了，连西班牙的媒体也报了头条。我虽然讨厌你，总不能塞起耳朵假装听不见吧?”

“对不起，早知道你来看我，我应该马上丢下工作赶来陪你。”卢筝向她表达了由衷的歉意。不过，容妤却头一次表现得如此通情达理：

“不必客气了。这些天来，除了郊区的太阳和月亮金字塔，光是市内的艺术馆和主题花园就让我的眼睛忙不过来了。”

直到此时，卢筝这才想起了她的专业，将容妤上下端详了一番，尤其是左手小指上的那枚精巧的戒指，语气中说不出是遗憾还是欣慰。

“在我的想象中，作为一个艺术家，你会坠两个盘子一样大的银耳环，头发扎成一把扫帚，眼圈涂成熊猫，睫毛拉出弧线，手臂套一长串亮晶晶的镌子，靴子上拽两个一路作响的小铃铛。真没想到，除了吊带是亚麻的，你和北京街头的女孩子没有什么区别。”

“我是个大姑娘，不是巫婆，不是牛仔，更不是虐囚狂。”容妤白了他一眼，“算了吧！你的那点小心思，我难道还猜不透吗？你其实是想问我：这次来见你，是否还有重续前缘的可能？——在回答你之前，我要反问一句，你怎么放弃了明星梦又操起了老本行？难道，是那个千娇百媚的旧情人又玩了一把失踪游戏？”

顿时，千言万语一起涌到了卢筝的口边，可是它们互相掐架拉扯，谁也跳不出来。卢筝该说什么呢？“失去了才知道珍贵”太老套，“我只在乎你”真矫情，“爱你一万年”更是弱智到了极点，因为只有考古学家才喜欢永垂不朽的尸骨。最后，卢筝说出口的竟然是匪夷所思又没滋没味的一句：

“我错了——我们大家全错了，只有妈妈是对的。现在我真后悔，如果当时听从了她老人家的话，在你毕业后就马上结婚，我们今天又何必这样试探猜疑呢？”

容妤听了，原本灿烂的太阳花立马变成了雨刷，哭得快要昏过去了。卢筝连哄带抱将她带回了酒店。房门刚关上，还没来得及拿热毛巾为她揩泪，容妤已经变得咬牙切齿，将卢筝拧得青一块紫一块。

“没良心的坏蛋！快两年的时间了，竟然连个电话也不肯打给我！”

卢筝心头一团热气直冲脑门，全身血脉贲张，什么也不说，就清除了两人肌肤之间的一切阻隔，然后像只雄豹一样，一头扎入了她那芬芳温暖柔嫩的世界。颤抖如风中草，战栗如火中苗，阵痛如骨中刺，迷乱如醉中人。等窗帘再次拉开的时候，已经到了半夜，新月又一次窥见了容妤脸上的泪珠。卢筝心疼地抚摩着她的柔发，喃喃说了些安慰的话，可是容妤却轻轻摇了摇头。

“我真可怜，心里总是放不下你，天天打听你的消息，最后还没脸没皮大老远跑来找你，让我自己都有点瞧不起自己了！”

卢筝无言以对。他现在学聪明了一点，知道在女人面前，如果没有什么好话可说，那就闭嘴为佳。果然，容妤伤感了一会儿，又告诉卢筝自己的经历：去了巴塞罗那不过一个月，她就明白自己不是当画家的料，于是当机立断放弃了艺术道路，转学了非常实用的饰品设计专业。卢筝连说可惜了，容妤却笑了起来。

“现在中国人越来越有钱，很多富婆也开始为自己量身定制贵重首饰。

也许某一天，也许在某个珠宝店，我碰巧会再次见到于卿凤。不过你放心好了，我不是白雪公主的后妈，不会在项链中藏一根毒针，把你的老情人蛰死。”

卢筝知道她对过去总是难以释怀，更不能指望她会说于卿凤的好话，于是转而向她谈起自己在热带雨林中的遭遇，还说本来要捉一只蓝色闪蝶送给她，又怕她骂他残忍，没想到一犹豫的工夫，差点送了自己的小命。这一次，容妤没有奚落他，而是抱着卢筝的手臂，又沉沉睡了过去。

等卢筝和容妤再次回到北京的时候，时间已经是次年的仲夏了。在卢筝的想象中，即使比不上玄奘取经回国，迎接的规格也不应低于苏武归汉，可没想到的是，飞机落地后竟然鸦雀不惊。原来，商朝军团掀起的考古热潮已经过去了，而他的风头也被一个老朋友给抢走了。

“我拉了几家制药厂和保健品公司，造了一条仿古木船，什么灵芝人参鹿茸的可劲儿装，还选了三百个童男童女一路上载歌载舞。——是电视台海选出来的，我也不能保证都是原装货。顺着当年徐福东渡的路线，来了一趟和平之旅。当时有多热闹就甭提了，反正回去看财务报表就知道了，赚的钱比你们两位前任摸爬滚打了十年加在一起的还多。”胡自雄一边说一边得意地笑。这时，蔡南风已经将新买的路虎开到了三人面前。现在，她已经放弃了护士工作，一门心思帮老公打理公司。胡自雄一拉车门，说我还带来了一位熟人，你们俩做梦也想不到。

车里竟然坐的是卡瑞娜！容妤惊喜之下，才知道奥运会举办在即，卡瑞娜也作为波利尼西亚代表团的翻译来到了北京。三个女人唧唧喳喳了一路，卡瑞娜说自己这几年一直在台北和香港两地跑，如果不是这次北上，还误以为中国也是个热带国家。容妤想起了凤凰岛的那群小流氓，说当时恨得要死，现在回想起来，他们其实也蛮可爱的。一句话提醒了卡瑞娜，说上次回家，听说“大板牙”虽然得到了新摩托车，但依然贪心不足，又费尽心思去打捞陷入流沙中的旧货。可是折腾了一番，弄出来的只是一堆破轮胎和链子，还有一些大小不等的石头。

回家的路上，容妤见卢筝的脸色有点异样，就一个劲地追问。卢筝知道隐瞒不下去，说好了好了，我说实话吧，天王鼎其实早就被我搬走了，所以蔡东风和胡自雄在教堂的废墟下挖了半夜，什么也没找到。容妤惊骇之下，说你当初把大道理吹到天上去了，原来都是骗人的呀！卢筝一脸无辜说我可没骗人，我确实没有将天王鼎带回国，可我没说不能给它换个地方呀！

“离开圣子岛前，我有一种预感，此去苔藓岛凶多吉少，十之八九可能回不来了，而我们是唯一知道天王鼎位置的人，所以，不能让它永远不见天日。”

“那你一个人怎么将它抬出来的呢？”容妤想不明白。卢筝说难道你忘了吗？出发前夜，牧师被“黑旋风”吓病了，教堂根本就没有人看守。

“我当晚潜入后，将天王鼎挖了出来，中间还在厨房中喝了杯啤酒。等到全岛人都入睡了，我才打开大门，用借来的小推车将它运到了我住的房间里。”

“怪不得呢！我拍婚纱照的时候，你躲得不见了踪影；等我们重新回到圣子岛后，那天晚上我去找你，你开门后又一脸恼相，似乎我是颗灾星！”容妤想起了当时的情景，随即又奇怪了，“那你为什么又将它投入到凤凰岛的流沙中呢？你难道不怕它沉到海底去吗？”

卢筝说自己早就算准了，“大板牙”们是不会轻易放弃那些旧摩托的，所以用石膏将天王鼎层层包裹了起来，这样它的密度就变小了很多，可以在流沙中载浮载沉。

“历史太敏感了。我想，人们对于从自己亲手挖出的东西，总是更能坦然接受一些。”

“可是，男人对得到手的女人，却并不怎么在意。你看，我还缺一套出席婚宴的礼服，你却不肯陪我去买！”容妤又鼓起了嘴巴。

这个夏天，卢筝和容妤忙得不可开交，中间还不忘联系了福建同乡会，替陈先生传了口信给家人。婚礼结束后，让人意想不到的是，几年不闻音讯的卫宗渊竟然也送来了一份贺礼。打开了檀木匣子，里面赫然是卢青城的手稿。显然，为了将它赎回，卫宗渊下了不少气力。卢筝翻遍了全文，没有发现夹带的书柬，仅仅在《尘缘》一篇的题目上，新添了一个精心描画的双重圆圈。于是，一切就尽在不言中了。

婚后照例是旅游，卢筝已经受够了漂泊之苦，所以选择了一条最老套的国内旅行线路。登黄山观云海，从千岛湖顺流而下，到苏杭逛园林，最后在上海见到了久违的蔡东风。

蔡东风这些年来一直在做红宝石生意，现在已经荣任了公司的销售总监。他能够飞黄腾达，固然是因为业绩不俗，更重要的原因却是当上了老板的乘龙快婿。但是，那位千金小姐可不好追。在大群竞争者之中，孤傲又不解风情的蔡东风并不占什么优势。不过一轮轮淘汰下来，他始终没有被踢出局。终于到了翻开底牌的时候，老板逐一问几位候选人能给女儿什么承诺。那一刻，不知什么原因，蔡东风的眼前突然出现了一幕幕场景——自己从未意识到但一定真实存在的画面：满镇欢腾中，一个少女在独自向隅哭泣；凄风苦雨中，一名女贩子在道边忙着收摊；昏黄灯光下，一位少妇为丈夫挑破手掌上的血泡；豪华酒楼上，一个成功的女商人邂逅多年不见的初恋男友，心头却再也掀不起一丝波澜……于是，蔡东风突然明白了自己该说什么了。

“万一哪天珠宝生意垮了，我就带着你一起回富阳乡下种茶树去！”

女方一听，顿时泪眼婆娑，而老板却独具慧眼，看出这小子不求胜先虑败，是个远到之器。于是，蔡东风击败了所有的竞争者，抱得美人归。

老友相见，自然要大开宴席，何况老蔡正值春风得意之时。不过，卢筝死活不肯开戒饮酒，让主人十分过意不去。饭后女人们去逛街了，两人喝茶谈心，话题当然是失踪的商朝军团。

“我看了你最近发表的一篇文章，不但肯定商朝军团建立了亚特兰蒂斯文明，还拿《山海经》作为依据，这是不是太玄乎了？”蔡东风开门见山，直指要害。他现在虽然成了一个生意人，可脾气一点也没改。

卢筝笑着说这可不敢专美，而是韩老先生遗稿的核心意思，“不过，我能够想到这一点，其实和你有关。你还记得吗？我们一起去波利尼西亚的船上，你曾经提过，气候才是决定文明的第一要素。”

“自古以来，《山海经》就被人当做荒诞不经的神话，现代人重新发现了它在历史和地理方面的价值。但是，我还是第一次听说它是一本气象书！”蔡东风摇头苦笑。作为一个受过专业训练的学者，他最看不上眼的就是书摊上牵强附会“破译文明密码”之类的图书了。

“从东方到西方，几乎在每一个种族中，都有史前大洪水的记载。现代地质学也证明，大约在万年左右，地球结束了最后一个冰川期，海平面迅猛上涨，今天的陆地大半没入了水下，高原山地成了人类的避难所。有一天，我闲来无事，就在一张地图上描等高线，结果画来画去，发现了一个让人大吃一惊的结果：在一堆闭合线中央，竟然出现了一个形似卧牛的图案。我仔细一看，它头西尾东，两根突起的牛角是喀喇昆仑山和兴都库什山，牛头是帕米尔高原，牛脊是昆仑山，牛腹是青藏高原，竖起的牛尾是太行山!”

“你的意思是，这就是传说中的‘山海经图’?”蔡东风的瞳孔骤然收缩。学界普遍认为，中国古人对世界的认识模糊不清。但是，如果史前大陆确实被海水分割成了不相连缀的群岛，那么，战国阴阳家邹衍“海内有九州，海外有大九州”的观点就不是凭空臆想了。

卢筝又说其实海水上涨并不全是坏事，很多妨碍交通的峡谷深壑沙漠都消失了。只要掌握基本的航海技术，各块陆地上人类之间的交往反而更容易了。

“你的意思是，在远古曾经有一个大航海的时代?”蔡东风沉吟道。

“没有了大陆的阻碍，北半球会形成一个像西风漂流带一样的强劲环风区。与今天的北太平洋寒流相反，它是自西向东流动的，正是黑潮的前身。也许，人类第一次环球旅行是由万年前一个不知名的货郎完成的，而不是公元十六世纪的麦哲伦。”

“我也希望诺亚方舟真的存在。但是，全世界到目前为止还没有挖掘出那么久远的木船。”蔡东风叹了一口气。作为同龄人，他和卢筝既是好兄弟，又多少有点瑜亮情结。不过，想到恩师的遗言，蔡东风却不能不承认，卢筝是一个比自己更好的继承人。

“你知道吗? 这次去中美洲，我在丛林中见到了著名的扶桑木。说起来真让人失望，它就是我们在南方常见的朱槿花。我一直很奇怪，为什么海外古籍都反复提到了这种再寻常不过的植物? 后来看到了‘青丘之北，有扶桑木。日栖于其上，九日栖上枝，一日栖下枝’，才突然明白了：原来，扶桑木不是花，而是海船的桅杆! 所谓‘日栖其上’，实际上是古人每天通过观察正午时桅杆上的日影，来计算自己的方位和航程!”

蔡东风连抽了几口冷气，什么话也说不出来了。无独有偶，在法老时期，埃及人也曾经把帆船称为“大鸟”。卢筝的假设太惊人了，自己需要先沉淀一下，否则会消化不良。于是，他又转到了另一个争议的热点。

“你认为商朝军团东征不是茫无目的的逃亡，而是有着明确目的的长征? 那么，《山海经》中是否提到了那片海底平原的名字?”蔡东风刚问完，突然就明白了答案。果然，卢筝的口中缓缓吐出了两个字：汤谷。

“我想‘汤谷’一定是火山活跃、温泉遍布、炎热潮湿的洼地。”卢筝回答道。谁都知道，远古农耕技术非常落后，火山灰就是天赐的上佳肥料。自古以来，为了生存，人类往往不介意置身于危险境地。距今七千年前，气温开始下降，海岸线逐渐收缩，从华北到北非，一系列大河文明陆续兴起。但是，那个海洋时代虽然逐渐在人们的记忆中淡忘，也不至于点滴无存。华夏先民最善于记事，海东乐土“汤谷”的传说，一直到了秦皇汉武的时代，还能从方士口中津津乐道的“蓬莱”和“瀛洲”中找到它的影子。所以，商军东征，绝非无的放矢。

蔡东风终于颔首不语了。卢筝又告诉蔡东风，在深入尤卡坦半岛的途中，他听到了一个在印第安人中广为流传的断代史：第一个时代的人是矮人，他们只在黑夜中干活，天一亮就变成了石头；第二个时代的人是半人半兽的怪物，他们消失在了天边的云中；第三个时代的人是武士，他们最后被大洪水吞没了；第四个时代的人是现世的居民，最后会随着太阳的膨胀而灭亡。

两人对这个传说猜度了一番。也许，黑齿国人就是美洲有史以来最早的居民，甚至可能是来自非洲的黑人；波利尼西亚人是游牧民族，常年骑在牲畜背上，像希腊神话中的半人马一样；武士十之八九是商朝军团，毕竟，顶盔带甲的战士会给人留下非常深刻的印象。但无论如何，有一点是肯定的：美洲从不孤独，变的只是百代之过客而已。

这时，容妤打来电话，说自己和蔡东风的妻子在商场走累了，手里拎了一大包东西，叫他们开车来接。在路上，两人又谈起了旧事。蔡东风说潘书纲前一段时间给自己打来了电话，语气客气得不得了，说容光斗百年诞辰在即，大家要轰轰烈烈纪念一番，你是再传的嫡系弟子，不出面号召一下怎么对得起恩师的在天之灵？

“说白了，他哪有那么热心，还不是看上了我现在的身价？既然要出钱，与其丢给那个白眼狼，我干吗不自己建立个基金会？”蔡东风说完之后冷笑不已。卢筝说冤家宜解不宜结，何况，坏人也能做好事，要论公关水平，他们两个加起来也未必抵得上人家一半。之后，他还现身说法，举了一个以德报怨的例子：

“我回京之后，听说袁振威被凌云社驱逐之后，因为名声太臭，一直混得很差，不但酗酒，连老婆也跟人跑了。我自己不好出面，就叫胡子暗中帮了他一把。好歹也曾经是兄弟一场，何必看着人家走上绝路呢？”

蔡东风沉默了片刻，又转了话题，说明天自己要主持一个珠宝展的开幕式。卢筝也是个名人了，如能光临捧场就太给他面子了。卢筝正要敬谢不敏，突然明白了过来，这不过是蔡东风要送给容妤和自己一份贺礼的托辞而已，于是很爽快地答应了下来。

之后，大家又来到了城隍庙。两个女人去挑各色小玩意儿了，蔡东风忙着找地方去停车，只剩下卢筝一人无聊地坐在栏杆上。突然，一个可爱的小女孩跑到了面前，一个劲儿盯着他看。卢筝逗她玩，问她叫什么名字，她说自己叫 Lily。卢筝说我也认识一个叫 Lily 的人，不过她可是个大人了。小姑娘说太巧了，我妈妈也叫 Lily。瞧，她正站在对面的台阶上看着你！

卢筝一抬头，过了半分钟才反应过来，小女孩的母亲竟然是顾雅莉！她丰满了许多，头发也烫成了卷，倒比以前漂亮了不少。随即，他就见到了顾雅莉的丈夫——某跨国公司亚太总部的高级工程师。卢筝心里颇为激动，觉得“有情人终成眷属”这句话还是灵验的，随即又有点惊讶，因为这位先生的尊容不敢让人恭维，而且年纪也有点偏大，即使时光倒流三十年，头发重新占领了头顶，腰腹抛弃了游泳圈，也不能想象他能够虏获纯情少女的芳心。顾雅莉好像明白了他的心思，在一边轻声点了一句：

“我和 Dannis 是在一次中国同学会上认识的。那时候，他已经成了圈子里的老大难了。”

顾雅莉的老公虽然事业有成，但看上去有点惧内，对妻子的公然奚落也不以为忤。顾雅莉叫他去买冰激凌，就乖乖牵着女儿离开了。卢筝忍不住暗笑，看来，顾雅莉的强势风格始终没有改变。夸了几句孩子后，卢筝就不知道说什么好了。顾雅莉却比以前健谈多了，还喜欢开玩笑，对自己出国后的遭遇也不讳言。原来，三年前她到了纽约之后，经过辗转打听，总算在唐人街餐馆的昏暗角落中见到了那个让自己爱恨交加的男人。可是，除了满脸卑琐、满身霉味和满腹牢骚之外，这个落魄男人连向她求欢的勇气也没有了。顾雅莉失望之余，觉得这辈子彻底完蛋了，却没想到自己在国内是个标准的剩女，在留学生圈中倒成了刚出炉的烧饼。很快，她就找到了终身的依靠，还做了母亲。一年前，因为工作调动原因，全家又一起返回了中国。

“这就叫做‘各得其所’。当然，我想最高兴的人应该是你的父亲。”卢筝听了感慨万千。

“你说得太对了！”顾雅莉边说边笑着起身，“为了不破坏这个皆大欢喜的结局，我得赶紧走了。万一让你那可爱的糖醋小娘子撞见了，今晚你又该跪搓板了！”

顾雅莉一家已经在人群中消失了好久，笑意依然在卢筝的脸上荡漾。没错，即使是心心相印的夫妻，也有各自不能也不必说出口的隐秘。比如，于卿凤究竟是用了什么方法才让卫宗渊重回身边？卢筝也感到好奇，可是他知道为了两个家庭的安宁，今生千万不要去探寻这个答案了。

第二天一早，卢容二人依约来到了会展中心。剪彩之后，观众就蜂拥入场了。卢筝对金珠玉石没什么兴趣，和嘉宾敷衍了一阵，就信步踱到了旁边一个展厅里。这里像采石场一样杂乱，工作人员正忙着为周日开幕的国际五金交易会布展。突然，卢筝的目光被一件不起眼的展品吸引住了。那是一块半人高的圆柱状物体，颜色灰不溜秋的，全身布满了海水侵蚀的孔洞。下面的铭牌上写着简略的介绍：

品名：铜矿石　产地：南太平洋波利尼西亚群岛

品相：一级　成分：铜55%　锡12%　白垩31%　其他杂质2%

今天的中国是世界上最大的矿石进口国，谁都想拉关系在这个大市场中分一杯羹，这毫不奇怪。可卢筝嘴角抽动，脸色似哭似笑，仿佛不相信人间竟然会有如此离奇的事。这时，他的手机响了，容好的口气又窘又急，说老蔡他们两口子非要让她挑一件首饰，随便哪一件都行，这可怎么好？卢筝笑着说："没关系，你不狠宰一刀，人家心里还不舒服呢！我马上就来帮你选。"

不过一刻钟，他又悄然转了回来，静静凝视着这个沉默的大家伙，轻轻说了一句：

"欢迎你回家，天王鼎！"